CSSCI来源集刊

ENGLISH AND AMERICAN LITERARY STUDIES

英美文学研究论丛

主编　李维屏
执行副主编　周　敏

外教社 上海外语教育出版社
SHANGHAI FOREIGN LANGUAGE EDUCATION PRESS

图书在版编目(CIP)数据

英美文学研究论丛.36 / 李维屏主编. --上海：上海外语教育出版社，2022

ISBN 978-7-5446-7268-9

Ⅰ. ①英… Ⅱ. ①李… Ⅲ. ①英国文学—文学研究—文集②文学研究—美国—文集 Ⅳ. ①I106-53

中国版本图书馆 CIP 数据核字(2022)第 108765 号

出版发行：上海外语教育出版社
（上海外国语大学内）邮编：200083
电　　话：021-65425300(总机)
电子邮箱：bookinfo@sflep.com.cn
网　　址：http://www.sflep.com
责任编辑：苗　杨

印　　刷：苏州市古得堡数码印刷有限公司
开　　本：635×965　1/32　印张 24.25　字数 397 千字
版　　次：2022 年 6 月第 1 版　2022 年 6 月第 1 次印刷

书　　号：ISBN 978-7-5446-7268-9
定　　价：78.00 元

本版图书如有印装质量问题，可向本社调换
质量服务热线：4008-213-263　电子邮箱：editorial@sflep.com

编辑部地址：上海市大连西路 550 号上海外国语大学文学研究院

邮政编码：200083

电子邮件地址：ymwxlc@sina.com

Institute of Literary Studies

Shanghai International Studies University

550 Dalian Road（W）

Shanghai 200083，China

[编者的话]

《英美文学研究论丛》第 36 辑的编辑过程，伴随着深刻改变了我们对现代世界体认的重大历史进程。病毒与战争，不论远近，这两个促生无数伟大文学作品的母题，如今成为我们周遭的现实，深刻地改变着我们，改变着世界，改变着我们与自我之间，以及我们与世界的关系。“一切坚固的东西都烟消云散了，一切神圣的东西都被亵渎了，人们终于不得不冷静地直面他们生活的真实状况和他们的相互关系。”很大程度上，马克思在《共产党宣言》中的这段话仍可被视为了解我们今日所面临诸多困境的注解。无论如何，当下的困境转化成文学的丰富题材，是我们可以且理应期待的，尽管我们不会为了文学而去拥抱苦难。但毕竟，没有勇气直面现实的文学，是缺少真正生命力的。

2021 年，伟大的英国诗人济慈离开我们整整两百年。两百年来，这位“年轻”的浪漫主义诗人所留给我们的财富从未老去。他所倡导的“消极能力”，即不执着于自我，能够安处于不确定、神秘、怀疑状态的能力，正是身处当今充满冲突和不安的风险社会的个体所必需的一种能力。如何在一个不确定的时代培养这种消极能力是仁者见仁、智者见智的。纵然如此，一个开放的心态，一个向着各民族的文明和文化开放的心态，仍是我们当前迫切需要的。而济慈的诗歌，之所以能够穿越时代的长河，跨越文化的藩篱，触及今人的心灵深处，也是因着其创作中的多元文化主题。本辑所录《济慈长诗〈拉米娅〉中的民间文学“母题”》一文，分析了济慈叙事诗《拉米娅》可能借鉴的欧洲、亚洲和非洲等地区的民间文学母题和基本情节。在此背景下，文章指出《拉米娅》开篇“赫尔墨斯插曲”部分有两处尚未被西方济慈研究学者发现的欧洲民间文学母题，并结合西方民俗学和济慈研究的成果，分析了两个母题对深入和全面地理解“赫尔墨斯插曲”及其对整首诗歌情节和寓意的影响。如果说该文涉及的是英国诗歌中的欧洲民间文学主题，反映了不同文化之间互鉴共鸣的生命力，威廉·申斯顿和詹姆斯·伍德豪斯对挽歌这种诗歌体裁的运用，则反映出一种跨越阶级的文学创作生命力。《申斯顿、伍德豪斯与 18 世纪中叶诗学：诗歌流派与挽歌田园风景》一文指出，作为18世纪伍斯特郡诗人及莱索夫斯观赏农场的所有者，申斯顿创造性地使用了挽歌这一体裁，并与颂歌和田园诗等进行结合，构建了一个独特的媒介以记录他眼中的田园式伊甸园。受到申斯顿资助的劳动阶级鞋匠诗人伍德豪斯在模仿其田园挽歌的同时，也在诗中表达了来自底层的声音与诉求。

2021年到2022年的另一个瞩目现象是“元宇宙”概念的大行其道。30年前，也就是1992年，尼尔·斯蒂芬森在科幻小说《雪崩》中提出元宇宙(metaverse)概念，意指一个与现实世界紧密相连的虚拟空间。自那之后，不仅仅在技术界和投资界，文学界也开始对元宇宙展开了诸多激动人心的研究。尽管人们对元宇宙莫衷一是，位于其核心的生存空间与虚拟空间的融合在传统科幻小说中早有涉及。《溯源灵性与超越的神话诗学：厄休拉·勒古恩的民族志科幻书写》一文将勒古恩的《总是归家》视为民族志科幻书写典范，分析了作者如何通过以自然、女性、神圣时间为始基的科幻神话诗学，从历史的远古积层中挖掘出被遮蔽、被边缘化的向度，并从这些向度出发重新确立被现代文明抛弃和遗失的灵性力量与超越维度。现代文明所遗失的灵性力量也包括植物的灵性。近些年来兴起的植物批判研究为我们思考植物的主体性提供了参照。《植物批评视域下的华兹华斯诗歌研究》从威廉·华兹华斯诗作中的植物书写入手，借助植物批评理论来挖掘这位湖畔诗人笔下植物主体的“能动力”和“情动力”，从而反思植物与人类的伦理关系以及人对植物伦理态度的转变在化解当代生态环境危机中的意义。

本辑还单列了一个共同体研究专栏，分别从精神共同体、市场共同体、女性共同体及民族共同体等角度探讨了不同时期、不同作家笔下的共同体想象。没有人是一座孤岛，这正是我们亲身经历的这场灾难和看似发生在远方的战争所带给我们的启迪，也是元宇宙的核心内涵之一。显而易见，共同体依然是我们的存在方式。正像柯勒律治所言，“人类独处并无裨益；要成为应当成为的人，我们需要善好的支持、帮助和交流。”

目　录

学者访谈

英国文学

美国文学

CONTENTS

Interview

English Literature

American Literature

Literary Theory

Community Studies

Book Review

学者访谈

文化观念流变中的英国文学典籍研究：殷企平[①]教授访谈录

李云锦*

内容提要：系列丛书“文化观念流变中的英国文学典籍研究”是国家社科基金重大招标项目成果，是针对当前文学典籍研究与文化观念研究相脱节的状况而推出的一个新型外国文学研究项目，旨在服务中国文化建设。本次访谈围绕该丛书的主要观点展开。在访谈中，殷企平教授谈及该丛书的研究背景、文化观念的孕育与发展，阐述了丛书的研究目的、研究难点、创新点和核心观点。

关键词：英国文学；文化观念；流变；典籍

Abstract: *British Literature midst Changes in the Idea of Culture* is the product, in the form of a book series, of a major project sponsored by the National Social Sciences Foundation. As a new approach to foreign literature research, it aims to promote the development of the Chinese culture by responding to the disconnection between the study of literary classics and the study of cultural ideas. This interview centers around the main arguments of the book series. In the interview, Professor Yin Qiping accounts for the research background of the book series, and his views on the gestation and development of cultural concepts. In addition, he explains the research purpose, the difficulties involved, the innovative and core ideas of this book series.

Key words: British literature; ideas of culture; change; classics

* ［**作者简介**］：李云锦，杭州师范大学外国语学院英语语言文学专业硕士研究生，主要从事英美文学方向的研究。

① 殷企平教授简介见本书封底“本辑人物”。

一、文化观念的孕育与发展

李云锦(以下简称李):殷老师,首先祝贺您和您的团队出版了系列丛书“文化观念流变中的英国文学典籍研究”。作为国家社科基金重大招标项目成果,该丛书已经引起了较大反响,今天就让我们继续谈谈这套丛书。在访谈开始之前,我想请教您一个问题:在您看来,什么是“文化”?“文化”从何而来?

殷企平(以下简称殷):在西方思想语境中,“文化”一词的含义有一个逐渐展开与深化的过程,其基本脉络是从物质走向精神、从个体走向社会这两种向度的延伸和转变。早在18世纪,欧洲启蒙思想家就从社会变迁和历史发展的角度,直接或间接地论述了“文化”与“文明”这两个概念,以及它们在语义上既紧密相连、又相互抵牾的关系。19世纪英国文学和思想领域的代表人物托马斯·卡莱尔(Thomas Carlyle, 1795—1881)和马修·阿诺德(Matthew Arnold, 1822—1888),将社会道德批评与人文主义式的文化理想结合起来,对工业资本主义时代的英国社会做出了深刻的批判。卡莱尔是在对工业主义的批判中提出并完善自己的文化观的,他的文化思想不仅表现为对精神与物质失衡现象的批判,也表现为寻求平衡之路的努力。在阿诺德眼中,文化则被描述为一种“和谐的完美”,它应具有追求纯粹知识的理性力量,也更应具有追求善的道德和社会激情。随后的约翰·罗斯金(John Ruskin, 1819—1900)和威廉·莫里斯(William Morris, 1834—1896)又给文化概念注入了较多的艺术元素。换句话说,从卡莱尔开始,“文化”一词越来越具有针对现代文明的批判内涵。当代英国批评家雷蒙德·威廉斯(Raymond Williams, 1921—1988)运用历史语义学的方法,从社会变革的角度追溯并辨析了“文化”“文明”“民主”“艺术”等众多文化关键词的历史源头、文化衍射和语义演进。文化既是人类完善自身的一种状态或过程,也是记录人类思想和经验的知性想象作品的整体,更可以视为一种对个体和社会大众生活方式的描述。

李:不少学者认为,“文明”是“文化”的高等形式。文明是在文字出现、城市形成和社会分工之后形成的。尤其是在历史学与考古学界,文明时常被认为是较高的文化发展阶段。但在特里·伊格尔顿(Terry Eagleton, 1943—　)看来,早在19世纪初,“文化”就开始从“文明”

的同义词转变成了它的反义词。发展到今天，“文明”与“文化”呈现出极大的观念差异。面对这两种不同的见解，您如何看待“文化”与“文明”之间的关系呢？

殷： 我赞同伊格尔顿的观点。伊格尔顿主要是在《文化观念》(*The Idea of Culture*，2000)和《文化》(*Culture*，2016)这两本书中阐发上述观点的。他认为“文明”一词本来“集事实与价值于一身”(Eagleton 2000：10)，它既描述某种社会生活形态，又隐含价值判断。例如，“文明”一词起先可以用来颂扬某种生活方式/形态及其精神诉求，也可以用来标明个人的全面发展、人际关系的和谐，以及国家的繁荣昌盛，等等。也就是说，“文明”的语义原来有两个基本层面，一个是关乎事实的描述层面，另一个是关乎价值的规范层面。然而，由于以“机械崛起”为特征的工业革命走入歧途，因此“文明”原有的两个语义层面产生了断裂：它的描述/物质层面得以保留，而它的规范/精神层面却丢失了。关于这一点，伊格尔顿在他后来出版的《文化》中又做了精辟的论述，他说“文明如今只关乎事实，而文化却追问价值”(Eagleton 2016：10)。说得更通俗一点：“文明”和“文化”原本是一家，后来分家了，分家的结果是“文明”不再承担原有的价值使命，而“文化”则承担了这一使命。你前面曾问“文化”从何而来，我觉得刚才所说已经部分回答了你的问题。换句话说，“文化”是从“文明”那里分家而来的，而造成分家的最大原因是工业革命。用伊格尔顿的话说，“是工业革命助产了文化观念”(Eagleton 2016：10)。不过，这样的回答还不够全面。更全面的说法应该是：英国文学家们在对工业革命以及驱动工业革命的启蒙思想的回应中催生并发展了文化观念，或者说他们因工业革命引起的转型焦虑催生了文化观念，这从美国学者杰弗里·哈特曼(Geoffrey Hartman，1929—2016)一个著名论断中可见一斑：“到了穆勒、阿诺德和罗斯金的时代，对于文明的肤浅及其悖逆自然的效应的焦虑开始赋予‘文化’一词新的价值含义”(Hartman 207)。这里所说的“焦虑”自然是指由农业文明向工业文明转型而带来的焦虑。当然，给“文化”观念注入转型焦虑等新含义的远远不止穆勒、阿诺德和罗斯金，还包括许许多多的优秀英国文学家，尤其是以卡莱尔为代表的维多利亚文学家。

李： 文化观念是一种动态的观念，会随着时代的变迁而变化。您刚才主要谈了19世纪以及之前的情形，那么此后的情形呢？两次世界大战带来的全球性变化,以及后现代主义思潮和经济全球化浪潮的兴起,必然会对文化观念形成强烈的冲击,因此新一代作家也会予以回应,而这种冲击和回应又将导致文化观念的进一步流变。或者说,从爱德华时期以来,英国的文化观念有了新的发展。您能谈谈这一发展中的文化观念吗?

殷: 你说得很对。文化观念在不同历史时期会有不同的内涵。我们先来看一下从爱德华时期到二战结束之前的情形:这一时期,由于英国社会的思想格局经历了世纪末的转变,而且两次世界大战更是对英国民族的文化心理与身份意识产生了深远的影响,因此文学家们与文化观念之间产生了新的互动,其结果是文化观念的内涵和外延更为丰富了,而且有了一些新的特点。更具体地说,新一代作家在上一时期文学家们所做工作的基础上,继续拓展文化观念的内涵,包括对转型焦虑、共同体意识、文化身份和审美趣味的深度探索等。例如,伊丽莎白·鲍温(Elizabeth Bowen, 1899—1973)的《心之死》(*The Death of the Heart*, 1938)所呈现的转型焦虑,包含了趣味和伦理两个层面,因而是对转型焦虑的深度挖掘。

再来看一下二战以后的情形:这一时期的文化观念受到了后现代主义思潮和经济全球化浪潮的强烈冲击,以致新一代作家必须做出回应,而这种冲击和回应导致了文化观念的裂变。例如,关于"共同体"和"英格兰特性"的观念出现了多样化和多重性的趋向,甚至出现了"反文化"这样一些术语。此时文学家们的文化诉求和道德关注呈现出有别于上一时期的新特点。也就是说,文化观念的新变迁影响了当代的英国文学典籍,同时又得到了后者的反映和折射。当代英国文学家们面临着如下一些新课题:怎样在经济高速发展的形势下营造共同文化?英国特性究竟存在与否?英国文学如何再现英国特性?值得关注的是,得益于众多文学家的努力,一种更加包容、富有弹性的英国特性得以形成,而原来以种族为文化身份或英国特性的标识这一观念越来越不得人心。例如,彼得·阿克罗伊德(Peter Ackroyd, 1949—)等当代作家用出色的创作向世人传递了这样一种观念:杂糅拼贴并非"后现代"的专利,而是英国文化遗产的一部分;正视多元化/多样性未必意味着混沌,而杂糅/包容可以成为一种绵延不绝的民族传统。更值得称道的是,不少当代作家——包括阿克罗伊德和 V. S. 奈保尔(V. S. Naipaul, 1932—2018)——比以往更重视语言的建构性，但是在他们的笔下，语言的建构性不但没有解构传统，反而因其本身的稳定性成为维护与更新传统的力量。对所有面临建设多民族共同体任务的国家来说，当代英国文学家的上述努力都具有深刻的借鉴意义。

二、关于“文化观念流变中的英国文学典籍研究”丛书

李：前一部分的访谈是为今天核心话题所做的铺垫。您和您的团队不久前出版了系列丛书“文化观念流变中的英国文学典籍研究”。请问你们当初为什么选择做这项研究？

殷：我们这项研究是针对当前文学典籍研究和文化观念研究相脱节的状况而展开的。作为一种新型的外国文学研究项目，它旨在服务中国文化建设。它既有助于说明文化观念的发展对于文学典籍生成的作用，又有助于发掘文学典籍在文化观念意义上的深层价值，从而说明文学典籍在引领文化走向、塑造共同体意识等方面的积极作用。通过研究英国社会转型期的文学和文化建设，我们希望能够为中国本土的核心价值观和公共文化建设提供借鉴。文化观念制约着共同体中的人对生活的全面理解，而文学典籍是表达并交流这种理解的关键性媒介。文化观念的变化和发展直接影响着文学典籍的生成方式，而文学典籍又反过来对文化观念的走向施加重要影响。就文学研究而言，只有将这种在历史进程中互为表里的关系纳入视野，才能拥有对作品的透彻把握，进而将文学研究提升至文化研究的高度。随着文化批评理论在20世纪下半叶的兴起，文学研究中的文化意识逐渐增强，但是在我们从事这项课题以前，还没有一项研究工作以上述思路对一种民族文学进行过大规模的系统研究，没有以全面、具体、细致的方式阐释文化观念与文学典籍究竟如何在漫长的进程中相辅相成，从而在各个历史关头对民族共同体的形成、巩固和发展发挥作用。

李：这很有意思。我注意到项目的研究焦点是英国文学。在我国的外国文学研究领域中，英国文学的研究成果占据了很高的比例，您会不会觉得你们的研究可能会与先前的研究有重合的风险？

殷： 英国文学典籍研究是我国世界文学研究的一个重要组成部分，成果丰硕。然而，由于此前的工作不够重视文化观念及其相关问题，因此典籍研究常常局限于审美愉悦的层次，缺乏文化价值方面的深度探讨。此外，文化研究虽仍方兴未艾，却较少系统、细致地介入文学典籍的研究，因而缺乏文学研究所能提供的对文化状况细腻、丰满的把握，也未能充分阐释文学典籍在引领文化走向、塑造共同价值方面的具体机制。如何将这两方面的研究融合为一个有机的整体，使文学典籍研究与文化观念研究真正做到相辅相成，忻合无间，以推进英国文学研究，并为中国当前的文化建设工作服务呢？这是摆在我们面前的一项任务，它既是学术发展的要求，也是社会现实的要求。中国的英国文学研究是在现代化转型困境的激发下诞生的，它为中国人了解西方、融入现代世界做出了巨大贡献。一个世纪过去了，中国的转型尚未完成，只是问题的重心落到了更深的文化层次，即随着现代化转型的深入，传统价值观念、民族凝聚力和个体生活的品质都在经受严峻考验。因此，英国文学研究被时代赋予了新的使命。当中国在现代化进程中处于重大的历史转折时刻，习近平总书记强调指出："文化是一个国家、一个民族的灵魂"，"文运同国运相牵，文脉同国脉相连。"如今，(在2049年)实现文化强国这一目标已经上升为我国的国策。在这样的时代背景下，对文化观念流变中的英国文学典籍进行充分的梳理、阐释和评价，以期提供借鉴，已经成为他山之石的当然之选。

李： 可以介绍一下你们这套丛书的核心观点吗？

殷： 当然可以。我们在书中提出了以下四个核心观点：

第一，先前文学典籍研究和文化观念研究相脱节，因此我们需要一个新型的、旨在服务于中国文化建设的外国文学研究课题。我们丛书所说的"文化"既起因于(社会)转型焦虑，又必须提供走出焦虑的途径，如描述各种愿景，包括共同体愿景、乌托邦愿景，或者关于美好社会秩序的愿景，而后者又离不开心智的培育、民族良心的锻造和民族特性的构建，以及提倡理想的工作/生活方式等。对于所有这些文化内涵的关联性、复杂性和丰富性，非文学典籍不足以充分表达。就最主要的文化命题而言，英国文学家们在不同时期给出了相同的答案，即生活质量不在于发达的工业、诱人的科技经济指标，而在于共同体的和谐，在于精神与物质的互补和平衡。

第二，英国文化观念的流变经历了中世纪后期到17世纪的萌芽、18世纪的生长、19世纪的成熟、20世纪上半叶的拓展，直至二战后到21世纪的裂变，其含义显示出一个逐渐展开与深化的过程，其基本脉络是从物质走向精神、从个体走向社会两种向度的延伸和转变。从中世纪后期开始，英国文学伴随着近代社会的转型而演变；几个世纪以来的英国文学既是这一社会转型进程的产物，又积极影响着这个进程。从《乌托邦》（*Utopia*，1551）到《来自乌有乡的消息》（*News from Nowhere*，1890），从威廉·莎士比亚（William Shakespeare，1564—1616）到石黑一雄（Kazuo Ishiguro，1954— ），英国文学不断对侧重物质文明的现代价值体系发出质疑，通过展望理想的共同体生活，逐渐形成了一个强大的文化主义传统。大量的文学典籍在争论与创新中以丰富多彩的文学意象不断地影响着民族的想象，打造着英国的公共文化，成为民族核心价值体系的建设者与守望者，帮助英国在世界各民族中相对顺利地完成了社会转型。

第三，"共同体"文化实践始于莎士比亚乃至更早时期的乔叟（Geoffrey Chaucer，1342/43—1400）。无论是马克思主义哲学家，还是优秀的文学家，他们在倡导/想象共同体时并不仅仅把它看作一个形而上的概念，而是更多地把它看作一种文化实践。这种实践作为一种社会活动乃至运动，在19世纪已经蔚为壮观。参与这种实践的除卡尔·马克思（Karl Marx，1818—1883）和弗里德里希·恩格斯（Friedrich Engels，1820—1895）之外，还有英国的威廉·华兹华斯（William Wordsworth，1770—1850）、卡莱尔、查尔斯·狄更斯（Charles Dickens，1812—1870）、乔治·爱略特（George Eliot，1819—1880）、托马斯·哈代（Thomas Hardy，1840—1928）、阿尔弗雷德·丁尼生（Alfred Tennyson，1809—1892）、罗斯金和莫里斯等作家，他们想象共同体的出发点跟马克思的一样，是为了改造整个世界。可见，"共同体"概念最重要的属性是文化实践。这种实践始于莎士比亚乃至更早时期的乔叟，并一直延续至今。

第四，文化观念、文学的发展与社会变迁存在着一种共生互释的学理关系。在中世纪后期的英国，由某些关键词所代表的文化内涵已有不少开始萌发。例如，因田园文明向商业文明过渡而产生的"转型焦虑"，早在威廉·兰格伦（William Langland，1330—1400）的作品里就已经初现端倪，而"心智培育"和"共同体"等术语所指涉的文化内涵也在这一时期渐现雏形。18世纪,英国文化的砥砺和磨合过程为伟大作家和艺术家的存在提供了广阔、丰富的土壤和空间,使他们创作出不朽的经典作品。19世纪英国目睹了“文化”与“文明”的决裂,而这就是文化观念成熟的标志。就“文化”和“文明”的观念而言,必须有众多文人学者致力于它们的语义区分,才能确保其成熟。恰恰是在维多利亚这一时期,几乎所有优秀的文学家都承担起了给“文化”和“文明”分家的工作,都奋起批判独尊“事实”的文明,都表达了一种蕴含价值诉求的文化思想。这一时期的文学家们对文化的多重观照,已经更自觉地表现为对秩序/共同体的理想诉求、对人类生活总体方式的精神审视、对人的全面发展状况(各种禀赋和潜能的协调发展)的文化反思,也表现为对追求单向度发展的“进步”话语的一种强烈质疑。英国文化观念在20世纪上半叶的拓展与变化可以理解为进一步反思“进步”话语的思想史,而同期的文学则与其形成了互动。二战以后,英国文化观念受到了后现代主义思潮和经济全球化浪潮的强烈冲击,因此文学家们奋起回应,一方面他们要坚持文化诉求,另一方面又要顺应时代潮流,结果导致了文化观念的裂变。他们所表达的文化诉求呈现出有别于上一时期的文化新特质。例如,在他们的书写中,作为文化重要内涵之一的“英国特性”变得更加包容,更富有弹性,更凸显多民族(包括外来移民)在共同体中的参与和平等地位。

李: 我们注意到这套丛书在构思和撰写方面有不少新意和特色。例如,丛书揭示了社会转型过程中文化变迁与文学再现之间的内在逻辑,为认识并解读文化和文学开辟了新的路径。

殷: 确实,揭示你所说的“内在逻辑”是我和团队成员们所追求的目标。我们的丛书以“点”“线”“面”立体维度展开,构建文化观念与文学典籍对接与对话的经纬之图,从文本细察出发,爬梳文化观念流变过程,以勾勒作家作品的“点”、文学思潮和社会思潮的“线”,以及英国社会变迁的“面”;同时,我们力求具体文学作品的解读与文化理论深度融合,从而在宏观感知与微观“厚描”之间始终保持思想的张力,呈现一种学科互涉的知识学新景观。以往文学史著作的主旨多在描述文学的进程,而我们的思路则是在文学中追溯文化观的变迁,这一思路更有益于探寻文学经典在传承民族共同体价值观中的作用。

李: 您刚才谈到了“厚描”,这本身是一种文化实践,对吗?

殷： 对。我和团队成员们尝试"厚描"式地论证文化观念史在诸多文学文本中的复现，力求展现文学典籍所具有的文化史和思想史的坐标原点价值和研究意义。换句话说，我们力求突破单纯的文学作品范围，拓展到与文化观念相关联的文学领域，包括文学批评著作、文学刊物中的特写和文学传记等。

李： 这种较宽的研究范围一经划定，就会增加你们的研究难度。这样不畏艰难的学术勇气实在令人叹服！我还想问一个连带的问题：你们的研究不仅聚焦文学，也聚焦文化观念史，关于文化，您前面已经谈了许多，但是对于观念史，您又是怎样理解的呢？

殷： 广义的观念史，常常也被称为思想史，与西文 the history of ideas 或 the intellectual history 相对应，而狭义的观念史则类似范畴史或概念史。我们的课题取其折中，在宏观层面上力求通过对文学典籍文本的整理与阐释，辨梳文化观念的关键词如何借由文学典籍文本意义的衍射，来反映其思想内涵和发展过程的复杂性、多样性和矛盾性，同时也在微观层面着力于描述文化观念及其范畴，以及它们对文学典籍生成的潜在规定和形塑影响。

李： 您这里提到了"文化观念的关键词"。可否请您更详细地介绍一下？

殷： 好。为做好上述课题，我们提炼了凸显文化观念内涵的 10 个核心概念，它们分别是"转型焦虑""共同体形塑""秩序诉求""审美趣味""心智培育""文学语言的创造""民族良心""道德伦理传统""工作/生活方式"和"愿景描述"。我们这样做，是为了彰显中国学者的关怀，既在理论上找到植根于英国文化的内在特性，又在实践上体现出新时代中国外国文学研究者的特色。我们通过聚焦关键词，以英国文学家针对现代性——与现代化相匹配的现代价值体系——的文学表达和思想质询为审视对象，尝试为中国本土核心价值观和公共文化建设提供积极借鉴。例如，我们的丛书对共同体观念的界定、对幸福伦理和共同体形塑的探究不仅呈现英国共同体书写的景观，更是回应了莫里斯·布朗肖（Maurice Blanchot，1907—2003）、让-吕克·南希（Jean-Luc Nancy，1940—2021）和 J. 希里斯·米勒（J. Hillis Miller，1928—2021）等西方学者对共同体有机/内在属性的质疑，这其实暗含了关于中国乃至人类命运共同体的思考。最后，我还得提一下上述各个关键词的关联性。我在前面介绍丛书核心观点时其实已经谈到"转型焦虑""愿景描述""共同体形塑""秩序诉求""心智培育""民族良心"和"工作/生活方式"之间的内在联系。让我再举一个例子:"道德伦理传统"和"转型焦虑"之间也存在密切的逻辑关系——对于社会转型的焦虑除了是对"文明"/"进步"话语的回应之外,还意味着人类的工作/生活方式(因转型)出了问题,或者说"礼崩乐坏"(社会秩序混乱,伦理道德败坏)。通过文学典籍来透视这些文化内涵的关联性、复杂性和丰富性,是我们丛书的题目赖以立足的理由。

李:我还发现了丛书的另一个特色,即开辟了文学批评写作的新路径。更具体地说,您和您的同事们开辟了有别于国外常见的文学通史、文学选读或文学经典传统研究的新路径,也有别于国内的专题型学术专著,既站在英国文学与文化的内部考察分析,又立足于中国历史与社会现实来构思写作,着眼之处是文学的民族特性所承载的跨越时空和超越国界的文化精神价值。

殷:谢谢你的夸奖!我们确实尝试这样做了。至于做得怎么样,还得留待后人评说。

李:非常感谢您接受这次访谈!

引用作品[Works Cited]:

Eagleton, Terry. *The Idea of Culture*. Oxford: Blackwell, 2000.

—. *Culture*. New Haven and London: Yale UP, 2016.

Hartman, Geoffrey. *The Fateful Question of Culture*. New York: Columbia UP, 1997.

他生前的各个文学流派及其代表作家均有交集：先是与伦敦的拉斐尔前派；然后在肯特郡和苏塞克斯海岸居住时，与詹姆斯、康拉德、斯蒂芬·克莱恩(Stephen Crane，1871—1900)和威尔斯等作家产生交集；接着与战前伦敦的先锋派作家交往；然后是在20世纪20年代与巴黎的现代主义作家结识；最后是20年代末期与纽约的一些作家交流。

我们可以在福特的作品中找到上述文学流派及创作风格对其产生的影响。不过与詹姆斯、康拉德和克莱恩等人的交往才使他真正走上小说家的道路。福特称他们为"印象主义作家"——虽然不是所有人都接受这个称谓。他对印象主义流派做出了很好的解释。在他看来，文学印象主义是一场范围很广的运动，往前可追溯至19世纪中期，囊括了当时最优秀的现实主义作家，往后即向现代主义迈进。因此，福特不仅将自己在20世纪20年代的创作视为印象派，还将其年轻门生，如里斯和海明威的作品也归入此类。

我发现福特提出的文学印象主义的概念不仅很好地阐释了他的创作历程，而且清晰地展示了他对现代写作全景图的细致描绘。在过去，文学印象主义往往仅被视为一场由现实主义向现代主义过渡的文学运动。而福特的批评理论及其自身创作实践向我们表明：文学印象主义不仅属于现代主义文学的一大流派，而且也是许多伟大的现代主义作家(从哈代到伍尔夫)的创作特色。

许： 福特不仅写了多部关于英国性的作品，而且也写了一些关于欧洲和美国文学文化的作品。您是否也觉得他的创作与其较为复杂的文化身份密切相关？

桑： 是的。福特的父亲是德国人，而其外祖父是亲法派。他的成长背景造就了其复杂的文化身份。他早年接受的是三语教育，分别为英语、法语和德语。他对英国怀有强烈的感情，但同时又与其疏远，最后他离开了英国。他与詹姆斯和克莱恩等美国作家的友情，使他和这些敏锐的观察者一样，由外而内地审视英国性。他的三部曲《英格兰和英国人》正是以典型的双重视角——既是局内人又是局外人——进行创作的。1922年底，因为不想在英国乡间小屋度过寒冷又泥泞的冬天，福特和女友斯特拉·鲍恩(Stella Bowen，1893—1947)离开英国前往法国。在他们租住在地中海卡普费拉朋友别墅的几个月里，他们并没有想过要移民。但福特最终还是选择了移居，此后福特再也没有搬回英国居住。他虽然最后定居巴黎,但有时也到里维埃拉居住。《大西洋两岸评论》的编辑工作使福特与美国作家的接触越来越频繁。他发现,如果说战前英语文学的中心是在伦敦,20 世纪 20 年代是在巴黎,那么 20 世纪 20 年代末则转向了美国。在美国,他的作品甚至比在英国更为畅销。因此福特开始称自己为"法裔美国"作家,其创作对象也越来越倾向美国读者,内容上也越来越多地涉及纽约和美国。他的文化身份由此变得更为复杂、多重。

许: 接下来您能谈谈福特与世界文学或文化之间的关系吗?

桑: 福特的阅读兴趣非常广泛。除英语、法语和德语外,他还通晓拉丁语和希腊语,因而对英国、俄国、欧洲各国文学经典无不熟稔。他很有可能和他最熟悉的美国作家詹姆斯、庞德、海明威一样,是个欧洲中心主义者。此外,福特与康拉德的友谊使他对东欧及世界其他地方豁目开襟,因为康拉德曾随商船远航,甚至到过远东和非洲等地。谈到福特对非洲的看法,他绝不是个帝国主义者,因为他曾在《人民之魄》(*The Spirit of the People*, 1907)一书中对非洲土著居民做过如下描述:"非洲大陆应该属于他们——无论是过去还是现在,我一直都这么认为"(Hueffer 20)。此等见解在当时实属罕见。

《文学的行进》(*The March of Literature*, 1938)是福特生前最后一部作品。这部长达 800 多页的世界文学概论有着教科书般的规模和分量,却是一部从个人视角出发创作的作品。这本书美国版的副标题为"从孔子到我们自己的时代"(*From Confucius' Day to Our Own*),而英国版的是"从孔子到现代"(*From Confucius to Modern Times*),两者都表明了时空范围。随着 1937 年日本侵华战争的全面爆发,中国自然而然成为新闻焦点,因此取这样的副标题可能比较符合时事热点。当然,如果从福特和庞德的关系出发,这也有可能反映了庞德对中国表意文字作为诗学典范的迷恋,以及他在《诗章》(*The Cantos*, 1917—1962)中对孔子的引介。不过,福特自己对中国也抱有兴趣。在之前的作品《伟大的贸易路线》(*Great Trade Route*, 1937)中,他将文化传播与丝绸之路的影响相类比,认为文化由中国传播到西方,然后又西学东渐。此外,他还在书中发表了一篇长达 3 页的关于中国音乐的文章。事实上,这篇文章的初稿完成于 43 年前,当时他年仅 21 岁。由此可见他对中国文化保持着长久的兴趣。中国显然不是福特的创作重心。不过,他对文学和文化的兴趣一直都是全球性的。每当推崇"世界文学"这个概念时,我认为福特是当之无愧的先驱之一。

许:作为著名的福特研究专家,您曾担任过福特·马多克斯·福特学会(Ford Madox Ford Society)的主席,撰写过许多关于福特的研究著作、论文,同时您还完成了一部两卷本的传记巨著——《福特·马多克斯·福特:双重人生》(*Ford Madox Ford: A Dual Life*, 1996, 2012),为福特研究做出了无可比拟的贡献。说到福特传记,我很好奇,在已有5部福特传记问世的情况下,[①]是什么促使您再写一部的呢?此外,我也很想知道您是如何看待其他5部福特传记的。

桑:非常感谢在我之前的福特传记作家们所做出的贡献。道格拉斯·戈德林非常了解福特,因为他是深受福特庇护的年轻人之一。因此他对福特的个人见解及他分享的轶事有助于加深我们对福特的了解。弗兰克·麦克沙恩(Frank MacShane, 1927—1999)的传记为福特在现代文学中地位的确立奠定了重要的基础。阿瑟·迈兹纳(Arthur Mizener, 1907—1988)的传记出版于20世纪70年代,是福特研究领域的又一大进步。托马斯·莫泽(Thomas Moser, 1945—)在20世纪80年代撰写的福特传记集心理学与传记为一体,对福特的创作生涯提出了一些引人深思的问题。艾伦·贾德(Alan Judd, 1946—)于1990年出版的传记以小说家的视角展示了福特在英国文学史上的重要性。

所有这些传记作家都对福特其人其作发表了重要见解。但我认为他们都没有把福特的生活和写作很好地联系在一起。所以我觉得有必要另写一部不同类型的福特传记。

许:在您和其他执行委员的努力下,福特·马多克斯·福特学会为推进国际福特研究做出了重要贡献。您能简单总结一下学会已做的工作吗?另外,您愿意和我们分享一下您未来的福特研究计划吗?

桑:1996年,我们在英国举办了第一届福特研究学术会议,并在该会议上

① 其他5部福特传记为:Douglas Goldring: *The Last Pre-Raphaelite: A Record of the Life and Writing of Ford Madox Ford*. London: Macdonald, 1948; Frank MacShane: *The Life and Work of Ford Madox Ford*. London: Routledge & K. Paul, 1965; Arthur Mizener: *The Saddest Story: A Biography of Ford Madox Ford*. New York: World Pub. Co., 1971; Thomas C. Moser: *The Life in the Fiction of Ford Madox Ford*. Princeton, N.J.: Princeton UP, 1980. Alan Judd: *Ford Madox Ford*. London: Collins, 1990。

决定成立这个学会。它始终是一个国际性的团体,而这也正好符合福特作为世界性作家的身份。福特有时被称为"作家中的作家",正如我们前面所讨论过的,因为他对许多重要作家产生过深远影响。我们一直在努力邀请当代有创造力的作家加入学会。很高兴看到当代著名作家如 A. S. 拜厄特、科尔姆·托宾(Colm Tóibín, 1955—　)和季诺维·齐尼克(Zinovy Zinik, 1945—　)为学会做出的贡献。另外,学会于 2002—2016 年 15 年间出版了《国际福特·马多克斯·福特研究》(*International Ford Madox Ford Studies*)年鉴。学会旨在鼓励学者们积极探索福特作品中鲜为人知的领域。年鉴的后继刊物《最后一岗》(*Last Post*)[①]也在为实现这个目标继续努力着。可以这么说,学会不仅提高了福特在学术界的知名度,而且吸引了越来越多的学者加入福特研究。

未来的福特研究很可能与牛津大学出版社即将付梓的新版福特全集密切相关。萨拉·哈斯拉姆(Sara Haslam)和我将担任这套书的总主编,新全集预计包含 50 部左右的作品。其中部分材料从未出版发行过,如福特的书信。还有一部小说也将首次亮相。此外,有些作品(如福特的文学评论和他的短篇小说)从未结集出版过,所以一个多世纪以来几乎不为人知。对于过去几十年里再版过的书,很多将不再重新印刷。即使再版,新的版本也会加入新的发现、导论和注释。福特许多作品自第一次出版后就未重新发行过,因此新版全集将使他的大量作品多年后首次进入人们的视野。总之,对于福特研究者来说,这将是一个非常激动人心的时刻!相信新版全集的出版有助于开辟福特研究的新路径。

许: 早在 1985 年,侯维瑞教授就在《现代英国小说史》中写道:"福特也许是现代英国小说中最没有得到应有评价的作家"(侯维瑞 189)。然而,到目前为止,中国关于福特的研究成果仍不多见。基于您个人从事福特研究的经验,您能给我们中国福特研究学者提一些具体的建议吗?

桑: 原来在 1985 年中国就有评论家开始关注福特,并且对福特的评价和我们不谋而合,都认为他受到了不应有的忽视,这真的很有意思。我

① 此刊物与福特的小说《最后一岗》(*Last Post*)同名,故笔者采用了与小说相同的中文译文,中文译本译者为肖一之老师。

们由衷欢迎更多的中国学者加入福特学会,并向学会刊物《最后一岗》投稿。我们非常期待中国学者为福特研究做出贡献。西方学者迫切需要了解中国读者对福特的看法,因为中国学者的研究成果对西方学者而言具有非常重要的价值,而这正是你们所需要做的。基于此,我觉得我不应该建议中国学者去做哪方面的研究。另外,你们在做研究时,可以不受一些偏见的影响,而这些偏见曾扭曲过英国人对福特的看法。福特曾在英国出版界有过一段糟糕的经历。当时有人指责他是个骗子,还对他的外表进行过鲁莽的批评,而且经常以此作为忽视他作品的理由。不过现在不会再发生这样的事了。

我认为前面提到的即将出版的新全集应该能使学者们对福特的创作有个整体的了解,而这定能对今后的福特研究起到举足轻重的作用。我们会先着手编纂他的近3 000封书信,这是一堆非常丰富的研究资料。因此,研究福特的新学者们,无论你们身处中国还是其他任何地方,都将有机会成为研究福特书信写作的第一人。正如我之前所说,福特的文学批评亦是如此。福特的批评文章不仅数量可观,多达数千页,而且质量上乘,其中不乏独到见解。所有这些都为评论家们重新评价福特提供了绝好机会。如果我现在还是一个年轻学者,以上这些便是我想做的。

另外,我们鼓励学者们进行比较研究。近年来,优秀的福特研究成果大多以此入手,将福特与英国、美国或欧洲的作家进行了比较。非常期待福特与中国作家的比较研究成果能早日问世。

许: 谢谢您的宝贵时间和耐心解答!您对福特研究的深刻见解及宝贵建议给了我很大的启发!再次感谢您接受采访。

引用作品[Works Cited]:

Bradbury, Malcolm. "The English Review." *London Magazine* 5 (1958): 46-57.

Derrida, Jacques. "The Law of Genre." *Critical Inquiry*. Trans. Avital Ronell. 7.1 (1980): 55-81.

Hueffer, Ford Madox. *The Spirit of the People: An Analysis of the English Mind*. London: Alston Rivers, 1907.

Lindberg-Seyersted, Brita. Ed. *Pound/Ford: The Story of a Literary Friendship: The*

Correspondence Between Ezra Pound and Ford Madox Ford and Their Writings About Each Other. London：Faber & Faber，1982.

Pound，Ezra. "Mr. Hueffer and the Prose Tradition in Verse." *Poetry* 4.3 (1914)：111 - 120.

侯维瑞：《现代英国小说史》，上海：上海外语教育出版社，1985 年。

英语文学研究的回顾与展望：李伟昉[①]教授访谈录[*]

陈会亮[**]

内容提要：李伟昉教授认为，学术研究应该有明确的问题导向、鲜明的比较意识、宽阔的学术视野，研究对象应有思想性。外国文学领域应加强对经典作家的研究。英语文学研究根据地域可以分为英国文学研究、美国文学研究、非洲英语文学研究、澳洲英语文学研究、拉美英语文学研究等，我们既要加强每个区域内的英语文学研究，还要注意它们之间的关系研究，尤其需要加强各区域英语文学文化研究与中国文学文化之间的关系研究。

关键词：英语文学研究；思想性；区域；关系研究

Abstract: Professor Li Weifang believes that scholars should have sharp academic consciousness, a keen sense of comparison and broad horizon. They should focus their research on writers and works with deep literary thoughts. The field of foreign literature studies should strengthen the research on classic authors. In terms of geographic region, the studies of English language literature can be divided into British literature study, American literature study, African English literature study, Australian English literature study, Latin American English literature study, etc. We need to strengthen both the studies of English literature within each region and the study of the relationship between them. Particular attention should be given to their connection with Chinese literature and culture.

Key words: English literary studies; literary thought; area; relationship studies

---

* ［**基金项目**］：本文系国家社科基金重大项目“莎士比亚戏剧本源系统整理与传承比较研究”（19ZDA294）的阶段性成果。

** ［**作者简介**］：陈会亮，文学博士，河南大学文学院副教授，博士生导师，主要从事比较文学教学与研究。

① 李伟昉，二级教授，博士生导师，现任《河南大学学报》编辑部主任、主编，河南大学莎士比亚与跨文化研究中心主任。

陈会亮(以下简称"陈")：感谢李老师接受此次访谈邀请，请您先简单谈谈自己的英美文学研究经历，或者说研究心得吧。

李伟昉(以下简称"李")：很高兴能借这个机会梳理一下自己研究英美文学的经历并谈一谈我对当下英美文学研究的一些想法。

陈：那我们就先从您自己的研究经历谈起。

李：我简单说说我的几本代表性著作及内容，再谈一下几篇自己比较看重的论文，它们能大致勾勒出我的研路历程。

2004 年底，我出版了《英国哥特小说与中国六朝志怪小说比较研究》。在国内学界，该书首次对英国和中国两类小说及其背后不同的文化底蕴做了较有成效的比较研究，2007 年，这本论著有幸入选全国百篇优秀博士学位论文。中国社会科学出版社于 2011 年和 2017 年分别第二次、第三次印刷出版该书。其创新点突出体现在两个方面：第一，该研究发现了英国哥特小说与中国六朝志怪小说这两个看似风马牛不相及的对象中所蕴含的同质性及比较研究的可能性；其次，它运用比较文学平行研究的方法，本着跨异质文化平等对话与沟通互补的原则，将两者互为参照，既彰显其各自的文学特色，阐明其各自的文学传统及重要价值，由浅层次的异同比较进入深层次的跨文化探源，又探寻它们作为鬼怪小说创作所共有的审美本质与基本规律。孙景尧、肖明翰、王志耕等国内著名学者对研究的创新性成就给予了高度评价。例如，孙景尧认为该选题具有"重要理论意义和现实认识价值"，对"两者的怪诞与恐怖表现形态的内涵及其美学意义、对叙述视角同异及其特点的论述，均为新识并具启迪"。肖明翰认为该书"提出了许多很有见地的观点，很有学术质量"。

陈：这本书我印象深刻，我读硕士研究生时对它做过细读。在当下的研究生教学中，我也会推荐学生阅读。该书在中西小说比较研究领域具有原创性的贡献，在比较文学研究领域也产生了广泛的影响。

李：谢谢你的关注，之后我们可以就书中内容进行交流，我最近产生了一些相关的新想法。2005 年，我出版了《黑色经典：英国哥特小说论》，该书在国内算是首次较为系统地论述了英国哥特小说在西方文学史上的重要地位与美学价值。陆建德、聂珍钊等教授认为该作代表着我国在哥特小说研究方面的重要成果。黄禄善在其专著《境遇·范式·演进：英国哥特小说研究》中认为，该书"是我国第一本英国哥特小说研究专著，具有开拓意义，其中不少探讨颇有启发性"。2016 年出版的12卷本《中国外国文学研究的学术历程》中的"英国卷"评价该书："此书意在为哥特小说正名，并在深入探析其特有的渗透性与影响力的基础上，填补了国内尚未出版过英国哥特小说研究专著的空白。"

2011年，商务印书馆出版了我的专著《梁实秋莎评研究》，该书应该说是填补了国内梁实秋莎评研究的空白。该书在宏阔的中西方莎士比亚接受与批评史的比较视野下，首次在国内就梁实秋对莎士比亚的独特接受及其莎评做了较为详尽、系统的学理研究，揭示了梁实秋莎评的内涵与特色，探讨其译文形态与批评态度的内在联系，公允评价了其在中国莎士比亚传播与批评史上所做出的贡献和意义。著名学者陆建德研究员认为该书"将梁实秋的莎评置于特定的文化语境之中，追溯其来源，讨论其特色，评价其意义，体现出很强的历史意识，不愧为中国莎评史上的个案研究力作"。著名英美文学专家聂珍钊教授认为该书"是一项极有价值的比较文学研究成果"。2012年第4期《外国文学研究》、2012年5月2日《中国社会科学报》、2012年11月21日《文艺报》、2012年11月14日《中华读书报》分别发表书评高度评价该书。

陈： 我读过李老师翻译的哥特小说《修道士》，非常精彩。我知道您在研究外国文学之余，还非常关注现代文学、当代文学，您针对莎士比亚在现代中国的接受，搜集了大量资料，有自己的独到发现。当时看到您的《梁实秋莎评研究》感到很受震撼，据我所知，其在比较文学研究领域和中国现代文学研究领域都具有开创性价值。

李： 谢谢。2017年，中国社会科学出版社出版了我的专著《比较文学实证方法与审美批评关系研究》。该书在国内学术界首次较为全面地梳理、探讨了比较文学实证方法与审美批评之间的辩证关系，不仅较细致地考察了"法国学派"实证批评中所蕴含的审美精神，而且认真阐析了"美国学派"审美批评中的实证精神，从理论上澄清了多年来人们对法国比较文学实证方法论认识上的误区，客观、公正地揭示了"法国学派"和"美国学派"之间的相容性与共通性，进而有力地推进了学术界对比较文学研究的本质和意义的进一步理解。2018年第2期《外国文学研究》、2017年12月13日《中华读书报》等权威期刊分别发表书评高度评价这本专著的原创性学术贡献。

2017年，河南大学出版社出版我的另外一本专著《追梦人汤显祖》。这本书把汤显祖置于世界历史文化的大背景下,以世界性眼光挖掘汤显祖人生与创作背后的意义,在与莎士比亚创作的比较中彰显汤显祖作为世界文化名人应有的价值。该书把汤显祖及其《牡丹亭》作为一个闪光的中国文化符号,为使这位"东方的莎士比亚"真正走向世界尽绵薄之力。

2019年由河南省委宣传部主持策划、河南人民出版社出版的《河南社科名家文库·李伟昉卷》,内中收录的系列论文在细读西方经典作家作品、探究比较文学理论问题、追寻影响与平行关系轨迹、阐释跨异质文化接受规律等方面做出了不懈努力。

陈: 我注意到,您的研究有两个显著特点,一是与英国文学有密切的关联,二是抓住某一个切入点填补国内研究在该方面的缺失,出版后得到诸多学界名家的肯定。

李: 大体上是这样。这和我的阅读经历有关,也和我的研究兴趣相关。我开始阅读外国文学名著时,接触到的、最感兴趣的就是英美国家的作家作品,或许兴趣是最好的引路人,对阅读和研究来说同样如此。当然,认真想想,之所以这样选择,也与我对当下世界的思考有关系。尽管学界已在讨论英国"优雅地衰落",美国也在衰退,但不管怎么说,客观上,英语仍然是世界上应用最广泛的语言,在某种意义上仍具有世界语的作用;英美文化的影响力也依然很大;我们加强自身的文化自信无疑是对的,但那并不意味着不再需要学习,去"拿来",基于对英美真切了解、对自身真正认识的自信才是更为可贵和重要的。这是我致力于英美文学文化研究的一个重要原因。

你提到的填补空缺,我确实很多时候是有意为之,这正是我们常讲的问题意识。学术研究是分领域的。大家在一个学术共同体内,彼此互相学习,各有专长,最终才能建构起一个完整的学术版图。如果我们相互重复,不注意同仁的研究,就会造成精力的虚掷,乃至资源的浪费。所以在进行研究之前,我会认真审视自己的研究对象,争取让自己的写作和思考能够对国内相关研究起到查漏补缺的作用。

陈: 李老师谈到的这点值得我们学习,我们在确定研究选题、项目申报时同样需要这方面的自觉。接下来,我们简单谈谈您的论文吧。

我注意到,继独立发表《接受与流变:莎士比亚在近现代中国》(《中国社会科学》)、《梁实秋莎评特色论》(《外国文学评论》)、《梁实秋莎评的人性论特征及其意义》(《外国文学研究》)、《论梁实秋与莎士比亚的亲缘关系及其理论意义》(《外国文学研究》)之后，您又集中发表了《林纾对莎士比亚的接受及其文化意义》(《文学评论》)、《雨果莎评及其特色论》(《河南大学学报》)、《莎士比亚：弗洛伊德精神分析学的隐秘之源》(《人文杂志》)、《人类命运共同体的价值理念与全球视野的结构转向》(《河南大学学报》)、《朱东润〈莎氏乐府谈〉价值论》(《外国文学研究》)等重要学术成果。这些学术成果在学界尤其是外国文学研究领域有着较大影响，请您就这些论文的价值或者选题简要谈谈您的想法。

李：我简单谈谈我印象比较深刻的几篇论文吧。《林纾对莎士比亚的接受及其文化意义》首次对晚清著名的翻译家林纾《吟边燕语》的序言进行了较深入细致的解读，探寻林纾把莎士比亚理解为"好言神怪"传奇诗人背后的重要意义；同时，把林纾从志怪传奇层面翻译《吟边燕语》、解读莎士比亚，作为跨文化接受的一个典型案例，揭示跨文化阅读与接受过程中，个人理解与社会现实语境、历史文化积淀的关系。

《朱东润〈莎氏乐府谈〉价值论》首次对朱东润于20世纪初在上海《太平洋》杂志发表的四篇《莎氏乐府谈》做了较为深入、详实的探讨，认为它是现存篇幅最长、论述最细致、最早独立成章的完整的莎士比亚评论。朱先生既有对《罗密欧与朱丽叶》和《裘利斯·凯撒》等名剧精彩细腻的文本分析，又有自觉的中西文学比较层面的真知灼见，我认为其标志着近现代中国学界从学术、学理层面接受和研讨莎士比亚的开始，且较早地探寻了文学创作不同体裁的差异特征与跨文化翻译接受规律，在中国莎士比亚接受史上具有重要的里程碑式的学术意义。

《莎士比亚：弗洛伊德精神分析学的隐秘之源》以美国著名学者哈罗德·布鲁姆《西方正典》为中心，探讨莎士比亚对弗洛伊德的影响。莎士比亚是善于挖掘人的灵魂、展示人的复杂内心世界的杰出天才，而弗洛伊德的学术研究与莎士比亚戏剧的创作特色有着千丝万缕的精神联系。重温布鲁姆关于莎士比亚与弗洛伊德之间影响关系的见解，不仅极具学术价值，而且富有现实意义。

《雨果莎评及其特色论》从莎评贡献、对四大悲剧的个性阐发及莎评特色等三个方面，探讨了雨果《莎士比亚传》的价值和意义，尤其是从比较意识与整体思维层面探究了雨果莎评的比较文学方法特色。雨果不是孤立封闭地研究莎士比亚,而是立足于比较意识与整体思维,有意识地把莎士比亚置于宏阔的文学史上已有的大家系列中加以相互观照,观照中既强调共性,又突出差异,使其以极其鲜明的特色和罕见的丰富性呈现出来,进而彰显其在文学史上无与伦比的价值和地位。他的莎评已经使用了后来比较文学学科的研究方法,理应是比较文学研究的先驱之一。

陈: 您这四篇论文的最大特点是皆围绕着莎士比亚展开,前两篇是两位中国重量级学者对莎士比亚的接受和评论,后两篇涉及的人物同样地位举足轻重,雨果和弗洛伊德,他们的身份自然不用详细介绍,但他们与莎士比亚的关系亲疏,经过李老师的挖掘和研究自然地呈现了出来。在某种意义上,后二者的成绩与他们取经、研读莎翁有一定的关系,站在巨人肩膀上,成为侏儒的可能性不大。我还注意到一点,您的研究既有前面的中西比较,也有同一文化体系内的比较,您似乎对比较情有独钟?

李: 是这样,尽管我们常说比较文学不是文学比较,但是,比较在人们日常生活中实际是无处不在的。我们不自觉地关注中国奥运得了多少金牌,排名多少;中国的新冠疫情防范做得比较好,人们很自然地认识到我们制度的优越性。这背后都是比较。甚至可以说,比较是人的天性,就像模仿是人的天性一样。在研究中,有意去比较是必要的,有比较才有高下之别、优劣之分,有了这种区分,才能达到较为精准的认知。

陈: 谢谢您对"比较"的阐发,我还注意到,您最近发了一篇论文,叫《方法的焦虑:比较文学可比性及其方法论构建》(《中国比较文学》),想必这是对比较的理论思考。另外,我也知道,您近几年研究莎翁成绩斐然,前年还拿到了关于莎剧的国家社科基金重大招标课题,请您谈谈莎翁研究的现状及未来可能,我们很希望您能借莎士比亚研究,和我们谈谈英美文学研究中应该注意的问题。

李: 你问到了我更愿意细谈的问题。从本·琼生提出莎士比亚的作品"超凡入圣",并认为"只要你的书在,你就还活着",到哈罗德·布鲁姆盛赞"莎士比亚是经典的中心",学人的研究重心日益从莎士比亚自身走向莎翁与西方文史经典的关系、莎翁的认知创见,乃至莎翁在西方思想史上的定位等等。但莎翁是"横空出世天才"的浪漫设定并不能解释莎剧中丰富的古老意象、久远的历史背景、习见的传统叙述模式乃至所涉论题的源远流长。

省思400年莎评史可以发现，过往莎评或对莎士比亚文本进行内部剖析，或对舞台表演、戏剧改编、跨媒介比较等进行外部探究，将莎士比亚作为西方古典文化(文学)接受者、集大成者的研究已然出现。其中，杰弗里·布洛(Geoffrey Bullough, 1901—1982)的《莎士比亚的叙事与戏剧源流》(*Narrative and Dramatic Sources of Shakespeare*, 1973)、夏洛特·莱诺克斯(Charlotte Lenox, 1729—1804)的《被证实的莎士比亚：莎剧所由来的小说和历史》(*Shakespeare Illustrated: Or the Novels and Histories on Which the Plays of Shakespeare are Founded*, 1754)、J.潘恩·科利尔(J. Payne Collier, 1789—1883)的《莎士比亚图书馆：浪漫故事、小说、诗歌、历史的合集》(*Shakespeare's Library: A Collection of the Romances, Novels, Poems and Histories*, 1843)是最有代表性的著作。为了能更好地界定莎士比亚的思想内涵、历史地位，乃至更好地认识西方，我们需要"往回看"，分析莎士比亚所受的影响，对"莎士比亚何以成为莎士比亚"进行客观研究，亦即，我们需要对莎士比亚戏剧的本源进行钩沉，通过系统整理还原莎士比亚的阅读史、思想起点、核心关注，以及莎翁在传承中对重大问题的创造性洞见。

可以预见，借助这种影响研究以及知识考古，通过史料的爬梳以及对国内外已有研究的鉴查，我们将可以更好地厘定莎士比亚之所以能取得旷世成就的深层原因，这对于完善莎评史、认清西方思想的原貌，以及更准确地定位莎士比亚都有着不可或缺的价值和意义。

陈： 上面这段话虽然不长，但是能听得出来，它高度凝练地概括了您当下研究莎士比亚的思路和抱负，我听得很过瘾，甚至有顿悟之畅快。也就是说，您设计的莎剧来源研究的最终指向是莎剧的思想性，如果我没理解错的话，您是将莎翁当作一位思想家来研究，要挖掘、重构他作为思想家对哪些问题做了思考，并提出了自己的真知灼见。

李： 我必须承认，你抓住了我说的要点。

陈： 据我所知，您领导的团队项目进展得非常顺利，已经取得不少阶段性成果，我们对诸位最终的研究成果充满期待。您是否可以提前透露一下研究的思路和进展情况？

李： 你说得有道理，我也大体能明白你想"探听"我们研究思路细节的意图。我可以简单说说，也期待你能提出宝贵意见。

首先是对莎士比亚戏剧本源文献的整理。课题组将对西方百余年来莎士比亚戏剧本源领域的研究文献进行系统爬梳、分类,进而组织精干力量进行翻译、整理,以期能为国内莎评研究积累一批详实、可靠的文献史料。

其次,我们要写一本《西方莎剧源流批评史》。考察剧作家莎士比亚所受影响,本就是莎士比亚批评史当为之事。研究将对莎士比亚阅读史中涉及的与戏剧文本有关的故事进行原型、结构、主题解析,以期能将四百年莎评史下沉至莎士比亚所在的文化传统中,此举或将探寻到莎剧历久弥新的深层次原因。

最后是探究莎士比亚的"继往"与"开来"。研究将结合莎剧经典化的过程,从人物塑造、主题升华、意象选择、风俗延续、时空挪移、艺术传承等角度剖析莎剧和莎翁所接受的故事原型之间的关联,进而厘定莎翁如何去粗取精,在批判中继承,进而理解作为思想家、艺术家的莎士比亚的独到之处。

陈:谢谢您的慷慨,这三个方面都极具启发性,按照您的描述,这个选题是非常有价值和意义的。对莎士比亚戏剧本源已有研究成果的搜集、整理、翻译和研究,将极大丰富莎剧已有汉语研究文献,推进国内莎士比亚研究走向纵深;这让我想起杨周翰先生 40 年前编选的《莎士比亚评论汇编》,它是新时期以来中国莎评的基础和起点,也是研究的高峰,值得后辈效仿的榜样。您对莎剧来源文献的整理如能起到类似的作用,真是汉语学界莎评学人的福音,我们充满期待。

您谈到的最后一点,研究将对莎翁借鉴的原型故事和戏剧文本进行比较,也将对西方莎评学者之间相关学术成果进行比较研究。我想,这势必能更好地呈现莎士比亚在哪些方面进行"守成",而又在哪些领域做了创新,进而将莎士比亚在思想和艺术上的独特性呈现出来。基于此,我们或许能够为莎士比亚在文学史、思想史上的地位进行重新评定。

李:谢谢你的鼓励。我再简单补充一下,我们的研究将重读这些莎士比亚认真阅读过或可能阅读过的作品,努力解析这些文本和莎剧文本在主题、结构等方面的异同;研究亦将结合对来源文献的解读,对批评史上某些对莎剧随意解释的倾向和观点进行批评,进而厘定莎剧正确的读解方案和真切的主题内涵;研究的最终命意在于:通过对莎士比亚思想来源文献的分析、解读,去除批评史中遮蔽莎士比亚思想光芒的障碍，进而助力对莎士比亚思想的还原和重构，最终为在文学史、思想史中对莎士比亚进行重新定位做出我们的贡献。

陈： 其实从您的论述中，我注意到一个关键词，您多次提到了思想、思想史。不知您如此强调这两个词的用意何在？能否对这个问题进行简单回应。

李： 确如你所说，我非常重视“思想”一词。在我看来，能青史留名，为人类文明做出创造性、基础性贡献的文学家首先要是个思想家，他们通过故事虚构事件，以叙述的方式提出问题，并通过情节展示（预演）事情的结局或者可能性，这结局就是作家对问题的回答与思考。荷马、古希腊三大悲剧诗人、司马迁、但丁、吴承恩、莎士比亚、歌德、曹雪芹、托尔斯泰、汤显祖、索尔·贝娄等人莫不如是。应该说，史学家、哲学家也用自己擅长的语言，借助个人喜好的形式，呈现自我对世界的认知和思考，或者回应自身对世界的叩问与观察。无论他们进行了怎样的提问和思考，他们的回答都是语言的。所以语言至关重要。或许形式本身无所谓高低，但是观察是否准确，思考是否深入，答案是否可行却是值得细细思量的事情。问题有时比答案还要重要。所以审查文人、史家、哲人的问题以及探究他们对问题的思考就成为研究要面对的目标。

陈： 我明白了。您的意思是我们在确立研究对象时，要选择那些重要的、一流的，可称得上思想家的作家来研究。但是，这是否意味着研究者必须具备非常高的知识水准、充沛的储备，甚至高远的眼界呢？

李： 大体是这个意思。阐释学中有一个道理，也算是我们生活中的常识，即低的无法理解高的，但是高的可以理解低的。初三的学生看六年级的习题，觉得很容易，但是看高一的习题则不然，而高三的看初三的又会觉得是小儿科。我们初读小说，能够准确地把握中国古典四大名著？恐怕需要待涉世较深，有社会经验、历史知识、阅读方法的时候，我们才能真正对这些大书有所感悟。换句话说，对于学者而言，没有学术视野，研究是无法深入进行下去的。

陈： 也就是说，要做研究，我们必须立足更高，开阔眼界。确实是这个道理。我们接着谈莎士比亚。

李： 接续前面所说，这其实也是为什么我近年选择研究莎剧、关注雨果等人的深层原因。我们看到，在 20 世纪，很多文论家或者研究者借助种种方法，比如形式主义、精神分析、新批评、解构主义等等，来对莎剧,甚至同一部莎剧进行解析,但我们并未对他们的结论产生心悦诚服的感受,或者说确立我们对某部莎剧的认知。比如迈克尔·莱恩(Michael Ryan, 1951—)的《文学作品的多重解读》(*Literary Theory: A Practical Introduction*, 1998)用20世纪流行于西方的十多种理论来对《李尔王》进行解读,这些视角在当下是被鼓励的,是先天正确的。但是我在看这本书时,总有隐隐的心痛和不安,为什么呢?一部经典莎剧,甚至在我内心深处很神圣的一部文本,躺在手术台上,被人动了刀,在某种意义上,它甚至不如被用来做实验的小白鼠。

我期待的莎剧研究,或者说作家研究,是研究者带着尊重、爱戴,甚至朝圣的心态,认真研读作品,既读表面的字句,也体味字里行间的深意。实际也就是要与作者进行深层次的对话,当然,客观、理性、审慎的态度是不可少的。阅读和研究就是我们和作者间的礼尚往来,在对话过程中,作者的意图得以呈现,我们的见识得到扩展。研究本身是我们对研究对象进行还原的过程,今天的研究有些过于强调重构而忽略还原了,这也是为什么我们强调莎剧来源批评的原因。

陈: 通过李老师的讲述,我对您的研究思路和指向有了更深的理解,非常佩服您的想法和抱负。但我觉着这不是很容易的事情,尤其是试图让莎士比亚和其他的史家、哲人进行对话的时候。

李: 学术研究本就不是容易的事情,它需要坚实的知识基础、严密的逻辑思维、敏锐的直觉,甚至良善的内心,追求至善的心性,等等。当我们有这种认识和指向的时候,就会发现,我们应该紧盯着莎剧文本,要透过故事去看文本后隐匿的莎翁,要还原莎剧的问题,要找出莎翁创作剧本的意图。还原或者说探寻出这个确定的东西后,我们再拿它和柏拉图、普鲁塔克、孟德斯鸠、爱德华·吉本、雨果,乃至孔子、韩非等进行对话,或许此时我们才能真正获取学术研究称之为真理或者智慧的东西。

陈: 李老师将这个东西讲得很透彻,这是一个研究理路,甚至是学术何为的问题。这个问题我们暂时告一段落,进入下一个我特别关注的问题,能否请您简单谈谈英语文学研究的问题。

李: 这个问题并不简单,也很难简单谈谈,我甚至担心自己对此发言是否会引起同行的非议,因为讨论英语文学研究的问题,似乎更多是外语学院教授们的工作。我这里的谈论也仅仅是宏观的论述,请方家们多多批评。

英语文学研究这个称谓本身摒弃了通常的地域概念，比如我们常讲英国文学、美国文学、澳大利亚文学，等等。将语言本身、语种作为研究对象似乎包含着客观描述、中立化的倾向，这是值得肯定的。但是，这并不意味着地域、地理要素不重要，或者可以忽略。它们恰恰是无法回避的。就英语文学而言，它应该由几部分构成，首要的是英国文学、美国文学，然后可以是非洲英语文学、澳洲英语文学，等等。由于地理上的原因，加之历史、文化的因素，同样是英语文学，它们的风格和表现却并不一致。就中国的研究者而言，我们在有了宏观认识后，应该加强对不同区域内英语文学的研究。这里的加强，既指研究的广度，也包括研究的深度。

就以英国文学研究为例，我们对历史更为久远的《贝奥武甫》更应给予关注，它是英国文学的开山巨著。《贝奥武甫》对于英国文学就像《荷马史诗》对于希腊文化一样重要。我们应加强对这些具有奠基意义的经典文本的研究，并及时将相关研究成果纳入我们的文学史写作中。在这方面，冯象的论文《“他选择了上帝的光明”——评罗宾逊〈贝奥武甫与同位文体〉》(1993)以及王春雨的博士论文《英雄史诗〈贝奥武甫〉与英国文化传统研究》(2014)值得肯定。对这部诗作，我们的研究其实还远远不够，我们译介了哪些关于这本书的权威论文及专著？关于这本书在西方的接受史，我们又做了怎样的研究？这都是有待填补的空白。

再比如苏格兰文学，伴随着 2014 年 9 月苏格兰独立公投的开展，国内学者才开始关注英国政治版图存在裂痕的问题，或者说开始认真关注英国的历史及民族问题。2014 年以后，以宋达为代表的学者开始研究“现代苏格兰文学问题”，并发表了几篇代表性论文，出版了关于苏格兰文学研究的专著《英国文学框架下的苏格兰文学汉译问题研究》。应该说，研究论文及专著的出现相比于以前的缺失是很大的进步，但很难说这些研究关注到的是苏格兰文学研究中最重要的问题。尤其需要提及的是，王佐良先生在 1990 年就曾指出，苏格兰文学的特性有待重申。其实看到这句话的时候我挺伤感的，仅凭这句话，我们就需要向王佐良先生致敬。但是，从学界当下对苏格兰文学的研究现状来看，我们都应向王先生致歉。类似像《苏格兰文学》《苏格兰历史与文化》《苏格兰大思想家》这样的书，我们要抓紧时间甄别版本,精选译者,尽快出版;此事刻不容缓。

陈: 我明白您的意思,学界对前辈的话,既没有很好地理解,也没有很好地实践。王佐良先生在英国文学研究如《英国文学史》、比较文学研究方面如《论契合》中的很多论断依然发人深省,其本身就值得研究。

李: 我们今天对前辈学人的纪念太流于表面了,最好的纪念是对前辈研究成果的传承。王佐良先生一生醉心于英国文学的研究,在英国诗歌、英国散文流变方面成绩斐然,实是我辈学人当效仿的榜样。当前,朱振武教授专注于非洲英语文学的研究,而拉丁美洲英语文学等其他区域英语文学研究尚无代表性学者出现,相应的,也就没有代表性成果出版。这种现象的存在本身说明我们很多学者在眼光和格局方面略有欠缺。学者的研究既要追随自己的兴趣,也要跟随时代的步伐,考虑人们的需求、国家的需要。

陈: 很明显,李老师对这些问题有自己的思考,能否请您谈谈在这些领域开展研究的思路。

李: 对这些内容,个人精力有限,我仅仅有一些设想,空中楼阁,并未付诸实践。所以肯定会有不合适的地方,敬请学界批评。首先,就像我刚才讲的,我们要深化每个领域的研究,重视已有成果的搜集和翻译、整理工作。就像前面提到的《莎士比亚评论汇编》,以及陈众议先生现在在做的"外国文学学术史研究"系列,都是利在当下、功在千秋的工作。有这种积淀,我们的研究才是厚重的,它们是我们学术研究前行的压舱石和指南针,有这些成果作为路标,后续的研究不可能偏离正轨,只会越来越好。

其次,我们需要关注英语文学内部的关系网络。比如说英国文学与美国文学的关系,英美文学与非洲英语文学的关系,英国文学、美国文学与拉美英语文学的关系,等等。既要关注它们的影响和传承关系,更要关注它们之间的差异和变异,尤其是在非洲、拉美国家争取民族独立、自决、发展的过程中,他们的文学呈现出怎样的面貌,他们对英语语言本身有怎样的理解和反思,他们对英美国家有怎样的认同和反省(反抗),都是值得我们关注的。这些内容的研究需要巨大的时间投入,也要注重国外相关研究成果的发现和译介。如果没有,或许我们应该加强理论指导和国际合作,引导相关国家的学者加强这方面的研究。这也是我们中国文化走出去,加强文化自信的当有之意。

陈： 您上面谈到的这些是英语文学内部的研究，研究的是使用英语创作的地域之间的关系，而我们使用的是汉语，我们多数人是在用汉语思考，用汉语叙述这个世界。

李： 是的，我们是中国人看世界，中国本位，因此，研究每个地域内的英语文学文化与中国文学文化的关系也就成为自然而然的事情。比如葛桂录的《雾外的远音：英国作家与中国文化》，介绍了不同时期英国人对中国文化接受的实际情况，很有价值和意义。这样的研究值得提倡，也很有意思。"海外中国研究丛书"中的部分专著其实属于此类研究。与此相关的还有一个领域值得关注，海外汉学家、作家对中国文学、文化的译介。比如四大名著在英语世界的译介，中国古典四大名剧在英语世界的翻译、传播，以及四书五经在英语世界的译介，这都是值得关注的问题和现象。这些我们就不一一展开了。

陈： 好的，非常感谢您的访谈，我受益匪浅，收获满满。

李： 也谢谢你的问题，我的很多想法在你的引导下被唤醒了。有时间我们可以再谈。

陈： 十分期待，谢谢！

英国文学

济慈长诗《拉米娅》中的民间文学“母题”

卢　炜*

内容提要：本文从西方民间文学母题分类的角度，分析了济慈叙事诗《拉米娅》可能借鉴的欧洲、亚洲和非洲等地区的民间文学母题和基本情节。在此背景下，本文指出《拉米娅》开篇“赫尔墨斯插曲”部分有两处尚未被西方济慈研究学者发现的欧洲民间文学母题，并结合西方民俗学和济慈研究的成果，分析了两处母题对深入和全面地理解“赫尔墨斯插曲”及其对整首诗歌情节和寓意的影响。

关键词：拉米娅；民间文学；母题；赫尔墨斯插曲

Abstract: From the perspective of western folklore-motif studies, this paper tries to illustrate the possible folklore motifs of European, Asian and African folklore literature in Keats's narrative poem *Lamia*. This paper points out two important folklore motifs that Western Keats scholars have not recognized. By means of the combined analysis of Western folklore studies and Keats studies, this paper intends to make a detailed analysis of these two folklore motifs and offer a unique perspective regarding the meanings of "Hermes Episode" and its significance to the whole poem.

Key words: Lamia; folklore; motif; Hermes Episode

约翰·济慈（John Keats，1795—1821）的长篇叙事诗《拉米娅》（*Lamia*，1820）的直接来源是文艺复兴时期作家罗伯特·伯顿（Robert Burton，1577—1639）的《忧郁的解剖》（*The Anatomy of Melancholy*，1621）。伯顿所写的故事从济慈1820年出版的诗集《拉米娅、伊莎贝拉、圣亚尼节的前夕及其他》（*Lamia, Isabella, the Eve of St Agnes and Other Poems*）开始，多数时候直接作为该诗的附录，出现在正文之后（Stillinger

* ［**作者简介**］：卢炜，北京大学外国语学院英语系副教授，主要从事英国诗歌和翻译学研究。

475)，成为整首诗的一个必要组成部分。无论是伯顿的故事还是济慈改良之后的《拉米娅》，本质上都隶属于民间文学领域几个重要的"母题"或"基本情节单元"(motif)。根据现代经典民间文学的母题分类，《拉米娅》中包含的母题主要有："动物情人"(animal paramour)(B610)、"动物婚配"(marriage to animals)(B604)、"变身爬虫"(transformation: man to reptiles)(D190)等(Thompson vol. 1: 462, 463; vol. 2: 25)。《拉米娅》广泛地继承了欧洲、亚洲和非洲各大陆民间文学中"蛇身美女引诱青年男子"这一原型，并融合了各个不同类别和不同版本的特点，加以创造性地发挥，使这个经典的故事具有了很多独特的风格，并且在叙事和主题深化等层面为整首诗做出了贡献。

一、《拉米娅》与"美女蛇色诱男青年"的四个版本

根据现代西方经典民间文学的母题分类研究，"美女蛇色诱男青年"这个原型有多个不同版本，依据故事出现的属地和时代，笔者认为大致可以将其分为以下几个类别：

1. 古希腊神话版及其变体

最早的"拉米娅"版本是古希腊神话版。根据这一版本，拉米娅本是古利比亚的一位女王(a Libyan queen)，由于和希腊主神宙斯相恋，生下许多孩子；但是赫拉嫉恨她，杀死了她的孩子，拉米娅因此发疯，变成美女头蛇身的恶魔，专门吞噬幼童(Brewer 645; Price 312; Mercatante 398 - 399; Cotterell 138 - 139; Jones 265; Rose 192; Leach 601)。这是在西方流传最广的一个版本，而从这个版本起，"拉米娅"这个名字多与邪恶和残忍的怪物联系在一起，因此，济慈的"拉米娅"从命名伊始就可能被打上"邪恶女子"的烙印。[①] 此外，这个版本还演化出其他几个重要的版本，比如，古希腊民间神话常把拉米娅和另外几个类似的恶魔形象恩浦萨(Empusa)、莱末(Mormo)和吉洛(Gello)联系在一起(Price 312, 188, 358)，而古罗马神话发展了古希腊神话中拉米娅的形象，产生了一个类似

① 但也有学者认为济慈的"拉米娅"受哥特小说式的"吸血鬼"情节的影响(Gigante 443)，还有西方评论者指出，济慈有意淡化拉米娅这个形象的负面含义，将她与古希腊神话里具有"吸血鬼"特质的怪物剥离(Allott 613)。

的变体,称为勒穆瑞斯(Lemures)或拉维(Larvae),这个怪物常在夜间出没于道路旁,伺机戕害人类(Murray 199; Lurker 205 - 206; Jones 265; Rose 195)。济慈的"拉米娅"也是趁着夜色,在来修斯(Lycius)的必经之路旁引诱他,因此济慈的诗暗合了这个民间传说,说明他很有可能借鉴了这个版本的一些内容。古希腊版拉米娅在中世纪欧洲仍十分盛行,彼时女巫常被称为拉米埃(Lamiae)(Brewer 645; Jones 265),并有可能影响了非洲版的拉米娅。根据一些学者的看法,由于传说中拉米娅最早是利比亚女王,因此,这个传说影响了北非撒哈拉沙漠地区的文化(Rose 192),拉米娅在非洲变为了拉米埃,而这个种族"胸部以上呈现女性样貌,身体其他部位像蛇,专门引诱陌生人进入她们的怀抱,然后将其一口吞掉"(Brewer 645)。显然,人面蛇身女子的形象成为拉米娅的经典造型,并被济慈全盘照搬至自己的故事中。因此,古希腊神话版及其变体由于在众多层面上与济慈的《拉米娅》有很深的渊源,也成为学界不少学者公认的该诗故事情节的重要来源之一(Parsons 207 - 208; Almeida 188; Bush 156)。

2. 中世纪法国版及其变体

另外一个在欧洲大陆较为流行的版本是中世纪法国版及其变体。这个版本主要依据中世纪法国浪漫传奇中梅露希娜(Melusina)的故事演化而来。根据这个版本,仙子普蕾希亚(Pressia)和苏格兰国王奥尔伯尼(Albany)共育有三个女儿,其中长女梅露希娜嫉恨父亲无意间打破了禁忌,造成母亲不得不离开女儿,于是她带领妹妹们报复父亲,将其囚禁起来;而她的这个举动反而引发了母亲的不满,普蕾希亚施魔法将梅露希娜自腰部以下变成一条蛇,并且每个周六必然让她现出原形;梅露希娜后来嫁给了吕西尼昂(Lusignan)伯爵,但条件是伯爵每周六不能见她;最终伯爵没有抵住诱惑,窥见了梅露希娜的真身,并且在一次夫妻争吵时,于盛怒之下向梅露希娜道出了真相,责备她是一条蛇,结果梅露希娜昏倒之后,尖叫着从窗口消失,并诅咒伯爵一脉世代不得安宁(Lindahl 130 - 131; Brewer 727)。这个版本虽然没有被济慈直接使用,但是其中一些重要的情节和桥段都在济慈的《拉米娅》中有所体现,比如,济慈的拉米娅被阿波罗尼斯揭穿身份后,"她发出惊恐的惨叫,便永远消失"(屠岸 269)。这个细节就高度还原了梅露希娜故事的结局(Brewer 727; Parsons 206 - 207)。

除了这一著名的梅露希娜版本之外,该版本至少还有四个同样重要的变体(MacCulloch 1932: 49 - 52)。其中两个变体与《拉米娅》有较为密切的关联。其中,第二个变体来自一位13世纪的英国作家基尔瓦斯(Gervase of Tilbury, 1150—1220),这个版本中的美女蛇潜伏在路旁,呼唤青年男子雷蒙德(Raimund, Lord of Russetum),最终引诱该男子和她结婚(MacCulloch 1932: 50)。这一情节与济慈《拉米娅》中拉米娅夜晚潜藏在来修斯必经之路引诱他如出一辙。而第四个变体来自12世纪威尔士作家迈普(Walter Map, 1140—1210),根据他的记述,一位名叫格瓦斯汀(Gwastin)的男子连续三晚都看见湖畔有跳舞的女子,最终他成功地抓住了其中的一个,和她结为夫妻,而他们结婚的条件之一就是男子绝不用马鞭子抽打他的妻子;几年以后,盛怒之下男子鞭打了他的妻子,她随即带着孩子消失在湖水中(MacCulloch 1932: 52)。这一情节又与济慈《拉米娅》第二部中,来修斯强迫拉米娅举办婚礼时的描写十分近似:

他的激情,变得严酷,更染上
凶猛残暴的色彩,它可能出现
在没有青筋凸起的眉宇上面。
已经缓和的暴怒是美妙的,如像
阿波罗前来动手打蛇的模样。(屠岸 260—261)

虽然,最终拉米娅答应了来修斯的要求,夫妻间并没有发生现实意义上的肢体冲突,但这段描写突出了来修斯施暴的心理可能性,很大程度上预示了两人关系的转折,以及拉米娅灾难性的命运和归宿: 消失。虽然没有直接证据证明济慈在创作《拉米娅》时参照过这些版本的情节,但是,可以肯定的是: 作为重要民间传说的基本情节,济慈或多或少接触或听说过这些故事,并且最终成功地将其中一部分融入自己的创作中。

3. 中世纪巴斯克版

第三个可能的拉米娅母题来自中世纪欧洲的巴斯克(Basque)地区。根据古巴斯克传说,拉米娅是一个水中仙子(a water spirit or mermaid),并不是传统欧洲经典神话里的邪恶形象(Leach 118),反而品行温良(Rose 192)。西方研究认为济慈至少曾经接触过与这个版本类似的版本,并对水中仙子的爱恨情仇有所耳闻(Parsons 206 - 207),因此,在拉米娅试图引诱来修斯时,来修斯曾经哀求拉米娅道:"站住! 你哪怕是溪河女神,别走! /你的溪河会服从你长远的祈求"(屠岸 251)。可见,济慈同样了解欧洲民间文学里美女蛇善良的一面,并将其融入拉米娅的性格特征,在很大程度上中和了传统民间文学对拉米娅的偏见。[①]

4. 中国版

最后,中国版的美女蛇传说"白蛇传"在中国家喻户晓,而西方经典民间故事分类将其专门归为一个类别(B562.1)(MacDonald 86, 703)。这个版本的故事情节和主要人物形象与济慈的《拉米娅》高度重合:两个版本都有一个善良单纯的男青年(来修斯和许仙),一个美丽、果敢,具有强大魔法,追求爱情的美女蛇(拉米娅和白娘子),以及一个具有神秘力量、自称男青年守护人的老者(阿波罗尼斯和法海);而两个故事中相恋的男女最终都被代表道义和理性的老者拆散,他们的爱情以悲剧告终。很可惜,学术界无法找到任何直接证据说明济慈曾经参考甚至接触过《白蛇传》,而济慈书信集中涉及中国的文字更是寥寥无几,且多为负面评价(傅修延 379)。因此,尽管两个版本在所有版本中相似度最高,但也只能将其归结为人类文明某个瞬间的心有灵犀而已。

二、《拉米娅》中的"视觉禁忌""丘比特—赛琪情节"和魔法棒

1. "赫尔墨斯插曲"与"视觉禁忌"

除了"美女蛇色诱男青年"这个原型之外,《拉米娅》中还有许多其他重要的民间文学母题,例如"视觉禁忌"(tabu against looking)、"名字禁忌"(naming)、"丘比特—赛琪情节"(the story of Cupid and Psyche)等,这些重要的民间文学基本情节已有西方学者进行了较为深入的研究(Parsons 204 - 207)。但是,《拉米娅》中仍有两处重要的民间文学基本情节亟待学者研究和阐释。这两个情节均位于诗歌的开篇,即"赫尔墨斯插曲"部分。笔者认为,在济慈充分利用了众多印欧民间文学母题的大背景下,将这两处细节置于民间文学母题研究的框架之内,有助于我们更为深入和全面地理解"赫尔墨斯插曲"及其对整首诗歌的情节和寓意的影响。

在分析这两处母题之前,有必要简要概述"赫尔墨斯插曲"的主要情节:希腊主神宙斯的儿子兼信使赫尔墨斯爱上了一位美丽的林中仙子,他私自下凡,在克里特岛的丛林中寻找自己的心上人而不得;此时,蛇身的

---

① 有学者认为尽管拉米娅的原型是欧洲或北非民间文学中的美女蛇,但是,济慈笔下的拉米娅本质上是善良的化身,是一个温和的、忏悔中的女精灵(Beyer 236 - 238)。

拉米娅来到赫尔墨斯面前，告诉他仙子受她的保护，并提出交换条件：拉米娅把仙子交给赫尔墨斯，赫尔墨斯施法术让拉米娅恢复人身；最终，赫尔墨斯得到了仙子，拉米娅变成了美女飞向自己的心上人来修斯。

第一处重要的民间文学基本情节出现在全诗的第121—125行：

"俯身，赫尔墨斯，我吹气给你的天庭
你马上能见到你那位美好的女神。"
那神半收拢翅膀沉静地往下靠，
她吹他的眼，他俩马上就见到
被守护的女神正在绿茵上含笑。（屠岸245—246）

这段情节里，蛇身拉米娅做了一个重要的动作：向赫尔墨斯的眼睛里吹气。而向眼睛里吹气这个动作在欧洲民间文学里具有特殊的意义。根据西方民俗学学者的研究成果，多个英国民间故事里有一个重要的基本情节：偷看神灵或仙子会招致惩罚。这个情节的基本叙事结构是：精灵们为了找一些具有特殊技能的女人帮忙（主要是接生和照顾小精灵），赐予她们特殊的视觉能力，使她们能够暂时看到精灵的世界，并在她们完成任务之后，收回这些超能力；然而，有些女人设法保留下了这些特殊的视觉能力，最终，她们的舞弊行为都被精灵们发现，并且多数被罚刺瞎眼睛，失去视力（Hartland 60 - 61）。在其中一则苏格兰民间故事里，女主人获得了精灵的神秘视觉能力之后，被精灵强制收回，而收回的方式就是向女子眼睛里吹气（Hartland 62）；而另一则威尔士民间故事讲述了类似的传说，女精灵也是通过向女仆眼睛里吹气来收回超视力（Hartland 64）。欧洲大陆民间文学里也有类似的情节，根据一则流传在德国南部和瑞士的民间故事，一位叫贝尔希塔（Berchta）的湖中仙灵曾命令自己手下的小精灵透过一道槽缝向偷窥者眼睛里吹气，致使偷窥的小男孩失明（Hartland 70）。学者们将这类故事背后的心理原因归结为：超自然的精灵不喜欢被辨认、被看见和被注视，他们只会按照自己的喜好和目的向人类展示自己（Hartland 69）。这个流传于欧洲的民间文学母题，与"赫尔墨斯插曲"中的相关情节既有千丝万缕的联系，又有很大的区别。

首先，作为民间文学叙事的核心，各个版本中的精灵都不喜欢被人观察和审视，而《拉米娅》中的林中仙子同样喜欢避开追求者，在这一点上，济慈的叙事高度契合传统民间文学的中心思想。然而，林中仙子和民间文学中的精灵们的最大区别在于她没有控制力和自主权。拉米娅明确地告知赫尔墨斯:"我有力量把她的美貌隐蔽,/使她不遭到冒犯,不蒙受袭击,/摈斥森林神、牧神呆眼里的媚眼,/拒绝塞利纳斯含泪的声声哀叹"(屠岸 245)。林中仙子身不由己,是依附在拉米娅身上的一个弱者,依靠一个妖怪的保护而避开其他妖怪的侵扰,而欧洲民间文学传统中无论是英伦诸岛版本里精灵亲自执行惩罚,还是大陆版本里命令手下行刑,都彰显了精灵们的权力和法力。而且,无论是哪一个版本的民间故事,精灵都是规则的制定者和执行者,她们通过向人类眼睛里吹气的方式彰显自己的强势。而在"赫尔墨斯插曲"中,这个规则的制定者和执行者变成了法力较弱的一方,在赫尔墨斯与蛇身拉米娅的关系中,拉米娅暂时获得了优势,她以向赫尔墨斯眼睛里吹气的方式宣告自己的实力,而实际上,她仅仅是在控制了林中仙子这一件事情上占了上风(卢炜 50)。济慈似乎希望通过这种主动与被动,有力与无力的对比,表明在一个依靠法力的奇幻丛林里,弱者都是无法自保的,而拉米娅最终出卖林中仙子的行为也证明了这一点(卢炜 50):面对突如其来的入侵者赫尔墨斯,林中仙子充分显示了弱者的脆弱和无助,"他(赫尔墨斯)向她走去:她像月亮淡下去,/在他的面前萎谢,退缩,止不住/胆怯的啜泣,自己合拢来就像/黄昏时自己昏晕的花朵一样"(屠岸 246)。但是,拉米娅出卖林中仙子的卑鄙行为,也为她自己最后的消亡和覆灭埋下了伏笔。虽然,拉米娅非常渴望能再次通过"吹气"的方式,如同她通过吹气赋予赫尔墨斯超视觉一般,让阿波罗尼斯失去视觉能力,但是,面对法力更加强大、更加残酷无情的阿波罗尼斯时,她成为弱者,她自己的脆弱以及行事不端导致她如同自己曾经控制的林中仙子一样:"新娘(拉米娅)的面孔,美丽的太阳穴上边/已经没有青筋流动;面颊上不再有/嫩蕊的红晕;激情也不再照透/深深隐藏的目光;——全部凋枯!"(屠岸 268)所以,从民间文学角度审视拉米娅滥用魔法,出卖林中仙子获利,直至最后的覆亡,其本质是济慈对欧洲民间文学传统的一个"反动":济慈似乎用这个"视觉禁忌"的故事来暗示"视觉禁忌破坏者"拉米娅终将接受无可挽回的惩罚。而在民间文学的大背景下,拉米娅的法力从生效到失效的过程告诉我们:这个依靠法力维持秩序的魔法世界里,法力的高下、强弱的转化具有相对性,因此,拉米娅以出卖别人获取利益的方式暗示了自己在整首诗结尾的悲惨命运:变成美女之后的拉米娅孱弱如林中仙子,在阿波罗尼斯代表的更强大的法力驱使下,落荒而逃。

此外,吹气这个行为本身在民间文学传统中是一种"失势"的行为,即让接受动作的一方失去某种功能，而《拉米娅》中的吹气确是一个"得势"的行为，即让接受动作的一方暂时（或永久）地获得某种能力。民间故事里"失势"的后果是那些具有超凡视觉能力的人失去超能力或者完全失去视力；而《拉米娅》中"得势"的结果恰恰是赫尔墨斯具备了看到林中仙子的超能力。因此，济慈通过拉米娅吹气这一举动本质上是对欧洲传统民间文学的一种"拙劣的模仿"（parody），通过本末倒置、因果互换的形式，讽刺拉米娅在得意之时，忘乎所以，试图扮演本不属于她的执法者的形象，也最终预示着她在更大的势力面前必将一败涂地。

这个"得势"与"失势"的暗示在《拉米娅》第二部婚礼的场景中得到回应。当拉米娅试图通过法术营造一个虚幻的婚礼场景时，再次充当执法者的她妄图通过"得势"的方式赋予科林斯人视觉超能力，让他们看见那个"无中生有"的虚幻世界，就像她曾经让赫尔墨斯看到林中仙子一般；然而，为了让科林斯人忘掉身边真实的一切，拉米娅又不得不用"失势"的手段，让科林斯人变成"睁眼瞎"，因此，她只能借助魔法使参加婚礼的人们暂时失去正常的视觉能力，至少在她的魔法支撑下，让这些对科林斯无比熟悉的人们，相信自己看到了那些原本并不存在的"炙热的宴会厅""新雕的松木""龛龕/和墙角的浮雕""灿烂的灯火""香炉""地毯""十二张圆桌""金杯"和"号角"（屠岸 262—265）。但是，这一切虚幻的空无，只能让肉眼凡胎的科林斯人"惊呆、好奇、敏感"（屠岸 264），在真正具有超群法力的阿波罗尼斯面前统统不堪一击，因为根据民间文学传统，真正的魔法师是要剥夺凡人的视觉超能力的。所以，阿波罗尼斯最终揭穿了拉米娅的魔法骗术，让她无处遁形，阿波罗尼斯的"得势"与拉米娅的"失势"，本质上是欧洲民间文学传统里精灵刺瞎凡人的肉眼、令其回归平凡的过程。拉米娅希望通过"得势"，让人们看到虚幻，又幻想通过"失势"，让人们拒绝真实，这个美好而矛盾的愿望最终却导致了她的覆灭。

而在更广泛的民间文学层面上，吹气并使一方具有本不应该具有的视觉能力，暗示了民间文学中的一个重要母题"丘比特—赛琪禁忌"：由于打破某种禁忌，丈夫与妻子被迫分离（MacCulloch 1905：325）。根据西方学者研究，"丘比特—赛琪禁忌"主要呈现四种形式（MacCulloch 1905：329 - 333），而与"赫尔墨斯插曲"关系最密切的是第一种："视觉禁忌"。这种禁忌的核心是要求丈夫婚后，出于某种原因，或在某个时间和地点，不能看自己的妻子，否则，作为"动物情人"的妻子就会变回原形。而来修斯通过公开举行炫耀式的婚礼，打破了禁忌，

一个凡人得到了一件珍品,
别人会不知所措,感到害羞,
不如让它堂皇地到外面去走走,
洋洋得意,正如我为你而欣喜,
不顾科林斯人嘎叫着表示惊奇。
让我的敌人噎死,友人欢叫,
看你的婚车行过拥挤的街道,
轮辐炫目地转着。(屠岸 260)

但是,这一行为不仅让作为丈夫的来修斯看到了他本不应该看到的妻子,而且让所有人看到了拉米娅,它进一步放大了民间文学传统中打破禁忌的后果,并最终迫使拉米娅原形毕露、魂飞魄散。其实,拉米娅的悲剧在"赫尔墨斯插曲"中已经有所预示:蛇身拉米娅通过法力交换,使赫尔墨斯具备了他本不应该拥有的超凡视力,看到并占有了林中仙子,破坏了本该具有约束力的"丘比特—赛琪"视觉禁忌,因此,当她在全诗结尾以妻子的身份出现在众人面前时,必将遭到惩罚。

2. "赫尔墨斯插曲"与魔法棒情节

"赫尔墨斯插曲"中第二处重要的民间文学基本情节出现在第 131—133 行:"然后,他(赫尔墨斯)在无痕的青草上停落/转向狂喜的蛇,用酥软的手臂/细心试验那轻巧节杖的魔力"(屠岸 246)。这个情节暗含着欧洲民间文学中变形的传统。根据西方民俗学者的研究,西方民间文学领域的变形故事(Transformation)大致可以分为五类,而其中第一类正是借助魔法师或者巫师的力量(MacCulloch 1905: 149)。在印欧语系的民间文学传统中,使用魔法棒对彼方施魔法是一个非常普遍和重要的情节,爱尔兰、德国、希腊等国的民间文学中都有类似的故事(Thompson vol. 2: 64-65)。最早的类似传说可以追溯到荷马史诗《奥德赛》(*The Odyssey*, 1858),喀耳刻(Circe)用魔杖把奥德修斯和他的随从都变成了猪(MacCulloch 1905: 150)。然而,根据西方民间文学传统,特别是根源于古希腊、罗马神话而衍生出的民间文学故事里,神祇施魔法的行为主要是惩戒性的(MacCulloch 1905: 150)。因此,如果在这个大背景下理解,赫尔墨斯施法术将蛇身拉米娅变为美女,虽然短暂地满足了拉米娅的欲望,但是,这个行为本身却暗示着惩戒和悲惨的结局。

这个暗示在《拉米娅》第二部结尾处得到应验。当阿波罗尼斯揭穿了拉米娅的真面目时，济慈是这样描写全过程的：

诡辩家的眼睛
有如枪尖，刺穿了她的全身，
锐利，无情，彻底，猛烈：她按
无力的纤手所能表示的那般，
示意他保持沉默，但徒劳无补，
他目光直直地一看再看——（屠岸 269）

此时此刻，阿波罗尼斯的目光实际上是一种无形的魔法棒，牵引着、指挥着、蹂躏着拉米娅。尽管，这个魔法棒拥有一个像“枪尖”（a sharp spear）[①]一样尖利的外观，不似传统意义上魔法师手中的法器。但是，这个象征着男性权力的尖锐物体，恰恰回应了“赫尔墨斯插曲”中赫尔墨斯的神杖，一个同样代表男性权利的魔法棒。但是，不同于赫尔墨斯“细心”（delicate）的、点到为止的施法过程，阿波罗尼斯“目光直直地一看再看”，明显不达目的不罢休，一定要将折磨、蹂躏和惩罚进行到底。被爱情的火焰燃烧着的（burn't）的赫尔墨斯与冷酷的诡辩家（sophist）阿波罗尼斯使用不同烈度的法术，似乎暗合了济慈诗中关于科学与神话的争论：

哲学会剪去天使的羽翼，
会精密准确地征服一切奥秘，
扫荡那精怪出没的天空和地底——
会拆开彩虹，正像它不久前曾经
使身体柔弱的拉米娅化为一道虚影。（屠岸 267）

代表着冷酷的哲学家阿波罗尼斯用自己的理性压制了崇尚感官感受的赫尔墨斯，从民间文学角度理解，这是一种高级魔法对另一种低级魔法的降维打击，所以，济慈很可能用阿波罗尼斯的法术终结了赫尔墨斯的法术，并且通过这个法术替换的悲惨故事启迪后世读者：“赫尔墨斯插曲”中温柔的魔法本质上是为全诗结尾处阿波罗尼斯残忍的、惩戒性的魔法所做的铺垫，赫尔墨斯以自己的法术预言了阿波罗尼斯的存在，以及由此产生的时代的更迭。

此外，欧洲民间文学传统里，无论是借助外力还是偶然的因素，魔法

① 本论文所有济慈诗歌原文均来自 Keats（342—359）。

大多会失效,被施以法术的人最终会变回本体。拉米娅最终的去向也变相地证明了这首诗与欧洲民间文学传统的密切关系。拉米娅最终的归宿一直是西方学者们探讨的重点之一,有学者把拉米娅消失得无影无踪归结为人间蒸发,例如:"当他[阿波罗尼斯]令万物枯萎的眼光穿透她时,她尖叫着消失了,但是她看似没有死掉,只是蒸发了一般"(Sperry 304)。这个理解符合中世纪法国版美女蛇的最终结局,但以沃尔特·杰克逊·贝特(Water Jackson Bate, 1918—1999)为代表的学者则认为济慈的拉米娅经历了"至少四次变身:'曾经是女人',现在是蛇;她又要变成女人,最后,当她消失的时候,很有可能又变回了蛇"(Bate 554)。这种解读方式说明无论经历了多少次魔法变身,拉米娅最终必然回归自己的原形,它实质上承袭了古希腊、古罗马以来,欧洲民间文学中魔法的承受者必将"尘归尘、土归土"的传统。济慈通过"赫尔墨斯插曲"中赫尔墨斯用魔法棒向拉米娅施魔法这个举动,一方面致敬了欧洲民间文学悠久的历史传承,另一方面推动了整个故事情节的发展,并且巧妙地暗示了女主人公的结局:蛇身拉米娅借助赫尔墨斯的法术获得了人的身份,试图去追寻自己的爱情和幸福。如果将其置于欧洲民间文学的大背景之下,我们不难看出,济慈希望通过这个交换法术的故事说明,拉米娅的幸福和爱情终究会在法力丧失之时灰飞烟灭。

三、结　语

总之,无论是获取特殊视力、打破视觉禁忌还是交换法术,拉米娅不管如何努力,最终的结局都无可避免地走向了失败。济慈通过开篇 145 行的"赫尔墨斯插曲",借助欧洲民间文学的传统和基本情节,在勾勒出一个充满魔法的奇幻世界、推动故事主要情节发展之外,还向读者暗示了一个悲剧结局。而济慈通过大量使用欧洲经典民间故事母题的方式,以诙谐讽刺的口吻(Dunbar 18),似乎将造成这一悲剧的一个重要原因直指各种精灵和神祇的法力差异:作为最低端的精灵,林中仙子被迫依附于拉米娅,然而她遇人不淑,最终被出卖;作为中等法力的妖怪,蛇身拉米娅有机会依靠出卖他人的方式,增加自己的法力值,并换得亲近心上人的机会;法力顶端的赫尔墨斯,只需略施小计,便可轻松占有美丽仙子,并且成为故事中唯一完全得偿所愿的神祇[①]。赫尔墨斯作为希腊神话的众神可以

① 更多关于"赫尔墨斯插曲"中主要人物法力的差异可以参考卢炜(50)。

超越一般法力,但拉米娅由于修道不足,法力有限,在人间无法获得最终的幸福。因此,不少西方济慈研究者认为拉米娅和来修斯的爱情悲剧源于缺乏神性(Reiman 667; Perkins 264 - 265; Bate 553; Alwes 147 - 148),这一观点从民间文学母题的角度审视似乎不无道理。

引用作品[Works Cited]:

Allott, Miriam. Ed. *The Complete Poems of John Keats*. London: Longman, 1970.

Almeida, Hermione de. *Romantic Medicine and John Keats*. New York: Oxford UP, 1991.

Alwes, Karla. *Imagination Transformed: The Evolution of the Female Character in Keats's Poetry*. Carbondale: Southern Illinois UP, 1993.

Bate, Walter Jackson. *John Keats*. Cambridge, Mass.: Belknap-Harvard UP, 1963.

Beyer, Werner W. *Keats and the Daemon King*. New York: Oxford UP, 1947.

Brewer, Ebenezer Cobham. *Brewer's Dictionary of Phrase and Fable*. Ed. Ivor H. Evans. London: Cassell, 1981.

Bush, Douglas. *John Keats: His Life and Writings*. New York: Collier, 1967.

Cotterell, Arthur. *The Pimlico Dictionary of Classical Mythologies: Greece, Rome, Iran, India and China*. London: Pimlico, 2000.

Dunbar, Georgia S. "The Significance of the Humor in 'Lamia.'" *Keats-Shelley Journal* 8 (1959): 17 - 26.

Gigante, Denise. "The Monster in the Rainbow: Keats and the Science of Life." *PMLA* 117 (2002): 433 - 448.

Hartland, Edwin Sidney. *The Science of Fairy Tales: An Inquiry into Fairy Mythology*. London: Walter Scott, 1891.

Jones, Alison. *Larousse Dictionary of World Folklore*. Edinburgh: Larousse, 1995.

Keats, John. *John Keats: Complete Poems*. Ed. Jack Stillinger. Cambridge, Mass.: Belknap-Harvard UP, 1982.

Leach, Maria and Jerome Fried. *Funk & Wagnalls Standard Dictionary of Folklore, Mythology, and Legend*. San Francisco: Harper & Row, 1972.

Lindahl, Carl, John McNamara, and John Lindow. *Medieval Folklore: A Guide to Myths, Legends, Tales, and Customs*. Oxford: Oxford UP, 2002.

Lurker, Manfred. *Dictionary of Gods and Goddesses, Devils and Demons*. Trans. G. L. Campell. London: Routledge and K. Paul, 1989.

MacCulloch, J. A. *The Childhood of Fiction: A Study of Folk Tales and Primitive*

Thought. London: John Murray, 1905.

——. *Medieval Faith and Fable*. London: George G. Harrap, 1932.

MacDonald, Margaret Read. *The Storyteller's Sourcebook: A Subject, Title, and Motif Index to Folklore Collections for Children*. Detroit: Neal-Schuman, 1982.

Mercatante, Anthony S. *The Facts on File Encyclopedia of World Mythology and Legend*. New York: Facts on File, 1988.

Murray, Alexander S. *Manual of Mythology: Greek and Roman, Norse and Old German, Hindo and Egyptian Mythology*. New Delhi: Carol, 1986.

Parsons, Coleman O. "Primitive Sense in 'Lamia.'" *Folklore* 88 (1977): 203 - 210.

Perkins, David. *The Quest for Permanence: The Symbolism of Wordsworth, Shelley and Keats*. Cambridge, MA: Harvard UP, 1965.

Price, S. R. F. and Emily Kearns. *The Oxford Dictionary of Classical Myth and Religion*. Oxford: Oxford UP, 2004.

Reiman, Donald H. "Keats and the Humanistic Paradox: Mythological History in 'Lamia.'" *Studies in English Literature, 1500 - 1900* 11 (1971): 659 - 669.

Rose, Carol. *Spirits, Fairies, Gnomes, and Goblins: An Encyclopedia of the Little People*. Santa Barbara, CA.: ABC-CLIO, 1996.

Sperry, Stuart M. *Keats the Poet*. Princeton: Princeton UP, 1973.

Stillinger, Jack. "Commentary". *John Keats: Complete Poems*. By John Keats. Cambridge, Mass.: Belknap-Harvard UP, 1982. 417 - 485.

Thompson, Stith. *Motif-Index of Folk-Literature: A Classification of Narrative Elements in Folktales, Ballads, Myths, Fables, Mediaeval Romances, Exempla, Fabliaux, Jest-Books, and Local Legends*. 6 vols. Bloomington, IN: Indiana UP, 1989.

傅修延译:《济慈书信集》,北京:东方出版社,2002 年。

卢炜:"'克里特岛'上的两个撒旦——论'赫尔墨斯插曲'在济慈长诗《拉米娅》中的作用",《外国文学》,2016 年第 1 期,第 45—52 页。

屠岸译:《济慈诗选》,北京:人民文学出版社,1997 年。

天文学、镜子与钟表：《理查二世》中的科学技术与国王的身体政治*

胡　鹏**

内容提要：莎士比亚的历史剧《理查二世》讨论了国王身体的神性与人性。本文拟借助康托洛维茨的国王的两个身体（政治之体与自然之体）概念，结合同时代科学技术的发展状况，由科技角度切入，探讨理查二世的身体政治。显然，理查二世清晰表现出国王二体理论——与其他人共同具备的凡人之体以及超越其人类极限与其他君王和上帝相同的象征之体，他经历了国王的政治之体与自然之体的分离过程。剧中的天文学及相关的地球仪知识，以及镜子、钟表等科技物品对塑造、巩固乃至解构、重构其国王身体与身份起着至关重要的作用。

关键词：《理查二世》；科学技术；身体政治

Abstract: Shakespeare's history play *Richard II* deals with the controversy between the mortal aspects of the King. According to Kantorowicz's point of view, the King has two bodies: a Body Natural and a Body Politic. This paper aims to analyze the King's body politics from the perspective of contemporary development of new science and technology. Obviously, King Richard II articulates the theory of the king's two bodies — the mortal body he shares with other humans, and the symbolic body that transcends his human limitations and allies him with other kings and with God. He experiences the divorce between his body politic and the body natural. The knowledge of astronomy and instruments such as globe, glass and clock, plays a significant role in shaping, deconstructing and reconstructing the King's body and identity.

Key words: *Richard II*; science and technology; body politics

---

* ［**基金项目**］：本文系作者主持的四川外国语大学社科项目“莎士比亚作品植物书写研究”（项目编号：sisu202105）及国家社科后期资助项目“莎士比亚与早期现代英国物质文化研究”（项目编号：19FWWB017）的阶段性成果。

** ［**作者简介**］：胡鹏，四川外国语大学莎士比亚研究所教授，主要从事莎士比亚研究。

理查二世(Richard Ⅱ, 1367—1400)出现在英国历史舞台上时,漫长的欧洲中世纪将要走到尽头,可以说他是中世纪封建秩序中有典型意义的最后一位国王。他恪守旧秩序,没有察觉新时期的社会变化,因此其被迫退出历史舞台显得格外可悲。方平(1921—2008)曾指出,如果把这部剧当作历史教科书来读的话,相信将有助于我们感性地认识这一历史转折时期的时代风云(莎士比亚 11)。[①] 但在笔者看来,威廉·莎士比亚(William Shakespeare, 1564—1616)所描述的历史都是基于伊丽莎白时代的历史背景和立场。15—17 世纪早期出现在印刷术、航海、光学、测量学等领域的科技革命为 17 世纪后半期欧洲科学的兴起奠定了基础。科学史有时被当作哲学的一个分支,使学者们在人文主义教育中接受了这些知识,大部分愿意跨越学科界限的早期现代文学家通常都集中关注科学史而非技术史。前科学理论(protoscientific theory)和实践在这一时代常被称为"自然哲学"并与人文主义研究有着错综复杂的紧密联系。与我们现在明确区分人文和科学技术领域不同的是,早期现代并不存在两者的界限沟壑(Cohen 2012: 702)。因此通过《理查二世》(*Richard II*, 1595)中出现的科学技术话语,结合恩斯特·康托洛维茨(Ernst H. Kantorowicz, 1895—1963)在《国王的两个身体》(*The King's Two Bodies*, 1957)中关于国王政治之体与自然之体的理论概念,更有助于我们理解莎士比亚生活时期的时代转折和变革。我们可以看到作为君主的理查二世从政治之体到自然之体,甚至发展为机械之体的过程,国王的身体政治也经历了从超凡到一般个体和群体的过程。

一、天文学与地球仪:国王政治之体的巩固与隐忧

康托洛维茨这样引用了伊丽莎白一世时期编纂的《判例报告》:

> 盖因国王有两个身体,即一个自然之体,一个政治之体。其自然之体(若依其自身考量)是一切有朽之体,可遭受因自然或意外而导致的一切软弱,可遭受因幼年或老年而导致的能力低下,可遭受其他人的自然之体可能发生的类似败坏。然而,国王

---

① 本文所有引文均参考莎士比亚(2000)。后文引文在括号内注明页码,不另做注。

的政治之体乃一个不可见、不可把握之身体,由政制和治理构成,是为指导民众、管理公共福祉而组建。并且,此政治身体完全免于自然之体可遭受的幼年、老年以及其他自然败坏和低能。藉此,国王以政治之体所行之事,不因其自然之体的无能而失效或遭贬抑(Kantorowicz 7)。

政治之体超然地位的观念及其高于自然身体的自然法实际上是作者为创造所谓的"可变的时间内具有的某种不变性"(Kantorowicz 8)。政治之体不但比自然之体"更加丰盛昌大",而且前者之中蕴含了某种神秘的力量,能够削减乃至消除人类脆弱天性中的缺陷(Kantorowicz 9)。因此国王身份超越了时间和自然法则,正如他讲到:"有朽的小写国王是上帝创造的,而不朽的大写国王则是人创造的"(Kantorowicz 423)。康托洛维茨认为国王两个身体的概念合并了一个多形态的人,同时包含着人性和神性,为难以捉摸、不稳定和自我塑型的流动自我设置了一种模式,这里的自我是现代的自我而不是古代的自我,而且这种模式也是国王自己在一个共享社会环境中所铸造、表现出的(Ekmekçioğlu 33, 36)。正如斯蒂芬·格林布拉特(Stephen Greenblatt, 1943—)所指出的,"戏剧性是权力的基本模式",而"现代国家是建立在欺骗、算计和虚伪"之上的,这种政治权力和王权的观念正是建立在戏剧的暴露和隐匿之间(Greenblatt 98)。正是莎士比亚让国王二体的隐喻获得了永恒性,不仅作为符号之用,而且构成了实质和精华,"《理查二世》就是国王两个身体的悲剧"(Kantorowicz 26)。

那么,《理查二世》是如何发展国王二体悲剧的呢?我们首先可以看到的是从戏剧一开始就一直不断强化、巩固的国王政治之体概念,其中特别有趣的是天文学及其制图学和地球仪知识的相关隐喻。理查明确有力地表达了国王二体的理论,即他和所有人类所共同具备的自然之体,以及"自大的"或象征的政治之体,后者超越了其人类的限制并将其与其他君王和上帝联系在一起(Dolan xxxii)。同时理查的自然之体会接受失败和死亡,而政治之体则是无法触摸的:"哪怕波涛汹涌的大海,也休想冲洗掉君王额头上的圣膏——要知道,当初抹上这圣膏,有上帝的许可。上帝所挑选的君临人世的代表,世俗的凡人休想能推翻!"(88)①作为上帝选择的

① 《圣经·撒母耳记上》24.9 大卫不加害扫罗的故事中,大卫对随从说"我的主乃是耶和华的受膏者,我在耶和华面前万不敢伸手害他,因他是耶和华的受膏者"(《圣经》459)。26.9 大卫对亚比筛说"不可害死他。有谁伸手害耶和华的受膏者而无罪呢?"(《圣经》464)

人间代理人，理查二世具现其作为国王的神圣权力，整个世界必须遵从他的意志(Edmondson xxiii)。倘若有人反对自己的尊荣，天使也会帮助他，受他支配："上帝便派遣一个荣耀的天使去卫护他选中的理查"(88—89)。此处的天使护卫影射了耶稣基督在一位门徒拔剑保卫他时所说的话。① 理查二世显然完全从心理上接受了基督君权的概念，他认为自己是"上帝的代言人"，同时将自己比作耶稣基督。同样的理念在剧中其他角色身上也有体现，如刚特采用了相似的修辞："上帝的代理人，有上帝明鉴，抹上了神圣的油膏"(27)，卡莱尔也说："上帝所选定、委任、指派的领袖——他的大管家，他的代理人，抹了圣膏，扶上了王位，头戴着王冠，而且统治了天下这么多年"(124)。约克也将理查称为"抹上圣膏的君王"(77)，即便在背叛理查投靠布林勃洛克之后也称其为"神圣的国王"(98)。即便是篡位者本人布林勃洛克也承认理查君权的标志性概念，如他想象理查是"烈火"，有着"雷霆之威"，而自己则是"柔顺的水"(100)。约克也形容他的眼睛"跟老鹰的一般明亮"(101)。正如 E. M. W. 蒂利亚德(E. M. W. Tillyard, 1889—1962)指出的那样，《理查二世》短短片段中就出现了四个传统的层级之首："元素中的火、星球中的太阳、人中之王以及鸟中之鹰"(Tillyard 43)。

更进一步而言，理查始终将作为君王的自己与天体——太阳等同，这是与同时代主流的托勒密天文学知识以及天体"大宇宙"与自然界、人类社会乃至人体的"小宇宙"相对应的概念一致。在谈及上帝代言人身份前几行，理查对奥默尔谈到天体的自比与天文学等相关知识，以巩固自己不朽的政治之体，"洞察一切的天眼(the searching eye of heaven)隐没在西方"的夜色下"照亮着地球的背面(Behind the globe and lights the lower world)"(87—88)。显然此处的天眼指向了太阳，这是理查使用最多用以自比的天体。因此布林勃洛克对理查二世的谋反既是政治攻击，也是对宇宙秩序的冒犯(Dawson 207)。此外，剧中还有多处涉及这一天体比喻意象，如索尔兹伯雷称其为"那轮太阳"(82)，布林勃洛克形容其为"一轮怒火中烧的红日"(101)，以及理查自比为太阳："下来，我下来了，像金光灿烂的菲顿，驾驭不了太阳神的烈马，从云端跌下来了"(107)。

实际上，太阳的意象(象征性地与君主联系在一起，是因为君主与太

① 《圣经・马太福音》26：53 耶稣说："你想我不能求我父现在为我差遣十二营多天使来吗？"(《圣经》54)

阳在伟大的存在之链中相似的位置)在剧中显然是主题性的和无处不在的。历史上的理查二世使用两种不同类型的徽章,一种是"云隙阳光"(sunburst),另一种则是"由射光环绕的太阳"(sun in splendour)。第一种刻在理查的墓像的斗篷上;第二种是在克莱顿手稿(the Creton manuscript)的插图之中,显示了理查从爱尔兰回来时的船帆华丽的装饰(Forker 491)。

天体的自比同样从侧面体现出关于天体的新知识——英国的地球仪及相对极的概念。理查就提到了"相对极"(antipode)以强化宇宙结构学比喻,他将波林勃洛克比作像攫取其王位的小偷:"现在这奸贼,这叛徒——布林勃洛克,趁着我在阳光普照下四巡出境(whilst we were wand'ring with the antipodes),他便在地球另一边,趁黑夜如漆,横行不法;可他的猖狂长不了,他马上回看到我从东方的宝座上升起。那万道金光逼射得他抬不起头,只因为大逆不道而丧魂落魄、脸红耳赤,浑身不住地打战"(88)。

史学家乔治·巴萨拉(George Basalla, 1928—)注意到长期的文化压力、经济因素以及"广泛共有的价值观"对新科学技术的发展有着重要的刺激作用,但短期现象同样也很重要。巴萨拉认为"席卷一个地区十余年的短暂热潮"也常常影响科学技术创新。1580 年弗朗西斯·德雷克(Francis Drake, 1540—1596)环游世界归来掀起了英国人对地球仪的追捧,而这促成了威廉·桑德森(William Sanderson, 1586—1676)资助制造英国自己的"地球仪"(Baslla 176 - 177)。这用来描述莫利纽克斯(Molyneux)的地球仪再恰当不过,它是第一个英语地球仪,由英国人埃莫瑞·莫利纽克斯(Emery Molyneux, ? —1598)与荷兰雕刻师约库道斯·洪迪乌斯(Jocodus Hondius, 1563—1612)于 1592 年在伦敦制作完成,以爱德华·赖特(Edward Wright, 1561—1615)的世界地图为基础,用墨卡托(Mercator)投影法制成,最后通过多种形式在公众面前展出(Wallis 304 - 311; Bate 52)。倘若我们细察莫利纽克斯的地球仪,便可发现这一仪器的英国本土化具有的深刻的意义。地球仪上存在一红一蓝两条线,代表着环绕地球的英国航海家弗朗西斯·德雷克和托马斯·卡文迪什(Thomas Cavendish, 1560—1592)两人的航线。类似缎带的两条线就像缠绕礼物一样,实际上这尊制造出来的地球仪一直都被宣称为进献给伊丽莎白女王的礼物。同时地球仪上的北美海岸还画着英国的船只并用英语命名,这无疑表达着英国对新世界的雄心(Cohen 2006: 53 - 56)。在意大利大使佩特卢西奥·乌巴尔迪尼(Petruccio Ubaldini, 1524—1600)看来,这个地球仪意义重大,因为伊丽莎白一世现在可以“瞧一眼就知道自己凭借海军可以控制多大的世界了”,这个地球仪是英国不断增长的全球意识的集中体现(Bate 52)。在莫利纽克斯于 1592 年制造出地球仪之后,英格兰对地球仪变得愈发热衷,而这一热潮在多方面影响了莎士比亚及其剧团,他们新建的剧场以此命名为“环球剧院”(The Globe),莎士比亚还使用了很多建筑科技词汇和地球仪相关的词汇。特别是“相对极”一词,从莫利纽克斯制造英国地球仪那一年直到宫内大臣剧团建造新剧院并取名“环球”为止,莎士比亚这一时期的戏剧使用了五次 antipodes,而这一词汇其实是制图的专业词汇(Cohen 2006: 60)。其意义为与某人自身位置相对的地球仪上的一个地方或与之相对的某人所处之处。这一词语常在古代和中世纪旅行文学中出现以暗示一个地区或人群在地理上和文化上的遥远距离。[①] 对这一词汇和概念的兴趣在早期现代随着地球仪在欧洲的风靡而扩散,这一概念同样也在 16 世纪 90 年代的技术文学中出现,托马斯·胡德(Thomas Hood, 1799—1845)就这样定义:“相对极有着相同的子午线,然而在经度上则相差 180 度。它们有着相同的地平线,但是季节相反。换句话说一方的垂直最高点就是另一方的地平线的最低点;反之,它们也拥有同样的纬度,但是朝着相反的极点弯曲”(转引自 Cohen 2006: 61)。

显然,写于莫利纽克斯地球仪制成三年之后的《理查二世》受到了新知识的影响。尽管太阳与相对极这段话都强调其“太阳王”的概念,说明只要君王出现在东方,就可以消除黑夜、谋杀与叛乱,但同时理查二世运用天体比喻与地球仪的相关知识具有双重含义:一是以不会消亡的太阳自比描述君王等次的崇高,确立自己神性的、不会毁灭的政治之体;二是借助同时代与天文学相关的地球仪和制图学知识,突出其作为英格兰君王的中心位置。这两点无疑都是为巩固王权政治服务的。

但与此同时,通过细读文本我们也发现其中包含的隐忧。正如雅克·勒布朗(Jacques Le Brun, 1931—2020)指出的那样,此处的宣言将其身份扎根于圣油及神圣选举之上,它至少存在两处缺陷。第一处是有关

---

① 根据《牛津英语辞典》(*OED*)的定义,在莎士比亚的时代作为名词的“antipodes”有如下意义:1. 在地球上背对背居住的人;2. 那些和地球另一边的居民很相似的人;3. 在地球表面上直接相对的地方。

《圣经》的影射:通过其话语,理查把自身置身于基督徒的位置,将自己与基督同化(涂过圣油),国王似乎获得了一股不可战胜的力量。表面上看国王像基督一样成为不可亵渎的存在,但《马太福音》中受难的"犹太人的基督国王"却被嘲讽、戏弄、钉十字架处死献祭,救得了别人而不能救自己,从而映射出荣耀下的荒谬。① 第二处则是在历史层面有关加冕礼的敷圣油。实际上,理查二世宣称自己是上帝的"敷过圣油的人",但他可能并未受此礼。由此,国王宣称的合法性就有了疑问,而这正是在要求荣誉与皇室特权的时刻。可以说,从一开始,理查的国王身份,就从内部被侵蚀了(勒布朗 186—187)。

二、镜子:国王二体的分离

康托洛维茨敏锐地将《理查二世》阐释为基督君权的悲剧,也即是说,其以君主称号作为剧名逐渐证实了理查独特的身份危机:理查的双重本质不但定义也放大了其遭遇,在舞台上展示出其人性从神秘身体中的致命分离,并最终导致他自我堕落和毁灭。康氏指出了王权中不可避免的"复制"继承,而理查二世说"我一个人顶着好几个角色"(163),展示出理查内心自我意识的决心(Forker 17)。进一步而言,理查自己实际上也参与了政治之体的分离。比如当他剥夺了布林勃洛克的领地和头衔时,就已经对"父子相传、世代继承"的合法权力进行了破坏,从而会"招来成千万的危险"(59)。剧中还有太阳意象从他自身转移到布林勃洛克身上的过程,理查后来就描绘布林勃洛克为太阳,自己在其照射下消散无形:"只怕我是个雪地里堆成个国王般形状的絮儿,正站在布林勃洛克的阳光底下,全身一点一滴地融化成一摊水"(134)。

理查二世被废黜后,这位前国王凝视着一面镜子,这一情节并不源于莎士比亚的原始材料,它显然是作者精心加入的。理查刚刚放弃了自己的王冠和王位,想看看把自我与角色分离后是否影响到其物质身体:"立刻去拿面镜子来,我也好瞧瞧,君王的尊严已经倾家荡产了,我这一张脸又成了怎么个样儿"(134)。这一时刻理查表现出不合时宜的虚荣,因为当他凝视着现在的自己时,也放弃了自己的过去、抹去了自己的未来

① 《圣经·马太福音》27:37 在他(基督)头以上安一个牌子,写着他的罪状,说:"这是犹太人的王耶稣"(《圣经》57)。

(Edmondson xxv)。

16—17世纪随着英国国内玻璃、镜子制造的不断进步增长,出现了大量的、各种各样的镜子。赫伯特·格拉布(Herbert Grabes, 1936—2015)评论道:"尤其是通过它们(各式镜子)的新颖和时代技术奇迹的崇高地位……玻璃镜子成为流行时尚中让人垂涎、不可或缺的小道具"(Grabes 4)。他在研究中世纪和早期现代英国文学中的镜子意象时专辟一章阐释莎士比亚70段关于镜子的段落。他认为即便莎士比亚的镜子意象涵盖了传统领域,但作家常"利用这一意象的传统用法,在语境中拓展、改变乃至合并其意义,丰富其功能性"(Grabes 204)。

《理查二世》中描绘这一新技术道具的场次给人留下了深刻印象。康托洛维茨就指出镜子那场戏构成了国王二体悲剧的顶点(Kantorowicz 39)。镜子起到了魔镜的作用,与童话中走投无路的巫师类似,理查本人也被迫用巫术做出对己不利之事。镜子所反照出的那张人脸,不再与理查的内心保持一致。"难道就是这张脸吗?"这个三重的提问,与答案一起,再次反映了二重性的三个主要样态——国王、上帝(太阳)以及傻瓜:"难道就是这张脸,就凭这张脸,千万个人天天托庇于它的眉宇下吗?难道就是这张脸,像当头的大太阳叫人睁不开眼吗?难道就是这张脸,赏脸给一大堆蠢事,却终于在布林勃洛克面前丢尽了脸?"(135)最后,当理查被自己脸上"瞬息易逝的荣华"激怒了,将镜子猛地掷向地面,碎裂的不只是理查的过去和现在,同时也包括超现实世界的方方面面。他的镜中幻象/魔镜(catopromancy)结束了。镜子所影射的特征透露出,他已经被剥夺了一切拥有第二个、超现实身体的可能性——包括有国王威严的政治之体、被上帝挑选具有神性的代理人、有许多愚行的傻瓜,甚至还包括通过最具人性的悲伤遁入内在之人。碎裂的镜子意味着或者就是一切可能的双重状态的破碎。所有这些面相都坍缩而归于一个:一个可怜的人那平凡的面目以及无足轻重的本性。这个本性使得一切隐喻都失效,这是理查的移转,也是一个新的自然之体的诞生(Kantorowicz 39—40)。

实际上早在第三幕第二场的高潮部分,理查二世就将国王的两个身体(有朽的和不朽的)分离。尽管二体构成教义性的合一,但二者的分离无论如何是可能的,就普通人来讲这种分离常被称作死亡(Kantorowicz 12—13)。国王神性的身体被降格到有朽的身体。理查二世谈到死亡这一角色就像王冠内的小丑讥笑着君王可见的权力:

理查:死神的宫廷正营造在这个空洞的王冠内。
这"宫廷"里有一个小丑,只管在讥嘲
帝王的威严,在取笑他的排场,
容忍他透口气儿,扮演着国王
好威风,他一个颜色就叫人活不成;
怂恿他妄自尊大,不可一世,
仿佛他这个血肉之躯是一座
不可摧毁的铜墙铁壁,正当他
趾高气扬,却不提防末日已来临;
经不起小小一枚针轻轻地一挑,
就刺破了他城堡——于是,再会吧,王上!(94)

理查感受到了作为有朽人类的国王的伤心,他接着讲道:

都戴上帽子吧,这么毕恭毕敬地
对待一个血肉之躯,岂不是
在嘲弄那些凡人吗?抛开老一套的敬礼、
仪式和表示尊敬的规矩吧——都因为
这么些年来,你们始终把我错看了。
跟你们一样,我也是靠面包活命,
也感到饥渴,也咀嚼生命的悲哀,
也需要朋友——既然我身不由己,
你们怎么能对我说:我是个国王呢?(94—95)

正如康托洛维茨指出的那样,二体合一的拟制崩塌了,国王二体的人性与神性彼此对立(Kantorowicz 31)。理查二世不再扮演君王,其政治之体消失,成为只具备有朽自然之体的凡人。正如理查自述那样:"我没姓,没头衔,连我在洗礼时领受的名字也被人篡夺了"(134)。而在随后照镜子的过程中,他自言自语详细描述了神圣的权威是如何被破坏殆尽的,同时这也是"逐步自我实现和完全自我恣纵的最杰出的插曲"(Edmondson xxvi)。首先,理查以"浅浅的皱纹"描绘自己的外貌,自此他认识到其君主威严的外现——其脸部的表象的脆弱性。此时的理查失去了尊贵的皇家身份,与拿在手上的镜子的脆弱暗示相结合,表明了世界的颠倒。透过镜子的框架,理查将镜中的脸当作肖像画,从而能够通过打碎镜子进行破坏。理查修辞性的问题强调了国王两种身体之间的差异,政治之体绝不会死亡,只会随着君主系统的存续而长久:“国王(的身体)死去了;君王万岁万万岁”;但理查最终认识到作为人的理查的自然之体是决计不会与政治之体再次结合的。当镜子破碎时,理查君王的人物角色最终也只剩下残余罢了(Edmondson xxvi - xxvii)。其次,破碎的镜子预示着疾病和死亡,这种迷信观念可能源于泛灵论,即一个人的镜面意象是其灵魂的组成部分或投射。理查最后决定摔碎镜子不单是自我憎恶的象征,同样也预示着即将到来的死亡(Ure 219—224)。穆瑞·施瓦茨(Murry Schwartz, 1931—2013)就认为理查在“镜子”场景中需要将镜子摔得粉碎,因为这既是王室身份的纯粹戏剧呈现,也是认识到戏剧化背后的个体身份(Schwartz 120)。镜子场景是该双重人格悲剧的高潮部分。镜子所反映的实际的脸已经不能展示理查的内心经历,他的外表也不再与其内心一致(Kantorowicz 39)。在镜子里,表现为国王、傻瓜和上帝的复本无可避免地一同消散(Kantorowicz 27)。最后,国王带着镜子的景象是一种混合象征传统的戏剧化,照镜子意味着寻求真理或自恋的自我吸收。哈罗德·戈达德(Harold. C. Goddard, 1878—1950)就称摔镜场景中的理查二世为“自恋国王”(Narcissus-King)(Goddard 157)。理查的自恋倾向体现在他对服饰的选择、对骑马比赛的处理及雄辩语言的运用上。而镜子在中世纪就是自负、虚荣的具现,理查就称其为“奉承的镜子”(135),因此他的死在于对自己形象的过度痴迷,镜子让理查感到不快,从而唤起其破坏、毁灭的欲望。如同神话中的纳西塞斯一样,理查通过镜子的破碎带来了对自身政治之体的解构(Ekmekçioğlu 46)。

理查把这面镜子称为一个启示性的文本:“我会好好念的,只消我看到了记录着我一生罪恶的那本书,——那是说,让我看到了我本人”(135)。布林勃洛克的回答表明理查行为和言语的空洞无聊:“是你哀怨的影子摧毁了你的脸儿的影子”(136)。这个场景建立在理查和布林勃洛克关于镜子意义的争论之上,将我们带入内在人物塑造的新领域中。毕竟,在理解理查于镜中寻找什么,以及他如何判断所见所闻之前,我们很难确定其中哪一个是对的(Gurr 52—53)。理查的最终评论表明这个场景如何刺激我们与这个男人的内心进行接触:“哀怨都埋在我心底,外表上的伤心落泪——都不过是影子——那看不见的悲哀默默地充塞在我受难的灵魂里”(136)。

正如理查后来所承认那样,他放弃了自己地位的象征,因此背叛了王权并揭示自己仅仅是自然的、物质的:“是我,在这儿替自己的灵魂作主,容许把一个冠冕堂皇的君主,剥去了他的体面,熄灭了万丈光辉,叫帝王从万人之上堕落为贱奴,成了子民,成了一个乡巴佬"(133)。显然他通过镜子场景表达出逊位是"君主自愿放弃权力并回归个人身份的行为"(勒布朗 31)。

三、钟表:理查二世身体的重构

理查二世消解其不朽的政治之体,回归到有朽的自然之体后,其最终归宿是什么呢?答案在理查最后的独白中:钟表,即机械之体。

在戏剧的最后,理查二世这位被废囚禁的国王将自己比作钟,表达出自己的可悲与失望:"我蹉跎了时光,现在时光消磨我了。我变成了它的一只报时的时辰钟。我一个接一个的思想就是一分分钟,一声声呻吟,就是那烦人的滴嗒声。把时光的偷换都显示在钟面——我的眼(Their watches on unto mine eyes, the outward watch),我的手指儿一刻不停地在抹泪,像钟面上的时针,时时刻刻在活动"(164—165)。剧中的理查二世多次用到这一比喻,详尽阐释了钟表的立轴横杆式擒纵结构(verge-and-foliot escapement)。理查的思考带来了眼中的泪水,他将此描述为钟面或表面,他将抹去泪水的手指比作"时针",就像钟表的手一样,其比喻凸显了早期现代的类推和类比(Cohen 2006: 138)。

剧中的这段话晦涩难懂,引发了众多学者的评论。理查的脸,尤其是他的眼睛,是时钟的表盘,他的手指指向一个表盘数字(即以哭泣的眼睛为标志),他的思想和叹息是驱动时钟的机制;也就是说,他们记录了悲伤的时间流逝,就像时钟的滴答声标记了分钟和小时的间隔。眼睛流着眼泪,同时,伴随的"呻吟"通过敲打"钟"的心来敲响时间。为什么呻吟既能打动人心,又能发出声音,此处并没有解释清楚,含混的特点令评论者感到沮丧(Dawson 277)。理查德·亚当斯(Richard Adams, 1921—2016)这样解释:"理查纷扰、繁复的形态在这段比喻的复杂性中表露无遗:他的思想是分钟,它们发出的频繁而有规律的叹息是钟摆发出的呻吟。与此同时,时钟的表面(就像理查眼神所呈现的外表)也通过其指针(就像理查擦拭泪水的手指)记录了时间的流逝。因此,理查脑海中穿梭的悲伤思绪的流露,既通过其呻吟,也通过其眼睛来表达"(Adams 252)。钱伯斯(E. K. Chambers, 1866—1954)也评论说:"此处[在思绪与分钟之间]对比的要点在于相同思绪的无变化重现、循环"(转引自 Forker 466)。牛津版的注释认为 watches 有两个意思：时钟上显示的标记；观看的时间(保持着焦虑的清醒)(Dawson 277)。而阿登版则说 watches 指时钟上的数字，也指失眠的时期。这一意象部分是基于钟面和人眼之间的相似性，因为时钟的指针指向一个小时，然后经过它的手指擦去眼泪。同时，身体上眼睛的作用是保持注视和观看，就像时钟在隐喻意义上保持注视一样，而且在 16 世纪手表和钟表是同义词。然而，这段话通过 watch 这个词的重叠意义使理解复杂化，它可以指由时钟的滴答声标记的时间间隔，也可以说是有数字表盘的钟面和手表的刻度(用以划分一天的时间)，还可以认为是能够晚上观看并有闹钟作用的钟表设备和道具(Forker 466)。

有批评家指出，理查二世的独白表明，“时间并非文艺复兴时期的人们所具美德的一个因素，而是人意识中的一股力量，这股力量来源于其象征着从旧世界中分离新的世界意识及自身位置的差异”(Quinones 3－4)。接着理查二世继续自己悲伤的独白，但钟却变成了令人不安的、奇怪的、甚至是危险的东西：“唉，老兄啊，那报时的钟声，就像是叩击着我的心弦所发出的呻吟。这么说，那些叹息啊，泪水啊，呻吟啊，就算是一分分、一刻刻，一个个小时；可是那得意洋洋的布林勃洛克，正兴高采烈呢，在他欢乐的宫廷里，我余生的时间只管在飞；可这儿，呆呆地站着我，像为他报时的机器人(his Jack o'the clock)”(165)。早先理查将每一声叹息比作“烦人的滴答声”，而这里则将心跳声与滴答声作比，人类心跳与机械的滴答类似，这在早期现代时期是普遍的认知。而理查二世最后的想象则从解剖学和生理学方面拓展了人类—钟表的比喻，他将力量非凡的太阳王比作蠢笨的报时机器人，这一机械装置在固定时间会敲击铃铛。莎士比亚和他的观众应该看到过威尔斯大教堂中的报时机器人原物，这一木偶名为“Jack Blandifer”，会每一个小时移动自己的头并敲击铃铛(Cohen 2006：140)。显然对布林勃洛克而言时间是愉悦而飞逝的，但对理查而言，狱中憔悴的自己度日如年，唯有数着小时以消磨时间。

实际上在早期现代英格兰，钟表常用来象征人类的发明创造、宇宙中神圣的设计以及比古典和中世纪文明更优越的现代性(Rossum 8)。刘易斯·芒福德(Lewis Mumford，1895—1990)就声称钟表在欧洲技术殿堂中处于首要位置：“在时钟发展史的每一个阶段，它都是机器的出色代表，也是机器的典型符号……我们如果要求消耗确定量的能量，做到标准化、自动化，准确控制时间直到生产出最终产品，从这几方面来说，时钟在现代技术中一直处于领先地位。它在每个发展阶段中都是带头的，它所达到的完美是其他机器所难以望其项背的”(Mumford 14－15)。克劳斯·莫里斯(Klaus Maurice，1936—)与奥托·麦尔(Otto Mayr，1930—)也注意到机械钟表对早期现代个体思想观念的显著影响：“(早期现代时期生产出)大量各种尺寸的钟表，它作为观念上的意象具备了整个文明的思想和精神，这是之前任何机器都无法比拟的……历史上没有哪一种机器得到如此直接的表现，反过来它又影响了同时代的智识环境……它激发了人们可探寻的思维方式和结构，从更大范围而言，人类所存在的宇宙是神秘的，而我们可以将宇宙比作钟表”(Maurice & Mayr vii－ix)。正如梅西(Samuel L. Macey，1922—2013)指出的那样，针对莎士比亚作品中钟表比喻的讨论值得我们注意，因为莎士比亚的职业生涯与英格兰建立国内制表业的时间段一致：“莎士比亚的经典作品为我们提供了理解早期英格兰使用钟表比喻的最好标准。他的职业生涯时段涵盖了第一代英国制表业的发展历程，而就在他写作《暴风雨》最后告别言说一年之前，伽利略对望远镜的使用就推动研究并最终导致了钟表革命”(Macey 130)。

因此，我们毫不奇怪莎士比亚笔下的角色常常将个体与钟表机械做比较，实际上这也是长期以来的文学传统。早在1400年克里斯蒂娜·德·皮桑(Christine de Pisan，1364—1430)就写道：“人类身体是由诸多部分构成的，因此需要理性控制，它可以用含有齿轮和度量的钟来表述”(转引自 Maurice & Mayr 35)。莎士比亚并未直接将人与钟表作比，他运用了钟表的物理事实，即通过人与钟表的对比，能更好地解释人作为整体和部分所具备的特性(Cohen 2006：138)。进一步而言，17世纪正是身体作为小宇宙到身体作为机器的转变发生的关键时期。解剖教材的插图也从艺术、程式化转向对身体部分高度精确和模仿的描述(Tarlow 84－85)。乔纳森·索戴伊(Johnathon Sawday，1956—)称这种变化为“地理身体”(geographic body)逐渐被笛卡尔的“机器身体”(mechanical body)所取代。身体不再作为微观宇宙而是作为机器：“身体作为机器，像一台钟表、一台自动机器，自身是没有智力的。它沉默地按照机械原理运作……作为机器的身体变得具体化……但整个与世界言说和思考的主体分离。笛卡尔的主体、肉体的客体之间，思考的‘我’和‘我们’所处的‘在’之间，变得绝对了”(Sawday 29)。正如我们看到的那样，早期现代欧洲日常生活中切实而具体的地方在逐渐机械化，并伴随着对此的哲学和科学回应。新的技术导致人们看待世界和自身有了一套与以往迥异的视角。

理查在转向机械之体后,在第五幕的最后,被杀害的理查可谓灵魂与肉体分离。他所有的不再是国王与人的躯体,而是人的,乃至是所有人的灵魂和躯体:"上天去吧,我的灵魂,直冲九霄云外,找你的归宿吧,我重浊的肉体倒下去,埋入黄土吧,我就死在这里吧"(168)。它们做着"双重运动",即灵魂的"上升"以及不再是躯体的粗俗肉体的"下降"(勒布朗 206)。因此我们最终看到理查以机械之体回归个人身份,并以与所有人类相同的方式走向了死亡。

结 论

《理查二世》是莎士比亚最为重要的作品之一,同时也是伊丽莎白时代最为现实的作品之一。伊丽莎白一世对于这部悲剧颠覆性的畏惧凸显了其现实性,此剧被后人视为一部极其危险的政治剧。对我们而言,其力量远远超出了政治范畴(勒布朗 170)。透过《理查二世》中科技物件反映出的国王身体政治的变化,我们可以发现从君王政治之体到凡人自然之体到凡人机械之体的整个变迁过程。史蒂文·穆兰妮(Steven Mullaney, 1951—)将伊丽莎白时代的剧场描绘为"集体思维产生的新公共场所","早期现代伦敦的露天剧场……以相当文艺的形式将早期现代表演的广泛领域发展到新的维度,为剧作家、演员和观众展现和经历一种充斥着情感的技术创造出新的复杂的认知空间……构建着与观众共鸣的、新近出现的有关个体或集体身份的不确定性,由此它们用语言试探伊丽莎白时期社会身体核心所产生的分裂"(Mullaney 73 - 74)。穆兰妮将莎士比亚的剧场描绘为一种思考政治的集体思维与感知的"技术",这就使得我们能够摆脱该剧的传统批评方法,即认为《理查二世》具现了莎士比亚对王权的讨论。从新的视角出发,我们可以将此剧放置在更加准确和全面的角度,由此理查二世个人不仅是个体,更是集体的象征。通过剧中的天文学(及其相关的制图学、地球仪)、镜子、钟表等科学技术的书写,我们能够从侧面以科技发展的状况印证早期现代的身体政治。可以说,作为中世纪尽头王室代表的理查二世所经历的失败正是新时代的必然,他的身体政治也表明君主神性的丧失和人性的回归,而机械之体的追寻不单是其个人的,也是群体的。

引用作品[Works Cited]：

Adams, Richard. Ed. *Richard II*. London: Palgrave Macmillan, 1975.

Basalla, George. *The Evolution of Technology*. Cambridge: Cambridge UP, 1989.

Bate, Jonathan & Dora Thornton. *Shakespeare: Staging the World*. London: The British Museum Press, 2012.

Cohen, Adam Max. *Shakespeare and Technology: Dramatizing Early Modern Technological Revolutions*. New York: Palgrave Macmillan, 2006.

——. "Science and Technology." *The Oxford Handbook of Shakespeare*. Ed. Arthur F Kinney. Oxford: Oxford UP, 2012. 702 – 718.

Dawson, Anthony B. and Paul Yachnin. Eds. *The Oxford Shakespeare: Richard II*. Oxford: Oxford UP, 2011.

Dolan, Frances E. Ed. *Richard II*. New York: Penguin Books, 2017.

Edmondson, Paul. "Introduction." *Richard II*. Ed. Stanley Wells. London: Penguin Classics, 2015. xxi – lviii.

Ekmekçioğlu, Neslihan. "The Unfolding of Truth and Self-representation within the Cracked Mirror in Shakespeare's *Richard II*." *Gender Studies* 1 (2013): 32 – 51.

Forker, Charles R. Ed. *King Richard II*. London: Bloomsbury, 2016.

Goddard, Harold. C. *The Meaning of Shakespeare*. Chicago: The U of Chicago P, 1951.

Grabes, Herbert. *The Mutable Glass: Mirror Imagery in Titles and Texts of the Middle Ages and the English Renaissance*. Cambridge: Cambridge UP, 1982.

Greenblatt, Stephen. "Invisible Bullets: Renaissance Authority and its Subversion, *Henry IV* and *Henry V*." *New Historicism and Renaissance Drama*. Eds. Richard Wilson & Richard Dutton. London: Longman, 1992. 83 – 108.

Gurr, Andrew. Ed. *King Richard II*. Cambridge: Cambridge UP, 2018.

Kantorowicz, Ernst H. *The King's Two Bodies: A Study in Mediaeval Political Theology*. Princeton, New Jersey: Princeton UP, 1957.

Macey, Samuel L. *Clocks and the Cosmos: Time in Western Life and Thought*. Hamden, CT: Archon Books, 1980.

Maurice, Klaus and Otto Mayr. Eds. *The Clockwork Universe: German Clocks and Automata 1550 – 1650*. Washington, DC: Smithsonian, 1980.

Mullaney, Steven. "Affective Technologies: Toward an Emotional Logic of the Elizabethan Stage." *Environment and Embodiment in Early Modern England*. Eds. Mary Floyd-Wilson and Garrett Sullivan. London: Palgrave Macmillan, 2007. 71 – 89.

Mumford, Lewis. *Technics and Civilization*. New York: HBJ, 1962.

Quinones, Richard. *The Renaissance Discovery of Time*. Cambridge, MA: Harvard UP, 1972.

Rossum, Gerhard Dohrn-van. *History of the Hour: Clocks and Modern Temporal Orders*. Trans. Thomas Dunlap. Chicago: The U of Chicago P, 1996.

Sawday, Jonathan. *The Body Emblazoned: Dissection and the Human Body in Renaissance Culture*. London and New York: Routledge, 1995.

Schwartz, Murray. "Anger, Wounds and the Forms of Theater in *King Richard II*: Notes for a Psychoanalytical Interpretation." *Essays: Critical Approaches to Mediaeval and Renaissance Texts*. Vol. 2. Ed. Peggy Knapp. Pittsburgh: U of Pittsburgh P, 1982. 115-129.

Tarlow, Sarah. *Ritual, Belief and the Dead in Early Modern Britain and Ireland*. Cambridge: Cambridge UP, 2011.

Tillyard, E.M.W. *The Elizabethan World Picture*. London: Penguin Books, 1963.

Ure, Peter. "The Looking-glass of *Richard II*." *Philological Quarterly* 34 (1995): 219-224.

Wallis, H. M. "Further Light on the Molyneaux Globes." *Geographical Journal* 121 (1955): 304-311.

《圣经》,南京:中国基督教三自爱国运动委员会,中国基督教协会,2000 年。

威廉·莎士比亚:《理查二世》,《新莎士比亚全集(第七卷)》,方平译,石家庄:河北教育出版社,2000 年。

雅克·勒布朗:《逊政君主论》,贾石、杨嘉彦译,上海:华东师范大学出版社,2018 年。

植物批评视域下的华兹华斯诗歌研究

范跃芬*

内容提要： 伴随日益严峻的全球性生态危机，同时得益于植物神经生物学的推动，近年来西方学界兴起了一股植物批评研究的思潮，将植物主体和植物伦理纳入考察的范畴。植物批评研究的不断发展使得越来越多的批评家开始关注文学作品中的植物书写。本文从威廉·华兹华斯诗作中的植物书写入手，借助植物批评理论来挖掘这位湖畔诗人笔下植物主体的"能动力"和"情动力"，从而反思植物与人类的伦理关系以及人对植物伦理态度的转变在化解当代生态环境危机中的意义。

关键词： 威廉·华兹华斯；植物批评；植物书写；生态意识

Abstract: With increasingly severe global ecological crisis and the development of plant neurobiology, the emerging theory of critical plant studies in the Western academic world begins to take plants and plant ethics into consideration. Consequently, the plant writings in literary works have become a new trend in literary criticism. By investigating William Wordsworth's plant writings through the lens of critical plant studies, this paper seeks to analyze the "agency" and "affective power" of plants in Wordsworth's poems, reconsider the ethical relationship between human beings and vegetal life, and explore the significance of the changed attitudes towards plant ethics in current ecological crisis.

Key words: William Wordsworth; critical plant studies; plant writings; ecological consciousness

伴随日益严峻的全球性生态危机，每年都有很多物种消亡。针对这一问题和现状，近年来西方学界兴起了一股植物批评研究(critical plant studies)的思潮，将植物主体和植物伦理纳入考察的范畴。植物批评之所以聚焦于被边缘化的植物，并在很大程度上引发了生态批评领域的"植物转向"，这一方面与植物在一切生命中所发挥的基础性作用和全球植物共

* ［作者简介］：范跃芬，兰州交通大学外国语学院副教授，主要从事英国文学研究。

同体不断遭到破坏的严峻现实有着密切的关系，另一方面也得益于植物实证科学尤其是植物神经生物学的推动。植物批评研究的发展使得越来越多的批评家开始关注文学作品中的植物书写。

随着植物学的进一步发展，特别是植物神经科学的出现和流行，人们对植物的认知发生了积极的变化。植物不再是静止的、无感觉的、机械的集合，而是有觉察的、有灵魂的、参与现存世界的主体(Trewavas 1)。英国浪漫主义诗人华兹华斯(William Wordsworth，1770—1850)通常被看作生态意识发展中的一位重要人物。就华兹华斯研究而言，虽然已有不少研究者关注华兹华斯诗作中的自然主题，但这些研究多从宏观着手，聚焦自然与人之关系的分析，对于植物本身的"主体性"挖掘不够。此外，鉴于现有的植物批评主要着眼于当代的文学和文化文本，因而考察华兹华斯这位生态文学泰斗的植物书写内涵是有重要价值的。植物有"灵魂"吗？植物"灵魂"在华兹华斯的诗作中是如何呈现的？本文拟围绕这些问题从华兹华斯的诗作《小白屈菜》("The Small Celandine")、《致雏菊》("To the Daisy")、《水仙》("The Daffodils")、《瀑布与野蔷薇》("The Waterfall and the Eglantine")和《紫衫》("Yew-tree")的植物书写入手，借助植物批评理论来挖掘这位湖畔诗人笔下的植物"灵魂"，认识到植物是"所有生命的伟大链条"(Marder 2013：3)，并以此构建人类与植物命运共同体的生态理念。

一、植物演变：从客体到主体

与当代西方文化中普遍存在的以动物作为主题和象征的书写相比，对植物生命主体的关注显得荒凉又寂寞。论及植物，人们的想象会遇到极大的障碍。植物的时间感、生命周期、欲望结构以及在形态学上与人类如此的相异，以至于人类很容易断定植物不像动物一样是活着的生命体。"整个植物属，"亚里士多德(Aristotle，384—322 BC)写道，"与动物相比，它们不具有生命。而与其他物质实体相比，植物又被赋予了生命。因此，在海洋中，有相当一部分物质，很难判断它们是动物还是植物"(Aristotle 6)。根据亚里士多德的生命链，植物介于生命体和非生命体之间。亚里士多德对植物的等级划分极大地影响了艺术和文学作品中的植物呈现，植物主体书写显得极为匮乏。

长期以来，人类把植物生命客体化，把它们当作无生命的物。人们看见大量加工好的食物、石油以及木材，却从未把植物当作真正的生命主体。在《论灵魂》里，亚里士多德认为植物也有灵魂，但在等级划分中把植物"灵魂"归结为低级的"滋养灵魂"（nutritive soul），而把动物的"感性灵魂"（sensitive soul）和人类的"理性灵魂"（rational soul）划归为更高级的灵魂（Boer 216－217）。相较于动物和人类可移动、可表达和可思考的"灵魂"，植物"灵魂"无法超越它静默身体的限制，因此滋养的灵魂是它"唯一的灵魂力量"（Shields 24）。在亚里士多德的哲学思想中，植物被赋予灵魂的可能性在于它的自我滋养，发芽、开花、向上向下生长、衰败以及其他独属于植物的模式，唯独没有属于动物和人类的感知和智力。换句话说，植物"有生命，但没有被赋予运动和感知"（Shields 24－25）。植物"灵魂"是有缺陷的灵魂，"不完整的植物灵魂是为了完整的灵魂生命而活"（Aquinas 169）。此后，西方世界一直把植物看作无法移动、没有感知、没有智力的物。《论植物》的作者[①]把植物归结为无生命的灵魂："不能把植物归于无灵魂一类，因为植物体内某个地方有灵魂，但植物不是一种活的动物，因为它没有情感"（Marder 2013：22）。在《论植物》里，从本体论来看植物是有缺陷的，因而植物处于形而上学划分的最低端。阿奎纳（Thomas Aquinas，1225—1274）在《神学论》（*Summa Theologica*）中指出："事实上，植物灵魂因为无法遵循理性，所以被划归为最低等"（转引自 Marder 2013：17）。黑格尔（Georg Wilhelm Friedrich Hegel，1770—1831）的自然辩证哲学指出，植物线性生长、不能回归自我的本质使得植物不可能具有灵魂。植物受制于外部环境，阳光、土地和湿度等。黑格尔认为灵魂是内化的，这是灵魂积极主动的生命原理。而植物的生长是外求的，不依赖于内部，而这正是黑格尔哲学对于灵魂最基本的要求。到了19世纪，德国哲学家和心理学家弗朗兹·布伦塔诺（Franz Brentano，1838—1917）总结道："心理学家不再讨论植物的活动"（转引自 Marder 2013：17）。

从以上哲学梳理可以看出，从亚里士多德到布伦塔诺，西方哲学家都把植物放置在生命链的最低端，属于物质的、没有精神活动的、没有自我

---

① 有人认为《论植物》（*De Plantis*）是亚里士多德的作品，但大多数人认为该作品为公元1世纪大马士革的尼古拉斯（Nicolaus of Damascus）所作。该作品记录了很多植物的起源和特性。文中所引《论植物》中的论述转引自迈克·玛德的《植物思考——一种植物生命哲学》（*Plant-Thinking: A Philosophy of Vegetal Life*，2013）一书。玛德也认为《论植物》的作者很大可能是大马士革的尼古拉斯。

的自然的一部分。然而,尽管亚里士多德的观点不利于植物,但他的文本却给那些想阐明生命主体性的学者提供了养料。根据亚里士多德的《论灵魂》,植物至少具有四种基本运动中的三种:它可以改变自己的状态、生长、衰败,除了改变自己的位置(Shields 9)。亚里士多德紧接着说:"如果灵魂可以移动,那么它必须具备一种或不止一种以上所论及的运动"(转引自 Shields 9)。这为人们对植物灵魂的理解提供了理论基础。植物的确在以它适宜的方式"移动",因而被"赋予了灵魂"(ensouled)。德国哲学家费希特(Johann Gottlieb Fichte, 1762—1814)更是把植物灵魂看作"自然界第一运动原理"(Fichte 218 - 219),虽然它是受外部驱动、处于完全被动的状态。

随着现代科学对植物研究的新发现,特别是植物神经生物学领域的快速发展催生了植物批评研究。植物批评研究的代表人物是西班牙学者迈克·玛德(Michael Marder)。他近年来出版了一系列有关植物哲学的著作,从哲学角度梳理植物在西方哲学中的演变历程,阐明了植物在当下世界的意义,极大推动了植物伦理的建立与发展。其中,《植物思考——一种植物生命哲学》(*Plant-Thinking: A Philosophy of Vegetal Life*, 2013)一书对植物"灵魂"进行了专门的论述。在生态系统遭到极大破坏的今天,重新审视和考量植物,对于构建人类和植物之间的和谐关系具有重要的现实意义。

此外,不同于亚里士多德对植物的论断"活着,但不具有运动和感觉"(Shields 21),现代科学证明植物以不同的模式运动,比如通过挥发性化合物来传输复杂的信号。植物神经科学的发展越来越证实了植物的知觉。例如在智利和阿根廷的温带雨林有一种爬藤植物,它至少模仿了八种不同树群的叶片大小、形状和颜色(Gianoli and Carrasco-Urra 985)。长久以来,植物复杂的模仿是为了提高适应性和生存率。在另一项研究中,植物学家观察到维纳斯捕蝇草数数可以数到五(Böhm 286)。此外,一项植物交际的实验显示花旗松和其他一些物种会利用地下菌根网来调节森林的恢复力(Gorzelak et al. 2)。人类学家杰里米·纳贝(Jeremy Narby)在他的著作《自然的智慧》(*Intelligence in Nature*)中谈到,非人类的生命在自我导向的决心和感知行为方面展示了令人惊异的能力(Narby 66 - 68)。

亚里士多德认为植物具有滋养的灵魂,但不具有运动和感觉。而现代科学恰恰证明植物多方面的运动模式。本文拟从华兹华斯诗歌中植物生命的"能动性"和"情动力"两方面去论证植物的主体性,从而反思植物与人类的伦理关系以及人对植物伦理态度的转变在化解当代生态环境危机中的意义。

二、植物主体：植物的感知力和能动力

当人们看见会说话的树、植物精灵、花园缪斯、森林女神和其他神话里像人一样的植物时，便有了植物被赋予灵魂的想象。那么，文学怎样表现植物的感知和灵魂呢？华兹华斯的诗作回应了这一问题，它们将植物表现为有感知、有智力的灵魂，而不是被动的审美背景和动物沉默的养分，被赋予灵魂的植物允许为自己说话。

华兹华斯的诗作涉及各种各样的植物，包括《远见》（"Foresight"）中的草莓、樱草和剪秋萝，《早春命笔》（"Lines Written in Early Spring"）中长春花以及《廷腾寺》（"Lines Composed a Few Miles above Tintern"）里的青桑树、果树和杂树。仅直接描写植物的诗就有多篇，如《瀑布和野蔷薇》《致雏菊》《水仙》《小白屈菜》和《紫衫》等，展示了植物世界的多样性。这些植物在他笔下成了有感知、有智慧的生命主体。《小白屈菜》一诗写的是一种野花，它会根据光线的明暗和空气的温度闭合或开放：

小白屈菜呵，一遇到阴雨寒天，
便畏缩、闭拢，像许多野花那样；
一瞧见太阳重新在云端露面，
便怡然舒展，与阳光同样明亮！

当密密冰雹蓦地从天空降落，
当凛凛狂风逞威于林木田园，
我常看见它：把自己紧紧围裹，
在严严实实的屏障里静静休眠。（华兹华斯、柯尔律治 256）

华兹华斯的小白屈菜具有很强的生命感知力和能动性，如同人类主体一样会对不同的天气做出不同的生命反应。人会在阴寒的天气裹紧衣服以求温暖，小白屈菜会闭拢自身，以抵御寒冷；阳光灿烂的日子，人会张开双臂拥抱阳光，小白屈菜也会怡然舒展感受温暖的喜悦；冰雹逞威的日子，人们会躲在各种屏障里寻求一丝安稳，植物会用自己的智慧围裹休眠求一线生机。从小白屈菜生命的感知和能动性来看，它近乎具有古希腊

psyche 一词指涉的灵魂的意思，因为灵魂最初意为“呼吸、微风或风”(Frede and Reis 1)。而根据古代宇宙学，身体在出生之后有了第一口呼吸，生命便被赋予了灵魂。同时它还反驳了亚里士多德所提及的植物灵魂“活着，但不具有运动和感觉”的论断。植物学家很早就开始关注植物的感知。英国生物学家达尔文(Charles Robert Darwin, 1809—1882)早在 1881 年就描绘过一种名叫“舞草”的植物的“舞姿”，它舞动叶片是为了对付不速之客——蝴蝶。而我们所熟知的含羞草，叶片也极为敏感，水滴和动物的轻微触碰都会让它们羞怯地低下头。现代科学证明舞草的轻歌曼舞和含羞草的云娇雨怯并不是被动的，其背后蕴含着积极主动的生命原理，即“都依托于基部一个名为叶枕的精巧结构”和“用电信号传递信息”(邓兴旺 48—49)。这样，舞草就能避免蝴蝶的攻击，而含羞草也能避免被雨滴砸伤。植物的运动和感知是植物主体性的直观呈现。华兹华斯笔下小白屈菜通过在不同的天气“畏缩”“闭拢”“舒展”和“紧裹”等类似于舞草和含羞草的主动选择显露出自己的感知。也许华兹华斯并不具备解释小白屈菜行为意义和原理的科学知识，但他对植物细致的观察和描绘与现代神经科学的认知是相契合的，也为我们重新认识植物的主体性提供了一个文学的视角。

爱丁堡大学生物学教授、英国皇家学会会员安东尼·特雷瓦斯(Anthony Trewavas, 1939—　)是西方学界研究植物感知和智慧方面的专家。他断言，植物不仅有感知，还有意图，并能做出自己的判断(转引自 Narby 66)。除了小白屈菜，华兹华斯笔下的其他植物也具有鲜明的感知和运动特点，如在湖水之滨、树荫之下“摇着花冠，轻盈飘舞”的水仙花；“牵引着小小花环，穿行在樱草丛簇绿荫里”的长春花；“铺开如扇子，去招引缕缕轻快微风”的小树枝；“蜿蜒向上卷起，固执地盘旋”并且在“无声的睡眠中躺下，聆听山上的水流在格拉罗莫罗最深的洞穴里呜咽”的紫杉树。“轻舞”“穿行”“招引”“盘旋”以及“聆听”等动作生动描绘了植物细微的生命感知。亚里士多德和阿奎纳没有机会接触现代植物信号和行为的神经科学，但他们对植物“灵魂”的等级划分却奠定了人们的植物观。从某种程度上说，华兹华斯放弃了亚里士多德和阿奎纳的植物观，通过对植物感知和运动的描写，植物被提升到与人相似的高度，成为不依附于人类的客观存在和生命主体。

亚里士多德对于“灵魂”的进一步划分是以是否具备生长和衰败两种运动能力以及能否具有吸收养分的能力来判断的(Shields 24)。在华兹华斯笔下，植物的一生完美诠释了“吸收养分”“生长”和“衰亡”的生命历程。

Kegan Paul, 1970.

Frede, Dorothea, and Burkhard Reis. "Introduction." *Body and Soul in Ancient Philosophy*. Eds. Dorothea Frede and Burkhard Reis. Berlin: Walter de Gruyter, 2009. 1-17.

Gianoli, Ernesto and Fernando Carrasco-Urra. "Leaf Mimicry in a Climbing Plant Protects Against Herbivory." *Current Biology* 24.9 (2014): 984-987.

Gorzelak, Monika, Amanda Asay, Brian Pickles, and Suzanne Simard. "Inter-plant Communication through Mycorrhizal Networks Mediates Complex Adaptive Behaviour in Plant Communities." *AoB Plants* 7 (2015): 1-33.

La Mettrie, Julien Offray. *Man a Machine; and, Man a Plant*. Trans. Richard Watson and Maya Rybalka. Indianapolis: Hackett, 1994.

Marder, Michael. "Plant-Soul: The Elusive Meanings of Vegetal Life." *Environmental Philosophy* 8.1 (2011): 83-99.

——. *Plant-Thinking: A Philosophy of Vegetal Life*. New York: Columbia UP, 2013.

Narby, Jeremy. *Intelligence in Nature: An Inquiry into Knowledge*. New York: Tarcher Perigee, 2006.

Plotinus. *The Enneads*. Ed. Lloyd P. Gerson. Cambridge: Harvard UP, 2018.

Ryan, Charles John. *Plants in Contemporary Poetry: Ecocriticism and the Botanical Imagination*. New York: Routledge, 2018.

Shields, Christopher. *ARISTOTLE De Anima Translated with an Introduction and Commentary*. Oxford: Oxford UP, 2016.

Trewavas, Anthony. "Intelligence, Cognition, and Language of Green Plants." *Frontiers in Psychology* 7 (2016): 1-9.

Wohlleben, Peter. *The Hidden Life of Trees: What They Feel, How They Communicate—Discoveries from a Secret World*. Carlton, VIC: Black Inc, 2016.

邓兴旺:《植物私生活》,北京:商务印书馆,2019 年。

韩启群:"新物质主义视域下的韦尔蒂植物书写研究",《山东外语教学》,2020 年第 6 期,第 79—86 页。

华兹华斯、柯尔律治:《华兹华斯、柯尔律治诗选》,杨德豫译,北京:人民文学出版社,2001 年。

凯·埃·吉尔伯特,赫·库恩:《美学史》,夏乾丰译,上海:上海译文出版社,1989 年。

王佐良:《英国文学论文集》,北京:外国文学出版社,1980 年。

威廉·华兹华斯:《华兹华斯抒情诗选》,黄杲炘译,西安:陕西师范大学出版总社,2016 年。

康拉德小说中的真实焦虑*

李长亭**

内容提要：康拉德的许多小说都存在着对真实的焦虑。小说中的女性理智上相信真实的存在及达至真实的可能性，但在情感上却不愿面对真实，从而暴露出她们对真实的渴望与焦虑。康拉德特有的叙事策略充分展现出叙事的不可靠性和语言的多义性，使主体始终处于探寻真实的焦虑状态。文章从女人与真实、表象与真实以及叙述与真实三个方面来揭示康拉德小说中蕴含的真实焦虑。这在一定程度上反映了作者的社会态度和价值判断。

关键词：康拉德；真实；叙事策略；焦虑

Abstract: Many of Conrad's novels are pervaded by anxiety over the real. The women rationally believe the existence and the availability of the real, but they reluctantly accept it in emotion. This exposes their anxiety as well as the desire towards the real. Conrad's narrative strategy witnesses the unreliability of narration and the ambiguity of language in the novels that puts the characters forever on the state of anxiety for the real. This article involves the contradictions between the real and women, between the real and phenomenon, and between the real and narration to reveal the anxieties over the real, which, in a sense, reflect Conrad's attitude towards society and his idea of value.

Key words: Conrad; the real; narrative strategy; anxiety

约瑟夫·康拉德(Joseph Conrad，1857—1924)是英国维多利亚时代晚期伟大的小说家，他出身于当时受沙俄统治的波兰，其父母都是争取民族独立的革命斗士。在独立起义被镇压后，康拉德跟随父母受尽苦难，这在他幼小的心灵中留下了深深的烙印。他认为革命就意味着要失去家

* ［**基金项目**］：本文系河南省教育厅哲学社会科学基础研究重大项目“习近平家风思想观照下的英美文学家庭伦理研究”(2021-JCZD-15)和河南省高校教师教育课程改革研究项目“核心素养视域下河南省英语师范生多元能力培养研究”(2020-JSJYYB-44)的阶段性成果。

** ［**作者简介**］：李长亭，南阳师范学院教授，主要研究方向为英美文学、中西文化比较等。

庭,因此他憎恶暴力革命,成年后就去了法国马赛做了一名海员,后又加入英国籍,继续海员生涯。他游历世界很多地方,尤其是西方国家的殖民地,对殖民地的状况有比较深入的认识。因此他的小说既有对革命暴力的讽刺,也有对西方殖民行为的鞭挞。不过康拉德独特的叙事手法和模棱两可的叙事内容常常令读者感到迷惑费解,如杰里米·霍桑(Jeremy Hawthorn)认为,康拉德小说中的白种女人代表着虚幻的、甚至是有害的理想(Hawthorn 1990)。特里·伊格尔顿(Terry Eagleton, 1943—)指出小说中的主体人物常常是中空的,他们只生活在别人的话语中(Eagleton 2005)。希利斯·米勒(Hillis Miller, 1928—2021)和爱德华·萨义德(Edward Said, 1935—2003)都指出康拉德的叙事就是语言的撒播,从一个能指转到另一个能指,从而构成了叙事的能指链环,但其所指却是不固定的,从而造成意义的不确定性(米勒 2008;萨义德 2009)。这些颇具代表性的评论从内容和形式分别对小说进行了卓有成效的剖析,但鲜有批评者从这些方面对其作品进行综合评述。这在某种意义上削弱了读者对康拉德作品理解的深度和广度,尤其是对作者的写作意图会产生不同的理解。基于此,本文拟从表象与真实、女性与真实和叙述与真实三个方面综合分析康拉德小说中的深层意蕴,即对真实的焦虑。

一、表象与真实间的焦虑

表象指的是社会及各种事物的外在表现,它既可以正确也可歪曲地表现社会及事物的本质;而真实则是指社会及事物的本质存在,不以人的意志为转移。但在康拉德的小说中,表象总是远离真实。他声称,小说就是穿着想象外衣的真相,神秘和不稳定就像乌云一样遮蔽着对真实的寻求(Conrad 1975: 93)。康拉德还认为,世界不是靠明显的意义支撑的,生活只是不稳定表象的显现。这种表象无限延伸,但无关乎真实、思想以及存在的全部意象(转引自 Jean-Aubry 21 - 22)。在给《纽约时报》的信中,康拉德说:"生活中唯一无可争论的事实就是我们的无知。除此之外,没有绝对的事物,也没有不存在矛盾的事物"(转引自 Graver 43 - 44)。这些言论都表现出真实和表象的不一致性。在对外界的描写中,康拉德习惯用迷雾和黑暗来指代外部环境和社会现象。迷雾和黑暗在小说中主要起三个作用:一是使藏匿其中的真实变得模糊不清;二是其本身就是真实;三是消弭了所有真实的存在,包括作为可感知的雾这一实体和可以隐藏一切的黑暗。因此,对迷雾和黑暗中真实的探寻就成为小说的主题。然而,它们捉摸不定的实体特性也有可能是欺骗性的,因为它们梦幻似的表象隐瞒了其他一切存在,而这却成为唯一的真实,而且隐喻着压根就没有真实的存在这一认知。在《黑暗的心》(*Heart of Darkness*, 1899)中,船只溯流而上的过程就是寻找真正的库尔茨的过程,沿途遇到各种各样的困难和阻碍:首先是黑暗的环境和土著人的袭击,然后是遮蔽一切的浓雾。"海水的光闪上蒙着一层缓缓移动的迷雾,变得模糊不清了"(康拉德 2006: 15)[①]。"大地上丛林密布……一片无法穿透的森林"(42)。在这种环境中,人们就会回想起过去的一切,"它是以一种焦躁而喧哗的梦幻形式回归的"(42)。小说中四周的浓雾与见到库尔茨的混乱场面形成了对照。浓雾代表了白人的盲目性,而与库尔茨的会面则是一次与穿不透的黑暗的谋面,马洛在浓雾之中很难看清一切。因此,浓雾造成的盲目和失聪表明了不可能获取真实的情境:"我们所能看见的东西只是我们自身所在的汽船,它的轮廓是模糊不清的,仿佛它眼看就要被融化了,再就是船四周的烟雾迷蒙的河水,它或许只有两英尺宽狭——再就什么也看不见了。就我们的耳目所及,剩余的世界已不知去向"(51)。马洛在日落时分开始讲故事,故事中的黑暗进程也暗合了讲故事的场景:天黑下来了,马洛和那些听众几乎看不清对方的面庞。"你是不可能把你一生中某个时期的生命感觉——那构成你的生命的真实性意义——你一生中的微妙而贯穿一切的本质——的东西传达出来的。我们在生活中,和在梦境里,都是孤独的"(34)。带着怅然若失的情绪,叙述者感叹那些充满荣誉感和激情的感觉再也找不到了。"那种我能永远坚持下去的感觉可以比海洋、陆地、所有的人都持久",这种"欺骗性的感觉"可以"诱使我们一直向前",它令人愉悦,给人启迪,"力量的成功说服力……内心的灼热逐年削减,变得冷漠、渺小、消亡——消亡得太快,太快——在生命之前"(43)。这些叙述似乎存在某种悖论:人只有在欺骗中才能快乐,在无知中才有希望。这似乎也暗示,真实是不可能被发现的,从而诱发主体对真实的焦虑。

由于康拉德的作品洋溢着认识上的朦胧和神秘感,所以主体缺乏的不是必要的做事手段或敏锐的感知,而是探寻真实的勇气。弥漫在文本间的神秘因素其实就是主体试图探寻真实过程中的消极因素。康拉德小说的使命就是要撩开表象的面纱,一睹真实的模样。但影响康拉德实现

① 所引小说译文版本为康拉德(2006)。以下引文只标注页码,不再详注。

这一目标的障碍就是,真实本质上就是黑暗的、无定性的存在。它不仅抵制语言表达,而且还抵制理解。康拉德其实就是向我们展示一种存在:真实和表象水乳交融,无法区分开来。在某种意义上,真实就是表象,表象就是真实。正如马洛在《吉姆老爷》(*Lord Jim*, 1900)中所言:"真实往往比精心安排的词语更加难以捉摸"(康拉德 2008: 249)[①]。吉姆只是一味地沉醉于自己的想象之中,丰富的想象力使他忘却了自己以往的失败。作者用"恐怖的假象"(the pretence of terror)和"虚张声势的威胁"(the spurious menace)这些词语把虚假的勇气和虚张声势的想象转换成了吉姆行动上的踟蹰不前,从而揭示出主体的虚幻本质。斯坦因对马洛说,吉姆"追随着梦,一直追随着梦……直到最后"(156)。然而他说这些时却是"低语"(whisper),像是在喃喃自语。马洛对此的理解是,"他的低语似乎在我面前打开了一个巨大且不稳定的空间,就像拂晓平原上朦胧的地平线……它是迷人的但带有欺骗性的光芒……"(157)。这隐喻了虚假的表象与真实间的区别,主体难以窥到事物的真实面庞。

主体很难靠语言来弥补外界与内心世界间的隔阂,因为内心的欲望总会遭到外部现实世界的抵牾,导致创伤性经历。主体创伤性的经历是阻止吉姆融入集体的主因,因为它破坏了梦想与现实间脆弱的平衡。吉姆在"帕坦纳"号上做船员时,整天梦想自己是一个英雄,但真正遇到危险时,却置船上的朝圣客于不顾,兀自跳船逃生。这次创伤性的经历使他误以为表象和真实是不会统一的,遂产生了再次证明自己的欲望。在帕图桑,吉姆即使面对多拉敏的枪口,也依旧表现出英雄的样子。叙述者在描写吉姆的临终时刻时运用了讽喻的语气:"一个声誉的无名征服者","高贵的唯我独尊","跟一个影子似的行为理想举行他那无情的婚礼"(306)。只不过这次表象与真实得到了统一,他死在了多拉敏的枪下。因此,有学者一针见血地指出,"反讽是这部小说的一大亮点"(Moser 84)。它体现出表象与真实间似是而非和似非而是的关系,也暗示了世界的复杂和主体认知的困难。

在《"水仙号"上的黑水手》(*The Nigger of the "Narcissus"*, 1897)中,随着黑水手怀特的死亡,叙述者打破了一个相对稳定的社会空间。他哀叹失去了受束缚的真实:"我们都受了他的诱惑,"遗憾的是,我们失去的是一个"共同的约定……一个情感谎言的强有力、有效且可值得尊重的约

---

① 所引小说译文版本为康拉德(2008)。以下只标注页码,不再详注。

定”(康拉德 1983：155)[①]。在此之前，船员们都小心翼翼地不去探究表象背后的真实。这一“共同的约定”暗示了他们对真实的焦虑态度。相比其他船员的表现，船长辛格尔顿在危急关头不去想象和思考，而是忠实地履行着自己的职责，“他小心地把着舵”(89)，最终使船只脱离危险。正如康拉德所说，“世界依赖一些很简单的信念，……主要是忠诚的信念”(Conrad 1975：xix)。当被问及为什么不塑造一个“受教育的辛格尔顿”时，康拉德回答道：“如果你想让那些处于无意识状态的人具备思考能力的话，那么，他就会变得有意识，也就很不幸福了。现在他就像一个原始生物一样简单而伟大”(Conrad 1927：423)。辛格尔顿坚定的意志和不屈的勇气源于他的不在乎，或者说不明白他的行为及所处的世界是否有意义，他不明白怀特拒绝工作的复杂含义及微妙之处，也不理解其他船员对待怀特的复杂态度，所以他能不受这些表象的迷惑，心无旁骛地发挥自己的作用。叙述者带着一种不加掩饰的艳羡口气感叹道：“辛格尔顿过着不被人类情感打动的生活……我们都是迷惘、懦弱的。而辛格尔顿似乎什么都不知道，什么也不明白”(41—42)。他不关注表象与真实间的差异，也就不会产生对真实的焦虑。康拉德在《“水仙号”上的黑水手》的《序言》中指出，艺术的目标“不在于揭示那些被称为自然法则的、无情的秘密，而在于提供保护人类脆弱性的希望”(xi—xii)。《序言》展示了“生活表面的感性理解”与“内部更深层次”的理智之间形成的张力，对应了康拉德“真实与主体性的不协调”问题(Levenson 35)。康拉德所谓的不去揭示自然法则的秘密，也就是不去探究事情的真实状况，正如《间谍》(*The Secret Agent*，1907)中维妮奉行的人生信条：生活是经不起推敲的。

康拉德所主张的无知的智慧，除了表现在辛格尔顿船长身上外，也更多表现在《间谍》中的维洛克太太维妮身上。小说至少有6处提到她“没有好奇心”或“没有求知欲”(康拉德 2002：153，198，199，237，239，244)[②]。她的“生活是经不起推敲的”也出现了5次之多(177，178，180，241，267)。维妮这样做的目的很明显，就是把这作为维持她与维洛克家庭关系的信条，并成为“她生活中的力量和保障”(153)。叙述者指出，在这样一个废都上，“真实可能比虚幻更残酷”(155)。这是一片“广阔且无希望的沙漠”(179)，恐怖主义者和警察都是同源，没有法律，没有肯定，所有的一切都

① 所引小说译文版本为康拉德(1983)。以下只标注页码，不再详注。

② 所引小说译文版本为康拉德(2002)。以下只标注页码，不再详注。

随着经济条件的变化而变化。在《间谍》中，真实是一个可怕的诅咒，会给人带来痛苦、疯狂甚至自杀。那些寻求真实的人会为此付出沉重的代价。维妮的弟弟思迪威是一个智障，但他喜欢对事情寻根究底，这使他在对周围事物的体察中变得痛苦不堪，几近疯狂，“光对一些犯罪的名字就感到可怕”(173)。康拉德在给朋友的信中指出，“造成人类悲剧的因素不在于他们是自然界的牺牲品，而在于他能意识到这一点。成为目前生存状态下的动物世界中的一员是幸运的，但一旦认识到自己的奴性、痛苦、愤怒和矛盾，悲剧就开始了……这个世界，不管是在凸透镜或是在凹透镜下看到的，只是一个虚无的、漂浮的表象而已”(Conrad 1927：30)。《诺斯托罗莫》(*Nostromo*，1904)中诺斯托罗莫的悲剧就在于，他从别人的赞扬中清醒过来，意识到“他仅仅是别人对他看法的集合体，没有真正属于自己的东西”(Eagleton 239)。像小说存在于语言中一样，诺斯托罗莫也只能存在于虚妄的名声里，他的利他性只是服务于自己的自私性。和库尔茨一样，他是中空的，他的公共身份是社会赋予的，他本人没有自己的思想，也不了解这些支撑他身份的社会力量。他的所有行为，包括他本人的存在，都是由银矿的经济价值赋予作用和意义的，但他缺乏对这一真实的认识，他把理想的自我建筑在空洞的主观幻想之上，而这种幻想对他来说是致命的，因为他的最终目标是以自我为中心的，所以一旦内心空虚，那么由物质利益所怂恿的私欲就可以轻易地占领他的内心。所以诺斯托罗莫是虚荣的代表、“迷惘的主体”(Guerard 204)。他的行为蕴含着他对表象的迷恋和对真实的焦虑，体现出分裂性的人格。

《诺斯托罗莫》中的另一人物得考德曾严厉谴责过别人的虚伪，但他也在另一个虚假自我的掩盖下进行自我欺骗。如果说诺斯托罗莫向琳达求婚是“有意识的欺骗”，那么得考德向安东尼娅求婚则是“无意识的自我欺骗”(Davidson 46)。在这场政治事件中，得考德既是旁观者也是参与者，他得到了女友毋庸置疑的爱，但他也呈现出另一个自我，即孤独的怀疑主义者。他在自身处于孤独境地时不知所措，对一切都持怀疑和消极态度。在强大的虚空面前，对安东尼娅的爱和对妹妹的感情都不足以支持他在孤独中坚强地活下去。正如斯拉沃热·齐泽克(Slavoj Zizek，1949—)所言，真实是通过现实检测获得的，只有借助于现实检测，主体才能把引起幻觉的欲望客体与感知到的实际客体区分开来。但是主体从来都不可能占据中立位置，无法把引起幻觉的幻象性现实完全排除出去(齐泽克 30)。对得考德来说，幻象和真实常常混合在一起，使他无法做出正确的判断。从这个角度讲,孤独使他窥到了真实的面庞,意识到了幻象与真实间的差距,最后只能以死摆脱对真实的焦虑。

米勒指出,康拉德"试图准确地呈现事物的原貌,这本身不是目的",而是揭示"生活真实"的一种手段,这种"真实"存在于"黑暗"之中,是一种"形而上的实体"(米勒 27)。伊安·瓦特(Ian Watt, 1917—1999)也指出了康拉德在使用语言过程中具体和抽象的区别。康拉德运用"延宕解码"的手段,相当于印象派画家创造的直接的视觉感染力,"经常被人们从更抽象的角度来理解"(Watt 186)。这些评论都注意到了康拉德文体想象的双重性,即忠实于感觉真实和更抽象的经验秩序,从表象和修辞层面揭示出主体对真实的焦虑。除此之外,康拉德小说中的女性作为男性世界的附属性存在,也在努力探寻社会和事物的真实面孔,从而表现出对真实的焦虑。

二、女性与真实间的焦虑

在《黑暗的心》和《诺斯托罗莫》中,白种女人在维持男性世界和传统秩序方面被赋予特殊的责任与功能。她们生活在童话般的想象中,接触不到事实的真相。杰里米·霍桑认为,殖民主义者利用女人的幻想为他们的掠夺寻求借口,《黑暗的心》中女人的描写进一步强调了理想是虚幻的,甚至是有害的(Hawthorn 184)。马洛从非洲回来后,去见库尔茨的未婚妻。他害怕真实会破坏库尔茨未婚妻心中的信念,只得违心地向她撒谎说,库尔茨的临终呼喊是她的名字。这与库尔茨去蛮荒之地传播西方文明的谎言形成了对照,从而构成了谎言的循环,而这个循环正是推动资本主义发展的动力源泉。这个谎言包含着悖论:文明可能是野蛮的、虚假的表象,但也是需要人类小心呵护的发展成就。尽管马洛的叙事揭露了殖民主义暴力掠夺和虚假谎言的真实面孔,但他的故事最终还是表明了对欧洲价值观的忠诚。即使这些价值观含有自欺欺人的成分,但他依然认为它们有存在的必要性,至少让库尔茨未婚妻们沉浸在对表象幸福的遐想之中。

与库尔茨的未婚妻使库尔茨死心塌地服务于殖民主义事业一样,女人的理想会迫使男人在利他主义的掩饰下成为资本主义的忠实奴仆。在高尔德的经济冒险过程中,他太太的支持和情感是促使他成为银矿奴隶的重要因素。高尔德太太积极参与丈夫重开矿山的行为也影响了她原本善良、慷慨的性格。最后，她不得不承认，“成功的因素中一定有一些使道德堕落的成分”（康拉德 2001：521）[①]，也意识到物质追求对主体人格造成的破坏。在诺斯托罗莫死后，他的女友吉赛尔伤心得死去活来，高尔德太太劝她说：“不要太伤心了，孩子。很快他就会因为财宝而忘记了你。”当吉赛尔回答说“从来也没有一个人像我这样被爱过”时，高尔德太太语气严厉地说：“我也被爱过”（428）。这表明，对物质的追求使他们丧失了男女之间纯洁的爱情，同时也让他们对西方的价值观产生了怀疑。在高尔德太太眼中，“桑·托梅山凌驾于大草原，以及整个国土之上，令人敬畏，遭人嫉恨，财大气粗；比任何暴君都更加无情无义，比最坏的政府都更加专横跋扈；在自我张扬中随时准备压垮不计其数的生命”（396）。这既表明了物质力量对主体的驾驭和支配作用，同时也使人感受到高尔德太太对表象掩盖下的真实的焦虑。

和高尔德太太一样，得考德的女友安东尼娅、库尔茨的未婚妻都因为怀着纯粹的、未被物质熏染的信念，践行着不合时宜但弥足珍贵的理念，即忠诚于其实早已异化了的男性。诚然，康拉德的作品经常通过描写女性对男性主人公的追求来掩盖男性性格上的缺陷。在《吉姆老爷》中，吉姆梦想成为英雄的欲望被“帕坦那”事件击得粉碎，但是在帕图桑，玉儿对他的热烈追求某种程度上满足了他虚幻的欲望，使他有决心面对多拉敏的枪口。在《黑暗的心》中，库尔茨的未婚妻坚信库尔茨魔力般的影响力和爱情上的始终如一。这也是库尔茨在非洲疯狂掠夺象牙的推动力。不过，这也从另一方面表明，女性有她们的虚幻世界：她们从没有生活在“真实”世界之中（George 69），反而往往把虚幻等同于真实，或者说把自己的期待视为真实。这体现出她们对真实的焦虑和期盼。

康拉德故事中可以隐藏的秘密总是可怕的秘密。对康拉德而言，秘密是“正常生活的持续方式”，“在正常情况下，不想探知的秘密是唯一可接受的解决办法”（Cave 65）。不过，这些秘密通常是有悖于诚实信条的，因为它们都是与背叛、欺骗或抛弃原初可贵的品质有关的。外界因素如恐惧死亡、情绪低落、耽溺享乐、女色诱惑等常常使主体背叛或丧失原有的品质。维洛克背着维妮让思迪威去炸天文台，吉姆私自放走强盗布朗，诺斯托罗莫私藏银锭，库尔茨背着未婚妻与非洲情人交往等都是不可告人的秘密。这些秘密也常常使主体处于对真实的焦虑之中。因为不管以

---

① 所引小说译文版本为康拉德(2001)。以下只标注页码，不再详注。

任何方式逃离真实都是一种虚幻的拯救。库尔茨的临终呼喊就是对真实焦虑的另类表达，而对他未婚妻的虚幻拯救使她“作为库尔茨欲望的客体地位随着他的死亡而永远固定下来”(Ross 65)。这既表明了女性对真实的盲视，也曲折表现了西方的价值和道德危机。与此相反，维妮得知思迪威的死亡真相后，她不再恪守自己以往“生活经不起推敲”(177)的信条，手刃亲夫，最后自己也落了个跳河自尽的下场。作者似乎在用维妮的遭遇反证女性不去探究真实的必要性，因为真实会让她们绝望甚至失去生命。

就像《黑暗的心》中的女人没有自己的名字一样，“玉儿”这一称谓是吉姆赋予的，是服务于叙事功能的，不是她真正的名字。尽管吉姆试图向玉儿挑明自己的过去，但玉儿始终不相信吉姆有什么不好。这使吉姆的虚荣心理进一步膨胀。马洛曾经告诉玉儿，这个世界压根就不需要吉姆，因为“他还不够好”，玉儿立刻反驳道：“你撒谎”(233)。这与马洛告诉库尔茨未婚妻的情景形成了关联，她们不愿相信或者说害怕真实与自己的期待形成反差，从而隐喻了女人对真实的焦虑和弃绝。

与库尔茨未婚妻的热切期待和玉儿拒绝相信真实相比，高尔德太太拒绝倾听诺斯托罗莫的临终话语。她说她憎恨银子，因为她和诺斯托罗莫都是银矿的牺牲品。所以，相比玉儿和库尔茨的未婚妻，高尔德太太是一个睿智且理性的女性。从某种意义上讲，库尔茨未婚妻逼迫马洛撒了谎，但马洛对朋友说，他厌恶说谎，换言之，他厌恶的是事情的真相。就像伊甸园的亚当和夏娃一样，因为好奇偷食了禁果，从此给人类带来了苦难。所以按照西方文化传统，好奇就是一种自然的、原始的罪恶，它倡导人们把无知作为一条通向幸福和满足的康庄大道。维妮愤起杀人的情节似乎在暗示，由于真实会带来危害和痛苦，因此我们最好不要去了解它。这其实体现出一种虚无主义的思想和对真实的焦虑心态。

康拉德小说中的女人常常代表着诱惑或者蒙着一层不易看清的面纱。这样的含混和朦胧更能激发主体探求真实的欲望。因此小说主体和叙事策略抵制的真实常常是与女人有关的。当奥西鹏在报纸上得知，维妮是由于意识到他不可能对她施以援手才绝望自杀的，他的脑海反复出现报纸的标题。他认识到自己的无情并时常遭受这种认识的困扰，“他永远也摆脱不掉那可恶的事实”(307)。因为不希望发现这个冷酷且充满矛盾世界的真实面目，他“既不思考、工作、睡觉，也不吃饭……他开始酗酒，开始幻想”(310)。这样他就经历了表面上的好奇与内心躲避可怕真实的欲望之间的冲突。所以探究真实的欲望与对真实的焦虑之间充满着张力,这种张力最终会造成主体的异化和分裂。

表象与女性是小说着力塑造的对象,二者对真实的焦虑其实都集中体现在叙事之中,作者运用不同的叙事手段和叙事风格来表现主体对真实的焦虑。

三、叙事与真实间的焦虑

萨义德认为,康拉德的叙事主体都是"充满幻想的,或是影子或是黑暗","作品揭示的就是这种晦涩的叙事过程"(Said 32)。这表明了康拉德小说叙事的不可靠性和多义性。意义的完整性需通过阅读来完成,而阅读又可以暴露出文本的不连贯性。不过这些也正是意义含混的表现,标志着对事件真实有计划、有目的的抵制。安德鲁·罗伯茨(Andrew Roberts)认为,康拉德作品强调问题意识,即我们了解什么,如何了解,有多少确定性等,这些问题都涉及语言与真实和现实的关系(Roberts 18)。也就是说,康拉德可能相信类似真实的实体存在,但他质疑语言对其呈现的能力。有学者把语言看作"虚假的真实,无法抵御的幻象。它在指示而非诠释人类的行为"(Billy 8)。康拉德让读者看到的,是语言试图告诉他们的一切,但大家都明白,语言叙事体现的是作者的立场和判断,不是对事物或现象的客观表达,不足以表现真实的全貌。

在马洛的叙事中,视角的不断转换和晦暗不明的价值判断让读者怀疑他的态度和动机,认为他在故意不让读者接近和了解真实。他的只言片语和不连贯的叙事主要表现在他仅仅依靠表象来评价主体。在《吉姆老爷》中,他一开始评价吉姆是"最值得信赖的人之一"(147)。但随着了解的深入,他也越发意识到吉姆"还不够好"(233)。库尔茨的未婚妻急切地想知道库尔茨的临终话语是不是她的名字,高尔德太太则拒绝倾听诺斯托罗莫的最后坦白,而马洛则疑惑地问道:"我们的生命对于全部的话语而言是不是太短暂了? 由于我们的口吃,这些话语也就理所当然成了我们唯一的、长期的期盼。我已经放弃了了解最后话语的想法了"(225)。放弃这个想法并不意味着这些不能被说出来,而是因为一旦说出来,就会对主体和外界造成重大影响。在给约翰·高尔斯华绥(John Galsworthy,1867—1933)的信中,康拉德或暗示或明确了最后话语听起来像什么:"它们就像无意义的生活一样发出令人齿冷的空洞回响"(Conrad 1927:

116)。他不仅主张事情的虚无性,而且更主张存在的无意义。在给本杰明·格雷厄姆(Benjamin Graham,1894—1976)的信中,康拉德写道:"话语消散,什么也没留下……什么都没有,没有思想,没有声音,没有魂灵,什么都没有"(Conrad 1927: 70)。马洛和其他叙述者也经常抱怨语言的多义性和局限性。希利斯·米勒曾说过:"《吉姆老爷》就像一本词典,一个词条将读者引向另一个词条,后者又将它引向另一个词,然后又回到第一个词,构成了一个无限的循环圈"(米勒 44)。萨义德指出叙事对主体存在的消极作用:"一封书信、一段没有结束的叙事、一则杂凑起来的口头转述等隐匿了吉姆的生命痕迹"(萨义德 189)。这表明真实在语言能指链条中被无限延异、撒播,从而构成了主体对真实的期待和焦虑。

《间谍》中无政府主义者云特的一个重要但又奇特的表征就是他的矛盾性。小说用矛盾性的修辞突出他的这一特点。他的"激情"(passion)已经"耗尽"(worn-out),他"好斗"(fierceness)却显得"无力"(impotent),他是一个"衰朽的色情狂"(senile sensualist)。"由于痛风而肿胀的瘦骨嶙峋的手向前伸着,使人联想到一个垂死的凶手在积累所有力量进行最后的一击"(42)。但叙述者补充道:"这个臭名昭著的恐怖分子在他的一生中,从来没有哪怕用一根手指来攻击社会机构"(48)。从这个方面讲,"恐怖分子"只是一个自我指涉的空洞能指,他从来没有实施过一起恐怖活动,他只是一个角色扮演者:"他是一个没有行动能力的人,他甚至不是一个侃侃而谈的演讲家,不能在热情澎湃的声浪中令大家振奋"(48)。他曾经拥有"邪恶的能力"(evil gift),这种能力的"阴影"(shadow)就像"装在一个古老瓶子中的毒药气味一样抓住了他"(48)。这种能力表现为对社会的侵蚀:"他扮演那种能驱动罪恶的、目中无人且恶毒的唆使者的角色。这种驱动隐藏于盲目的嫉妒以及无知的虚荣之下,贫穷的磨难以及对愤怒、同情、暴力等所有充满希望和高尚的幻想之中"(48)。有批评者认为,云特的激进表演否定了他政治上的合法性,所以他不是一个真正的某种意识形态的拥护者,而是一个有着矛盾心态的意识形态人物。"他代表了一种政治恶作剧,对社会和政治都会产生不良后果"(Glazzard 37)。这表明叙事和真实间存在差异,体现出作品对真实呈现的莫名焦虑。

文学作为一种叙事手段,是一种高层次的语言活动。在这种活动中,语言的比喻义常常超越其本义,形式大于意义,含混优于直白。云特和库尔茨一样,其言语能力对社会造成很大危害。云特自我标榜的恐怖分子身份具有讽刺意味，他用话语营造恐怖气氛，他可怕的话语能够勾画出一个可怕的社会现实，他的话语本身就是一种政治宣言：它虽然不能在理智上说服人们，却能在情感上影响人们，使人们不明白事情的真实状况，处于焦虑和恐怖状态。

根据精神分析理论，语言和叙事有显性和隐性的内容，就像做梦一样凝缩和移置了无意识内容，转喻和隐藏了叙述者的欲望冲动。所有的话语都包含着受压抑的内容，它们与他者间进行着不间断的对话，并由此推动主体不断从想象秩序进入象征秩序。在《黑暗的心》中，当俄国人告诉马洛篱笆上的装饰物是反叛者的头颅时，马洛愤怒地解释道："反叛者！我听到的下一个定义会是什么呢？敌人、罪犯、劳工——这些都是反叛者。那些反叛者的头颅似乎在向我低头"(75)。失望的马洛意识到，这是从政治层面对"反叛"一词进行定义，他们肆意地运用语言学知识对反叛者、罪犯或劳工进行定义和命名，使压迫和杀戮行为合理合法化。很明显，在形容库尔茨的话语中，马洛所谓的"燃烧着的高尚词汇"(burning noble words)具有真实的社会效果。"词汇不仅仅是意义的承载者，而且还可以用作政治工具，成为政治语言"(Glazzard 41)。所以，语言一旦与政治联姻，就改变了其中立的属性，可以根据政治需要，借助叙事策略，肆意扭曲对真实的表达，以达到政治目的。

雅克·拉康(Jacques Lacan, 1901—1981)指出，"语言具有物质的现实性，同时也具备无意识的现实性"(Lacan 136)。文学和无意识结成了一种亲密关系，语言成了一个使二者发生关系的磁场。不过这种结合建立在读者参与的基础上。文学作品通过文本语言诱使读者对故事产生共鸣，从中发现隐秘的自我，"因为它是心理基本结构的寓言"(Ragland-Sullivan 381)。库尔茨的临终呼喊既是受压抑的真实自我的爆发，也是无意识的语言表达。读者会在这振聋发聩的呼喊中感受到自我的涉入，从而会对库尔茨产生隐隐的认同和同情，即每个读者身上都隐伏着库尔茨因子。这种叙事策略表达了作者对真实的焦虑和隐忧。

与《黑暗的心》一样，《吉姆老爷》"是由种种相互联系的见解拼合而成的复杂图案，这些见解中没有一个可以作为可靠的标准来衡量其他见解"(米勒 36)。这就需要读者根据自己的经验和好恶来评价作者的写作意图和作品中的主体形象。因为小说的叙事策略使读者怀疑语言传递真实的能力，怀疑文本作为存在镜像的功能，甚至怀疑人的思想能否真正探究到社会的真实存在。不过作者也经常通过文本叙述者声称，我们可以了解到这个世界一些可怕的真实以及我们对此的经历和感受。这在一定程度上似乎弱化了叙事中的不确定性和多义性,给人们认识世界带来了一丝希望。

如果我们借用弗洛伊德的观点,爱与死、欲望与失落、意识与无意识间的语言既揭示了文本的显性意义,也暗示了其隐藏的内容。隐喻、省略等文本现象遮蔽了其暗含的意义。作为一个精心策划、最后却又失败的恐怖活动的结果,《间谍》中维妮对弟弟死亡的反应也是一种暴力行为。这其实是她受了遗传和年轻时环境的影响:"刀子插进去了……维洛克太太把所有继承下来的模糊不清的东西、洞穴时代的残忍以及文明时代不平衡的精神焦虑都发泄出来了"(263)。具有讽刺意味的是,实施恐怖行动的恐怖分子最后被最不可能实施恐怖行为的妻子给"恐怖"掉了。重要的是,"恐怖"这个字眼在维洛克太太杀死丈夫之后不断地在她脑海中涌现,使她不由得想象自己因此会被处以绞刑的恐怖情景。在运用恐怖话语方面,虽然卡尔·云特的身份总是带着恐怖主义的标签,但这个阴险的暴力行为鼓动者却没有从事过一次恐怖活动。"恐怖分子"这个词在他身上总共出现了7次,其中有6次前面都加上了"老"字。比如小说描述他坐在为维妮母亲准备的椅子上时:"正如他称呼自己的那样,这个恐怖分子又老又秃顶,一缕雪白的山羊胡无力地垂在下巴下面,非同一般的阴险从他的眼神里表现出来"(42)。相比之下,最不可能成为恐怖分子的思迪威却实际上进行了恐怖活动。语言层面的显性叙事其实隐喻了恐怖行为的荒诞可笑,彰显显性叙事与实际结果之间的张力,揭示出主体对真实的焦虑。

结　语

康拉德独特的出身背景和丰富的人生阅历,使他对社会和人性有着异于常人的哲性思维,能够透过纷繁复杂的社会乱象敏锐地意识到社会的痼疾和人性的弱点。作为反映社会现实的镜像,康拉德小说中充满了对真实的焦虑,集中体现在文本中社会表象、女性和叙事策略等方面与真实间的差距和矛盾,隐喻了社会发展和主体建构过程中的症候,曲折地表达了作者对当时社会转型、伦理失序和对外殖民行为的焦虑与无奈,隐含着对社会的抨击和对人性的思考,但同时也暴露出作者在性别、种族和地缘政治方面的无意识歧视心态。

引用作品[Works Cited]:

Billy, Ted. *A Wildness of Words: Closure and Disclosure in Conrad's Short Fiction*. Lubbock: Texas Tech UP, 1997.

Cave, Terence. "Joseph Conrad: The Revenge of the Unknown." *Joseph Conrad*. Ed. Andrew Michael Roberts. London: Longman, 1998. 47-70.

Conrad, Joseph. *Collected Letters*. Vol. II. Eds. Karl and Davies. London: Heinemann, 1927.

——. *A Personal Record, Some Reminiscences*. London: J. M. Dent, 1975.

Davidson, Arnold E. *Conrad's Endings: A Study of the Five Major Novels*. Michigan: UMI Research Press, 1984.

Eagleton, Terry. *The English Novel: An Introduction*. Oxford: Blackwell Publishing, 2005.

George, Rosemary Marangoly. *The Politics of Home: Postcolonial Relocations and Twentieth-Century Fiction*. Cambridge: Cambridge UP, 1996.

Glazzard, Andrew. "Navigating the 'Terroristic Wilderness': Conrad's Language of Terror." *Conrad and Language*. Eds. Katherine Isobel Baxter and Robert Hampson. Edinburgh: Edinburgh UP, 2016. 28-43.

Graver, Lawrence. *Conrad's Short Fiction*. Berkeley: U of California P, 1969.

Guerard, Albert J. *Conrad the Novelist*. Cambridge: Harvard UP, 1958.

Hawthorn, Jeremy. *Joseph Conrad: Narrative Technique and Ideological Commitment*. London: Edward Arnold, 1990.

Jean-Aubry, Georges. *Joseph Conrad: Life and Letters*. Vol. II. London: Heinemann, 1927.

Lacan, Jacques. *Ecrits I*. Paris: Seuil, 1966.

Levenson, Michael H. *A Genealogy of Modernism: A Study of English Literary Doctrine, 1908-1922*. Cambridge: Cambridge UP, 1984.

Moser, Thomas. *Joseph Conrad: Achievement and Decline*. Connecticut: Archon Books, 1966.

Ragland-Sullivan, Ellic. "The Magnetism Between Readers and Text: Prolegomena to A Lacanian Poetics." *Poetics* 13.4-5 (1984): 381-406.

Roberts, Andrew Michael. *Conrad and Masculinity*. London: Palgrave Macmillan, 2000.

Ross, Stephen. "Desire in *Heart of Darkness*." *Conradiana*, 36.1-2 (2004): 65-91.

Said, Edward. "Conrad and Nietzsche." *Joseph Conrad: A Commemoration*. Ed. Norman Sherry. London: Macmillan, 1976. 65-76.

Watt, Ian. *Conrad in the Nineteenth Century*. Berkeley: U of California P, 1979.

爱德华·萨义德:《世界·文本·批评家》,李自修译,北京:生活·读书·新知三联书店,2009 年。
斯拉沃热·齐泽克:《实在界的面庞》,季广茂译,北京:中央编译出版社,2004 年。
希利斯·米勒:《小说与重复:七部英国小说》,王宏图译,天津:天津人民出版社,2008 年。
约瑟夫·康拉德:《康拉德小说选》,袁家骅等译,上海:上海译文出版社,1983 年。
——:《诺斯托罗莫》,刘珠还译,南京:译林出版社,2001 年。
——:《间谍》,张健译,北京:外国文学出版社,2002 年。
——:《黑暗的心》,薛诗绮等译,武汉:长江文艺出版社,2006 年。
——:《吉姆老爷》,蒲隆译,上海:上海译文出版社,2008 年。

论狄更斯小说的广告叙事*

刘　白**

内容提要： 小说在19世纪取得了辉煌的成就，它与广告有着很深的渊源。小说与广告有着共同的特征，广告对文学叙事产生了深刻的影响。在狄更斯的作品中，广告叙事的范围广泛、内容丰富、形式多样，广告叙事所具有的多重价值值得深入研究。本文以狄更斯小说的广告叙事为研究对象，探究作为广告插页的副文本以及作为副文本的广告与正文本之间的跨文本关系，考察狄更斯运用广告叙事来塑造逼真人物形象的独特方法，分析广告与文学之间辩证的互动关系，以期开拓狄更斯研究新的学术生长点。

关键词： 狄更斯；广告叙事；小说

Abstract: Novels gained wide popularity in the 19th century and had an important connection with advertising. Advertisements share common characteristics with literary narratives and have a profound impact on literary narratives. In Dickens's works, the scope of advertising narrative is broad, rich and diverse. The multiple values of advertising narrative deserve our in-depth research. Taking the advertising narrative of Dickens's novels as the research object, this paper explores the cross-text relationship between the paratext and text, examines Dickens's unique method of using advertising narrative to shape lifelike characters, and analyzes interactive relationship between advertising and literature.

Key words: Charles Dickens; advertising narrative; novel

小说在19世纪取得了辉煌的成就，它与广告有着很深的渊源。小说与广告有着共同的特征，广告对文学叙事产生了深刻的影响。工业较为发达的维多利亚时代是一个广告铺天盖地的时代。作为时代的观察家，查尔斯·狄更斯(Charles Dickens，1812—1870)的作品包含了富于视觉

* ［**基金项目**］：本文系湖南省社科基金重点项目《狄更斯长篇小说的视觉叙事研究》(19ZDB018)的阶段性成果。

** ［**作者简介**］：刘白，湖南师范大学外国语学院教授，主要研究领域为英美文学。

色彩的广告,广告叙事所具有的多重价值值得深入研究。本文以狄更斯小说的广告叙事为研究对象,探究作为广告插页的副文本以及作为副文本的广告与正文本之间的跨文本关系,考察狄更斯运用广告叙事来塑造逼真的人物形象的独特方法,分析广告与文学之间辩证的互动关系,以开拓狄更斯研究新的学术生长点。

一、作为"副文本"的广告

1979年法国文论家热拉尔·热奈特(Gérard Genette,1930—2018)在《广义文本之导论》中提出"副文本"概念,后来在《隐迹稿本》中他又详细说明了"副文本"的内涵,其范围主要包括"标题、副标题、互联型标题;前言、跋、告读者、前边的话等;插图;广告插页、磁带、护封以及其他许多附属标志,作者亲笔留下的还有他人留下的标志等"(热奈特71)。热奈特的副文本理论不仅指文字文本,还包括文字文本之外的封面画、插图和照片等在内的图像文本,以及图像与文字相结合的广告文本。热奈特的副文本理论是在西方文化的背景下提出来的,对狄更斯小说中的广告分析具有某种借鉴价值。但是,狄更斯小说的情况要复杂得多,其中不仅有作为广告插页的副文本,还有正文中的广告叙事,且广告与文学形成了一种辩证的互动关系。

热奈特将副文本看作进入作品的门槛,"从叙事学角度把副文本因素纳入文本的叙述框架,甚至视其为一种叙述策略"(金宏宇172)。从文本角度看,如果把狄更斯作品的正文部分视为正文本,那么封面、插图、标题、广告插页上的广告等就是副文本。由于狄更斯的小说都是按月分期连载的,因此,每一期的连载文本应是正副文本的结合体,其作品的意义是由正副文本共同生成和确立的。狄更斯的第一部作品《博兹特写集》(*Sketches of Boz*,1836),全称是《博兹特写集及克鲁克香克版画》。书的封面上有狄更斯本人和画家乔治·克鲁克香克(George Cruikshank,1792—1878)的头像。这时的狄更斯还是一个文坛青年,而克鲁克香克则享有"光辉的乔治"之称号,已经是非常著名的漫画家和插图画家了。《博兹特写集及克鲁克香克版画》的封面标题将两位艺术家的名字与头像并列,不难看出狄更斯的良苦用心,他是在利用画家克鲁克香克的声望为自己打广告。

狄更斯的另外一部小说《荒凉山庄》(*Bleak House*,1852—1853)连载时使用蓝绿色封皮，第一期的内侧是一则“埃德米斯顿牌雨衣或防水大衣”的广告，紧接着是“《荒凉山庄》广告商”。这些广告商品包括罗兰牌马卡发油、保健药片、克里斯托牌眼镜、止咳糖、清肺药片、润发剂、围巾、自动烟斗和太阳伞，广告总共有240页，而且内侧封底还有一则大衣和裤子的“反荒凉山庄”广告，封底广告全部是希尔父子牌床架（阿克罗伊德238）。在“《荒凉山庄》广告商”中汇集了多种多样的广告与图像，广告与小说中描写的各种物品、文件、形象和对信息的争夺战的故事并不相悖。可见，19世纪英国人的生活在狄更斯的文学伦敦中得到了生动形象的再现，它们竞相吸引人们的关注。

《匹克威克外传》（*The Pickwick Papers*，1836—1837）是狄更斯的第一部长篇小说，是根据出版商的“订货”而写作的小说，在最初的出版物中，广告数量之多是一种引人瞩目的现象。在小说中的插图之前，读者首先会看到“匹克威克广告商”（The Pickwick Advertiser），这是一种副文本广告插页，里面印制了各种各样的商品广告。通常连载最后一章的末尾、封底之前会插入大约十多页广告，这样，在《匹克威克外传》的文本中广告材料就占到了三分之一的比例。在第4期中首次出现了“匹克威克”广告栏，即在正文之前有一块区域专门用于打广告，如同报纸上的广告栏一样。第一版广告栏只有书籍广告，其中包括《日常饮食及养生法通俗专著》《拜伦夫人》《垂钓者的纪念品》。到第9期广告页数大幅增加，达到36页，甚至超过了正文页数（31页）。广告的范围也拓宽了，从单一的文学类广告扩展到包括鹿特丹玉米、拇指囊肿溶剂、辛普森牌新型胆病药片、各方面都优于天然橡胶的男士防水斗篷以及深受喜爱的洛伦兹牌马卡发油。到第15期，连载印量突破了40 000份。匹克威克先生很快便“旅行”至德国、美国、澳大利亚、加拿大等国家。这些小册子每本售价不到百分之一先令，在人心中播下了欢乐的种子。

狄更斯的高明之处在于，作为副文本的广告与正文本构成了一种跨文本的互动关系，而这是热奈特的“副文本”理论所没有涉及的。《匹克威克外传》的第14章叙述者插入了“行脚商的故事”（The Bagman's Story），这个故事与“匹克威克广告商”中的椅子广告形成了互文关系。

连载第13期中的一则广告是关于“明特专利自动调节椅”的，上面是三幅奇妙的椅子插图，下面的文字声称：“发明者要告知贵族和绅士们，他已经发明了一种轻便的椅子，这种椅子可以自动倾斜并升降到诸多不同的位置，对于使用者没有丝毫困难，但这绝不是机器的创新，它没有……

架子、钩子或弹簧,它只是为了坐在椅子上的人自动地倾斜或升降,至于座椅和背部,你想怎么倾斜就怎么倾斜,无需任何外力的援助。"[1]这则广告就像小说叙事一样,讲述椅子有着独立的生命,可以独自生活。在19世纪30年代商品文化复兴的民间故事中,"匹克威克广告商"的广告文本构成了小说中"行脚商的故事"的互文性源头。这个故事讲述一把古怪的椅子有着童话般的生命力。汤姆·斯玛特是伦敦卡提顿街的比尔逊一斯拉姆大商号的行脚商,他穿过楼梯和过道进了歇宿的房间,房间很大,有几个火壁柜、一张大床,但最能使他浮想联翩的是一把模样古怪而又阴森的高靠背椅子,这把特别的椅子与他见过的任何家具都不同,他脱衣上床沉睡半个小时后,从梦中惊醒过来,出现在他眼中的首先就是那把古怪的椅子。他闭上眼睛,眼前仍然是那把古旧的椅子。"它在他面前跳舞,把腿踢得高高的,在玩着各种滑稽的把戏",他借着炉火的光,"盯着那把椅子;他看着看着,突然之间,它好像发生了极不寻常的变化。椅背上的雕花图案渐渐显露出一个老人满是皱纹的脸部轮廓和表情;那个花缎垫变成了一件古式的有边饰的背心;圆疙瘩则变成了一双脚,穿着红布拖鞋;那整张旧椅子看上去像上个世纪的一个奇丑无比的老头,右手叉在腰间。汤姆在床上坐了起来,揉揉眼睛想驱散那种幻觉。办不到。那把椅子是一个丑陋的老绅士;更要命的是,他还在对他使眼色哩"(狄更斯 2002:207—208)。

这个故事可以视作对商品占据中心舞台的文化之影射。当我们将小说与其广告插页一起审视时,文本内部和外部之间的边界开始模糊。广告和广告实践似乎同时渗透到小说文本之中,正如小说叙事及其结构渗透到广告文本之中。小说的主要内容,即其文本的原材料,运用了广告词汇。这个故事将广告的能指融入其中。"行脚商的故事"至少昭明两点:第一,像所有小说一样,匹克威克先生充分利用了文化中可资利用的文本形式;第二,匹克威克也充分利用了广告插页中的叙事。再如,在巴德尔和匹克威克的审判场景中,当时山姆受到夸夸其谈的律师弗兹弗兹的质疑时,小说便出现了对"广告商"的小说式引用,通过一系列语言游戏和扭曲对手言辞的过程来达到自己的目的。咆哮的检察官欺骗温克尔先生出庭作证指控他的朋友匹克威克,而不是为匹克威克作证。律师弗兹弗兹

① See "Minter's Patented Chairs." Advertisement. "The Pickwick Advertiser." In Dickens (No.13).

试图欺骗山姆说出他看到巴德尔夫人在匹克威克先生的怀抱中。弗兹弗兹大声说:“你当时在过道里,对当时发生的事情什么也没看见。你有眼睛吗?韦勒先生。”山姆回答时,广告再次使山姆的话发生了曲折变化。“有啊,我是有眼睛啊,”山姆答道,“可问题就出在这里。假如它们是一对获得专利、放大两百万倍的威力特别大的气体显微镜,那也许我就可以看穿一段楼梯和一扇松木板门了;可是,如你所见,它们只是眼睛,因此,我的眼界是有限的”(狄更斯 2002: 544)。广告进入了山姆的话语之中,为了智胜律师,消释律师的怒气,山姆使用“膨胀的广告策略”来达到讽刺效果。他的表达具有双重效果,批评同时贬低了法律术语的欺骗动机和当代广告商的口头谎言。

二、广告叙事与人物塑造

文学通过形象反映生活,表现人的思想和情感。“形象相当于宗教仪式里的圣器,它作为物质性的象征,帮助人在自身和无形之物间建立联系”(刘波 27)。因此,形象往往被视为艺术作品的核心,塑造人物形象是文学的根本目的。塑造人物形象的手法多种多样,在狄更斯的作品中,广告叙事成为塑造人物形象的重要手法之一。

《老古玩店》(*The Old Curiosity Shop*, 1840—1841)可谓狄更斯运用广告叙事来塑造逼真人物形象、表现独特人物个性的范例。这部小说叙述伦敦的古玩商人吐伦特老头因为古玩店破产,带着外孙女小耐尔到处流浪,最后两人客死异乡的故事。祖孙两人在逃离伦敦的过程中,进入了一个既非城市也非乡村的中间地带。他们所到之处,民风民俗已经发生了极大的变化。他们一路上碰到一系列巡回表演,狄更斯对民间戏剧展演的观察和描写与广告紧密联系在一起。因为民间戏剧展演已然成为一种商业活动,它在发展过程中逐渐被同化为一种广告形式。

在《老古玩店》中,人生是一场严酷而绝望的竞争。祖孙两人在流浪途中先是碰到潘池傀儡戏表演者矮脚和柯德林,并与他们同行,矮脚和柯德林意识到他们的表演所面临的困境,就想利用这两个流浪汉,希望从他们身上发一笔横财。小耐尔与外祖父拒绝加入戏团,后又碰到了蜡像馆老板乍莱太太。乍莱太太坐着驿车在英国城乡进行蜡像巡回展出,祖孙二人乘坐乍莱太太的驿车同行。狄更斯由此塑造了一个成功的广告天才形象。

首先,“富于创造天才的”(狄更斯 1980: 264)乍莱太太营构了一个广告世界。在前往蜡像展出地的驿车上,乍莱太太打开一系列卷轴。第一幅卷轴上面的黑色大字是公司的名称——“乍莱的蜡像出品”;第二幅卷轴上面写着“一百种人像,全同活人一样大小”;第三幅卷轴上面写着“全世界唯一的伟大的蜡像展览”。还有几幅较小的卷轴,上面写的是“现在正在里面展览”“真正的和唯一的乍莱”“乍莱盖世无双的展品”。小耐尔看了这些广告后非常吃惊,此后乍莱太太又拿出一些小幅的传单,其中一幅传单上面写着民谣式的打油诗,如“相信我,看看乍莱的蜡像出品是不是如此珍奇/我看到您的展览品的全部精华/跨海去看乍莱”。文本中有关蜡像展出的广告还有很多,此处引述的只是众多广告的一部分。

其次,小说还通过广告言语风格发掘人物形象的多面性,折射事物演进真实而又复杂的诗意,成功地强化了人物塑造,精妙地传达出小说的寓意和艺术魅力。乍莱太太为了说服小耐尔留下来做她的展出助手,用广告语言叙说了公司的优势:

> 这是乍莱的蜡人出品,记住。职务又轻松又体面,观众都是上等人;展览是在会场、市政厅、旅馆的大房间或者是在拍卖行的陈列室里举行的。在乍莱的展览室里,没有一般露天卖艺的江湖派头,想一想;在乍莱的展览室里,也用不着盖雨布,铺锯木屑,记住。传单上所列举的东西绝对兑现,整个东西会造成一种效果,使人感到在王国内实为空前的壮举。记住,入场券只有六便士,这种机会今后可永难再来了!(狄更斯 1980: 251)

乍莱太太长期与广告打交道,因此,广告话语不仅侵入她的日常语言之中,而且主宰了她的语言风格,以至于她那真诚的提议和善意的邀请都带有她所擅长的推销语言的特色。乍莱太太欲说服小耐尔做员工却把她当成了买家在游说。广告语出于商业目的和营销意图,往往会以优美动听、甚至夸饰的言辞来招徕顾客,因此,王婆卖瓜、自卖自夸是其特色。显然,乍莱太太说“乍莱是贵族和绅士阶级的宠儿”“皇族是乍莱的赞助人”不无夸张的嫌疑。实事求是地说,乍莱太太的语言是适合其广告天才的身份的。这一形象的成功,正在于其广告言语风格。狄更斯通过充满想象而丰富多彩的广告词汇、抑扬顿挫的韵律,通过嗓音高低、吐词习惯,将她与其他人物区分开来。

再次,乍莱太太十分了解广告宣传的复杂性,这表现在两个方面,一是她雇佣诗人为她的蜡像创作广告诗歌,一是有针对性地对顾客进行宣传。尽管乍莱太太那演讲式的语言表现出广告宣传的天赋,但是她仍嫌不够,还雇用了一位名叫斯拉姆的诗人为她的蜡像创作诗歌。乍莱太太认为,如果她的蜡像展出要吸引小镇中识文断字的人群,就离不开朗朗上口的广告诗。斯拉姆写了一系列诗句,“如果我知道一头毛驴什么都不会看,那就去看乍莱太太的蜡像展览好了”(狄更斯 1980: 247—248)。这些诗歌是以“中下阶层”的声音来表述的,乍莱太太认为,要让斯拉姆先生的杰作深入私人宅第和各个店铺。

乍莱太太深知,要扩大生意就必须让社会各阶层人士知晓她的蜡像展,要用广告进行宣传。当学生客源中断、喜欢看热闹的人又已光顾过蜡像馆后,乍莱太太把目标放在一般市民身上,但一般市民不愿意花 6 便士买票入场,不少人只是站在门口张望陈列在那里的几个蜡像。乍莱太太认为这些人需要鼓动,于是她使尽浑身解数刺激市民的好奇心和兴趣。她把大门口铅顶上的尼姑身体擦得干干净净;她坐在柜台上面,从早到晚叮当地敲着钱币,告诉大家,入场券只有 6 便士,全部展品将到欧洲大陆做一个短期旅行展出,下星期就要离开这里了。乍莱太太的每一段演说都用这几句话结尾:“因此,不要错过机会,不要错过机会,不要错过机会!”“记住这是乍莱一百个人物以上的展览;这也是全世界唯一的展览,其余都是骗人的和冒牌的。不要错过机会,不要错过机会,不要错过机会!”(狄更斯 1980: 300)乍莱太太为她的蜡像展演创造了一种文本叙事,她的长处在于能够使表演姿势适应叙事的要求。

最后,也是最重要的是,乍莱太太最大的成功之处就是将小耐尔当作一个活体广告。小耐尔是一位美丽的小姑娘,乍莱太太充分运用她的美貌来吸引观众的眼球。巡展驿车里有一块广告牌,车子上装饰着旗帜和彩球,乍莱太太让小耐尔戴满一头纸花,坐在广告牌的上方,每天早晨她坐在车上慢慢地穿行全城,在铜鼓铜号的声音中,把传单分散出去。巡展驿车经过各个小镇,到达展览会场,“耐尔在一群带着羡慕眼光的孩子中间下车,显然他们认为她是一个重要的展览项目”(狄更斯 1980: 257)。小耐尔的魅力和纯真使得她成了一个“活生生的蜡像”,一个吸引公众视线的活体广告。

无论是坐在驿车上分发广告,还是向观众介绍蜡像展品,小耐尔都是被展示的对象。商店橱窗的展示艺术通过引入人体模特而发生了彻底的变化，它直接受到 19 世纪中期蜡像展的启发。显然，乍莱太太千方百计把小耐尔作为活体广告来展示的时候，后者就成了一道“景观”。所谓“景观”就是在商品市场中人成了被凝视的对象，它体现的“是人与人之间的一种社会关系，这种社会关系是以图像为中介建立起来的”(德波 4)。事实上，作为景观的小耐尔也是被羞辱的对象。乔治·卢卡契(Georg Lukács, 1885—1971)认为，“随着劳动过程越来越合理化和机械化，工人的活动越来越多地失去自己的主动性，变成一种凝视的态度，从而越来越失去意志”(卢卡契 146)。一天，乍莱太太吩咐小耐尔将传单送到一个寄宿学校，校长孟佛莱瑟斯女士当着全体学生的面羞辱了小耐尔，称她是“蜡像馆的女孩子”，蜡像馆的女孩子是很坏的，“你知道不知道，像你做的事情是很不正经的，很不像是女人做的”(狄更斯 1980：289)。孟佛莱瑟斯女士在羞辱小耐尔的时候，在场师生的目光都聚焦在小耐尔身上，她眼里含着泪珠，正想掏手帕去揩的时候，手帕竟掉到地上。乍莱太太把一个无辜的女孩变成了人体模特。在这里，表演与叙事结合在一起，小耐尔的美貌、天真的语言与历史上的蜡像故事相结合，创造了一个广告系统。

小耐尔的工作非常辛苦，她不仅是观众的“景观”，还要面对观众讲解蜡像的身份和历史，这些蜡像展品都是著名人物的造像，他们穿着不同地域、不同时代的华美服装，小耐尔必须悉心掌握所有人物的历史故事，并启发观众。但蜡像成了小耐尔的梦魇。为了蜡像的安全，小耐尔就睡在陈列室中，让她苦恼的是，那些蜡像死人一般的面孔总是浮现在她的眼前，“许多蜡像都嵌着大玻璃眼睛，它们立在她的床铺四周，看在眼里真像活人，但是它们那种可怖地静止着沉默着的样子，却又绝对不像活人，因此她对它们本身就含有一种恐惧，她常常躺在床上注视着这些幽暗的偶像”(狄更斯 1980：266)。约翰·罗斯金(John Ruskin, 1819—1900)说：“《老古玩店》中的小耐尔是被市场杀死的，犹如屠夫宰杀小羊羔一样”(Ruskin 181)。这一评论是恰到好处的。

在广告和叙事的辩证互动中，小耐尔是一个令人不安的形象。她作为被凝视的景观，成了活体的蜡像模型，我们可以将她解读为本文中的压力极点，也可以解读为历史的符号、历史的受害者。她的厄运不是广告本身引起的，文本也没有诋毁广告商乍莱太太。“萨克雷写得十分逼真；狄更斯则更加独创和有趣”(Stoll 316)。毋庸置疑，狄更斯是以广告塑造人物形象的高手，他的广告叙事具有某种原创性和开拓性特征。

三、广告和文学的互动

《匹克威克外传》是狄更斯的杰作，它的出版使狄更斯一举成名，时年24岁的狄更斯成为英语世界最著名的作家之一。这部作品既能打动上层社会人士，也能感染社会底层的老百姓。仅凭这部作品，狄更斯的名字就足以流芳百世。但是，这部小说的成功不仅仅是因为其独特新颖的构思。可以这样说，它异乎寻常的成功离不开多种多样的广告。正如瓦尔特·本雅明(Walter Benjamin，1892—1940)所说："真正具有意义的文学的主要功能及其有效性，不能只是传统的那种外在形式。它们有另外的表现形式，其相应的影响力，必须在宣传小册子、杂志文章和广告海报中展示出一些不显著的形式。与千篇一律的精致面孔不一样的是，这些形式能较好地在社会生活中产生影响"(本雅明 2)。狄更斯的前瞻性在于他运用了当时还不为其他作家所注意的广告海报形式，这些形式产生了较好的社会、经济和审美意义。

《匹克威克外传》中有一个著名的情人节场景：

> 山姆·韦勒说这话时眼睛盯着的是一幅色彩非常鲜艳的图像，上面画着两颗人心被一支箭穿在一起……所有这一切构成了一幅情人节画面，橱窗里的题字说，店里备了很多类似的东西，店主保证向同胞们大量供应，优惠价为每张一先令六便士。(狄更斯 2002：505)

匹克威克先生的仆人山姆·韦勒虽然出生于农村，但他大部分时间是在伦敦度过的，他身上体现出"伦敦佬"的特点。一天，正当山姆在莱登霍尔市闲逛的时候，橱窗广告和展品以其巨大的视觉魅力吸引着他，橱窗里的题字不仅为他提供了大量的信息而且诱使他去购买情人节的礼物。山姆突然想起这天恰好是情人节，他应该给自己的情人买一件礼物。于是他立即走进一家文具店，买了一张最好的金边信纸、一支笔尖牢实的水笔，准备写信。显然，山姆在情信文本中所写的话纯粹是他自己的所思所想，也就是说，这些文字是他的"原创作品"。叙述者用夸张的口吻嘲笑山姆为了写情信做了过度的准备工作：

> 于是山姆就在火炉边的一个箱子上坐了下来，并且掏出了那张金边信纸和那支钢笔。接着，他先查看笔尖上有没有头发，掸掸桌子以免信纸下面沾上面包屑，然后就挽起衣袖，摆好胳膊

肘,镇定下来开始写信。

> 对于那些不习惯于从事写作实践的女士们和先生们来说,写信可不是一件容易事儿;在这种情况下,一般总是认为写信者有必要把头枕在左臂上,使得眼睛尽可能与信纸处在同一水平线,以便一边从旁边斜眼看写下的字,一边用舌头把想象中的那些字母构造出来。(狄更斯 2002: 506)

但问题不在写信的行为本身。虽然山姆写信的姿势是非传统的,但这一事件再现了一个非常传统的写作场景。作者伏在桌边自动地将自己的原创想法写在纸上的形象与狄更斯后来的许多肖像画并没有太大的区别,狄更斯的肖像画成为作者作为原始意义源泉的偶像。至于山姆,他倾泻在纸上的文字,则是他对女仆玛丽炽热感情的发自肺腑的流露。但是,文本并不这么简单。如果我们关注情人节场景中的能指,就会发现它是复杂而多义的。对于山姆的信息,我们需要关注的正是这种多元性。情人节是一种带有文本历史的传统形式,当山姆坐下来胸有成竹地写信时,他不知不觉地将自己定位在文本历史的某个点上,并发现自己处于意指实践的整体中。

于是,山姆的写作受到某种程度的抑制。写了一段时间后,他的父亲托尼·韦勒先生进来了,并对儿子的文学作品提出一些批评意见。父亲打断了他的思路,颇觉尴尬的儿子开始背诵自己的作品。

> "可爱的人儿,"他开始说,但立刻被打断了。
>
> "'可爱的人儿'——"山姆重复念道。
>
> "不是诗吧,对吗?"他父亲插话说。
>
> "不是,不是。"山姆答道。
>
> "这就让人高兴,"老韦勒先生说,"诗是不自然的;一般人谁也不会去念诗,只有教区差役才在节礼日念诗,不是沃伦的黑靴油,就是罗兰的油什么的,要不就是其他下三烂的家伙才念诗谈诗哩;你可千万不要降低身份去念诗呀。重新开始吧,山姆。"(狄更斯 2002: 508)

情人节信息的主要特征是像广告一样夸张。"广告宣传的原则:使得自己比原本重七倍,对女人们看重的东西夸大七倍的必要性"(本雅明 45)。山姆刻意使用精心设计的夸张语言来奉承和称赞收信人玛丽。在爱情诗的文本要素中夸张是一种十分重要的修辞手段,夸张诗仍然是情为，"狄更斯的作品描绘了如此丰富的现实世界的经验，完全可以当作文献来运用，可以帮助我们理解英国19世纪的社会历史"(House 59)。

"在我国，文学广告的传播研究尚处于资料积累和起步阶段"(彭林祥 159)。狄更斯作品中，广告的范围广泛、内容丰富、形式多样。从范围来看，他的15部长篇小说、所有的散文、游记、特写等无一不涉及广告叙事；从内容来看，他的广告叙事触及社会生活的方方面面；从形式上看，根据不同的材料和传播媒介，这些广告可分为门柱上的广告、名片上的广告、招牌广告、报纸上的广告、人体广告等。狄更斯作品中的广告研究迄今仍未迈开步伐，是一个有待深入研究的课题，应引起学界的高度重视。

引用作品[Works Cited]：

Dickens, Charles. *The Pickwick Papers*. London: Chapman and Hall, 1836—1837.

Drew, M. L. John. *Dickens the Journalist*. Basingstoke: Palgrave, 2003.

House, Humphry. *The Dickens World*. London: Oxford UP, 1941.

Ruskin, John. *Fiction, Fair and Foul*. Electronic resource, contributed by Libraries Australia, 1880.

Stoll, Edgar Elmer. *From Shakespeare to Joyce*. New York: Doubleday & Doran, 1944.

Wicke, Jennifer. *Advertising Fictions: Literature, Advertisement, and Social Reading*. New York: Columbia UP, 1988.

彼得·阿克罗伊德：《狄更斯传》，包雨苗译，北京：北京师范大学出版社，2015年。

查尔斯·狄更斯：《老古玩店》，许君远译，上海：上海译文出版社，1980年。

——：《匹克威克外传》，莫雅平译，北京：人民文学出版社，2002年。

金宏宇："中国现代文学的副文本"，《中国社会科学》，2012年第6期，第170—183页。

居伊·德波：《景观社会》，张新木译，南京：南京大学出版社，2017年。

刘波："普鲁斯特论波德莱尔"，《外国文学评论》，2002年第3期，第23—28页。

彭林祥："中国现代文学广告的价值"，《中国社会科学》，2016年第4期，第159—182页。

乔治·卢卡契：《历史与阶级意识》，杜章智译，北京：商务印书馆，1992年。

热拉尔·热奈特：《热奈特论文集》，史忠义译，天津：百花文艺出版社，2001年。

瓦尔特·本雅明：《单向街》，陶林译，南京：江苏凤凰文艺出版社，2015年。

天然的还是养成的：《名利场》的绅士观*

孙艳萍**

内容提要："绅士"观念是《名利场》中联结传统贵族阶层和新兴中产阶级的纽带。萨克雷积极参与维多利亚时代关于理想绅士的讨论，巧妙使用"art""artful""artless"等词，批评摄政时期过分强调外在形象的丹蒂主义，指出艺术已沦为营造华美虚伪表象、追名逐利的手段，呼吁绅士群体借助艺术积极培养高尚品质，使之内化为自然本性，完善自我，返璞归真。萨克雷既继承了绅士传统中骑士精神所包含的道德要义，又强调后天艺术修为对先天本质的积极作用，从而发展并丰富了英国绅士文化。

关键词：萨克雷；《名利场》；绅士；艺术

Abstract: The aristocracy and the middle class depicted in *Vanity Fair* share their high valuation of the ideal gentleman. The Victorian period held an anxious debate on the idea of gentleman. By applying words like "art", "artful" and "artless" tactically in the novel, Thackeray criticizes Dandyism of the Regency period, deplores art as a means of hypocrisy and vanity, and redefines gentlemanliness as an artless manner of perfect combination of a natural heart and a cultivated mind. Thackeray vigorously participates in developing and enriching the British tradition of gentleman by emphasizing the inner moral truth of chivalry as well as the importance of high art to one's nature in self-cultivation.

Key words: William Makepeace Thackeray; *Vanity Fair*; gentleman; art

"绅士"一直被视为"具有英格兰特性的固定人物形象"（Berberich 25），英国文学史的各个时期不乏优秀的文学作品塑造并探讨绅士形象，从而形成了英国文学特有的绅士传统。在这个传统中，19 世纪小说家威廉·梅克比斯·萨克雷（William Makepeace Thackeray，1811—1863）的

* ［**基金项目**］：本研究获浙江大学中央高校基本科研业务费专项资金资助。

** ［**作者简介**］：孙艳萍，浙江大学外国语言文化与国际交流学院副教授，主要从事英国文学与文化研究。

《名利场》(*Vanity Fair*, 1848)是不可绕过的杰作。小说塑造的人物群体主要是伦敦的中上层阶级,既有传统的贵族阶层,又有新兴的中产阶级;而联结这两个群体的纽带,或者说两个阶层共同认可的文化价值恰恰是绅士观念。小说的叙述者用"绅士"[①]一词指称男性主要人物,对女性人物的最高评价亦为"淑女"(gentlewoman)。那么,萨克雷究竟秉持何种绅士观?本文选取小说中出现频率高、又饱含作者深意的关键词"艺术/技艺"(art)及其派生词"有技巧/诡计多端"(artful)和"质朴无矫饰"(artless),通过挖掘名利场上形形色色的艺术表现,讨论萨克雷如何用绅士所象征的精神范式来抗衡功利主义的冲击,以及如何通过刻画各种绅士形象来参与修复、构造绅士文化。

一

在《名利场》中,弹奏、唱歌、舞蹈、歌剧、绘画、刺绣等各种各样艺术的表现贯穿整部小说,绅士们热爱欣赏歌剧、品鉴绘画,淑女们则精通刺绣、能弹善唱;"art"一词还用来描述"兵法"(119)、"骑马的本领"(280)、"军事技巧"(281)等各项备受绅士文化推崇的技能。由此可推断,其一,艺术修为显而易见是当时社会鉴定绅士和淑女的重要圭臬;其二,萨克雷认同绅士是后天养成的,艺术的熏陶和习得则是重要的渠道。要充分理解这一思想,需先追溯绅士这个概念。

绅士文化最早兴起于宫廷和城邦,"绅士"一词最初的使用范围仅限于贵族阶层。"gentle"源自拉丁文"gens",意为"氏族的"(Lieber 16);"gentleman"则与拉丁文"gentiles homo"有密切渊源,罗马人用来指称"一族高贵的人"(Berberich 8)。可见,贵族血统及家世出身是最先界定绅士的重要依据。换言之,绅士是天生的。然而即便如此,早期的绅士形象与对骑士精神的赞誉如影随形。杰弗里·乔叟(Geoffrey Chaucer, 1343—1400)的《坎特伯雷故事集》(*The Canterbury Tales*, 1400)中率先讲故事的骑士是英国文学史上绅士形象"最早的文学表现"(Berberich 32)。"绅士"一词的普及则始于16世纪,当时深受欧洲宫廷尊崇的《朝臣

---

① 本文相关引文主要出自萨克雷(1957)。少量文字翻译有所更动,下文只标出页码,不再另行做注。原著中"gentleman"一词在该译本中有多种译法,本文统一翻译为"绅士"。余下引用原则同上,不再赘述。

之书》(*The Book of Courtier*, 1528)明确提出,绅士应当"知晓骑术""骁勇善战""维护荣誉"等("The First Booke of the Courtyer";"The Second Booke of the Courtyer")。到了萨克雷生活的 19 世纪,骑士精神虽早已不是唯一的准则,但其所承载的忠诚、信仰、荣耀、勇气等诸多品质一直是判断绅士的主要标准。《名利场》中的几位主要男性人物,如威廉·都宾、乔治·奥斯本、罗登·克劳莱、乔瑟夫·赛特笠等,虽然他们在个人生活实践中体现出不同的道德品质和素养,却无一不敬重骑士精神,认同英雄品质。即便像乔治这样沾染了名利场各种恶习的纨绔子,也一心希冀通过建立军功而提升社会地位,最后他英勇报国,战死疆场。

伊丽莎白时期的英国见证了手工业和商业的发展与繁荣,绅士身份逐渐打破世袭贵族的等级限定,"手工业者和商人被招募进绅士阶层"(Mason 61),为"白手起家者"渗透旧时的等级划分提供了可能(Gilmour 5)。随着文艺复兴的推进,诗歌、戏剧等艺术形式日渐发挥教化和评价功能,因为"当出生不再至关重要,何谓绅士的重心就落在技能造诣和举止风度上"(Mason 61)。威廉·莎士比亚(William Shakespeare, 1564—1616)的《威尼斯商人》(*The Merchant of Venice*, 1596)塑造了品行高尚的安东尼奥,表明具备优秀德行的富商同样配得上绅士的称谓。爱德蒙·斯宾塞(Edmund Spenser, 1552—1599)在给雷利爵士(Sir Walter Raleigh, 1552—1618)的信中直言,《仙后》(*The Faerie Queene*, 1590)的创作目的在于"以美德和高雅为准则来塑造绅士或高尚人士"(Spenser 1978)。这类后天养成的德才兼备的绅士无疑也是《名利场》所赞同和倡导的,例如都宾少年时,学校的师生"一致认为做零售商是最下流低贱的职业,应该给有身份的上等人瞧不起"(38),因而经常嘲笑并作弄他;后来,他的父亲"一腔热血"(47),全力抵抗进犯的法国兵,"不但当了上校,做了副市长,还有爵士的封号"(48);都宾本人受委屈时只躲在角落"忍气吞声,从来不抱怨"(39),却勇于为乔治打抱不平,他的正直和勇气使"无花果儿"这个绰号"本来含有侮辱的意思,后来却成了学校里最受欢迎和最体面的诨名儿之一"(44)。萨克雷借此说明,中产阶级同样可以拥有良好的教养和高尚的品德,依靠自身的力量功成名就,成为真正的绅士。

与此同时,英国的上流社会对绅士的评价存在另一种偏向,即强调外在仪表风度。比如,1561 出版的由托马斯·霍比(Thomas Hoby, 1530—1566)翻译的英文版《朝臣之书》承担起培育完美朝臣的教科书角色,教导世人如何通过学习礼仪,举止得体地在宫廷展现自我。该书指出,有些人天生就是绅士，然则很多人不是，但是可以通过后天的努力来弥补先天的不足，其途径便是观察并效仿绅士身上的优秀品质，修习文法、语言，在音乐、绘画等方面也要有所涉猎（“The First Booke of the Courtyer”）。这种思想实则可溯至新柏拉图主义，其代表人物普鲁提诺（Plotinus，204—270）认为“太一”（the One）是至高无上的，其次为“理智”（Intellect），最后为“灵魂”（Soul）。“灵魂”是理念和可感世界的中介，又衍生了“物质”（Matter）；“太一”是绝对的善与美，“物质”则是绝对的恶与丑，因此自然、人性并不能达到“太一”的完美。普鲁提诺指出对于艺术家而言，艺术作品不应是对现实世界的模仿，而应源于自身脑海中的理念，因为理念能弥补可感世界的缺陷，从而“引导人的灵魂不断向上”，接近“至美”（Supreme Beauty）所在的地方（转引自 Stern-Gillet 41－44）。这种艺术观盛行于宫廷，人们相信借助艺术能让自身更完美，领悟智慧，获得启迪。概言之，若欲成为绅士，诚需修习艺术，艺术能够弥补自然本性之不足，助力后天养成绅士。这样也就不难理解为何名利场中的绅士淑女们总是歌舞升平，附庸风雅。

到了 18 世纪，文学形式更具多样性，英国文人继续探讨着如何打破以出生论贵贱的旧标准，寻求能够抵挡贵族势力的途径。塞缪尔·理查森（Samuel Richardson，1689—1761）小说中的绅士既有“温良君子”葛兰底森，也有品德败坏的洛夫莱斯。当时文学作品中惯有的绅士形象与后者一般，“玩弄女性、动辄决斗、嗜酒好赌”（Gilmour 43），《名利场》中的罗登可溯源至这一类型；而葛兰底森“作为‘英雄/主人公’出场并经由奥斯丁等人的改写和演绎而被普遍地接受和继承”（黄梅 319），“心肠正直，脑子也不错，待人既诚恳又谦虚，一辈子干干净净、老老实实做人”（632）的都宾就是萨克雷对新绅士的理解。此外，对礼仪、举止的重视亦得以延续。当时有很多教授上层阶级礼仪的书籍（courtesy books），其中最著名的就是查斯特菲尔德勋爵（Philip Dormer Stanhope Chesterfield，1694—1773）的《给儿子的家书》（*Letters to His Son on the Fine Art of Becoming a Man of the World and a Gentleman*，1774），400 多封信从不同方面讨论绅士应该如何养成。勋爵认为“世上的人性皆相同”，不同之处在于“教育和习惯”这些外在的“包装”（Chesterfield 2018），即后天培养的礼仪举止。同样，利蓓加与爱米丽亚在平克顿女子学校学习音乐、舞蹈、刺绣等各种艺术技能，其目的便是使“举止风度端雅稳重，合乎上流女子的身份”（2）。

综上所述,艺术作为后天因素,渗透于日常生活,对绅士和淑女的养成至关重要,也是绅士文化不可或缺的部分。文艺作品可以引导人学习绅士优秀的品德、优雅的风度;技能造诣和艺术涵养则是衡量绅士的重要维度,颇有中国人说的"胸藏文墨虚若谷""腹有诗书气自华"的意味。

二

萨克雷借叙事者及赛特笠太太、克劳莱太太等多位小说人物之口,评说利蓓加"诡计多端"(artful)(28, 47, 93, 512),讽刺她不择手段、趋炎附势、追慕荣利。的确,利蓓加多才多艺,之所以能在名利场混得风生水起,艺术技能功不可没。值得深思的是,名利场的绅士群体貌似看重艺术修养,追求艺术品位,其实质却是不求真谛,唯重体面,极具功利主义色彩。利蓓加正因为深谙此道,充分利用技艺包装自我,如鱼得水。

艺术之于利蓓加大致可以归结为以下三种功用:首先,用以博得男性的青睐,垂钓金龟婿。利蓓加有着一副天籁般的好歌喉,罗登听后"大身子整个儿酥麻了"(156);斯丹恩勋爵听了,"那声音婉转动人,听得……心都软了,立刻跟过来"(381)。她还娴熟运用其他技艺,如和乔瑟夫一起编织绿丝线钱袋、与罗登跳舞、在斯丹恩勋爵面前惟妙惟肖地模仿他人的言行举止等。无论是婚前取悦乔瑟夫和罗登,还是婚后与乔治、德夫托将军以及斯丹恩勋爵等的调情暧昧,以艺术技能来俘获名利场上的各类绅士是利蓓加无往而不利的手段。其次,凭此彰显并巩固身份和地位。利蓓加的高光时刻是在勋爵家演字谜戏:"她已经登峰造极,暴风雨一样的掌声喝彩声压不下她颤抖嘹亮的歌声。她的声音洋溢着喜气,越唱越高——正像她的地位一样越升越高"(523)。对于绅士文化而言,艺术既是"娱乐消遣",更是"交际手段"(Heltzel 208),通过舞会、看戏等社交方式形成争名求利的交际圈。利蓓加善于装腔作势,频繁出席各种社交场合,借助艺术表演进阶上流女性地位。其三,借以触动他人情感,博取同情。利蓓加选唱离别悲歌,激发爱米丽亚对她身世的怜悯,诱惑乔瑟夫向自己求爱;当受到贵妇人们联手冷落时,她以一曲"莫扎特的圣诗"(497)让斯丹恩夫人感叹韶光易逝,潸然泪下,得以扭转尴尬局面。传情达意是艺术最基本的特征,人类的艺术活动"通过动作、线条、色彩、声音或词汇所表述的意象等方式向他人传递一种情感"(Tolstoy 1995)。利蓓加有效运用艺术这种传递情感的功用,通过激起他人情感共鸣,达到自身目的。

然而，更耐人寻味的是赛特笠先生的反问："她跟别人不是一样吗？"(28)可见"诡计多端"是名利场的普遍现象，这也反映出萨克雷对艺术之于绅士的清醒认识和独到判断。19世纪早期，英国一跃成为强大的工业国，殖民地扩大，资本主义加速发展，"新兴资产阶级靠金钱的势力，渐渐挨近贵族的边缘"(杨绛 703)，优雅的行为举止、丰富的百科知识和高尚的艺术修为成为中产阶级融入上流社会的法宝。需要加以辨析的是，上层主流文化并不瞧得起艺人(artist)，理由是艺术若沦为谋生手段，便无法上升至高雅的审美趣味。有研究表明，当时的社会倡导这样一种认识：绅士需具备艺术修养，却不可对艺术过分"沉迷"，且需把握好一定的"度"；绅士亦无需特别精通艺术，更不能拿艺术当职业，否则就是"屈尊"，沦为粗野百姓(Heltzel 209 - 212)。与此同时，高雅女性需认同绅士文化、符合绅士品位，"不可装腔作势，举止优雅，聪慧动人"，"随时能与任何绅士谈天说地"，"于文学、绘画、音乐和舞蹈等方面均有一定造诣"(Mason 55)。这样就不难理解为什么贵妇们多次嘲讽利蓓加"诡计多端"，为什么少女时代的利蓓加会因父母是画师和演员而感到自卑，为什么成年后的利蓓加在"豪门请客……特约职业艺人去表演"时，"故意当着大家和他们应酬"，因为她看穿了名利场的虚伪，承认"自己也是个艺人"，以退为进，反而显得"毫无矫饰"(artless)(511)。有意思的是，利蓓加把名利场上的各种技巧玩得得心应手，却直言最怕都宾："她嫌他，不喜欢他，而且暗地里还有些儿怕他。都宾太老实，不管利蓓加要什么把戏，说什么甜言蜜语，都打不动他"(240)。诚如前文所述，各种艺术形式在小说中成为名利场上绅士和淑女们交往的主要方式，而萨克雷敏锐地觉察到本应是追求目标的艺术修养沦为追名逐利的手段，很多人仅仅利用艺术来摆架子、谋名利，并不求真正的感悟和修养。

还需要指出的是，萨克雷生活的时期留有摄政王统治的遗风，《名利场》也正以摄政时期为社会背景。乔治·亨利·卡尔弗特(George Henry Calvert, 1803—1889)指出："摄政王是查斯特菲尔德式理想典范在君主身上的实现，对他而言，虚伪是礼仪的法则，世故必不可少"(Calvert 44 - 45)。众所周知，英国摄政时期盛行丹蒂主义(Dandyism)，受其影响，当时很多文学作品都以"纨绔子"(dandy)为主人公。比如李顿爵士(Edward Bulwer-Lytton, 1803—1873)的小说《佩勒姆》(*Pelham; or, Adventures of a Gentleman*, 1828)，其核心就是扉页所引用的埃斯里奇爵士(George Etherege, 1636—1692)在《时尚的人》(*The Man of Mode, or Sir Fopling*

Flutter, 1676)中对完美绅士(a complete gentleman)的定义:“应当着装得体,舞姿优雅,精通剑术,撰写情书的天才,讲话声音悦耳”(Bulwer-Lytton 11)。《名利场》中刻画的摄政时期的绅士绝大多数在本质上就是纨绔子形象,他们过度关注外表、谈吐等外在形象,追求时髦,贪图享乐,纸醉金迷。当然,最有丹蒂风范的人物无疑就是摄政王本人——乔治四世(George IV, 1762—1830)。利蓓加在第48章进宫朝拜的正是此君,由此赢得名利场上的“淑女之道”(gentlewomanhood)(480),“这遭真是踌躇满志;她如愿以偿,总算挣到了非常体面的地位,深深地感到得意”(481)。小说的叙述者用揶揄的口吻称乔治四世为“欧洲第一绅士”(479)、“国内第一绅士”(480),并指出“上等社会”(the genteel world)里的女人若想获得“良家妇女的名声”,只有“进宫朝见过国王才行”,这样“就算身家清白”,宛如得到“一张德行完美的证书”(479),一针见血地道出名利场外在形式重于真正德行的本质。根据历史记载,乔治四世是个臃肿的胖子,甚少过问朝政,沉醉奢华生活,享美食,追时髦,喜欢艳丽的军装和繁复精致的领结。不难发现,这些特征都在乔瑟夫身上得到了惟妙惟肖的再现。为君者如此做派,朝臣们自是亦步亦趋,叙述者嘲讽说“涉足政界的英国绅士似乎没有一个不爱打野鸡的”(424)。所幸“维多利亚人继承了绅士的概念,并加以补充和发展”(Mason 13)。在众多声讨丹蒂主义的维多利亚作家中,萨克雷“是位举足轻重的人物”(Gilmour 37),“在萨克雷的小说以及狄更斯的早期小说中,绅士风范侧重家庭生活的价值、社会责任、真正值得尊敬的内在价值等礼仪方面,与虚假、充门面的华丽服饰形成对立”(Gilmour 11)。托马斯·卡莱尔(Thomas Carlyle, 1795—1881)在《拼凑的裁缝》(*Sartor Resartus*, 1836)中将丹蒂主义视为“所有陈腐的道德和智力习惯的暗喻”,倡议“严肃的新一代必须将其抛弃”(Gilmour 50),萨克雷则通过小说生动地揭示了丹蒂主义只是颓废时代虚假的英雄主义。

三

与萨克雷同时代的杂文作家威廉·马金(William Maginn, 1793—1842)把绅士分为两类——“天然的和量身打造的”(the natural and the tailor-made),并提议“让读者来评判《佩勒姆》属于哪类”(转引自 Gilmour 49)。言下之意,靠外在手段打造的非天然绅士徒有其表,并非真正的绅

便有了小说中但凡遇到女性，主人公本能的反应只是“能上‘它’”吗？作家用“它”代替“她”，其符号化的写作方式否定了女性身体之外的所有属性，将女性置于被动消费的物化境地。

不过，性爱只是消费女性身体的主要方式而非全部：当女性身体成为消费品，男性顾客有权以各种方式消费，这也包括对女性身体的施暴。也就是说，消费者面对被动消费的女性身体，不再是一种简单的强制占有关系，而是消费者久被压抑的关于支配、主导、操纵情感的释放。从宏观的意义上，先消费、后施暴身体特别是女性身体迎合了部分男性消费者追求刺激的需要，比如，作品中的塞尔夫曾用戏谑的口吻讲述自己两度施暴女友的全过程。在此类事件中，被动消费的女性身体不仅确保了消费者的“安全界限完好无损”(Gibson 112)，也能让消费者以“凝视”(gaze)的方式，在欣赏女性备受折磨的同时获取刺激。这也让当前消费社会活动中找不到存在感的男性发现了一种维护尊严、肯定自我的特殊途径，凸显男权意识形态的强势运作，以及与都市消费主义的权力合谋(张和龙、韩海琴 71)。

总之，无论主动身体消费抑或被动身体消费，身体的物化现象客观地反映人丧失稳定价值的事实。在西方消费社会中，人如同一件件物品，囿于宏观的资本系统之内，徒劳地循环(Keith 26)。当人类被消费社会认为其存在的价值是劳动、工作的时候，作为个体的人的价值就在于对其劳动、工作、效率等标准的内部衡量；当人的精神世界不再受到关注，所谓肉体的、表象的成为民众的追逐目标，人的存在便从“我思，故我在”“我做，故我在”变为“我身，故我在”。进一步说，消费是掩盖内心焦虑的外在行为，而物化的身体则蒙蔽了精神上的焦虑。

二、物的拟真化：追求完美与灾难的“超现实”欲望

“存人欲、灭天理”的消费逻辑实际是将“所有的欲望、计划、要求，所有的激情和所有的关系，物质化为符号和物品，以便被购买和消费”(鲍德里亚 2019：224)。于此，物化同样观照了“欲望”这个关键词。不过，看似人类普遍存在且由人的本性产生的正常欲望却在消费社会中获得新属性。

首先,欲望包含欲望主体与欲望客体两部分,其中自然的欲望模式,可用直线表示,欲望的主体与客体分列直线的两端,二者之间不存在任何媒介。饿了吃饭、困了睡觉隶属于自然欲望;另一种是非自然欲望模式,即用三角形表达,具体来讲,欲望的主体和客体之间并非简单的直接关联。在消费社会中,主体的欲望受到媒介(mediator)挟持,导致欲望经由媒介投射欲望客体。在该模式下,欲望似乎得到同样的满足,但欲望的对象却由真实的客体替换为拟真媒介,如图 1、图 2:

欲望主体——→欲望客体

图 1 自然欲望模式

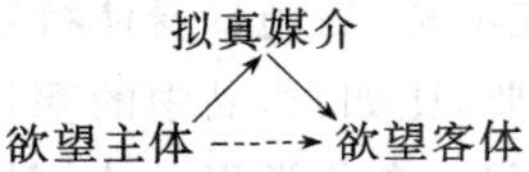

拟真媒介

欲望主体 ----→ 欲望客体

图 2 非自然欲望模式

这种凌驾于真实欲望客体的拟真媒介被鲍德里亚赋予更加具体与明晰的"超现实"(hyperreality)概念。他指出,由于媒介技术的高度发达,社会主要以物的拟真为发展模式,物的拟真成为人类生存的主导,生活在内的人眼所见也只有拟真世界:"高清晰度。影像的虚拟,还有时间的虚拟(实时),音乐的虚拟(高保真)"(鲍德里亚 2000:8)。但拟真并无本源,它只是纯粹的拟真,不与现实产生任何关联,可它却能够在社会中起到比真实更加"真实"的效果,从而模糊现实与虚拟之间的界限(鲍德里亚 2009:88)。于是,借助拟真产生的超现实不再让人类接触现实,因为它本身就是眼前的现实。影像也不能让人联想到实在之物,因为它正是虚拟的实在。于是,传统的真实观和主体遇到了前所未有的挑战。一切"传统的""实在的""本质的""真实的"都遭到了质疑,人类的欲望逐渐脱离实际,比如在小说中,塞尔夫流连于纷繁瑰丽的色情杂志、录像带和脱衣舞表演,色情行业制造的景观成为他认识世界的依据。不过,"人类从超现实中接受的刺激越是强烈丰富,人类对这些视觉形象的感知越是麻木和无动于衷"(Welsch 46),这是因为仿真视频文化的胜利导致一个超现实世界的出现,它消弭了现实与人类想象世界之间的差别,抹除了时空距离,"人们不再把自己,把自己的感情,自己的再现,和自己关于占有、失落、悲悼和嫉妒的幻想投射到物体上,心理的向度就某种意义上来说已经消逝"(石义彬 270)。

同时,人类投射于"超现实"的欲望又包括追求完美的超现实欲望与追求灾难的超现实欲望。追求完美的超现实欲望是指"日常的政治、社会、历史以及经济的整个现实从现在起都与超现实的拟像结为一体,我们的生活处处都已经浸染在对现实的‘审美’幻觉之中”(Baudrillard 147-148)，它能够满足人类“试图通过不断地破除身体当下遇到的具体的限制，以掩饰身体的终极限制”(伊格尔顿 8)。在小说中，完美的超现实欲望导致主人公意欲“深入研究我的全身、修整、替换。我要我的身体变成我需要的样子”(10)，由此，他定制人造耳朵、鼻子、假阳具、头发种植，复制虚拟媒介中主持人的完美外表(210)。因为，消费社会中拥有完美外表不仅是一种审美标准，也是幸福准则，只有满足“超现实”要求，才能较好地融入社会。

讽刺的是，主人公身体最大变形的器官却是性器官，这是对外界刺激最为敏感的人体部分：“现在我彻底变了，或者说我最好是变了……疙疙瘩瘩有鳞的脸，一条胖蛇的脸，它可以突然顺从，可以突然反抗”(387)。马丁·艾米斯在此颇具夸张的创作手法暗示，性爱最终成为人类妄图跨越超现实世界、直抵真实最原始也是最可怜的方式。但由于虚拟的超现实媒介与物化的真实世界是同构的，这必然导致现代人受困于物化的现实世界与虚拟的世界之间，迫使其欲望不再是简单的生理需求，而是包含极为矛盾的精神因素：一方面，作为社会的人需要与他人交流，并在交流中求得社会认同。在人的互动下，生理欲望从某种意义上成为动力，它推动着人类感知世界，确立自我的存在。另一方面，直面无处不在的虚拟社会，人与外界之间的一切关联几乎不再真实，而是出于非自然与非真实的人机互动。如此困局必将逼迫精神上非确定性的滋生，导致“自我认知”的不确定。而这也是主人公时常“需要那种人与人之间的触摸”(85)，时常感到改造过的身体“在那儿晃荡寻找切入口、寻找通道”(469)，并为此焦虑不安的原因。也许，在消费社会中，只有性依旧宣示着物无法遮掩的人之本初存在。

即使《金钱》中出现了完美“现实”的欲望对象——玛蒂娜，她曾经给予塞尔夫积极的生活指导，指引他感悟真实的生活与艺术，培养审美与情操，并在当前社会中树立传统、完美的“非物化自我”。可是，现代人类已经从生活消费过渡到物的消费，其需求从传统需求转变为欲望的满足。欲望对象的真假并不重要，关键是它能否转化为形象的体验与刺激感受，为枯燥乏味的日常生活平添乐趣。故此，在主人公塞尔夫的眼中，“玛蒂娜不属于这个世界，她来自别处”(174)，并扬言“我会摆脱玛蒂娜这样的人”(480)。

如果说完美的超现实欲望是消费社会中人类的生欲反映，那么体验灾难的超现实欲望则直指死欲。对于灾难性超现实欲望的产生在于"大众传播喜欢用种种'灾难'(死亡、凶杀、强暴、革命)作为反衬颂扬日常生活的宁静"(鲍德里亚 2001:100)。这种欲望虽然具有强迫性,且使人"头晕目眩",却不会带来危险,甚至"令人产生安全感"(郭景萍 187),就如同小说中的主人公塞尔夫经常去一些特殊商店,欣赏出租碟片中的几名男性"让个小妞身体弯成三段,把一根棒球棍插进膝盖后,然后,他们电击她"(60);在准备电影《良币》剧本时,塞尔夫要求剧本中加入大量血腥、自杀、破坏桥段。多媒体所呈现的暴力性、灾难性的"超现实"画面不会威胁观者,却能让观者体验到现实世界中无法体验的"死亡"经历。这一点正如詹姆斯·戴厄德里克(James Diedrick)在评论《金钱》中指出的:"鲍德里亚对'真实的丧失'的著名论断对此可以做出完美解释,特别是考虑到塞尔夫的处境成为虚幻现实和精心设计的笑柄"(Diedrick 78)。在此认识上,迷失在超现实欲望中的人类,就如同主人公名字塞尔夫(Self)所示,成为囿于超现实之内的自我缩影。作家在此潜移默化地赋予我们一种劝喻:人类面临的真正危机有时并非来自外界,而是源于自我认知的瘫痪,错将自以为真实的虚幻目标视为奋力追逐的对象。

三、物的空间化:多重"内爆"的都市

随着物的极致膨胀以及对生存空间的不断侵蚀,鲍德里亚将当前消费社会比作"物的时代",并指出都市空间也由"人的空间"转换为"物的空间"(万书元 83)。对于物的空间化特征与最终结果,鲍德里亚借用加拿大媒介理论家马歇尔·麦克卢汉(Marshall Mcluhan, 1911—1980)在《理解媒介》(*Understanding the Media*, 1964)中使用的"内爆"(implosion)概念,并将此概念的内涵遍及整个社会,以此强调物的内在的"消失逻辑",即一个空间或者一个系统的崩塌不是由于外力作用,而是空间或者系统的内部导致了自身立足点的毁灭。在此过程中,作为物化空间的社会,内在的一切差别被抹除,一切事物都坍缩成一个平面,这必然导致"事物边界的消失"与"意义的消逝"。

当前,消费社会中物的空间化并不关注人或物在都市空间的存在,而是针对人类占用空间的性质而言的,譬如,学习、工作、生活、交通的封闭空间正是当前都市发展的产物。这些空间看似便利于人的发展,却最终限制了人的自由,成为非人类意志转移的空间,即非人空间。这恰与"以

人为本”的都市发展初衷相违背。对于城市的“生存空间”，“死亡空间”意味着“都市的湮灭”，城市生存空间与死亡空间之间的模糊地带又揭示了西方消费社会中人类尴尬的生存困境。

首先，《金钱》中“生存与死亡”的模糊地带反映了“都市”的第一重内爆，其典型案例是遭到隔离的美国贫民窟：当经过纽约七十九街——都市中心低租金住房时，塞尔夫看到这里的“贫民，只看到我们是白人，我们有钱，其他什么都没看到。也许他们认为——你们不能到贫民窟来，在纽约不行。你们就是不能到贫民窟来，因为穷人们假装贫民窟不存在，而它们真的存在”(141)。尽管无人把守，久居此地之人依旧陷入了一种无处可逃的境地。无论走到哪里，贫穷居民无法摆脱恶劣的居住环境，甚至无法获得栖身之所，只留下“铁丝网后那阴暗而茕茕孑立的侧影”(140)。在此，“除了对金钱的憎恨与愤怒外，所有的和谐与一致都在崩塌”(141)，甚至整个西方都“被烧焦的贫民窟……弄得焦头烂额”(84)，透露出西方世界每个空间都是贫民窟的讯息(Baudrillard 78)，意味着都市空间中处处存在此类模糊地带，真实反映普通人在当前都市生活中的艰难困境。

其次，在吸纳多元文化后，本该富含多样文化的现代都市却消除了诸多文化边界，迫使多元文化走向消亡，如《金钱》中“克里斯托弗街”(Christopher Street)30英尺深的地下室。它不仅是一个同性恋酒吧，还是同性恋群体的聚集地，这一酒吧意象源于美国社会现实：“克里斯托弗街”是纽约著名的同性恋街区，在20世纪70年代，它成为纽约同性恋的“主要街道”。大量的同性恋者在此活动。该街道上的众多同性恋酒吧和商店出售皮革、同性恋服装以及行为艺术品，其中大名鼎鼎的“石墙酒吧”(Stonewall Inn)坐落于此。在1969年6月27日，该酒吧的同性恋者第一次拒绝警方逮捕，被认为是美国乃至世界现代同性恋权利运动的起点。不过，“克里斯托弗街”又被作家马丁·艾米斯借以展现都市的第二重“内爆”——“文化”内爆，即都市开放与包容气质的衰减或者都市文化异质的抹平。表面上，“克里斯托弗街”是一个具有反抗性质的乌托邦社区，但事实完全相反。作为旅游景点的“同性恋酒吧”与鲍德里亚笔下的博物馆——“蓬皮杜艺术中心”存在本质上的相似：意图教育大众、传播文化的“蓬皮杜艺术中心”因民众的涌入成为文化消费场所，大众文化的流行见证了高雅或者个别文化的死亡。小说主人公塞尔夫进入“克里斯托弗街”也不过出于猎奇心理，同样见证了异质文化的衰落。曾经出于文化认同的同性恋者的朝圣之地，因其“旅游景点”变得不那么纯粹，致使“异性恋民众对于隐秘的同性恋世界的一种侵犯”(Hawthorne 66)。

都市的第二重文化内爆不仅出现在代表同性恋文化的“克里斯托弗街”酒吧,还体现在都市其他弱势群体(少数族裔等)的生存空间,比如“开了三代的意大利小饭馆”“黑人居住区”“有色人种聚集区”等。伴随20世纪第三次经济转型,英美两国迎来了大量移民填充本土劳动力市场的契机。不过,这些移民大多只能从事低技能、低水平的工作,繁华的纽约、伦敦等国际都市由于资本的雄厚,亦成为他们的聚集地。在这些城市中,汹涌的移民活动与活跃的社会运动导致多样的文化聚集,它们本该为大都市带来开放与包容的给养,却造成了文化的“黑洞”。尽管“当地人说小意大利区是曼哈顿最干净最安全的聚居区之一”(130),但这依然掩盖不了这样一个事实:这些文化聚集之地(包括少数族裔聚集之地)非但没有呈现繁荣景象,反而极尽破败,拿塞尔夫的话说“更像村庄”(130)。

那么,这种“内爆”的都市是如何湮灭人本思想与包容气质的呢?这应当回溯到上文关于身体消费与超现实欲望的讨论:首先,人类眼前“超现实”的世界使得都市呈现出多元文化融合的欣欣向荣景象。在如此超现实的世界中,真与假的界限被一次次打破。这些拟真媒介控制着都市形象的生产,使得塞尔夫在遭遇他者时,不断地怀疑这一切是否真实(2),唯有在对他者的身体消费中才能够触及自我精神的存在。同样,也是出于媒介的拟真蛊惑以及作为商品的女性身体在都市中的大量聚集,大众相信了所谓都市美好的一面,这进一步加速都市的内爆进程,因为在发展过程中,都市只是资本运作的一个场域,一切关于身体的、欲望的、文化的事物在这个场域中都是这个庞大资本系统的零件,而上述三者彼此内在的差异只不过满足了该系统所需而已,其上唯有“虚”。当人开始服务于资本系统,该系统不再为人类支配的时候,都市必将内爆于自身最初“以人为本、兼容并蓄”的立足点。而这也正是作家艾米斯在小说后半部分故意隐去都市白天虚假繁华的景象,多以夜晚出游作为都市描绘的缘由,这样的安排体现出作家有意摆脱物化假象,试图引领读者认清“内爆”的良苦用心。

结　语

《金钱》中的物化书写是马丁·艾米斯在展现美国20世纪60年代现实图景的同时,对当今人类身体、精神乃至整个社会文化现状的深刻思考。在小说中，无论是主动、被动的身体消费书写，还是"超现实"迷惑之下对所谓完美、毁灭的欲望追求，抑或是都市的多重"内爆"，三者均从物的微观与宏观、物的内在与外在，对都市人施以负面影响。正如小说中塞尔夫不无自嘲地指出："我的衣服是用单钠谷氨酸和六氯酚做的。我的食物是用聚酯纤维、人造纤维、卢勒克丝金属细线做的。我的护肤品含有维他命。我的维他命有清洁剂的成分吗？我希望有……我由——垃圾食品制成，我就是垃圾"(319)，"从某种意义上说，我的生活从一开始就是个笑话，从子宫里开始就是……"(469)作家正是借助塞尔夫这一人物在物化他者、物化自我、物化空间的颓靡游历，完成了对西方社会资本邪恶本质的讽喻，凸显出其背后资本消费、生产、交换之于人类"肉""灵""魂"的毁灭与摧残。

引用作品[Works Cited]:

Baudrillard, Jean. *Symbolic Exchange and Death*. Tran. Iain Hamilton Grant, London: Sage Publications Ltd, 1993.

Begley, Jon. "Satirizing the Carnival of Postmodern Capitalism: The Transatlantic and Dialogic Structure of Martin Amis's Money." *Contemporary Literature* 45.1 (2004): 80.

Diedrick, James. *Understanding Martin Amis*. Columbia, South Carolina: U of South Carolina P, 2004.

Doan, Laura L. "'Sexy Greedy Is the Late Eighties': Power Systems in Amis's Money and Churchill's Serious Money." *Minnesota Review* 34 - 35 (1990): 69 - 80.

Gibson, James William. *Violence and Manhood in Post-Vietnam America*. New York: Hill & Wang, 1994.

Hawthorne, Mark, "'Hi! My Name Is Arnold Snarb!': Homosexuality in *The Crying of Lot 49*." *Pynchon Notes* 65.3 (1999): 66.

Keith E. Collett II. *Subjectivity and the Body in Novels by Martin Amis, Ian McEwan, Will Self and Jeanette Winterson*. South Dakota: The U of South Dakota P, 2008.

Welsch, Wolfgang. *Undoing Aesthetics*. Tran. Andrew Inkpin. London: Sage Publications, 1997.

郭景萍："鲍德里亚：后现代消费文化面面观"，《广东社会科学》，2015 年第 5 期，第 186—193 页。

卡尔·马克思:《1844 年经济学——哲学手稿》,北京:人民出版社,1979 年。
马丁·艾米斯:《金钱——绝命书》,陈新宇译,上海:上海译文出版社,2014 年。
迈克·费瑟斯通:《消费文化中的身体》,汪民安、陈永国编:《后身体:文化、权力和生命政治学》,长春:吉林人民出版社,2011 年,第 323—352 页。
让·鲍德里亚:《完美的罪行》,王为民译,北京:商务印书馆,2000 年。
——:《消费社会》,刘成富、全志钢译,南京:南京大学出版社,2001 年。
——:《象征交换与死亡》,车槿山译,江苏:译林出版社,2009 年。
——:《美国》,张生译,南京:南京大学出版社,2011 年。
——:《物体系》,林志明译,上海:上海人民出版社,2019 年。
石义彬:《单向度、超真实、内爆:批判视野中的当代西方传播思想研究》,武汉:武汉大学出版社,2003 年。
特里·伊格尔顿:《历史中的政治、哲学、爱欲》,马海良译,北京:中国社会科学出版社,1999 年。
万书元:"空间的衰朽——鲍德里亚对当代建筑和城市空间的批判",《文艺理论研究》,2012 年第 5 期,第 78—87 页。
张和龙、韩海琴:"《金钱——绝命书》与《伦敦原野》中的情色叙事及其反讽张力",《外国文学研究》,2016 年第 5 期,第 69—77 页。

虚无与轮回:《悲痛往事》的尼采之维*

赵国锋**

内容提要: 乔伊斯深受尼采影响,《悲痛往事》创作于尼采思想在欧洲盛行之际,该短篇难免蕴含尼采痕迹。前人论述对此有所涉及,但未曾聚焦小说提及的尼采著作——《快乐的科学》和《查拉图斯特拉如是说》。本文从这两部著作的焦点"永恒轮回"思想出发,指出小说中理性主导的虚无世界是"永恒轮回"的思想根由,着意呈现的"戏剧性"关合其理论关键,小说从自身文本到乔伊斯小说文本整体,再到超越文学文本的社会语境,共三个层面实现了该思想在小说艺术中的升华。因此,小说成为"永恒轮回"思想艺术实践的典范,这一思想也成为该短篇的一个重要维度。

关键词: 詹姆斯·乔伊斯;《悲痛往事》;弗雷德里希·尼采;"永恒轮回"

Abstract: Joyce was deeply influenced by Nietzsche. "A Painful Case" was created during the heyday of Nietzschean thoughts in Europe. These have naturally contributed to Nietzschean traces in the story. Some scholars have touched this fact, but have not attached due importance to *The Gay Science* and *Thus Spake Zarathustra*, the two books mentioned by Joyce in the story. This paper, setting out from the shared focus of these two books, namely the Eternal Recurrence, finds that the nihilistic world as dominated by rationalism forms the roots of Eternal Recurrence. The paper argues that the elaborated theatricality is the key of this theory, and the artistic innovation as shown on such levels as the story text itself, the whole fictional text of Joyce, as well as the social context concerned with but significantly surpassing literary texts, manifests a sublimation of this theory. In this sense, "A Painful Case" is a typical crystallization of the theory, and meanwhile the Nietzschean thought forms one of the important dimensions of this story.

Key words: James Joyce; "A Painful Case"; Friedrich Nietzsche; Eternal Recurrence

---

* [**基金项目**]:本文系山西省高校外语教学与研究专项课题"《尤利西斯》文学传统的流变与经典文本的政治文化表征研究"(SXYYYBKT2019008)的阶段性成果。

** [**作者简介**]:赵国锋,中北大学人文社会科学学院讲师,主要从事英美文学研究。

詹姆斯·乔伊斯(James Joyce, 1882—1941)的短篇小说《悲痛往事》("A Painful Case", 1905)创作于 20 世纪初,彼时弗雷德里希·尼采(Friedrich Nietzsche, 1844—1900)作为现代主义先驱在欧洲的影响力不同凡响。于英语文学而言"1902 年标志着尼采十年的开端"(Bridgwater 13),英国和爱尔兰的作家们自当砥柱中流,乔伊斯于此尤甚。纵观乔伊斯的虚构作品,《悲痛往事》中尼采思想的痕迹尤为显著。其中最令人注目的证据当属主人公杜菲书架上赫然放置的尼采著作,即《快乐的科学》和《查拉图斯特拉如是说》。以往评论家从不同角度对这一短篇做了阐释,并视此为尼采影响的显著标志。然而,评论家们并未直接从这两本著作出发观照小说本身。尼采全部思想的核心之一"永恒轮回",首见于《快乐科学》,随后在《查拉图斯特拉如是说》中得以详尽阐释,这一思想自然是两部著作的共同焦点。本文由此展开研究,发现尼采的"永恒轮回"思想在小说《悲痛往事》中得以全面映现,该短篇小说无疑是该思想在小说艺术中得以实践的一个典范。

一、"永恒轮回"之根由:虚无主义

尼采在成熟期提出"永恒轮回"思想,其主要目的在于回应欧洲思想界"上帝之死"之后出现的"虚无主义"境况,最终为现实合理化提供新的依据(justification of reality)[①]。事实上,尼采在思想交锋的战略层面并未彻底否定虚无主义,毋宁说,他对之还不无欢迎。因为他认为欧洲思想界需要虚无主义发挥解构作用,令先前的落后思想土崩瓦解,然后新思想方可得以建构。当然,终其一生尼采都在倾尽一己之力对整个欧洲形而上学发起批判,他认为"传统的思想建构是隐形的虚无主义,因为它们竭力否定生命世界"(Hatab 42)。如果说尼采批判整个西方形而上学之"破"的步骤尚属其哲学大厦之门楣的话,那么他倾力而为的"肯定生命"("affirmation of life")之"立"方是更为重要的厅堂所在。尼采曾在其处女作《悲剧的诞生》中用悲剧精神来肯定生命,为存在辩护。成熟期的尼采发现"悲剧只是画面的一个部分"(Pines 139),自己为存在辩护的视野需要扩张,于是他的思想逐渐转向,目光朝向"蕴含于超人之中的强力意

① 尼采早年在《悲剧的诞生》中首次提出"存在和这个世界只有作为美学现象才能永恒地具有合理性",而且认为这一种"合理化"出现在古希腊的悲剧之中。

志”(Pines 133)，提出“永恒轮回”的思想。可以说“永恒轮回”是尼采在阐释“存在”路上建构出来的他本人最心仪的理论。

尼采以“是否肯定生命”为标尺将西方传统思想(形而上学)统统归入“虚无主义”的阵营，理性主义自然也位列其中。事实上，尼采恰是“那个用虚无主义来命中现代性的本质的人”(Weller 6)。尼采将虚无主义定义为“对生命价值、意义和渴望的断然拒绝”(“the radical repudiation of value, meaning, and desirability” in life)(Hatab 42)。按照尼采的观点，欧洲传统的形而上学借助一系列二元对立来不断运作，这一对立思维隐含了“暴力压迫”，其中便有“理性”和“激情”之间的对立。究其本质，西方形而上学传统推崇“存在”(being)，贬抑“生成”(becoming)(Hatab 11)，生命激情位属“becoming”的阵营，自然归于遭遇贬抑的一方。尼采认为，被贬抑的一方恰恰反映了现实的真实样貌，它们是肯定生命的一方。与之相对，理性主义归属于“存在”的麾下，备受尊崇。然而，在尼采这里它和以往西方形而上学传统中的其余思想一道被归入虚无主义的阵营，成为批判的对象。

本文从尼采论虚无主义思想的视角出发观照乔伊斯的小说《悲痛往事》，发现该小说呈现出的是一个理性主导的“虚无主义”世界。小说中的世界是一个理性主导的、抑制(甚至扼杀)生命的社会空间。具体而言，《悲痛往事》从个人空间和社会空间两个层面展示了小说中理性主导的虚无世界。主人公杜菲的个人空间成为这个理性(虚无)世界的缩影。他的房间陈设极为简陋，其中金属物件成为当之无愧的主角，且主打色调非黑即白。除此之外，对于生活中的杜菲而言，其日程安排严格依照钟表时间，表现出高度的“规律性”，且终年不变。作者在小说开篇对杜菲房间的陈设做了详尽描绘，其中的多种铁器、床边的小红毯乃至落地灯和镜子等等迹象均显示，此房间实质上隐喻了一列火车车头。非但如此，该隐喻并未于此止步：倘若将杜菲极具规律性的日常生活和火车的时刻表联系一处，毫无疑问“乔伊斯已经将杜菲等同于一列火车”(Torchiana 168)。

个人空间的“虚无”折射的是主人公被虚无主义占据的价值观。主人公杜菲除却木然地漂流于其间的“理性”生活之外，几乎摒弃了自己遭遇的其他思想倾向和日常行为，这一点和“虚无主义”相互契合。小说中杜菲“没有伴侣，没有朋友，没有宗教和信仰”，银行的工作结束之后迅速从市区撤离，完全隐遁于自己的世界之中。即令是郊区，他也认为“都柏林郊区的其他地方粗鄙，现代和虚伪”(Joyce 2006: 89)，因而避之唯恐不及。他将自己放在自我设定的“形而上”境界之中,尽管他早年亦曾参与过一些社会活动,但均因嫌弃对方过于“世俗”而离开。

当然,杜菲这个人物并非“纯之又纯”的虚无,乔伊斯如此安排恰恰折射出其人物的复杂性。这和尼采对二元对立“习惯思维”的批判完全一致。他认为被人们放进“二元对立”的两个事物之间“没有对立,只有程度的差异”(Nietzsche 326)。虚无主导的杜菲内心深处尚且存有生命激情的星星之火,在其驱动之下他和女主人公发生“碰撞”。然而,不久之后杜菲便“听到那个奇怪的非个人(impersonal)的声音,他认得出这是自己的声音,它坚持要求灵魂保持那个无法挽救的孤独状态”(Joyce 2006: 93)。随即此“星星之火”归于熄灭,非个人的声音和自己的声音合二为一,足见乔伊斯将杜菲设置为理性世界之典型。生命激情的星星之火被占据主导地位的理性之水悍然浇灭,当然这也引发斯尼克夫人四年之后的死亡。由此乔伊斯生动地演绎了激情和理性的碰撞,彰显了二者力量的悬殊。

通过杜菲和斯尼克夫人交往的失败,乔伊斯强化了一个虚无世界人物的典型面相:缺乏直面生活的能力。尼采将西方形而上学的本质归于虚无主义并加以批判,其焦点在于后者站在了生命的对立面。一方面,杜菲身陷“理性世界”囹圄,沦为“失去能动性的人物”。他在理性的压迫之下已经基本上失去了满足生命正常诉求的能力,“无力作为事情的施动者而体验自我”。其生命之力偶然得以释放,也不过昙花一现,尽在情理之中。另一方面,这种能动性缺失在精神层面的表现就是“认知错乱”(cognitive disorientation)和“情感枯竭”(affective exhaustion)(Smith 7-8)。杜菲内心的“非个人声音”和生命之力的牵引之间发生角力,其意识整体向前者偏转,这从生命之力的视角来看就是一种“错乱”。杜菲在交往的最后乃至看到报纸消息之后均表现出异常的冷酷,这显然是“情感枯竭”。可以说,这一典型人物在事实上成为理性话语的主要实施者。

如果说杜菲的理性空间只是社会的一个“缩影”,尚且属于微观领域的话,乔伊斯借助女主人公和杜菲的交往直至其去世后社会各方的“善后之举”,令宏观层面整个社会的理性空间展露无遗。首先,乔伊斯刻意用嵌入小说的一篇新闻报道将这一理性主导的社会空间和盘托出,意在突出这个世界的“客观冷静”的理性特征。其次,在报道中依次出场的各方,无论是直接责任方还是善后参与方,甚至是死者的家人,先后各执证词,然其目的昭然若揭,无外乎证明“无人应当为此担责”(Joyce 2006: 96)。这一现象之下蕴含着严格的逻辑思维,这种对逻辑思维的遵从,体现的是

"理性主义的本质"(周国平 118)。第三,小说中出场的各方,尽管头衔不一、言辞有别,但都以现代社会的"公民身份"出场,在"逻辑辩护"的层面结成了同盟,这种共谋的结果就是在整个社会空间中形成"压倒性"的理性话语。斯尼克夫人在这一冰冷的理性世界中,隐喻那代表生命之力的一点星火,面对社会空间的理性大水,她只能归于寂灭。不仅如此,整个社会的理性话语还要将这一寂灭"合理化"。

因此可以说,小说描绘了一个理性扼杀生命的典型案例。乔伊斯将这样一个理性主导的、令生命窒息的世界定义为"瘫痪世界"。而作为现代主义先驱,尼采早已在哲学层面对理性进行了批判。他认为,理性不可以是世界的全部,"用理性主义的路子去描绘这个世界顶多能得到一个不完整的画面,最次能抵达完全错误的画面","任何试图用理性主义的路径为这个宇宙的存在寻找依据的努力均将归于失败"(Pines 135)。乔伊斯通过小说中两个自相矛盾的细节也对此做出呼应:新闻报道的开头部分明确指出斯尼克夫人"被从金斯敦开出的慢车的机车撞倒,头部和身体的右部受伤,造成死亡"(Joyce 2006: 95),而后文实录的都柏林医生哈尔平的证词显示"对于正常人来说,这种伤势不足以导致死亡,他认为死亡的原因可能是由于休克和心脏突然衰竭"(Joyce 2006: 96)。对于西方形而上学虚无主义的批判,尼采早年开出的药方是"悲剧精神",后来在成熟期找到了"永恒轮回"。当然,面对眼前的世界乔伊斯也一直在小说艺术上寻求救赎之策,深受尼采影响的他自然找到了"永恒轮回"。

二、"永恒轮回"之关键:戏剧性

"永恒轮回"在尼采哲学体系中占据核心地位,它"以肯定生命为焦点,被尼采称为'肯定生命可能抵达的最高形式'"(Hatab 51)。在《悲痛往事》中乔伊斯保持了其一如既往的隐晦,将"永恒轮回"思想隐藏于杜菲书架上的两本书之后,颇为吝啬地让其发出些许幽微之光。小说主人公杜菲和斯尼克太太交往结束四年之后,其书架之上多了两本尼采的重要著作《快乐的科学》和《查拉图斯特拉如是说》。其中《快乐的科学》是尼采"永恒轮回"的首出之地,《查拉图斯特拉如是说》则是该思想的重申、拓展和演绎之地,被誉为是"第二个,但是最重要的一个,为永恒轮回思想所浸润的文本"(Hatab 60)。毫无疑问,这一思想是这两本书最显著的交集。在《快乐的科学》中尼采首次提出了"永恒轮回"的思想:

> 最大的重负。——假如在某个白天或者某个黑夜,有个恶魔潜入你最孤独的寂寞中,并且对你说:"这种生活,如你目前正在经历、往日曾经度过的生活,就是你将来还不得不无数次重复的生活;其中绝不会出现任何新鲜亮色,而每一种痛苦、每一种欢乐、每一个念头和叹息,以及你生命中所有无以言传的大大小小的事体,都必将在你身上重现,而且一切都是以相同的顺序排列着的——同样是这蜘蛛,同样是这林间的月光,同样是这个时刻以及我自己。存在的永恒沙漏将不断地反复转动,而你与他相比,只不过是一粒不足道的灰尘罢了!"——那会怎么样呢?难道你没有受到沉重的打击?难道你不会气得咬牙切齿,狠狠地诅咒这个如此胡说八道的恶魔吗?(尼采 316—317)

在此,尼采用饱含诗性的文字阐述了"永恒轮回"这一哲学思想。其基本内涵是,人所生活于其间的这个世界是一个永恒重现的过程。这一思想究竟是否符合客观现实并非本文的关注点,此处不再赘言。尼采的诗性语言从形式到内容均显示"戏剧性"是这一思想运行的枢纽所在。诗性语言是用戏剧性将平常语言"陌生化"的结果。不仅如此,鉴于戏剧是"在设定的时间和空间中……观看人类行为"的艺术(Woodruff 38)这一基本认识,在尼采设定的戏剧性场景中至少包含了三个"戏剧性"关键。第一,在其中"魔鬼邀请读者凝视自己的整个人生","在这一刻,在某种意义上,读者站到了时间之外"。因此,这意味着,一个人在这一刻"看到自己有两个自我同时存在"(Pines 141);第二,一个主体在戏剧性的情境下全面审视自己的人生过往,和一般戏剧不同的是这里的观看者和表演者本质上属于同一个主体;第三,鉴于"永恒轮回"的基本内涵,剧本是"上演之前"确定了的。

受尼采思想的影响,加上其自身对戏剧的偏爱①,乔伊斯自然在自己的短篇小说中通过"戏剧性"来对接"永恒轮回"思想的维度,《悲痛往事》的叙事在上述三个方面和"永恒轮回"的"戏剧性"关键完全吻合。首先,《悲痛往事》中的两个主要人物,尤其是杜菲,具备明显的两个自我。需要说明的是,这两个自我不同于精神分析层面的"自我",后者是同一主体中

① 乔伊斯在大学就读期间的 1900 年一年之内就公开发表了两篇和戏剧相关的文章:《戏剧与人生》("Drama and Life")和《易卜生的新戏剧》("Ibsen's New Drama"),前者在学校引起轰动,后者引起易卜生本人的关注。

同时共存的三个精神层面,这里的自我,一个是现实生活中的自我,另外一个则是完全游离于这个世界之外,能对前面的自我生命过程进行观察的自我。有论者将前者称为"S1",即"时光中的自我",后者定义为"S2",即"原自我"(Pines 141)。因而,当杜菲和斯尼克夫人初次偶遇之时,后者的眼神呈现出来的自我防卫和丰满的身体呈现出来的冲动并不属于本文关注的两个自我的范畴。斯尼克夫人具备两个自我主要在于,她在对剧场状况的评价中让自己占到了尼采哲学层面"原自我"的位置,在完全无意中对现实自我生命做出了评价:"今晚如此不卖座,太可惜了!面对空荡荡的座位歌唱,实在令人感到窘迫!"(Joyce 2006: 91)处于现实世界中的斯尼克夫人何尝知道,自己随后就成为人生舞台上的演员,充满激情的"演出"遭遇的是杜菲这个"空无一人的座位"。有论者注意到了斯尼克夫人"无意中"的评价与其人生的关联,但是并未将之和尼采的"永恒轮回"思想关联起来(Torchiana 169)。

相对于斯尼克夫人"原自我"的隐晦呈现,杜菲的两个自我的呈现则颇为直接。"他使自己和自己的身体保持一点距离,总是以怀疑的目光从侧面观察自己的举止行动。他有一种构思自传的奇特习惯,时常在自己的脑子里组成一个关于自己的短句,句子的主语是第三人称,而谓语是过去式"(乔伊斯 122)。[①] 在这里乔伊斯再次成为《快乐的科学》中尼采笔下的魔鬼,正是在他的设置下杜菲拥有了两个自我,哲学层面的"原自我"被分离出来,和现实生活中的自我保持距离,并对它进行观察。当然,这两个主人公在两个自我这一层面上有所区别。乔伊斯除了在小说的宏观层面将二者间的对立和冲突描绘得淋漓尽致之外,在小说细节中也留下了蛛丝马迹:"有的时候为了回馈他提出来的一些理论,斯尼克夫人会给他讲自己生活中的一些经历"(Joyce 2006: 92)。此处叙述者交代的情况和两位主人公的主要身份特征完全吻合:杜菲属于理论,斯尼克夫人则代表了生活。

其次,在两个自我的前提下,其中的一个自我"站在了时间之外",从而实现对自我生命历程的全面审视,这在两位主人公身上均有体现。斯尼克夫人与杜菲首次在剧场相遇时无意中的话语,虽然从时间上讲属于"预言性"的言论,然而鉴于"永恒轮回"的基本内涵,它在小说艺术层面成为对自己人生的全面检视。和斯尼克夫人有所不同,杜菲的两个自我在

---

① 此处采用孙梁译文,略有改动。

小说中保持了较高的连续性。斯尼克夫人被撞身亡后，杜菲的“原自我”对自己现实中的人生进行了审视：“他那操行端正的生活令自己苦恼不已，感觉自己是被生活盛宴排除在外的人”(Joyce 2006：98)。不仅如此，乔伊斯在艺术上进一步将这一自我加以拓展。小说末段杜菲站在公园的山顶之上，“在河流(利菲河)之外他看到一列货运列车从金斯桥车站蜿蜒驶出，像是一条长有火红脑袋的长虫，在黑暗中固执而又吃力地穿行”(Joyce 2006：98)。在这里，杜菲的原自我已经在艺术的层面得以拓展，和读者的视角合二为一，审视时光中的那个自我，后者已经和火车合二为一，和表示生命之力的河流互不相交。

最后，在两个自我的前提下，“原自我”整体审视“时光中的自我”，其关键点在于被审视的自我按照确定的剧本“上演”。按照“永恒轮回”思想，人生的重复是一个客观现实，人力无从改变。当然，这一点体现出“尼采对‘自由意志’观点的极大怀疑”(Pines 140)。然而，恰恰是这一“客观现实”为小说叙事“剧本”提供了根本依据。如前所述，一个演员面对“空荡荡的座位唱歌”的叙事构架在艺术上形成了小说的确定剧本，在叙事中两位主人公依照这一剧本不断演绎自己的人生“轮回”。因此，可以说小说完美对接了“戏剧性”的第三个维度。

戏剧性是尼采毕生都在思考和实践的重要主题，“永恒轮回”思想以戏剧性为枢纽绝非偶然。尼采早期重要著作《悲剧的诞生》就以悲剧为主要切入点和依托。如前所述，受尼采影响且自身十分看重戏剧的乔伊斯自然将“永恒轮回”及其关键维度“戏剧性”巧妙地融入了自己的小说。以上分析说明，《悲痛往事》已经承载了“永恒轮回”的关键特征。当然，乔伊斯并未就此停歇，他创造性地让该思想在小说的纵深处开花结果，实现了令人瞩目的艺术升华。

三、永恒轮回之升华：创造性

与诸多重要思想观点的问世相类，永恒轮回思想的产生过程亦属思想戏剧性创生的一个典范。“据尼采自述，有一天他在塞尔斯—马利亚的一个湖边散步，脑海中突然跳出来一个概念，令他无比兴奋，赶紧把它记录下来。这个概念就是‘相同者的永恒轮回’”(孙周兴 101)。这一思想本身的产生具有戏剧性，因而也充满了创造性。故此，可以毫不夸张地说，尼采的永恒轮回思想内在地蕴含着“创造性”。孙周兴教授认为：尼采的永恒轮回意在告诉人们,"我们承受的每个瞬间都是一个创造性的时机,我们只有通过创造才能克服重复和无聊,才能使我们的生活变得有意义"(孙周兴 103)。作为具备非凡革新精神的作家,乔伊斯将尼采思想浸润于小说纵深,创造性地臻于升华。具体而言,这一艺术创造主要体现于短篇小说内部的微循环、乔伊斯小说文本共同体内部的中循环以及超越小说层面的大循环。

《悲痛往事》在多个层面实现了内部的微循环。首先,小说中以主要人物为典型的核心元素相互呼应,组就循环之线。在小说语境中,杜菲是理性一方的代表。杜菲的方桌之上又有一个桌子("double desk"),这和那个拥有两个自我、"颧骨高耸满脸严肃"的杜菲"异曲同工",而恰恰在这个桌子里就有一个"久置不食而被遗忘的熟透的苹果"(Joyce 2006:90)。因而,苹果"对应"的方桌首先走入杜菲的理性序列。其屋内陈设的质地和色调,自己厌恶混乱之秉性以及日常生活之极端规律性,自然把他和撞上斯尼克夫人的那列火车联系起来,因而有批评家直言"(在小说中)乔伊斯已经确立了杜菲的火车头这一身份"(Torchiana 168)。批评家埃皮法尼奥·圣胡安(Epifanio San Juan, 1938—)则进一步注意到,"撞上斯尼克夫人的那列火车曾短暂停顿",这和"杜菲决意舍弃已经到来的爱情"相呼应;杜菲在得知斯尼克夫人死讯之后感觉自己"很安然"(secure),这和铁路公司面对事故的态度相重合,后者"官宣自己无辜",却"为这次灾难道歉",这进一步显示出两者的身份一致(San Juan 163)。事实上,杜菲这一序列的循环性拓展尚未停止,应当把都柏林这座城市也列入其中。在小说中乔伊斯非常隐晦地说"他(杜菲)那满是岁月痕迹的脸和都柏林街道一般黝黑"(Joyce 2006: 90)。和杜菲相对应的自然是斯尼克夫人,后者的这个序列,除了包含杜菲抽屉里的那个苹果,更为重要的是,还有"都柏林建于其上的那条浅浅的河流"(Joyce 2006: 90),即利菲河。生命激情在尼采的思想中举足轻重,酒神精神是生命力之核心所在。河流是生命之源,自然与饱含激情的斯尼克夫人汇合至一处。正是基于这一逻辑,小说结尾"利菲河蜿蜒流向都柏林",而"在河流之外,一列火车蜿蜒驶离金斯布里奇车站"(Joyce 2006: 98)。学者唐纳德·唐其安纳(Donald Torchiana)指出,"多位学者已经在这两者间体察到属于男性和女性关系层面的多个原则"(Torchiana 172)。其次,在点上循环的基础上,小说内部设置了以人物关系为核心张力的多个元素组合呈现出的循环之链。小说首段杜菲抽屉内有一个久放不食终被遗忘的熟透了的苹果,如果结合苹果在西方文化传统中的内涵,就可以发现,它和主人杜菲之间的关系,杜菲和斯尼克夫人初次相遇时的舞台演出和后者口中评价的那个几近空荡的剧场,以及两位主人公之间的交往事件,乃至小说结尾那列从都柏林疾驰而出的火车和代表生命的河流间的相遇但并不相交,均在深层的哲学意义上进入了以激情和理性相遇但不相交为根本内涵的这个循环之中。第三,小说整体的叙事构架呈现出循环性。主人公杜菲从原点出发,兜了一圈之后返回原地,形成闭环。正如论者所言,"杜菲的整个旅程由孤独境地走向情感纠缠,最后又返回到孤独境地,小说最后以一个包含诸多渐趋舒缓的重复的段落做结"(Saint-Amour & Lawrence 239)。

乔伊斯让循环溢出《悲痛往事》的文本边际,加入乔伊斯小说文本间的循环。这主要体现在整体布局、人物形象、情节模式以及局部文体等四个方面。首先,小说集整体上形成首尾循环。李维屏教授很早就指出,和乔伊斯的另外两部长篇小说类似,"《都柏林人》的一个最主要的艺术特征是作品内在的统一性"(李维屏 88),其中一大标志就是首尾循环:《姐妹们》开篇以死亡为核心话题,末尾的《死者》也以此主题做结。其次,小说在人物形象层面构成一道亮丽的循环风景。其中最显著的体现是斯尼克夫人和《艾芙琳》女主人公之间的循环性。前者的婚姻状况和后者的爱情经历有多个对应之处。斯尼克夫人的丈夫是船长,艾芙琳的恋人是个海员,"丈夫的旅行状态突出了妻子生活的静止状态"(Wright 16),艾芙琳的相对静止在小说结尾部分她选择不登上启动的船只这一点中得到充分彰显。艾芙琳在即将启程的最后一刻拉住了码头的铁栏杆,斯尼克夫人则在生命的最后一刻撞上了火车前面的铁栏杆(iron rails)。艾芙琳在最后一刻心跳不已,斯尼克夫人则是因"心脏衰竭"而亡。第三,情节的循环性主要体现于小说的开头和结尾部分。《悲痛往事》的开头,叙述者讲述杜菲可以通过房间的窗户眺望远处"废弃的酒厂"以及"作为都柏林根基的那条浅河"(Joyce 2006:89),而在小说《姐妹们》的开头部分,叙述者小男孩抬头望向神父家的窗户,在《艾芙琳》开篇主人公则通过窗户望向"夜幕笼罩的人行道"(Joyce 2006:26)。《悲痛往事》的结尾部分,杜菲在公园的小山上眺望远处的利菲河以及从都柏林奔驰而出的火车,随后原路返回,在寂寥的世界中感受到自己的孤独。小说这一结尾融入了《死者》《尤利西斯》《芬尼根的苏醒》乃至《流亡者》等四部作品的结尾组成的大循环之中。有论者认为"有一个构架串联了乔伊斯的所有作品",那就是"一个孤苦伶仃的个体形象无可奈何地置身于周围的社会环境之中"(Wright

29)。最后,《悲痛往事》的结尾段落在文体特征上呈现出明显的循环性:"詹姆士·杜菲的整个旅程,由孤寂始,经过纠缠,复归孤寂,结尾的段落中包含了逐渐变弱的多个重复"(Saint-Amour 239)。在八个短句构成的段落中"He"反复出现,构成了文体上的循环,这和《死者》结尾段落中描绘一个个夜雪降落处时交替出现的"on"和"upon",以及《尤利西斯》结尾一个接一个的"yes",三者构成了一个溢出各自文本的文体循环。

最后,小说的循环超越小说文本边际,融入社会历史和文化的大循环。这主要体现在它和帕纳尔事件间的呼应。查尔斯·斯图亚特·帕纳尔(Charles Stewart Parnell, 1846—1891)乃乔伊斯心目中的民族英雄,后者于1912年撰文《帕纳尔的影子》("The Shade of Parnell"),全面阐释帕纳尔在爱尔兰的重大影响,称他为"晴空中的闪电",对他在爱尔兰遭受的背叛和打击深表愤慨(Joyce 1959: 227)。他和凯瑟琳·欧西亚(Katherine O'Shea, 1846—1921)之间的交往被自己的政敌用作打击对手的把柄。凯瑟琳和自己的丈夫威廉·欧西亚原本处于分居状态,由于工作上的接触,帕纳尔和凯瑟琳坠入爱河,随后开始交往。威廉·欧西亚知晓此事,曾一度以此为由和妻子提出离婚。但是,1890年"丑闻"被曝光后,政敌开始借题发挥,包括政治界、宗教界、新闻界在内的爱尔兰社会开始打击自己的英雄,英雄自此一蹶不振,次年含恨离世。《悲痛往事》的人物关系映照了帕纳尔事件中的人物关系。斯尼克夫妇间关系冷淡,丈夫作为一艘商船的船长常年在都柏林和荷兰之间奔波,这和欧西亚夫妇极为相似。杜菲和斯尼克夫人的交往,映射了帕纳尔和欧西亚夫人间的关系。当然,除却杜菲和帕纳尔身份上的巨大反差之外,两人的交往也有本质不同。帕纳尔深爱欧西亚,两人育有三名子女,而且两人经历了1890年"丑闻"的考验之后于1891年正式结婚,这和杜菲在女方激情迸发之际令关系戛然而止不同。此外,帕纳尔因背离世俗之举遭遇了世俗的打击,杜菲则因遵从另一个"自我"的指令而和世俗世界的期待走向一致。乔伊斯在小说中反转了历史事件,因而,"《悲痛往事》可以被解读为一个反讽作品,他塑造了一个迎合爱尔兰的世俗道德做了'正确'之事的人物,这是用否定的方式在向帕纳尔用情深切的'不伦之恋'表示赞扬,将之作为造就后者伟大之处的决定性因素"(Norris 165)。显然,这和乔伊斯以及尼采对抗世俗规约、肯定生命之力的追求完全一致。

尼采批判以形而上学为主导的欧洲思想界,指出其实质上是一个虚无主义主导的消极世界,其锋芒所至将后者统统颠覆。为此他先提出迪奥尼索斯为内核的悲剧精神，随后又在盛年提出"永恒轮回"。深受其影响的乔伊斯，创造性地将他的思想蕴含于自己对都柏林的书写之中。《悲痛往事》便是其中最为典型的一个案例，它呈现出的是理性主导的虚无空间，并沿着尼采的路径为之设置了一个救赎之策"永恒轮回"。当然，从社会历史批评的视角来看，乔伊斯和尼采都过于保守，或者说他们的革命性远远不足，实质上是用另一种虚无主义取代之前的虚无主义。诚如批评家特里·伊格尔顿(Terry Eagleton, 1943—)所言，"不难看到英国主要的作家总是逃离当代历史去追逐神话"(Eagleton 95)，"永恒轮回"在某种意义上也是"神话"。尽管如此，在小说艺术的层面乔伊斯无疑将这一思想融入作品展现出极高的创造性。唯其如此，《悲痛往事》方可在营造出"永恒轮回"的根由之际，着力突出其戏剧性维度，最终令其臻于重重升华。恰恰是由于这一原因，乔伊斯的这一短篇在小说艺术上具备了非同一般的水准。

引用作品[Works Cited]：

Bridgwater, Patrick. *Nietzsche in Anglosaxony: A Study of Nietzsche's Impact on English and American Literature*. New York: Leicester UP, 1972.

Eagleton, Terry. *Literary History: An Introduction*. Beijing: Foreign Language Teaching and Research Press, 2004.

Hatab, Lawrence J. *Nietzsche's Life Sentence: Coming to Terms with Eternal Recurrence*. New York and London: Routledge, 2005.

Joyce, James. *The Critical Writings of James Joyce*. Eds. Ellisworth Mason and Richard Ellmann. New York: The Viking Press, 1959.

——. *Dubliners*. Ed. Margot Norris. New York and London: W. W. Norton & Company, 2006.

Nietzsche, Friedrich. *Human, All Too Human*. Trans. R. J. Hollingdale. Cambridge: Cambridge UP, 1996.

Norris, Margot. *Suspicious Readings of Joyce's* Dubliners. Philadelphia: U of Pennsylvania P, 2003.

Pines, Brian, and Douglas Burnham. Eds. *Understanding Nietzsche, Understanding Modernism*. New York: Bloomsbury Academic, 2019.

Saint-Amour, Paul, and Karen R. Lawrence. "Reopening 'A Painful Case'." *Collaborative Dubliners: Joyce in Dialogue*. Ed. Vicki Mahaffey. New York:

Syracuse UP, 2012. 238 - 260.

San Juan, Epifanio, Jr. *James Joyce and the Craft of Fiction*. New Jersey: Associated UP, 1972.

Smith, Stewart. *Nietzsche and Modernism: Nihilism and Suffering in Lawrence, Kafka and Beckett*. Cham: Palgrave Macmillan, 2018.

Torchiana, Donald T. *Backgrounds for Joyce's Dubliners*. London: Allen & Unwin, Inc., 1986.

Weller, Shane. *Modernism and Nihilism*. Basingstoke: Palgrave Macmillan, 2011.

Woodruff, Paul. *The Necessity of Theatre: The Art of Watching and Being Watched*. New York: Oxford UP, 2008.

Wright, David G. *Characters of Joyce*. Totowa, New Jersey: Gill and Macmillan Ltd.,1983.

李维屏：《乔伊斯的美学思想与小说艺术》，上海：上海外语教育出版社，2000 年。

尼采：《快乐的科学》，孙周兴译，上海：上海人民出版社，2020 年。

孙周兴："圆性时间与实性空间"，《学术界》，2020 年第 7 期，第 97—108 页。

詹姆斯·乔伊斯：《都柏林人》，孙梁等译，上海：上海译文出版社，2017 年。

周国平：《尼采在世纪的转折点上》，武汉：长江文艺出版社，2016 年。

复魅与拯救：库切“耶稣三部曲”的现代性危机和后世俗希望

盛小红*

内容提要：本文以库切的“耶稣三部曲”（《耶稣的童年》《耶稣的学生时代》《耶稣的死亡》）为研究对象，从身体、时间和工具理性角度考察小说中呈现的现代性危机。这种危机主要表现为对人的动物性的压制、“现在”时刻的霸权、数字的功用化等。论文指出，小说与《圣经》的互文关系，人物以世俗精神性对抗理性霸权的行为隐喻着一个复魅的后世俗社会的出现，这种复魅构成了对现代性霸权的反拨，指明了拯救的希望所在。

关键词：“耶稣三部曲”；现代性；后世俗社会；复魅；拯救

Abstract: The paper examines J. M. Coetzee's "Jesus trilogy" in terms of body, time, and reason, revealing that the three novels expose the crisis of modernity in such textual details as the oppression of animality, the dominance of the present, and the utilitarian function of numbers. The trilogy's intertextuality with *Bible*, as well as the characters' reliance on secular spirituality as a way of resistance to the hegemony of modernity, alludes to the emergence of a post-secular society with its re-enchantment which provides a salvation from the crisis of modernity.

Key words: "Jesus trilogy"; modernity; post-secular society; re-enchantment; salvation

J. M. 库切（J. M. Coetzee，1940—　）于2013年出版的小说《耶稣的童年》（*The Childhood of Jesus*，下文简称《童年》）迥异于其早期风格，尽管它延续了作家一如既往的对流动性的关注，但种族和政治已不再是其重点。小说主人公西蒙在移民船上结识与父母走散的小孩大卫，两人开始了在诺维拉城市的新生活，却难以适应，他们一个不认同诺维拉规矩无

* ［**作者简介**］：盛小红，讲师，上海外国语大学英语学院博士生，主要从事英语文学与文化研究。

味的生活，一个不适应它的教育体制。《童年》语言简洁易懂，但随处可见的哲学探讨却让读者感到晦涩深奥、难以捉摸，就连研究库切的资深学者大卫·塞克斯顿（David Sexton）也感慨这部小说“相当令人困惑”“很难评价”（Sexton 38）。三年后，《童年》续篇《耶稣的学生时代》（*The Schooldays of Jesus*，2016）出版，有学者评论道，“它缺少库切早期寓言创作中令人记忆深刻的世界和那种隐晦的、半明半暗的感觉”（Tait 31）。尽管对于库切的新作，评论界不少微词，但赞叹之声也不绝于耳。在三部曲的最后一本《耶稣之死》（*The Death of Jesus*，2019）出版之际，里奥·罗伯逊（Leo Roberson）高度评价了“耶稣三部曲”，称它们揭示出小说家“冷峻、无情的声誉下掩藏着的炽热的才能”（Robson 50）。

针对这三本小说，已有不少学者从移民、教育、后现代主义等方面展开研究。大卫·阿特维尔（David Attwell）把库切晚期作品当作一个整体，指出《慢人》（*Slow Man*，2005）以移民故事为结尾，而“耶稣三部曲”恰好以它为开端（Attwell 222）。库切以寓言形式构筑了从“一个未言明的过去”通向“一个不确定的未来”的移民叙事（Jacobs 59）。大卫与诺维拉学校体制、埃斯特雷拉舞蹈学院的关系也启发了不少学者从教育的角度展开研究，例如，夏洛塔·埃尔姆格伦（Charlotta Elmgren）结合阿甘本的学习理论研读《童年》和《学生时代》，认为小说对不确定性和开放性的关注体现了库切独特的教育思想（Elmgren 184）。被公认为后现代作家的库切在“耶稣三部曲”中也频繁运用互文、戏仿、含混等后现代技巧，“费解的语言和叙述意义的自我指涉游戏”展示出“语言和文学内在的任意性”（Seshagiri 648）。评论家瓦莱里娅·莫斯卡（Valeria Mosca）注意到西蒙和工友们的哲学对话戏仿了古希腊柏拉图式的论辩，她称这些没有结果的对话是“令人沮丧的经历”，表现出作家对理性的质疑（Mosca 130）。而关于三部曲与新约的互文，伊丽娜·迪米特琉（Ileana Dimitriu）指出，它释放出“一种深切的、反传统的宗教情感”，小说以耶稣为名却查无此人的情节设置，反映出库切对“世俗精神性是否适应我们这个越来越带有不确定性的时代所表现出的矛盾”的思考（Dimitriu 70）。

尽管有不少批评家注意到库切在三部曲中对现代性特点之一——启蒙理性——的质疑，但未有专文对现代性的其他方面进行系统阐释。本文试图从现代性的身体观、时间观、理性准则出发，分析“耶稣三部曲”中呈现出的现代性危机，并结合库切访谈、写作史料等，探讨小说文本中显露出的后世俗倾向。

一、“我因为记忆而痛苦”：对现代性身体观和时间观的质疑

英国著名社会学家安东尼·吉登斯(Anthony Giddens, 1997—2003)在《现代性的后果》(*The Consequences of Modernity*, 1990)一书中定义“现代性”为17世纪后出现在欧洲的社会生活或组织模式(Giddens 1)。他指出，现代性的社会秩序是资本主义的，理性化是其主基调(Giddens 11—12)，现代社会的物质进步常常以牺牲个人创造力和自主性为代价(Giddens 7)。莎朗·斯奈德(Sharon L. Snyder)在为大英百科全书撰写的“现代性”词条中这样下定义：现代性和主体性、理性化、宗教的衰弱等紧密相连(Snyder 2016)。与此同时，现代性的出现也常常伴随一种新的时间意识，即现时性，“这种意识摆脱了历史关联，整体上保留的只是一种对传统、对历史的抽象对立”(哈贝马斯 108)。

“耶稣三部曲”中的两个城市——诺维拉和埃斯特雷拉——正是宗教失落、奉理性为圭臬的现代社会。主人公西蒙和大卫渡船来到新城市诺维拉。他们的故土在哪？因何来到这里？小说并无交代。诺维拉的所有居民都是外来移民，他们抵达后，和过去一刀两断，记忆被洗刷干净，重新获得姓名和年龄，使用新的语言。城市的安置中心给移民们提供安置金、工作和免费住处，帮助他们立足。这里，人人都享有免费的医疗服务、公共交通和教育资源，就连足球等娱乐项目也免费对市民开放。诺维拉被塑造成一个末日后的避难所，一个现代乌托邦，生活在这里的人们饱食暖衣，安于现状。

然而，渐渐地，西蒙却发现情况并非如此。诺维拉是一个欲望暂停的社会，生活的方方面面都处于理性规范以内。食物一成不变(主食总是水和面包，肉食无从可见)，生活按部就班，居民很是友善，“可很奇怪的是他们一点都没有好奇心”(库切 2019a：29)。清心寡欲的诺维拉生活让西蒙直呼难以忍受：“这儿太没血性了。我碰到的每个人都彬彬有礼，都显得很和善，很乐于助人。没有咒骂也不会愤怒。没人会喝得酩酊大醉。甚至没人会大嗓门说话。在你们生活中，这点面包、水和豆瓣酱就是日常饮食，而你们声称这些就够了。这怎么可能呢，这是人类的语言吗？你们难道对自己还要撒谎？”(库切 2019a：38)诺维拉的生活被设计为高福利的、人人知足的、专注于此在的，可饱受记忆困扰的西蒙在这个“缺少动物血肉那种实实在在的质感”的社会，总感觉乏味无趣，渴望更多(库切 2019a：

80)。当他对安置中心的工作人员安娜抱怨诺维拉单一的食物种类时，后者却劝他要克制对肉食的欲望。当他向安娜表示好感，认为肌肤之亲不过是“正常身体的一种正常情欲”时(库切 2019a：40—41)，安娜却表现出深深的反感与排斥，她斥责说：“我们身体的有些部位，你不想让你的教子听到而羞于出口的那些部位：你觉得它们是美的吗?”(库切 2019a：41)。在安娜看来，语言之所以要对生殖器官做出隐晦表达是因为这一部位被认为是丑陋的、非道德的、难以启齿的，她连用几个“荒谬”(absurd)来表达对肉体欲望的不屑。柏拉图在《会饮篇》中追问爱欲(Eros)的本质，认为爱欲的最终目的是超越肉体，追求“美的理式”，从性爱上升到理式之爱(任珈瑄 43)。安娜对柏拉图式的精神恋爱的抬高、对身体欲望的贬低，诺维拉对人的动物性的道德压制，正是从柏拉图和亚里士多德一直到黑格尔的整个西方形而上学传统的逻各斯中心主义导向的体现，在灵魂和肉体的二元对立中，前者被认为优于后者。

安娜并非个例。面对西蒙的困惑，第二位走进他生命的诺维拉女性埃琳娜劝告他，他所渴望的更多、所认为的缺少其实都是幻觉，是过去生活方式的残余带来的困扰。“这是一种陈旧的思维方式……按这种老套的思路，不管你得到了多少，总会有某种缺失。你把那种缺失的东西，那种额外需求，称作激情……这种欲壑难填的感觉，在我看来，这种对于额外需求的渴念就是缺憾，那是我们现在摒弃的思维方式”(库切 2019a：78)。西蒙在诺维拉的不适应，他对“更多”的渴望被认为是脑中残存的过去在作祟。辗转思考自身处境的西蒙也意识到，“我为记忆感到痛苦，或者说困于记忆的阴影之中”(库切 2019a：80)。而诺维拉恰恰是一个“现在”时间获得特权的社会，所有渡船来此的移民都必须斩断过去，他们心中不允许有历史或记忆。当西蒙和码头工同事讨论历史时，代表诺维拉生活方式的码头工说，“历史只是我们看待以往的一种形式。它没有力量抵达当下”(库切 2019a：140)。“当下”在诺维拉处于统治地位，成为现代性推行总体化和同一化的工具。让-弗朗索瓦·利奥塔(Jean-Francois Lyotard，1924—1998)在对现代性溯源时称，古典时代的时间观是循环的，过去和未来作为整体一同到来。例如，神话叙事中，预定的命运总是在开端给出，在结尾被验证。而以保罗为代表的犹太教末世学打破了这一时间之环，引入“当下”时刻，开放了一种不同于古典主义的处理时间的方法(Lyotard and Gruber 13—14)。保罗将耶稣诞生作为历史参照点，使之“获得了一个‘那时’，一个‘在那之前’(before then)和一个‘在那之后'(after then)",于是"在场""现在时态"成为万物的尺度(Van Peperstraten 32—33)。在此,现代性的线性时间观被奠定,它总是以"现在"为核心,未来不再受制于过去或是传统。放眼现实,随着政治、经济、科技的逐步现代化,进步主义和发展主义主宰社会潮流,过去被认为是落后的,无法给现在带来启发、产生作用,而"现在"成为霸权式的存在。所以,当饱受记忆困扰的西蒙向埃琳娜求助如何才能适应诺维拉的生活,埃琳娜给出的建议是:"孩子们生活在当下,不是过去……为何不干脆再做一回孩子?"(库切 2019a: 174)

弗雷德里希·尼采(Friedrich Nietzsche, 1844—1900)评价现代性和现代精神时说,它的"客观性"实则是"没有人格,没有意志,对'爱'的无能"(尼采 229),而自苏格拉底(Socrates, 469—399 BC)以来"把道德的价值抬高到统治地位",以其权力意志"同生命基本本能斗争的历史本身就是迄今为止世界上最大的非道德"(尼采 232)。纵观小说,诺维拉最如鱼得水的居民们,安娜和埃琳娜,她们哪个具备爱的能力呢?借由西蒙对过去的无法释怀和对现况的难以适应,读者瞥见了诺维拉现代性统治下的身体和记忆危机,而库切笔下崇尚生命哲学的大卫和他的数字舞蹈则进一步向读者展示"无可救药"的"现代精神"(尼采 229)是如何以工具理性实施强权统治和同质化教育的。

二、"诵读障碍"和"低等算术":对工具理性的嘲讽

在三部曲的第二部《耶稣的学生时代》中,为了避免"不听话"的大卫被强制送进特殊教育学校,西蒙、伊尼斯带着大卫逃离诺维拉来到埃斯特雷拉。6岁的大卫在诺维拉的普通学校入学后不久,一年级的里昂先生就通知伊尼斯和西蒙,说他们的孩子有阅读障碍和数字学习障碍。大卫被指控不遵守课堂纪律,总是按照自己的意愿行事。他在课堂上坐不住,离开座位,到处晃荡,不听指挥,这让里昂老师非常不满。利奥塔说,"所有的教育都是不人道的,因为它不可能不靠着约束和恐惧生效"(Lyotard 4)。于是作为大卫监护人的伊尼斯和西蒙不得不去和心理专家奥特莎太太见面,如果大卫的情况不能得到改善,就会被送进针对"特殊小孩"的学校寄宿。奥特莎太太说,大卫在课堂上的不安分是因为他的生活中缺少

"真正"的东西(the real),缺少真正的有血缘关系的父母是其中之一(库切 2019b: 249)。有趣的是,西蒙在诺维拉的无所适从是因为"多",他总是渴望这儿没有的、缺少的,例如激情,而大卫在诺维拉的边缘化却正好相反,是因为"少",他缺少诺维拉一直强调的,例如对现实规则的服从。小说中,大卫一直在和现实世界相抵牾。他最爱的启蒙书籍是插图版的《堂吉诃德》,他认同堂吉诃德的想象而不是桑丘的眼睛。在"耶稣三部曲"之前,库切已有多部小说和塞万提斯的《堂吉诃德》有直接或间接的互文关系。2002 年,他本人在访谈中说:"像其他严肃作家必须做的一样,我也一遍又一遍地阅读过《堂吉诃德》这部史上最重要的小说,因为它包含了无穷的教诲"(转引自 López 81)。其实,早在 1987 年,库切在耶路撒冷文学奖的获奖演讲上就提到,两年前米兰·昆德拉(Milan Kundera, 1929—)曾站在这一领奖台上向塞万提斯·萨维德拉(Miguel de Cervantes Saavedra, 1547—1616)致敬,他也想加入昆德拉,向塞万提斯塑造的"各种感觉和想法可以活生生上演的世界"致敬(Coetzee 1992: 98)。

像堂吉诃德一样不遵从现实世界规则的大卫被认为不守课堂秩序,还患有诵读障碍。虽然大卫识字,能顺利阅读《堂吉诃德》,但在诺维拉的课堂上,里昂先生却说,他连字母表都读不对。大卫有意表现出的诵读障碍(dyslexia)构成了对西方语音中心主义(phonocentrism)的嘲讽。语音中心主义正是逻各斯中心主义的一种表现,可追溯至柏拉图关于本质和现象的二元观念。逻各斯中心主义认为,在场先于不在场,而说出的言语是在场,书写的文字是不在场。亚里士多德也认为言语先于文字,言语是心灵的符号,而文字只不过是言语的再现罢了。大卫的阅读能力并非虚构,在小说中,西蒙对他反复测试,发现他能准确理解《堂吉诃德》中的句子,而在学校,他却读不对体制教育给孩子启蒙的字母表,于是被现代医学诊断为患有诵读障碍,大卫身上的这一矛盾充满了对以理性为中心的现代学科知识的讽刺。

不只是文字,大卫独特的数字观在小说中也反复出现。令西蒙疑惑不解的是,大卫眼中的数字和星星一样飘在空中,"是会死的",它们能"从天空掉下来","就像堂吉诃德掉进了裂缝"(库切 2019a: 215)。西蒙问大卫,888 的后面是什么?大卫回答是 92(库切 2019a: 182)。大卫无法分辨数字大小,不懂算术规则,不会运算。尽管他坚持认为自己认数,但里昂先生和西蒙都认为他不会数学。对此,西蒙解释道,认数是指"会计数。也就是说知道数字的序列——哪些数字在前,哪些数字在后。再接下来是能够做加法以及乘法……”(库切 2019a：181)加减数字，即数字的计算力量，是理性主导的现代性的基础，马克斯·韦伯(Max Weber，1864—1920)在《以学术为业》的演讲中说：“再也没有什么神秘莫测、无法计算的力量在起作用，人们可以通过计算掌握一切，而这就意味着为世界除魅”(韦伯 2013：29)。为了追求更高的效率更大的利益，工具理性以可计算的技术将一切量化，包括时间，现代社会成了臣服于数字的世界。

不遵守“正常”的语言习惯和数字规则，喜欢魔法，钟爱奇迹，大卫代表的非理性的神秘主义正是理性主义致力于清除的东西。被迫离开诺维拉后，大卫在埃斯特雷拉的舞蹈学院遇到了他心中的数字哲学。舞蹈家阿罗约和她的音乐家丈夫用舞蹈和音乐教授孩子们数学。阿罗约太太说，“我们从事买卖时用的数字都不是真正的数字，而是幻象(simulacra)。它们是我所谓的蚂蚁数字。正如我们所知，蚂蚁没有记忆……”(库切 2019b：74)和西蒙为代表的现代数字观相反，阿罗约太太认为“我们在家庭记账等事务上用的算术”是“低等算术”(lower arithmetic)(库切 2019b：74)。巧合的是，库切在写给小说家保罗·奥斯特(Paul Auster，1947—)的信中谈及2008年的金融危机时，也用了“低等”(lower)这个词形容以计算为功用的数字。库切说：“这些新的低等数字(lower numbers)所指的到底是什么？让我们变得更贫穷。答案是：另一组数字”(Coetzee & Auster 170)。和现代性专注于用来量化的算术相反，舞蹈学院致力于通过舞蹈“把数字从它们生活的高远的星星中呼唤下来”(库切 2019b：163)，在舞蹈中向它们臣服(surrender)。在此，数字的存在不再是为人类所用，不再是臣服于世俗化的现代性的工具，它的主体地位得到恢复。

大卫害怕数字从空中掉下来，害怕数字的死亡，其实是对数字成为功用化的算术工具的恐惧。这一隐喻指向现代性的危机，它从解放人到束缚人，在带来高速发展的同时也导致了人的异化。对此，小说给出的出路是什么呢？

三、“荣耀，荣耀，荣耀！”：后世俗社会的希冀

“耶稣三部曲”以耶稣为题，小说中众多情节与《圣经》形成互文。主人公大卫认母的情节指向基督教中的“天使报喜”，大卫的童年与多马所著耶稣婴童福音中耶稣的童年有诸多相似之处，例如，对魔法的痴迷、对

老师的不服从等(Pippin 149—150)。在三部曲的第二部，前后相处过几位教师皆不如意的大卫终于遇到了心仪的老师，巧合的是，这位颇受大卫敬重的舞蹈老师安娜·玛格达莱娜与传说是耶稣在世间最亲密的灵魂伴侣抹大拉的玛利亚(Mary Magdalena)同姓。俯拾皆是的宗教互文，似乎有意把读者带向一个复魅的(re-enchanted)世界，以此作为对启蒙理性主导的现代社会的回应。

自现代性以降，基于社会契约的现代国家概念取代宗教支配下的政教合一体制，宗教诉诸超自然力量来解释社会的方式和其提供的行为范式被世俗的世界观和价值观所替代。在认识层面上，理性与信仰、科学与迷信形成对立，现代科学作为理性的代表，对宗教展开批判，认为宗教统治下的世界观是非理性的、愚昧的、注定消亡的，对"文化、宗教中一切诉诸感官和情感的成分都采取彻底否定的态度"(韦伯 1987：80)，"把魔力(magic)从世界中排除出去"(韦伯 1987：79)成为现代社会的主要任务。这标志着从神性到人性、从神圣秩序到理性法则的转向，也就是韦伯所说的"祛魅"(disenchantment)。

世俗化的西方世界经历了史上从未有过的繁荣盛世，科技高度发达，生产力迅速提高，财富日益昌盛，但一味强调理性逻辑和主体性也导致了现代性的危机。哲学家查尔斯·泰勒(Charles Taylor, 1931—)在著作《世俗时代》(*A Secular Age*, 2007)中指出，在世俗化的过程中，人的信仰分崩离析，受工具理性支配的西方人面临着前所未有的生存焦虑(泰勒 6)。英国社会学家安东尼·吉登斯将世俗化的现代性危机总结为民族国家问题、全球化问题、环境资源问题和精神危机(吉登斯 9)。面对世俗化的危机，哲学家尤尔根·哈贝马斯(Jürgen Habermas, 1929—)提出后世俗社会(post-secular)这一概念。哈贝马斯在早期著作中一直以维护现代性的姿态出现，秉承世俗主义立场，对宗教猛烈批评，认为宗教的特权式的超验存在与自由、民主格格不入，应该被严格限制在私人领域。然而，就是这样一位现代性的坚定捍卫者从21世纪初也开始重新思考理性与信仰的关系。2001年10月，他在接受德国书业和平奖时发表演讲《信仰与知识》("Faith and Knowledge")，反思世俗社会和宗教之间的剧烈冲突给人类造成的灾难(如"9·11"事件)，并指出世俗化作为"资本主义不受束缚的科技生产力与宗教和教堂保守势力的零和博弈"的这一形象不再适用于"正不断适应宗教群体在愈演愈烈的世俗环境中持续存在的后世俗社会"。四年后，哈贝马斯获得被称为人文社科领域诺贝尔奖的霍尔贝格奖(Holberg Prize)时,再次发表演讲,思考宗教和世俗社会之间的关系,在这篇题为《公共领域中的宗教》("Religion in the Public Sphere")的演讲中,哈贝马斯称,宗教(包括伊斯兰教、基督教等)在西方以及亚非大陆的复兴"已深入到受教育的精英阶层和中产阶级中",与其同时,宗教复兴在本土政治和国际舞台上也分别发挥着作用。2008年,哈贝马斯在文章《后世俗社会的注释》("Notes on Post-Secular Society")中对何为后世俗社会进行了解释。在哈贝马斯眼中,后世俗社会的"后"并非指世俗化已经结束,相反,它仍在进行,欧洲社会中教会和世俗国家在机制上仍各自保持独立。但"宗教将消失在现代化进程中的这一世俗化定论在今天站不住脚了"(Habermas 2008: 21),原先被世俗化进程驱赶至私人领域的宗教已经获得某种意义上的复兴,它开始对公共生活发挥影响,承担重要的社会角色。同时,哈贝马斯强调,世俗社会的宗教信仰不是一元的、霸权式的,而是多元的,具有不同文化和民族特点,因为"因价值冲突而愈发分裂的、需要政治管理的多元社会"(Habermas 2008: 21)正是宗教介入公共生活的"共鸣板(sounding board)"(Habermas 2008: 20)。

身处宗教复魅的后世俗社会,作家库切在写作和评论中也从未停止过对现代性和宗教关系的探讨。早在1996年,库切在芝加哥大学讲授小说中的现实主义时,就以《堂吉诃德》《包法利夫人》等作品为例说明他对现实主义的看法:现实主义不仅指依照狭隘的资本主义意识形态对世界去神秘化的过程,还记录了一种对超验(transcendence)的渴望,这种超验正是反对去神秘化的(转引自 Woessner 143)。对超验的渴望、对世俗精神性(secular spirituality)的向往在库切的文学创作中也得到了体现。库切的作品中常常出现"灵魂""拯救""忏悔""启示"等相关主题,例如,《耻》(*Disgrace*, 1999)中的卢里教授反复思考动物和人的灵魂问题,《伊丽莎白·科斯特洛:八堂课》(*Elizabeth Costello*, 2004)的女主人公试图以理性压制闯入脑中的宗教意识和神启的出现,但其努力以失败告终。在其最新力作"耶稣三部曲"中,宗教意象可谓无处不在。小说并未直接提及基督教,也没有出现名叫耶稣的人物,但俯拾皆是的宗教互文有意把读者带向一个复魅的世界,作为对理性主导的现代社会的反拨。

"拯救"这一带有宗教色彩的词汇在"耶稣三部曲"中大量出现,小男孩大卫扮演着救世主的角色,当西蒙的同事玛西阿诺在火灾中丧生,当他喜爱的马匹离世,当小鸭子被同伴踩死,当他发现舞蹈学院的老师安娜·玛格达莱娜的尸体时,大卫并非像常人一样无奈地接受生命的逝去,而是有悖常识地扮演救世主的角色，反复呼喊，"我要救他！"（库切 2019a：239）"我想救她！"（库切 2019b：138）。大卫的救世主角色并非一厢情愿的堂吉诃德式的幻想，在后两部小说中，人物德米特里像信徒一样跟随在大卫前后，不断向大卫忏悔，请求恩典和宽恕，他说，"你（指大卫）的降临是为了拯救我"（Coetzee 2019：190）。德米特里是安娜·玛格达莱娜的地下情人，他在两性激情中杀害了后者，司法机关判定其犯罪时精神出了问题，并非清醒时的理性为之，于是把他关进精神病院。对于这一国家权力机构（包括法庭、医院）基于知识和理性做出的判决，德米特里非常不满，反而是不谙世事的大卫的"审判"让他臣服，让他在伦理上感到安心。对于他杀害安娜·玛格达莱娜的罪行，大卫对他说："我不会原谅你"（Coetzee 2019：181）。大卫的话不禁让人想起宗教中的道德审判。大卫充当领袖的形象在小说中还有多处体现。例如，在其患病住在医院时，常有一群小孩追随他，围在他左右，听他讲堂吉诃德的故事，德米特里紧跟其后，不时高呼"荣耀，荣耀，荣耀！"（Coetzee 2019：74）。这一场面如同布道，大卫就是那具有超自然能力的卡里斯玛（charisma）式的神圣所在。大卫死后，德米特里声称大卫留下了遗言，西蒙反复追问孤儿院的孩子们，是否知道遗言的内容，如同探知神启。西蒙从抵制大卫的非理性行为到成为他的"信徒"，这一线索早在《童年》中就已有暗示。

作为大卫在诺维拉的监护人，西蒙一开始被描述成启蒙理性和进步主义的追随者，他在码头上班时，看着工人肩扛麻袋，第一时间想到的是用机器替代人力，相信历史的车轮滚滚向前，科技发展会带来文明和便利，替代落后和愚昧。这位父亲试图将自己的理性世界观传达给大卫，纠正他"不入流"的习惯（如痴迷魔法），教会他"正确"的语言和数字规则。然而，在《童年》的末尾，因伤住院的西蒙梦见大卫光着身子，围着一条遮羞布驾着象牙马车停在空中，"一手紧攥缰绳，另一只手指向高处做出帝王般的手势"（库切 2019a：285）。西蒙忽然顿悟，意识到自己原先的世界观是多么自以为是，于是他开始以大卫的视角重新看待世界。当前来探望的工友像从前的他一样以理性目光审视大卫的数字观，认为它是无理取闹时，西蒙却试图理解它，并表达出内心的渴望，"我希望某个人，某个救赎者，突然从天而降，挥舞着魔法棒说，注意啦，读这本书，你所有的问题都能找到答案。或者，看哪，这是为你设置的全新的生活"（库切 2019a：285）。在此，西蒙的思维方式从理性至上转向了对世俗精神性的向往。

在三部曲开头，诺维拉被描绘为主人公逃离原有生活抵达的乌托邦目的地,然而随着小说铺开,公平有序、友善和睦的社会表层下涌动着的种种现代性危机慢慢显露出来。以主体性和理性为权威的现代社会在解放人、制造进步的同时也带来了人的异化,乌托邦沦为敌托邦。借助小孩大卫的救世主形象和其隐喻的宗教救赎力量,库切试图以世俗精神性对抗理性霸权,使之成为对现代性危机的回应。

结　语

20世纪初,格奥尔格·卢卡奇(Georg Lukács, 1885—1971)在著作《小说理论》(*The Theory of the Novel*, 1916)中指出,面对主客观分裂、充斥着异化的现代社会,小说肩负着恢复生活之总体性(totality)的使命。小说作为"上帝所遗弃的世界的史诗"(卢卡奇 79),通过借助"无神时代的消极神秘主义"——反讽——能遇见"当前不存在的上帝"(卢卡奇 82)。库切资深研究学者大卫·阿特维尔研究其多部小说时说道,"你的叙述者们从头到尾都展示出笛卡尔式的自我的失败,为的是触摸到超验"(转引自 Dudley 171)。在"耶稣三部曲"中,库切延续其以往对现代性的批判态度,再次反思了伴随现代性而来的世俗化进程(secularization)的种种问题,并探索宗教在伦理和政治上发挥作用的可能。但需注意的是,同哈贝马斯强调的一样,库切笔下的宗教复兴的后世俗社会,绝不是要回到过去的一元化宗教统治,而应是契合全球化时代多种族、多文化背景下的多元宗教和谐共存。

引用作品[Works Cited]:

Attwell, David. *J. M. Coetzee and the Life of Writing*. New York: Penguin Rnadom House, 2015.

Coetzee, J. M. *Doubling the Point*. Ed. David Attwell. Cambridge, Massachusetts, London, England: Harvard UP, 1992.

——. *The Death of Jesus*. Melbourne: The Text Publishing Company, 2019.

Coetzee, J. M. and Paul Auster. *Here and Now: Letters 2008 -2011*. London: Harvill Secker, 2013.

Dimitriu, Ileana. "J. M. Coetzee's *The Childhood of Jesus*: A Postmodern Allegory?" *Current Writing* 26.1 (2014): 70 - 81.

Dudley, John. "The Subject of Belief: Modernism, Religion, and Literature." PhD diss., University of Wisconsin-Madison, 2013.

Elmgren, Charlotta. "'Let us keep going and see what comes up': The Poetics of Study in J. M. Coetzee's *The Childhood of Jesus*." *ariel: A Review of International English Literature* 50.2-3 (2019): 163-190.

Giddens, Anthony. *The Consequences of Modernity*. Cambridge: Polity Press, 1990.

Habermas, Jurgen. "Notes on Post-Secular Society." *New Perspectives Quarterly*, 25.4 (2008): 17-29.

——. "Faith and Knowledge." 〈socialpolicy.ucc.ie/Habermas_Faith_and_knowledge_ev07-4_en.htm〉 (Accessed May 27, 2021a).

——. "Religion in the Public Sphere." https://holbergprisen.no/sites/default/files/Habermas_religion_in_the_public_sphere.pdf (Accessed May 27, 2021b).

Jacobs, J. U. "A Bridging Fiction: The Migrant Subject in J. M. Coetzee's *The Childhood of Jesus*." *Journal of Literary Studies/Tydskrif vir Literatuurwetenskap* 33.1 (2017): 59-75.

López, Maria J. "Miguel de Cervantes and J. M. Coetzee: An Unacknowledged Paternity." *Journal of Literary Studies* 29.4 (2013): 80-97.

Lyotard, Jean-Francois. *The Inhuman: Reflections on Time*. Trans. Geoffrey Bennington and Rachel Bowlby. Cambridge: Polity Press, 1991.

Lyotard, Jean-Francois and Eberhard Gruber. *The Hyphen: Between Judaism and Christianity*. Trans. Pascale-Anne Brault and Michael Naas. New York: Humanity Books, 1999.

Mosca, Valeria. "Ideas and Embodied Souls: Platonic and Christian Intertexts in J. M. Coetzee's Elizabeth Costello and *The Childhood of Jesus*." *European Journal of English Studies* 20.2 (2016): 127-138.

Pippin, Robert B. "What Does *The Childhood of Jesus* Have to Do with the Childhood of Jesus?" *Raritan* 36.2 (2016): 145-167.

Robson, Leo. "The Passion of J. M. Coetzee." *New Statesman* 149.5504 (2020): 50-53.

Seshagiri, Urmila. "The Boy of La Mancha: J. M. Coetzee's The Childhood of Jesus." *Contemporary Literature* 54.3 (2013): 643-653.

Sexton, David. "Coetzee at His Most Complex as the Journey of Man and Boy Turns into a Kafkaesque Adventure." *Evening Standard*, 21 Feb. 2013: 38.

Snyder, Sharon L. "Modernity". *Encyclopedia Britannica* 〈https://www.britannica.com/topic/modernity〉 (Accessed May 24, 2021).

Tait, Theo. "The Atom School." *London Review of Books* 38.21 (2016): 30-31.

Van Peperstraten, F.T. "Displacement or Composition? Lyotard and Nancy on the

Trait D'union between Judaism and Christianity." *International Journal for Philosophy of Religion* 65 (2008): 29-46.

Woessner, Martin. "Beyond Realism: Coetzee's Post-secular Imagination." *Beyond the Ancient Quarrel: Literature, Philosophy, and J.M. Coetzee*. Eds. Patrick Hayes and Jan Wilm. Oxford: Oxford UP, 2018. 143-159.

J. M. 库切:《耶稣的童年》,文敏译,北京:人民文学出版社,2019a年。

——:《耶稣的学生时代》,杨向荣译,北京:人民文学出版社,2019b年。

安东尼·吉登斯:《现代性的后果》,田禾译,南京:译林出版社,2000年。

查尔斯·泰勒:《世俗时代》,张容南等译,上海:上海三联书店,2016年。

弗里德里希·尼采:《权力意志》,张念东、凌素心译,北京:商务印书馆,1991年。

格奥尔格·卢卡奇:《小说理论》,燕宏远、李怀涛译,北京:商务印书馆,2012年。

马克斯·韦伯:《新教伦理与资本主义精神》,于晓、陈维纲等译,北京:生活·读书·新知三联书店,1987年。

——:《学术与政治:韦伯的两篇演说》,冯克利译,北京:生活·读书·新知三联书店,2013年。

任珈瑄:"论爱欲作为Eros的本性——重思《会饮篇》中柏拉图与前五人之争",《武汉理工大学学报(社会科学版)》,2020年第2期,第37—44页。

尤尔根·哈贝马斯:"现代性——未完成的工程",《现代性基本读本》,汪民安、陈永国、张云鹏编,开封:河南大学出版社,2005年,第107—119页。

库切《耻》中的空间政治书写*

赵 欣**

内容提要：空间是贯穿库切作品《耻》的重要元素。库切通过白人与黑人在南非的生存空间斗争透视了种族空间政治斗争。本文以列斐伏尔的“空间三一论”和福柯的权力空间理论为借镜，从空间表征、空间实践和表征空间三个方面探讨《耻》中的空间政治书写，指出作为空间表征产物的种族隔离隐喻种族政治斗争，农场的空间实践使种族政治斗争具象化了，变动不居的表征空间凸显种族政治斗争的张力。小说中黑人与白人为争夺生存空间所做的争斗，是对种族空间政治的隐喻性体现。

关键词：J. M. 库切；《耻》；空间政治书写

Abstract: Spatial awareness pervades J. M. Coetzee's *Disgrace*. Through depicting the struggle for living space between the white and the black, Coetzee explores the spatial political struggle. This paper analyzes the spatial political writing in Coetzee's *Disgrace*, in the light of Lefebvre's "tripartite model of space" and Michel Foucault's power space theory from three aspects. The apartheid, as the product of "representations of space", embodies the spatial political struggle. The spatial practices concretize the spatial political struggle and the changing representational space displays the tension of the struggle. The struggle for the respective living spaces is a metaphorical embodiment of the politics of racial space.

Key words: J. M. Coetzee; *Disgrace*; spatial political writing

约翰·马克斯韦尔·库切(John Maxwell Coetzee，1940—　)的作品大都以南非殖民地的社会冲突为背景，其名作《耻》(*Disgrace*，1999)也不例外。小说围绕白人卢里因与学生艳遇而被迫离开学界，其女露茜被黑人强奸后嫁给黑人佩特鲁斯两大中心事件展开。该作一经出版便荣获

* ［**基金项目**］：本文为2019年西安外国语大学研究生院博士重点项目“库切小说《耻》中的空间权力分析”(BSZD2019007)阶段性成果。

** ［**作者简介**］：赵欣，西安外国语大学研究生院博士生，主要从事英国文学研究。

当年的布克奖,但非洲作家克里斯·范维克(Chris van Wyk, 1957—2014)指责该作"唤起南非紧张的种族关系",而作家达蒙·加尔哥特(Damon Galgut, 1963—)反驳说"这是具有开创意义的,表明新南非不是一切都神圣不可侵犯……它恰恰描绘了我们现在的境地"(转引自坎尼米耶 534)。本文也认为在《耻》中,库切以空间视角呈现种族斗争,空间权力博弈再现了南非的种族空间政治斗争。小说通篇的现在时态运用体现了空间政治斗争依然在新南非上演。各类空间矛盾使得《耻》成为具有深刻表征意义的文本。事实上,学界已有人注意到《耻》中的空间问题,如提摩西·麦金太尔(Timothy Mclntyre)认为《耻》的空间地点与 20 世纪 90 年代末后种族隔离时代的南非相呼应(Mclntyre 59),但其研究未涉及空间政治的分析。也有学者提出以爱德华·W. 苏贾(Edward W. Soja, 1940—2015)的"第三空间"概念切入分析库切作品,但未深入探讨空间中的权力问题(Smit-Marais & Wenzel 28)。本文以亨利·列斐伏尔(Henri Lefebvre, 1901—1991)的"空间三一论"和米歇尔·福柯(Michel Foucault, 1926—1984)的权力空间理论为借镜,试图证明,《耻》以空间的生产、争夺和再生产为焦点,展现了这背后隐匿的空间政治斗争,白人与黑人通过各种空间实践,争取在彼此的空间表征中建构自己的表征空间并书写社会在场,这部作品实际上是权力空间的文学再现。

一、种族隔离:空间表征作为空间政治的隐喻

法国社会学家列斐伏尔和福柯均挑战了传统的时空主导观,在空间、时间和地理景观的传统联姻中注入新的思考,使得现代意义上的空间既非"时间的附庸"(郑佰青 90),也非纯粹的物理学概念或地理景观。列斐伏尔关注空间的政治经济学,强调空间是社会关系的再生产物。他在《空间生产》(*The Production of Space*, 1991)中提出超越传统二元论的"空间三一论",即任何社会空间都是由空间表征、空间实践和表征空间构成的。空间表征侧重于精神想象,"与生产关系及其所强加的秩序相联系,从而与知识、符号、代码和象征相联系"(Lefebvre 1991: 33)。因此空间表征并非随意想象的空间秩序,而是社会统治势力对空间进行的构想和规划。空间实践产生各种社会空间,"包括生产与再生产,具体场景和空间体系"并确保社会"连续性和凝聚力"(Lefebvre 1991: 33)。表征空间侧重于居住者或使用者的实际居住情况,也包括"具体化了的个体文化体验及其具

有的象征意义……及被编码的艺术”(Lefebvre 1991：33)。因此，表征空间既可指具体物理空间，也可指涉精神维度。福柯聚焦于空间的微观政治学，认为“权力是各种力的关系……是一个过程，经由不断的斗争与对立，转换、加强或倒置关系”(Leith 1648)，权力是一张流动的关系网，而空间是各类权力关系运作争斗的场域。在空间的生产过程中，权力作为媒介起到了关键作用。

小说中黑白割据的农场是白人中心的空间表征的政治产物。农场的居住格局再现了南非黑白割据的居住状况，农场上有一道界线，“界线就穿过蓄水池。蓄水池归我们共用。从那里起直到那篱笆，全是他的”(库切 90)。二元对立的物理空间凸显种族空间秩序的二元对立。为防止非白人族群得到投票权或影响力，南非政府于 1948—1994 年实行种族隔离制度。该制度充分反映了白人主导的社会秩序对南非空间表征的规划和设计。列斐伏尔认为，“空间是某种权力(如政府)的工具”(列斐伏尔 24)，同时，“空间是政治的，它并不是与意识形态和政治保持着遥远距离的科学对象”(Lefebvre 1976：31)。空间与政治互为隐喻，空间成为统治阶级的政治工具和种族压迫的载体。小说中政府通过种族隔离这一空间策略对南非社会进行权力规训与操控。农场不仅是白人中心空间表征的产物，也是南非政治权力斗争的媒介和场所，体现着政治权力的分割和塑形。此外，农场也是种族隔离制度的象征景观和隐喻系统，美国文化地理学家唐·米切尔(Don Mitchell，1961—)指出“种族……属地理工程。种族在空间中结构，也在空间中建构”，即“空间和空间性缔造种族”(Mitchell 251)，种族关系具象化于空间关系。农场黑白割据的空间格局是南非种族隔离制度的空间化体现。

农场上这条界限不仅是种族隔离的物理界线，也是带有意识形态的精神界线。“空间是意识形态的。它是一种充斥着各种意识形态的产物”(Lefebvre 1976：31)，同时，“种族意识形态被具化于空间”(Mitchell 251)，种族本质上作为一种意识形态以空间为媒介并在空间中建构。种族隔离制度生产并维持种族这一帝国意识形态，而种族空间秩序表征并巩固了种族权力关系。小说中的农场空间格局、种族意识形态和帝国意识形态互相构建，互为隐喻。因此，不仅种族和政治都在空间中建构，种族和空间同作为意识形态联手构建了种族空间政治。作为种族隔离制度缩影的农场也是种族意识形态的物质性存在。同时，种族意识形态烙印于白黑二元对立的空间表征并指引众人相关空间实践。美国批评家菲利普·韦格纳(Philip E. Wegner, 1964—)指出,"空间本身既是一种产物……又是一种力量,反过来影响、指引并限定人类在世界上的行为与方式的各种可能性"(Wegner 181)。"空间不仅是社会关系的再现,而且内化于空间的道德原则并决定社会成员的行为"(Lefebvre 1991: 32—33)。作为空间表征产物的种族隔离制度从物理空间上隔离白人与黑人,而物理空间的分隔也加剧了精神空间和社会空间的隔阂。小说中白人作为旧南非空间表征的构想主体,对黑人持有天然的种族优越感。黑白二元对立的意识形态尤其表征于卢里的空间实践。这不仅体现在他对索拉娅和梅拉妮的逾越性空间实践,更体现在与佩特鲁斯的交战中。面对事事有主见的佩特鲁斯,卢里不停地暗想"要是在过去,早就可以从佩特鲁斯嘴里掏出答案……大发一通火,让他卷铺盖滚蛋,然后重新雇个人顶替他"(库切 136);对其独立晚宴嗤之以鼻;当他得知佩特鲁斯要娶露茜的时候,"给我解释一下你是什么意思。别,别,还是别解释的好。我根本不想听。这可不是我们办事的方式。我们:他正要说,我们西方人"(库切 233)。殖民心态犹存的卢里试图在农场这一权力空间内复制以往白人中心的空间表征,他对佩特鲁斯轻蔑无视的言行根植于已成为白人思维方式和存在方式的帝国殖民意识形态。两人的交战体现着不同历史经纬的意识形态的二元对立及种族权力的争斗。

如果说种族隔离制度的形成过程彰显了空间政治斗争中白人空间权力形成的历史,那么卢里的"流亡之旅"映射了白人空间表征和殖民权力丧失的历史过程。"不仅要说空间决定历史的发展,而且历史反过来在空间中重构并积淀下来"(福柯 152)。卢里在被黑人抢劫后立刻报警,然而法律作为社会主流所建构的知识在不断巩固主流势力的空间表征,警察的不作为也体现出新南非法律体系维持并巩固黑人中心空间表征。法律和警察分属于意识形态国家机器和镇压性国家机器,"国家权力的实施……在这两种国家机器中进行"(孟登迎 67)。新南非黑人中心空间表征及黑人权力以这两种国家机器得以支持和巩固。乾坤已转,卢里没有意识到南非的风云变幻。他试图维持男性中心、白人中心空间表征的行动均以失败而告终,其失败也宣告了白人主导的空间表征正缓缓落下历史帷幕。

空间表征是由社会强势集团所主导的社会秩序。作为白人中心空间表征的产物,种族隔离不仅是种族空间政治的隐喻,也以意识形态的方式支持并巩固殖民霸权。白人利用各种帝国遗产并通过空间实践维护既有的二元对立空间表征，黑人也极力通过空间实践摆脱白人中心空间表征并建构自己的表征空间。双方都在彼此所主导的空间表征中通过空间实践建构自我表征空间。

二、农场的空间实践：具象化的种族政治斗争

小说中的种族政治斗争体现在佩特鲁斯与露茜的空间争夺、与卢里的较量，也上演在众黑人的空间实践中。首先，小说以农场的空间实践为焦点，呈现了露茜与佩特鲁斯的空间斗争及权力博弈。最初农场所有权属于露茜，体现着白人对空间的独占性。她与佩特鲁斯主体/客体的身份一目了然。两人在农场通过各自的空间实践争夺空间权力和空间资源。露茜靠农耕养狗和集市摆摊等小本生意维持生存，学会方言并努力融入当地生活，她常常黎明前已完成摘花包菜等繁琐工作。为赢得顾客，不同于别家的杂乱无章，她将小摊打理得整整齐齐。她通过这些空间实践艰辛地维持表征空间，却仍抵不住佩特鲁斯对其土地的蚕食。仅隔一年，佩特鲁斯就成为农场合伙人，两人共住农场且共享土地和生产设备。黑人不再是廉价劳动力，白人中心的空间表征逐步瓦解。接着，佩特鲁斯新屋建成，直到最后土地所有权属于他，而露茜成为房客。空间生产的目的是完成从“空间中的生产”(production in space)到“空间的生产”(production of space)(Lefebvre 1991：421)。空间超出生存的物质载体，成为社会生产方式。“社会空间被列为生产力与生产资料、列为生产的社会关系，以及特别是其再生产的一部分”(包亚明 51)，空间既是生产策略又是生产目标。佩特鲁斯通过空间实践获取房子和土地，完成了从“空间中的生产”到“空间的生产”的本质转变，在他生产的社会空间中找到了自我空间存在的意义。“在空间实践中，社会关系的再生产是最主要的”(Lefebvre 1991：50)，两人的主体/客体身份发生逆转，佩特鲁斯成为空间书写者。正如福柯所说，“政治性的空间既是统治的工具，也可能有助于人们的政治反抗”(转引自汪民安 50)，库切以佩特鲁斯利用空间反客为主的文本安排，瓦解并颠覆了殖民霸权的空间表征。

其次，佩特鲁斯与卢里的空间较量也使种族政治斗争具象化了。这不仅是彼此生存空间的实践探索，也是权力更迭及身份建构的过程。在农场的权力网络中，空间因权力角逐被不断划分重构，进而促使身份发生改变。以佩特鲁斯为代表的黑人对空间争夺的自信和实践再现了新南非

空间主权意识的觉醒。不同于传统小说中落后无知的哑巴黑人形象，佩特鲁斯对新科技样样精通，种田、做生意、盖房子等无所不能，是一个在生活各个方面努力建构主体性的全能者。列斐伏尔将空间实践分为规约性空间实践和反抗性空间实践，体现了对空间表征的内化或反对。佩特鲁斯以蓬勃发展的姿态，通过各种反抗性空间实践逐步碾压卢里的空间表征，修复扩建自己的表征空间进而拥有空间表征。卢里看球赛时因语言不通睡着了，“英语像一头陷在泥潭里的垂死的恐龙，渐渐变得僵硬起来”(库切 88)。这暗示新空间下卢里的无所适从，也说明白人生存空间的狭窄化伴随着言说空间的丧失。当他醒来时，手舞足蹈的佩特鲁斯调高音量并转换频道，完全无视他的存在。集市摆摊时，卢里也毫无空间存在价值，因为佩特鲁斯全权掌控出货找钱等所有空间实践。佩特鲁斯对农场遭遇视若无睹，反而在卢里面前大谈对新科技的掌握，“佩特鲁斯要他去，不是要他……发表什么意见，只是给他拿东西……递工具——事实上，就是做他的下手”(库切 158)。农场空间实践中的卢里已不再是大学课堂上高谈华兹华斯的教授，而是被动的摆设和他者。佩特鲁斯对卢里的态度由无视到命令，俯首称臣的黑人已成为历史。当卢里询问他是否愿意帮助经营农场，他直说“我必须当农场经理”(库切 176)，土地所有权意识凸显了他的主体性和空间支配权的决心。历史上被遮蔽压抑的黑人声音在库切笔下显示出蓬勃的生命力，被殖民制度剥夺的表述权重新显现出来。黑人不再是历史上被白人任意言说和表征的他者，主体意识加强了他们对空间占有和驾驭的能力。这一人物形象及叙事模式颠覆了历史上白人中心的叙事模式，逆写了白人文学中的宏大帝国话语。

同时，其他黑人也以各种空间实践对白人中心空间表征进行破坏与颠覆。三个黑人施暴者抢劫农场并强奸露茜，“整个(生产)空间是从身体开始的”(Lefebvre 1991：405)。身体是最初最小的空间单位，一切空间概念以身体这一空间性存在为原点展开。黑人以强奸的暴力性空间实践，侵犯露茜的物理空间并压迫其精神空间，进而试图抹杀她的社会空间。此外，黑人通过庆祝新屋建成这一空间实践扩大表征空间，书写社会在场并建构空间表征。庆祝晚宴上，身着正装的佩特鲁斯宣示空间主权并表达了对新身份的认同和宣告，“我可再不是护狗员了”(库切 150)。这是一句“施事话语”(performative utterance)。约翰·朗肖·奥斯汀(John Langshaw Austin，1911—1960)提出此概念，认为当话语被说出时，不仅是说了什么，更是“实施了一种行动”(Austin 132)。佩特鲁斯以言行事,以新屋建成表明黑人进入主流社会空间。露茜发现了施暴者中的一员,卢里高喊着要报警,却遭到了黑人的集体抗议。因为这场晚宴不仅是佩特鲁斯的独立宣言,也是在场所有黑人的独立宣言,更是南非的独立宣言。这一宣言宣告着黑人主宰新南非空间表征的权力。主体/客体关系的颠覆成为殖民统治瓦解的具体表现,农场最初的种族隔离空间表征被象征性解构。白人帝国权力空间随着殖民体系的瓦解而陨落。在属于黑人的空间表征中,被视为"异类"的白人殖民后代想建构主体身份是异常艰难的。"历史在重复着自己"(库切 73)。

农场的空间实践是种族政治斗争和种族权力此消彼长的具体表现。白人未能维持旧有空间体制下的生产关系,黑人与白人的身份建构发生改变。黑人的种种空间实践不断挑战并颠覆着白人中心空间表征,扩大着黑人主体性的表征空间。

三、变动不居的表征空间:种族政治斗争的张力

小说中变动不居的表征空间凸显种族政治斗争的张力。表征空间并非一成不变,随着权力的运作和空间实践的推进,表征空间在不断重新洗牌。作为旧南非空间表征的构想主体之一,卢里的种种空间实践遭遇滑铁卢,导致他逐渐丧失表征空间。作为一名语言教授,教学实践和写作实践对他作为主体具有自我表征的意义,也使课程及稿件等写作物理材料成为符号化的表征空间。然而,院系调整使"语言系被调整掉了,他便成了传播学副教授"(库切 4)。在这个"被人阉割过的教学单位",其教学实践毫无意义。这种自我错位导致他在自我言说的空间实践中失声。他在写作表征空间寻求言说的权力也以失败而告终,这体现在他放弃写歌剧并放弃给笔下的特蕾莎以生命的写作权力,"他已经没有音乐源泉,也没有了力量源泉"(库切 247)。他的主体性随着教学及写作的符号化表征空间的丧失而逐渐消失。在农场及动物救济站,他只能沦落为佩特鲁斯和贝芙的下手和配角。生存意义在这一表征空间中被否定,致使他逐渐陷入身份异化的困境,"他的自我在一天天消失"(库切 141)。与在农场的身份迷失相比,大学本应是卢里空间主体性生成的主要场所。然而,办公室名牌被换,图书卡被拒绝,他彻底被排除在这一表征空间之外。梅拉妮男

友警告他“和你自己一类人呆着去”(库切 224),邻居、旧同事,甚至熟识的咖啡店小哥都在各个生活空间集体无视他。“空间是社会存在的实体化”(Lefebvre 1991: 102)。无论在农场或大学,卢里的现实家园丧失,精神家园破灭。他从精神空间到社会空间都被排斥,失去了物理和精神意义的双重表征空间,沦为精神和生存空间中无家可归的流浪者。流浪是身份异化和主体性缺失的表现,他成为空间政治斗争的牺牲品。

不仅卢里,露茜在与佩特鲁斯权力博弈中的节节败退也使她失去赖以生存的表征空间。为了苟且偷生,她不得不转让土地并嫁给对方来换取保护和在农场的生活,“他可以得到土地,包括所有权证和所有的一切……我就当他土地上的房客”(库切 236),至此白人中心的空间表征和生产方式已分崩离析。“在空间中生产关系的再生产,必然表现出两种趋势:旧有的生产关系的消解及新的生产关系的产生”(Lefebvre 1991: 146)。空间不仅生产社会关系,也被社会关系所生产。农场空间的重构折射殖民空间体系的崩塌、表征空间的重新分配、新的社会关系网和权力场域的诞生。露茜坚持“这房子是我的……没有我的允许谁也不能进”(库切 236),该房子维持着她最后的表征空间和主体性。这间被佩特鲁斯的土地包围的房子就像福柯所说的“异质空间”,即“能够在一个独立的真实空间内并置数个彼此不相容的空间,又具备不能随便准入的排他性”(Foucault 26)。露茜身处农场却被排斥在农场之外,物理在场但本质缺席是她主体异化的空间体现。此外,重建的农场格局的监狱式外观凸显了黑人权力的空间化建构。正如福柯所说,“物理性的空间凭着自身的构造可以构成一种隐秘的权力机制,这种权力机制能够持续不停地进行监视和规训”(转引自汪民安 48)。黑人对白人的监视和统摄通过空间限制管控得以实现,这使农场再次成为权力的规训场,种族斗争再次被铭刻于空间之中。“表征空间具有生命力,可以言说”(Lefebvre 1991: 42),露茜他者化的房屋结构诉说着她在农场丧失生存基础后拼命维持主体性的悲凉现实。该异质家园会成为她的避难所还是受难所仍是个未知数,正如小说所说“面对装备一新的佩特鲁斯,露茜还有坚持下去的可能吗”(库切 175)。卢里、露茜及爱丁杰均处于“非家状态”,他们的生存空间困境并不是个体的偶然,而是白人殖民后代群体的缩影。著名哲学家保罗·蒂里希(Paul Tillich, 1886—1965)指出“存在着,就意味着拥有空间”(蒂里希 1119),丧失空间意味着丧失存在。个人命运沉沦实景化帝国衰败,白人丧失表征空间的空间生存困境跃然纸上。

表征空间的洗牌反衬着白人的衰败，也记载着黑人的腾飞。露茜等人丧失表征空间的过程书写着佩特鲁斯重建表征空间的历史。作为新南非的化身，佩特鲁斯饱经风霜的脸暗示着南非动荡坎坷的历史。他建构主体性的过程与南非的历史进程相呼应。从助手，到合伙人，再到农场主人，身份的改变呼应着空间版图的扩张。他“想把露茜的土地都接过去……再把爱丁杰的也接过去。因为在他心中的未来，像露茜这样的人在其中并没有位置”(库切 137)，对空间的想象性征服折射了黑人中心空间表征的构想。他通过空间实践使这一主观认知层面的空间重构成为现实，其住所由旧马棚到新房再到整个农场，空间表征的扩建过程说明他掌控农场空间实践的权力。黑人成为南非空间表征的建构主体，蓬勃发展的南非以迅猛的势头重新书写自己的版图。

变动不居的农场格局凸显种族政治斗争的张力，农场被不同的历史意义反复浇铸的过程印刻着旧时代的终结和新时代的开启。露茜、卢里和佩特鲁斯都是活生生的历史里程碑。表征空间的重建折射空间表征的重构，白人在新南非失去表征空间的历史脉络再现了黑人中心空间表征的建构历史。

结　语

作为一名流散作家，库切以自身的流散生涯身体力行地探索着人类的空间生存和发展。在《耻》中，库切带领读者从一个方寸天地的小农场上白人与黑人的日常生活图景来透视种族空间斗争的血雨腥风。空间是政治权力及意识形态的交锋场域。作为白人中心空间表征的产物，农场弥漫着空间实践的战场硝烟，经历着表征空间的变动重组。种族隔离已退出历史舞台，然而历史的创伤及空间冲突依然在进行。白人殖民者被其建立的种族隔离所反噬。白人、黑人都面临生存空间困境，都极力通过空间实践扩大表征空间并建构空间表征。空间生存困境并非仅上演在南非，正如荷兰学者弗兰斯·凯伦敦克(Frans Kellendonk，1951—1990)所说，“库切所描述的种族隔离……是存在主义的”(转引自坎尼米耶 11)。南非知名作家艾迪安·布里茨(Etienne Britz，1946—　)也认为《耻》是“关于人类普遍类型的书籍”(转引自坎尼米耶 530)。库切通过《耻》中这种主客体颠倒新型关系的探讨，其意蕴似可凸显作者对各种势力缠斗之下人类生存状态的关切。

引用作品[Works Cited]:

Austin, J. L. *How to do Things with Words*. Oxford: Oxford UP, 1962.

Foucault, Michel. "Texts/Contexts of Other Spaces." Trans. Jay Miskowiec. *Diacritics* 16 (1986): 22 - 27.

Lefebvre, Henri. "Reflections on Politics of Space." Trans. Michael J. Enders. *Antipode* 8.2 (1976): 30 - 37.

——. *The Production of Space*. Trans. Donald Nicholson-Smith. Cambridge: Blackwell, 1991.

Leith, Vincent B. *The Norton Anthology of Theory and Criticism*. New York: W. W. Norton & Company, 2010.

Mclntyre, T. "The Confessions of J. M. Coetzee: Truth and Absolution in *Boyhood*, *Youth*, and *Disgrace*." MA Thesis, University of New Brunswick, 2005.

Mitchell, Don. *Cultural Geography: A Critical Introduction*. Malden, Massachusetts: Blackwell Publishers Inc, 2000.

Smit-Marais, Susan & Marita Wenzel. "Subverting the Pastoral: The Transcendence of Space and Place in J. M. Coetzee's *Disgrace*." Literator 27.1 (2006): 23 - 38.

Wegner, Philip E. "Spatial Criticism: Critical Geography, Space, Place and Textuality." *Introducing Criticism at the 21st Century*. Ed. Julian Wolfreys. Edinburgh: Edinburgh UP, 2002. 179 - 201.

J. C. 坎尼米耶:《J. M. 库切传》,王敬慧译,杭州:浙江文艺出版社,2017 年。

J. M. 库切:《耻》,张冲译,南京:译林出版社,2010 年。

包亚明:《现代性与空间的生产》,上海:上海教育出版社,2003 年。

保罗·蒂里希:《蒂里希选集(下)》,何光沪编,上海:上海三联出版社,1999 年。

亨利·列斐伏尔:《空间与政治》,李春译,上海:上海人民出版社,2008 年。

米歇尔·福柯:《权力的眼睛——福柯访谈录》,严锋译,上海:上海人民出版社,1997 年。

孟登迎:"意识形态国家机器",《外国文学》,2004 年第 1 期,第 63—67 页。

汪民安:"空间生产的政治经济学",《国外理论动态》,2006 年第 1 期,第 46—52 页。

郑佰青:"空间",《外国文学》,2016 年第 1 期,第 89—97 页。

《心之死》的趣味与伦理焦虑

陈韵祎 *

内容提要：本文从英国作家伊丽莎白·鲍温代表作《心之死》中的"烤火场景"入手，探讨这部作品如何表征了20世纪初英国社会中趣味和伦理方面的焦虑，批判了审美趣味和社会伦理的失衡与背离。该作表达出鲍温对英国社会转型所产生的文化焦虑，其关注点在20世纪的英国文化批评史上具有一定的代表意义。

关键词：伊丽莎白·鲍温；《心之死》；趣味焦虑；伦理焦虑；文化批评

Abstract: Focusing on the scene of "sitting round a painted, not a burning, fire" in Elizabeth Bowen's representative work *The Death of the Heart*, this paper argues that the novel represents Bowen's anxiety over taste and ethics in the early 20th century Britain, and shows her criticism of the imbalance between taste and ethics. Through this work, Bowen expresses her cultural anxiety over social transition, and her concern displays a representative attitude in the history of British cultural criticism in the 20th century.

Key words: Elizabeth Bowen; *The Death of the Heart*; the anxiety of taste; the anxiety of ethics; cultural criticism

伊丽莎白·鲍温(Elizabeth Bowen, 1899—1973)是20世纪著名的盎格鲁—爱尔兰作家(Anglo-Irish writer)，被誉为"伟大的心理小说家"(Coulson 378)。关于其代表作《心之死》(*The Death of the Heart*, 1938)的研究主要从"女性主义""心理分析""身份追寻"等方面展开。但细读《心之死》，笔者发现故事中有一处生动有趣的场景：主人公一家"围着一个画就而未燃烧的火炉坐在一起；你向它伸出手去，却得不到丝毫温暖"(Bowen 164)。该场景意蕴丰富，耐人寻味，却未引起学界足够重视。这幅点睛之笔的画面究竟传达着什么样的深层内涵？它是否寄托着作家对

* ［**作者简介**］：陈韵祎，浙江大学外国语言文化与国际交流学院博士研究生，主要从事英美文学研究。

当时英国社会转型的文化焦虑与批判呢?

一、"烤火场景"隐喻的趣味焦虑

《心之死》中"烤火场景"的核心是"火炉"。西方文化中,"火炉"(fire)与"壁炉"(fireplace)紧密相连。前者是后者的雏形,后者是前者的改新和现代版本。英国人有根深蒂固的壁炉情结。"壁炉,是英人家居生活的典型传统……壁炉与煤炭营造的是一种家的氛围,一种生活的审美"(柯玲87)。但小说《心之死》中"家人烤火场景"里的"火炉"却是画就的,美观却无法燃烧,反映了主人公鲍西娅的嫂子安娜扭曲的趣味追求,是20世纪初期英国社会时尚——"趣味狂潮"(mania for taste)的典型个案和极好注脚。"趣味狂潮"是20世纪30年代由英国设计工业协会等新机构的成立而带来的一场"趣味编码"运动。所谓的专家鼓吹"趣味规范化""趣味标准化"或"基于共识的趣味文化",导致人们过度追求客观化的"高雅趣味"。但这种趣味"缺乏精神内涵",进而造成伦理缺位(Curtin 7)。

首先,《心之死》中的"烤火场景"描写与批判了当时人们扭曲、畸形、不健康的趣味。家人围坐火炉取暖,看似其乐融融,但绘制出的"火炉"外表好看却不能给人温暖,只有审美价值,没有实用价值。这反映出当时的"趣味狂潮"已渗透到家庭,影响着百姓生活。小说中的安娜便是典型代表,她不只是作品中"心死"的鲍西娅的嫂子,更是一位喜欢追求时尚、格外痴迷精致外观的室内设计师。她的生活处处都体现着"精致的趣味"。安娜自诩为趣味的权威,没有人可以侵犯她的品味。安娜家有很多摆设都"只是为了好看,而并无什么实际用处"(Bowen 22)。《伊丽莎白·鲍温》(*Elizabeth Bowen*, 1990)作者对安娜扭曲的趣味追求的评论可谓一语中的:安娜精心装饰的房间代替了温暖和亲密(Lassner 102)。

被"趣味扭曲"深深影响的远不止安娜,鲍西娅的哥哥托马斯也深受其害。托马斯经营一家广告公司,生意红火。他代表着"在工业文明进程中崛起的中产阶级,而新兴的广告产业标志着社会转型的新阶段"(殷企平 2018: 102)。托马斯在聘用员工的时候遇到了难题:两位候选者一位是真诚但有些跟不上时代的布鲁特少校,另一位是潇洒迷人的埃迪。托马斯最终聘用了埃迪,因为在他看来,"他们可以聘用无数个埃迪,却容不下一个布鲁特……人就跟车一样,都会过时;布鲁特少校的型号如今已被市场淘汰了"(Bowen 95)。为了公司的发展聘用时髦之人本无可厚非,但托马斯在得知埃迪与自己的妻子安娜有不伦关系后，依然录用埃迪，甚至与其成为好友。这一方面说明托马斯对安娜没有真爱，另一方面更加体现了“趣味扭曲”后的价值观对托马斯内心的腐蚀：只重视人的外表，无视内涵与品德。这种价值观“把他（托马斯）置于一种虚假的地位，一种令人厌恶的状态”（Bowen 95）。安娜的痴迷精致和托马斯的虚情假意，都是“趣味扭曲”的后果。而背后助推这一切的便是20世纪初英国社会兴起的“趣味狂潮”。

其次，从深层次来看，《心之死》形象表征和深刻批判的是英国20世纪初“趣味狂潮”的社会现象。“烤火场景”中围坐火炉的是小说主人公一家，家庭是社会的基本细胞和缩影，作为室内装潢设计师的安娜又深受社会时尚“趣味狂潮”影响，因此，这一匠心独运的场景又可隐喻整个社会，暗含着趣味扭曲“具备了社会属性”（殷企平 2018：100）。放眼当时的英国社会，对“趣味狂潮”的追逐比比皆是。鲍西娅曾经跟随嫂子安娜参加过伦敦的舞会。来到舞会的男士西装革履，女士亦华服加身，每个人外表都光鲜亮丽，口里谈论的是巴黎的精致生活。但实际上，当他们看向镜子里的自己时，“每个人的内心都有一个焦虑的自己在犹豫”（Bowen 156）。这正是“趣味狂潮”给人带来的趣味焦虑。人们虽然外表高雅精致，内心却空虚焦虑。自从来到伦敦，鲍西娅就发现这里“到处是心事重重的人。她观察到的生活让她绝望——人们总是有所企图，总是忙忙碌碌，总是一往无前：甚至那些在桥边停留的人，也都带着目的；就连小鸟的飞翔也显得不那么潇洒，而是目的性明确”（Bowen 60）。由此可见，人人都深受“趣味狂潮”的影响，小说描写的趣味扭曲具有社会普遍性。

20世纪初的英国之所以会兴起“趣味狂潮”有阶级和文化两个方面的原因。第一，对外战争使得英国拥有庞大的领地，资源丰富，积累了雄厚的财力。此外，工业革命后的英国经济迅速发展，强大的国力为中产阶级的崛起提供了物质保障。同时，受工业革命影响，手工业、矿业以及工业人数增长较快，而这些专业人员即中产阶级群体本身具有一定的专业知识，不容易被人取代，因此这个群体不断发展壮大。受到经济发展的影响，中产阶级的日常生活逐渐丰富多样，对生活品质也有很高的追求。而当这些追求发展过于猛烈时就会形成所谓的“趣味狂潮”。前文提到托马斯经营着一家广告公司，安娜曾经是一名室内设计师，他们代表着新兴的中产阶级。当物质财富到达一定水平时，这些人就会要求更高的趣味追求。第二，就文化层面上来说，在一个健康和谐的社会中，审美趣味和社会伦理应该相互融合。正如殷企平所指出的,“在一个健康的社会里,人们的高雅趣味与其所信守的伦理价值是一致的”(殷企平 2018: 105)。追求高雅趣味本没有错,每个人都期待有品质的生活。可悲的是佯装高雅,“为了趣味而趣味”(taste for taste's sake)。过度追求趣味只会导致社会发展扭曲,道德丧失,伦理沦丧。由此可见,《心之死》中的“烤火场景”看似和谐温馨,实则隐喻着“趣味狂潮”给 20 世纪初英国社会带来的趣味扭曲,传达出鲍温对于英国社会转型期的趣味焦虑。

二、“烤火场景”隐喻的伦理焦虑

《心之死》的“烤火场景”不仅表征着趣味扭曲与焦虑,也体现着家庭伦理的扭曲,更隐含着鲍温对当时英国社会趣味与伦理失衡的批判。首先,“烤火场景”透露出家庭伦理的扭曲与不和谐。“火炉”具有“温暖”“温馨”“亲情”“幸福”等含义,是“家”的象征,与“壁炉”联系紧密,“壁炉”又与 hearth(“壁炉炉床”和“壁炉前的地面”)不可分割。有学者认为,hearth = heart + h, h = home,意味着壁炉是有心的家。心可以指家庭成员的心,也可以指家庭的核心——凝聚力。没有心的家,就是冷冰冰的家,缺少温情,没有相互的依托和慰藉,取而代之的就会是争吵、仇视、逃离和毁灭(李春风 94—95)。鲍西娅家里无法取暖的火炉正是家庭关系不和的真实写照。家庭伦理关系的扭曲表现为妹妹与兄嫂之间关系不和,托马斯和安娜夫妻之间缺乏真诚与真情。鲍西娅敬重哥嫂,尽力融入家庭,但她的尝试都以失败告终。鲍西娅曾在哥嫂旅行归家前打扫房间,准备为他们接风。哥嫂对这些好意视而不见。久而久之,鲍西娅“变得不敢长时间地看人。她的目光在哪里都不受欢迎;只要跟哥嫂的目光接触,就会立即引发惊慌,她的目光总是多了一丝不安”(Bowen 49)。鲍西娅虽是乡下来的姑娘,却有一颗宝贵的真心。托马斯跟安娜内心空虚,早就忘记了伦理道德,因此与鲍西娅关系疏远。此外,托马斯和安娜并不是因为彼此相爱而走进婚姻殿堂。托马斯因为安娜是个合适的妻子人选而结婚,安娜则是因为托马斯的财产而结婚。本身就不相爱的两人,婚后自然不可能琴瑟和鸣。当托马斯和安娜一起出去旅行时,两人之间的矛盾——托马斯喜欢待在酒店的房间里,而安娜喜欢出门拍照——更是导致“他们看起来像难民一样,仿佛旅行并不是为了快乐”(Bowen 164)。由此看出,这家人中哥嫂与妹妹之间的关系不和谐,鲍西娅在哥嫂身上得不到半点温暖;作为家庭主要成员的托马斯与安娜志趣相异,缺乏信任,这些造成家庭成员之间的伦理焦虑。

其次,家庭伦理扭曲所引发的不和谐是20世纪初英国社会的缩影。20世纪初英国社会对于趣味的过度追求使人们无视社会道德,甚至将趣味置于道德之上,社会混乱不堪;相反,过分强调道德,社会也将失去生机与活力。《心之死》中不乏痴迷审美趣味而忽视伦理道德之人,安娜就是典型的代表。作为曾经的室内设计师,安娜不允许任何人质疑她的趣味标准。她在趣味领域表现出的对鲍西娅的敌意加剧了姑嫂的矛盾。例如,鲍西娅初到安娜家时,身着黑色孝服(其母刚刚去世),这让安娜很是反感。安娜在和朋友的一次聊天中用"黑得像乌鸦""怪物""动物"等字眼形容鲍西娅,可见鲍西娅的着装违背了安娜崇尚精致生活的理念。为了让鲍西娅跟精致的伦敦相匹配,安娜给鲍西娅"买了连衣裙、帽子、大衣,有蓝色、灰色、红色、黄色的,还有各种饰品"(Bowen 41)。然而,这样的改造只是为了满足安娜的"高雅趣味",她并不是真的疼爱鲍西娅。从表面上看,安娜帮助鲍西娅提高了生活品质,可是这种关心对于刚刚丧母、无心打扮的鲍西娅来说是残酷的。由此看出,对安娜来说最重要的就是"趣味的力量",而不是伦理道德。加拿大学者玛丽·柯廷(Mary Curtin)就安娜对趣味的狂热发表了犀利的评论:"对安娜而言,好品味(good taste)是道德的,因为它维护了有品位的物品的价值;那么,没有品位(或趣味)就是一种道德上的堕落。安娜成功地将趣味与物品融合在一起,但其实她没有任何道德意识"(Curtin 15)。

至此,我们可以看出《心之死》的人物经历着"趣味狂潮"所引发的伦理道德的丧失。对于这种伦理焦虑的书写传递出鲍温对审美趣味与社会伦理失衡的批判与担忧。

三、趣味与伦理焦虑背后的文化意义

趣味和伦理是英国文化批评传统的关键词,趣味和伦理焦虑不仅是《心之死》对20世纪初英国社会转型焦虑的反映,其背后更具有深刻的文化反思。作为文化研究的关键词,趣味、伦理焦虑与英国文化批评密切相关。"趣味"不仅是西方美学史上的一个重要概念,而且在哲学、伦理学、社会学等领域也频频出现。它在西方国家美学发展之初就与道德或伦理密切相关。从英文词源看,"趣味"与味觉这一生理感觉相联系,而味觉

"这一感官体验很容易使人联想到肉体的放纵与无节制"(何畅 4),这样看来"趣味"便与伦理密不可分了。随着18世纪经验主义哲学的发展,沙夫茨伯里伯爵(Anthony Ashley Cooper, 3rd Earl of Shaftesbury, 1671—1713)指出,"个体只有通过主动与他人建立积极的联系才能算是一个'有趣味的人'(Man of taste)。因此'有趣味的人'必须义无反顾地承担起帮助他人形成良好趣味的道德责任"(Gigante 52,转引自何畅 9)。可见,"趣味"与伦理密切相关。

那么,文化与趣味有何关联呢?T. S. 艾略特(T.S. Eliot, 1888—1965)在《文化定义札记》(*Notes Towards the Definition of Culture*, 1948)中指出,文化包括个人的文化、群体或阶级的文化以及整个社会的文化。个人的文化依赖于群体或阶级的文化,而群体或阶级的文化又依赖于该群体或阶级所属的整个社会的文化(Eliot 8)。到了19世纪,"'趣味'实现了'由个体的精神层面延伸到社会公共领域的转变',趣味理论在19世纪完成了其文化转向"(何畅 26)。自此趣味话语融入了英国文化批评的传统,成为其不可或缺的一部分。正如何畅所言,19世纪英国文学中的"'趣味焦虑'不仅包括了中产阶级群体对过度发展的文明的焦虑,也包括了该群体对自身文化建构的焦虑"(何畅 22)。上述"过度文明"即为工业革命带来的社会高速发展。鲍温作为20世纪的文化批评家延续着19世纪英国文化批评传统,她以小说的形式表征了趣味和伦理焦虑,并提醒世人,二者失衡会带来严重的社会后果。

《心之死》的趣味与伦理焦虑背后寄托着作家的文化反思。鲍温受到英国维多利亚时代的文化批评巨匠查尔斯·金斯利(Charles Kingsley, 1819—1875)、马修·阿诺德(Matthew Arnold, 1822—1888)和约翰·罗斯金(John Ruskin, 1819—1900)的影响。后者质疑、解构和批判以"进步"为幌子的宏大叙事。这些所谓的"进步"实际上引起了一系列社会问题。在这个议题上,金斯利做出过这样的评价:"一个民族的历史是人的历史,而不是事物的历史;那些人的历史是他们心灵的历史,而不是他们钱包的历史,甚至不是他们头脑的历史"(Kingsley 2014: 5)。在金斯利看来,精神的存在是人们生活的基础,人类的历史是以精神的历史为基础的。他强调"心灵"而非物理意义上的"头脑",认为"我们所需要的与其说是外部环境的改革,不如说是内心的改革"(Kingsley 2015: 25)。鲍温在《心之死》中也对此进行回应,体现出趣味与伦理焦虑背后深刻的文化反思。从小说标题《心之死》可以看出鲍温对心灵的重视,唯有心灵健康才能树立正确的价值观,解决审美趣味与社会伦理的失衡。唯有心"活"起来了,人们才能正视所谓"进步"带来的社会问题。改革心灵是改变社会的前提之一。可以看出,"心之死"本身就具有深层的文化含义,表征了鲍温对当时英国社会的文化反思。

除了心灵的不健康,"趣味狂潮"的兴起导致人们价值观扭曲,"为了趣味而趣味",背离社会伦理,而对金钱的追逐就是人们价值观扭曲的表现之一。随着20世纪社会发展进程的加快,中产阶级迅速崛起,人们把拥有财富和名望视为"进步",这加剧了人们对金钱的崇拜。盛行的拜金主义造成了人际关系疏离,甚至连婚姻都掺杂着不真诚的成分。如前文所述,托马斯为了发展事业,不惜聘用与自己妻子安娜有不伦关系的埃迪,放弃尊严和道德。阿诺德曾对拜金主义有这样的评价:"似乎金钱本身是有价值的,现在几乎每一个英国人谈到金钱都习惯于说它是珍贵的……"(Arnold 38)。在阿诺德看来,当时的英国人过分重视金钱。这种机械文明带来的价值观使他感到沮丧,"机械信仰是困扰人们的危险"(Arnold 37)。罗斯金也有类似的评价:"'生活的进步'意味着在生活中出人头地,获得众人觉得体面或荣耀的地位。我们把这种进步大致理解为:不仅要赚钱,而且要让别人知道自己赚了钱;不仅要实现某个伟大的目标,而且要让别人看见自己实现了它"(Ruskin 2)。20世纪初的英国仍然处于一个"过度关注赚钱的时代"(Arnold 116)。鲍温与金斯利、阿诺德、罗斯金一样都感受到了"生活在这个'伟大'时代的深刻孤独感与异化感"(殷企平 2013:81)。同维多利亚时代的文化批评巨匠一样,她也对"进步"话语做出了自己的回应。《心之死》中传递出的趣味焦虑和伦理焦虑不仅是20世纪英国社会转型焦虑的体现,其背后更具有丰富的文化意义。

鲍温的代表作《心之死》表征的趣味与伦理焦虑及其蕴含的文化反思表明,鲍温继承并发扬了维多利亚时期的文化批评家开创的英国文化批评传统。她与金斯利、阿诺德、罗斯金的观念和思想一脉相承,并与这些文化巨匠的文化批评形成了良好的呼应和互动,在英国文化批评史上继往开来,应占有一席之地。

引用作品[Works Cited]:

Arnold, Matthew. *Culture and Anarchy*. Oxford: OUP, 2006.

Bowen, Elizabeth. *The Death of the Heart*. London: Vintage Random House, 2012.

Coulson, Victoria. "Elizabeth Bowen." *The Cambridge Companion to English Novelists*. Ed. Adrian Poole. Cambridge: Cambridge UP, 2009. 377 - 392.

Curtin, Mary. "'Ghastly Good Taste': The Interior Decorator and the Ethics of Design in Evelyn Waugh and Elizabeth Bowen." *Home Cultures* 7.1 (2010): 5 - 24.

Eliot, T. S. *Notes Towards the Definition of Culture*. New York: Houghton Mifflin Harcourt Publishing Company, 2014.

Gigante, Denise. *Taste: A Literary History*. New Haven: Yale UP, 2005.

Kingsley, Charles. *Burns and His School*. Adelaide: The U of Adelaide P, 2014.

——. *Alton Locke: Tailor and Poet*. London: Macmillan, 2015.

Lassner, Phyllis. *Elizabeth Bowen*. Hampshire: Macmillan, 1990.

Ruskin, John. *Sesame and Lilies*. London: Dodo Press, 2007.

何畅:《19 世纪英国文学中的趣味焦虑》,北京:中国社会科学出版社,2018 年。

柯玲:"英人的壁炉情结",《上海采风》,2016 年第 10 期,第 86—88 页。

李春风:"论《儿子与情人》中的壁炉意象",《齐齐哈尔大学学报》,2018 年第 12 期,第 94—97 页。

殷企平:《"文化辩护书":19 世纪英国文化批评》,上海:上海外语教育出版社,2013 年。

——:"转型焦虑:文化观念流变中的《心之死》",《外国语》,2018 年第 3 期,第 99—106 页。

中国书法在美国现当代诗中的接受与改写*

谭琼琳**

内容提要： 中国书法是一门使用毛笔书写汉字且兼具绘画性、动势感、形构美的艺术。它以汉字为载体，秉承“物象为本”的原初观念，对汉字进行艺术想象和加工，力图在字的笔画、结构和章法上再造汉字的形象化意境。这种看似高深且令人费解的东方抽象艺术激发了一些美国诗人的浓厚兴趣，并在其诗作中得以直观呈现或创新改写。本文以迪克·阿伦、霍华德·奈莫洛夫、加里·斯奈德等诗人的诗作和诗性书法观为例，探讨中国书法在美国现当代诗中的接受与改写审美研究。这种诗歌实验在一定程度上解构了文学与艺术、艺术与非艺术的界限，为世界文化的多样性和互鉴交流提供了东学西渐的经典案例。

关键词： 中国书法；艺术性；诗性书法；审美接受

Abstract: Chinese calligraphy is an art of handwriting using a brush to make Chinese written characters painterly, dynamic, and beautiful in shape. Upholding the primitive idea of pictorial ideogram as the original mind, calligraphers attempt to recreate the visual imagery of the Chinese written character in its stroke, structure and composition through vivid imagination and artistic regeneration. This seemingly profound and inexplicable Oriental abstract art aroused the keen interest of some American poets, who visually presented or innovatively appropriated such characteristics in their poetic works and thinking. Taking some American poets like Dick Allen, Howard Nemerov, and Gary Snyder as examples, this article aims to aesthetically examine the acceptance and adaptation of Chinese calligraphy in modern and contemporary poetry. It contends that this kind of poetic experiment, to

---

* ［基金项目］：本文系国家社科基金项目“美国生态文学进程中的中国话语研究”(19BWW010)与上海财经大学教改重点项目“中西思想文化互鉴能力培养”(2021)的阶段性成果。

** ［作者简介］：谭琼琳，上海财经大学外国语学院讲席教授、人文学院环境伦理方向博士生导师，主要从事生态诗学、绘画诗学、环境伦理研究。

some extent, deconstructs the boundaries between literature and art, and art and non-art, hence, providing an exemplary case study of transmitting the Oriental culture into the Occidental for the diversity and mutual learning of world cultures.

Key words: Chinese calligraphy; artistry; poetic calligraphy; aesthetic adaptation

中国书法是一门以汉字为载体,使用毛笔书写且具有独特造型的抽象审美艺术。东汉许慎在《说文解字·叙》(卷十五)中对"文字"与"书法"的起源与内在关联解释道:"黄帝之史官仓颉见鸟兽蹄迒之迹,知分理之可相别异也,初造书契……仓颉之初作书,盖依类象形,故谓之文;其后形声相益,即谓之字。字者,言孳乳而浸多也。著于竹帛谓之书,书者,如也"(许慎 753)。这里的"书契"即"文字"。所谓"文",即"纹理",指"字圣"仓颉最初造字时,看见鸟兽足迹,便知纹理可分,遂依物类画出形体,亦即最初的象形字;"字",即"生子",指仓颉造出象形字之后,又根据形旁和声旁造出大量形声字,宛如象形字所生,使得人类文字数量倍增;而"书"指在竹帛上写字,"书"即"如",书写出来的字自然要"'如'我们心中对于物象的把握和理解。用抽象的点画表出'物象之本'"(宗白华 145),即事物的本来面貌。这就是最早的象形文字的表征方式。随着时间的推移,汉字的象形特征逐渐消失,取而代之的是不断简化和概括的抽象文字符号。不过,中国书法依旧秉承最初的"物象为本"的观念,对汉字进行艺术想象和加工,力图在字的笔画、结构和章法再造汉字的形象化意境。因此,历代书法家喜欢在自然界观察万物的本来样貌,获得灵动书写之感,通过疏密有致的结构、轻重缓急的行笔,以此表达他们对世界诸形相的内心情感和独有体悟。这使得中国书法具有一种自然生命律动感,赋有极高的艺术审美价值。

20 世纪中叶,中国书法,这种看似高深且令人费解的中国抽象艺术,在其海外传播过程中,尤其在美国,激发了少数现当代诗人的浓厚兴趣。这些诗人秉承前辈埃兹拉·庞德(Ezra Pound, 1885—1972)在 20 世纪初倡导的诗歌创新革命,知晓东方艺术史家欧内斯特·费诺罗萨(Ernest Fenollosa, 1853—1908)的《汉字为诗歌之媒介》(*The Chinese Written Character as a Medium for Poetry*, 1919)的核心内容,努力尝试从中国书法中汲取一些养料,在其诗作中进行直观呈现或创新改写,旨在获得一种美国化的新诗体验。相比中国的汉字、山水画、瓷器、古典诗词、诗论、典籍、儒释道等中国传统文化在海外的传播及影响研究，中国书法在海外的收藏较晚（20 世纪 80 年代才崭露头角），但其影响研究也仅限于艺术界，文学界鲜有介入。基于这一现象，本文以迪克·阿伦（Dick Allen，1939—2017）、霍华德·奈莫洛夫（Howard Nemerov，1920—1991）、加里·斯奈德（Gary Snyder，1930— ）等诗人的诗作和诗性书法观为例，探讨中国书法在美国现当代诗中的接受、改写和创新，从而揭示中国书法对美国现当代新诗实验的显性和隐性影响。

一、中国书法在美国社会的接受途径

作为中国文化艺术瑰宝，诗书画堪称三绝。在海外流传与研究的过程中，中国的“诗”与“画”比“书”的地位更高，这是因为“书”是一门点线笔画的抽象艺术。相比而言，在西方人眼里，其可视性、可读性比“诗”与“画”逊色，但它却与西方的抽象派画好似有着相通之处；砚台、毛笔、宣纸、绢帛、烟墨等书写工具也让西方人产生似曾相识的好奇心，仿佛有一种中古世纪羊皮纸书写《圣经》的神圣复古感。尽管中国书法被美国社会各阶层接受的时间较晚，但 20 世纪初仍有少数美国收藏家和艺术家在中国友人的帮助下进行收藏与鉴赏，如顾洛阜（John M. Crawford，Jr.，1913—1988）、约翰·艾略特（John Elliot，1928—1997）、安思远（Robert Hatfield Ellsworth，1929—2014）等。一些美籍华人收藏家、书法家、学者，如美籍华人翁万戈（1918—2020），华裔学者、书法家、收藏家王方宇（1913—1997）等，也将家传或自己收藏的中国历代有名的书法真迹捐赠给美国各地或高校博物馆，从而促进了美国民众对中国书法的审美性接受。例如，2018 年 12 月，翁氏收藏第六代传人翁万戈将 183 件中国文物捐赠给美国波士顿艺术博物馆（Museum of Arts Boston），其中包括 130 幅绘画、31 幅书法、18 件拓片、4 件织绣（Wan-go H. C. Weng Collection）。这些藏品横跨 13 个世纪 5 个朝代，故翁万戈的捐赠令世人瞩目。安思远的恩师王方宇教授去世后，家人将其在画师张大千手中分期购买且收藏的明末清初皇室后裔画家八大山人（朱耷，1626—1705）的 20 组书画精品和 15 幅齐白石画捐赠给华盛顿弗利尔美术馆（Freer Gallery of Art），加上该馆从王方宇遗产管理委员会购买的 13 件八大山人的作品，使得弗利尔美术馆拥有 70 余件八大山人作品，成为全球研究八大山人重镇之地（Shao F. Wang Collection）。客观地说，这些中华民族的艺术瑰宝，一方面被美国各博物馆收藏是海外传播中国艺术的最佳场所,但另一方面这么多的真迹流落海外,没有回归祖国,也是一件难以名状的憾事。

总体来说,美国民众大致通过三个途径了解中国书法的艺术价值:一是收藏家——书法真迹展览;二是艺术家——书法元素作品;三是研究者——书法研究读物。

具体而言,第一,收藏家将藏品捐赠或出售给自己心仪的博物馆后,民众通过参观中国历代书法真迹展览,了解隐藏其后的历史人文故事和收藏故事而获得一些有关中国书法的感性认知。例如,1962年,纽约市皮尔庞特·摩根图书馆(Pierpont Morgan Library)、弗格艺术博物馆(Fogg Art Museum)和纳尔逊美术馆(Nelson Gallery)联合展出了顾洛阜的中国书画藏品(Meyer & Brysac 298)。顾洛阜是"第一个把收藏重心放在中国书法上的美国人",主要收藏9—18世纪的中国书法;1984年,其收藏的中国书画177件藏品被捐赠给纽约大都会艺术博物馆(白谦慎50)。方闻教授的同学艾略特是继顾洛阜之后的又一个颇具影响的书法收藏家。他收藏了"西方唯一的唐摹本王羲之《行穰帖》,黄庭坚的行书杰作《赠张大同卷》……赵孟頫的《妙严寺记》等中国书法史上的赫赫名迹",并将藏品捐赠给了普林斯顿大学美术馆(白谦慎50)。可以说,在一定程度上,这类展览促进了收藏家对中国书法的浓厚兴趣,鼓励更多的收藏家向博物馆捐赠或出售书法藏品,促进更多的人进行研究,形成了中国书法在民间传播、接受、研究的良性循环。

第二,基于对西方抽象派艺术的钟情,一些年轻艺术家侧重研究中国书法的线条布局结构、艺术表现手法以及点线笔墨的技法,并付之于自己的艺术创作中,给人一种仿书法而创作的抽象艺术品之感。艺术家薇薇安·斯普林福特(Vivian Springford, 1914—2003)公开承认在其创作中借鉴了中国书画灵动的笔墨元素,声称她"改写了中国画的节奏和灵动笔墨技巧,以此发展自己的抽象派画风"(Cleary 2020)。当民众前去参观这类画展时,基于自己已有的感性书法知识,自然会将有着书法意蕴的西方抽象派绘画与中国书法抽象艺术进行联想,无意中推动了中国书法在海外的接受与传播。

第三,美国华裔书法家、艺术史家、美术馆负责人以及在美国高校东亚系研究中国文化的西方学者合力组织或举办中国书法学术会议,开办书画特展,发表相关研究论文,出版书法专著和普及读物,并在美国各高校讲授中国书法理论知识和临摹技巧,培养了一批对中国书法感兴趣的学生和民众群体。有国际影响的专家有：普林斯顿大学美学史家方闻(1930—2018)教授、弗利尔美术馆中国艺术部主任傅申(1938—)教授、夏威夷艺术博物馆中国部主任曾佑和(1925—)、加州大学伯克利分校高居翰(James Cahill，1926—2014)教授、耶鲁大学艺术史系班宗华(Richard M. Barnhart，1934—)教授等。他们出版了一系列有影响的中国书法著作，如傅申的《海外书迹研究》(1987)；方闻的《心印》(1984)、《超越再现：8—14世纪中国绘画与书法》(1992)；蒋彝的《中国书法》等。

在这种艺术氛围背景下，美国现当代诗人借用中国诗书画共有的特性，将中国书法的艺术性与笔墨技巧在其诗中进行创新性运用与改写，借以抒发自己信奉的美国化新诗的诗学观。

二、中国书法在美国现代诗中的审美呈现

中国书法是基于线条变化而呈现的审美艺术，书法家采取计白当黑、虚实相生、气韵生动等技艺，在绢帛、宣纸上自由挥毫其心中的方块汉字，将中国书法的艺术性淋漓尽致地融入点线笔墨的方寸之间。这种汉字书写的艺术性主要体现在三个方面："物象文本"的生命性、"书为心画"的抒情性和"天人合一"的自然性。

受庞德意象派诗歌原则及汉字表意法的影响，美国现代诗人在吸纳中国书法技艺进行诗歌创作时，不是简单的释义和模仿，而是特别讲究将艺术性融入美国化新诗革命为终极目标的书写中。那么，美国现代诗是如何将中国书法的艺术性与笔墨技巧有机地进行审美呈现的？下面，笔者以中国书法艺术性的三大特征作为参照，就美国现代诗所进行的创新性中国书法改写进行阐释。

1. "物象文本"的生命性与"直呈其是"的形构美

"物象文本"的生命性指的是书者通过笔墨的黑白、浓淡、枯湿、粗细、起伏、曲直、疾涩、轻重的对比线条，在其作品中展现出的一种"无形之相"的生命艺术。卫夫人卫铄(272—349)在其《笔阵图》中对汉字书法中的点、横、竖、撇、捺、折、钩这些最基本的笔画赋予其生命的描述："'横'如千里阵云，隐隐然其实有形；'点'如高峰坠石，磕磕然实如崩也；'撇'如陆断犀象；'折'如百钧弩发；'竖'如万岁枯藤；'捺'如崩浪雷奔；'钩'如劲弩筋节"(张彦远 6—7)。这些类比或象征表明书法作品不仅要生动地刻画出自然物象的生命形态和变化动势，而且还要赋予静止的、抽象的点画线条

以生机、活力和神采,让观者在情感和想象中体悟到自然物象的"筋骨血肉",感受到生命的流动和丰盈,这就是为什么古代书法品评中常用筋、骨、血、肉、精、气、神等具体的生命形象作为鉴赏书法作品的范畴和标准。

阿奇博尔德·麦克利什(Archibald Macleish, 1892—1982)是美国著名诗人、剧作家、评论家,他深受意象派诗歌影响,其诗歌曾三次获得普利策奖。在其《诗艺》(*Ars Poetica*, 1926)中,麦克利什倡导现代主义美学观,坚持"诗不应意指,应直呈其是"(A poem should not mean,/but be)(Macleish 127),意即"诗人不应该直抒心意,而应该直接呈现具体的物象,再现客观存在"(孙胜忠 79)。这是一首以诗论诗的诗,采用新批评的细读法将"诗"的抽象定义具象化。这种"直呈其是"的诗学观既与意象派诗歌创作原则一致,也与中国的诗书画中的自然意象有着异曲同工的效用,对美国年轻诗人的创作产生了深远的影响。例如,以新形式主义和新叙事为特征的"扩张派诗歌"(expanded poetry)运动的代表人物迪克·阿伦不仅承袭了麦克利什"直呈其是"的诗学观,而且还将其延伸至"意指",颇有中国禅诗中的"自然—禅"意象(nature-Chan image)(Tan 9—10)①的意蕴。这位当代美国诗人特别喜欢中国文化,一生致力于通过"诗歌'直呈其是',且意指——一种非布道的形式来再现事物",以敏感细腻的笔触思考和探索自我与外在世界的多样关系。② 阿伦仿麦克利什写了一首何谓中国书法的诗,诗性地简介书法创作的基本原则、执笔方法、书写环境、心境状态以及对艺术创作过程和结果的思考,展示其"直呈其是"与"意指"有机调谐的诗学观。这首诗的标题《书法伴以一种静定的酱汁调料心绪》("Calligraphy Accompanied by the Mood of a Calm but Definitive Sauce")(Allen 2011: 208)比较奇特,采用了典型的"庞氏表意法"(Poundian ideogrammic method),创造性地将 calligraphy(书法)和 sauce(酱汁、调味汁)两个表面看似无关联的东西进行并置。在诗人眼里,书法的"墨汁"好似调味的"酱汁",出来的成品"书法"与"菜肴"因其黑色

① "自然—禅"意象指的是"从物质世界中提炼出的短小、透明、简洁且蕴含着禅宗基本教义的自然物象"(a nature-Chan image is a small, transparent and laconic image drawn from the natural world containing implicitly basic Chan teachings)(Tan 9)。

② 出自阿伦接受《诗歌日报》(*Poetry Daily*)访谈时的讲话,原文为:"In a time still so influenced by Archibald MacLeish's admonition that 'a poem should not mean,/but be,' my task is to have the poem 'be' and mean something—a non-preachy something, but something." 参见:https://www.poetryfoundation.org/poets/dick-allen。

的汁而变得有色有味，这种杂糅使得它们自动生成某种全新的意义。通过这种新奇的并置而产生的悬念，诗人设想读者像初入禅门的未悟者一样，能吸引他们去解读这首以书法论书法的诗。

诗歌一开篇就借用卫夫人在《笔阵图》中对"横""竖""点"的描述，将英语单词斜体，用冒号"直呈其是"："横如千里阵云，竖如万岁枯藤，点如高峰坠石"（Make your strokes thus：*the horizontal*：/as a cloud that slowly drifts across the horizon；/*the vertical*：as an ancient but strong wine stem；/*the dot*：a falling rock）。诗人以一连串自然意象隐喻进一步呈现点画线条的自然形态，宛如"羊腿、虎爪/杏仁、露珠、新月、起伏的波浪"（*the sheep leg, the tiger's claw, / an apricot kernel, a dewdrop, the new moon, the wave rising and falling*）。诗中这些自然意象是中国书法理论常用的类比词，不仅生动地阐释了书法创作的基本原则，而且"slowly drifts across""falling""rising and falling"等各类动词形式的运用，恰如其分地勾勒出中国书法艺术特有的生命意识和运动感，使读者和书写者能直观地感受到中国书法的形构美和疏密错落美。接着，诗人同样以直呈意象的方式告诉读者毛笔的正确执笔方式，执笔应如"仙鹤伸展开来的腿"（like the outstretched leg of a crane），书写时应五指齐力才能赋予笔画以骨感（The strength of your hand/will give the stroke its bone），这是诗人对中国书法"骨法用笔"的理解。阿伦诗歌中的这种意象叠加方式承袭了麦克利什倡导的诗歌应"直呈其是"，而非"意指"的创作理念。这一理念与意象主义第一原则类似："直接处理'事物'，无论是主观的还是客观的"（Direct treatment of the "thing", whether subjective or objective）（Jones 129；琼斯 150）；同时，与 T. S.艾略特（T. S. Eliot, 1888—1965）提出的"客观关联物"（objective correlative）以及威廉·卡洛斯·威廉姆斯（William Carlos Williams, 1883—1963）提出的"思在物中"（No ideas but in things）的口号也是一脉相承的。值得一提的是，这些直接用意象表现事物的诗歌创作理念，归根结底，来源于意象派领袖庞德汲取中国书法汉字创造之初所遵循的"观物取象"和"以象见意"的直观性思维方式。阿伦以这种形象直觉来再现中国书法艺术的形构美和动态美，可以说，完美地实现了他追求诗歌"直呈其是"的目的。

阿伦在诗中还以平白易懂的语言告诉读者，好的书法作品通常要求书写者身处"归隐独居"的静谧环境，有着"超然物外"的淡泊心境，能坦然面对生活的失败。事实上，这样的写作环境和心境也正是禅宗修行中的必备条件。因此,诗人从对书法创作、书写环境和心境的讨论上升到对整个人生的思考和感悟,这种"意指"有点类似于禅师借助中国山水画或者公案进行禅修一样。诗人通过学习书法这一艺术形式,感悟到我们的人生历程好似练习书法的过程,只有当我们以平和的心态接受生活赋予我们的一切,失败也好,成功也罢;只有当我们放弃自己一定能成功(the final level/where the dragon awaits, guarding the pot of gold)或者能青史留名(and that you've left no footprints, not a single one)的执念时,达到禅宗意义上的"无念为宗、无相为体、无住为本"的境界时,我们才能书写出满意的人生书法来。通过书法,诗人阿伦悟到真正的人生之道在于顺其自然和坦然接受,用诗人自己的话来说便是标题中的"静定"(calm but definitive)二字。通读整首诗,读者发现,诗人是将书法写作看作体验人生百味过程中的一种调味汁,故诗歌标题暗示诗人将通过意象叠加"直呈其是"的方式向读者展示中国书法艺术的形构美,而且还将通过"意指"的方式表明诗人对人生的思考和感悟。在一定程度上,这首诗可以说是一首浑然天成的禅理诗。

霍华德·奈莫洛夫(Howard Nemerov, 1920—1991)也是一位完美践行"直呈其是"与"意指"书法诗学观的美国当代桂冠诗人。他常以 18 世纪特有的睿智话语表达其对现代社会和现代人的异化和支离破碎现象的忧虑,因而他的诗歌以严肃且带有玄学诗式的机智而著称,这正是他不同于其他现代诗人的地方(Meinke 6)。1977 年,他出版的《霍华德·奈莫洛夫诗选》(*The Collected Poems of Howard Nemerov*)荣获了普利策奖(the Pulitzer Prize)、美国国家图书奖(the National Book Award)和博林根诗歌奖(the Bollingen Prize for Poetry)。诗集中收录的《书写》("Writing")是一首典型的从欣赏中国书法的形构美,进而引发诗人对艺术、人生和宇宙三者之间关系思考的哲理诗(Nemerov 202—203)。

全诗分为两节,属于典型的前叙后抒的传统写法,与中国古典诗歌的意境类似。在第一节诗中,诗人开门见山地描写了他所见到的中国书法作品,认为这些字在中文里即使不表达意义,观赏字迹本身也是一种愉悦的享受(these by themselves delight, even without/a meaning, in a foreign language, in/Chinese ...)。这便是中国书法艺术的自足性。在西方文化极度推崇的"意义"缺场的情况下,品书之人依旧能从书法或张扬外放或内敛含蓄的外在表现形式中获得一种精神上的自我满足和自我愉悦。这与人们观看整天在湖面上练习溜冰的运动员一样,在旁人看来,这不过是他们在做无聊的且没有任何意义的活动而已。但对于运动员来说，溜冰的意义就在于他们在冰面上刻下的条条白色痕迹(... when skaters curve/all day across the lake, scoring their white/records in ice)。诗人以两个简单的例子消解了西方哲学一直以来对“意义”，尤其是对人的生命意义的苦苦追寻。从这几句诗行中，读者可以发现，诗人反对那些认为所有存在的合理性和价值都是通过“有无意义”来加以判定的观点，坚持人并不是存在意义的赋予者，所有的存在都是合理的，也是有价值的。

诗人并不只是概略地欣赏中国书法作品的形构美，他还细致地观察到书法作品中线条的变化。这些在他看来弯弯曲曲的线条(winding ways)中，有的是“恣肆激荡”(audacities)，有的则是“迟涩顿挫”(delicate hesitations)。这是中国书法创作理念“行处皆驻，驻处皆行”(丁文隽 55)的具体笔法体现。这样丰富的线条变化和组合从笔尖流露出来，使得整幅作品看起来有一种苍劲的力量感，是如此“妙不可言”(miraculous)，如此“恰如其分”(so intimately)。至此，诗人感悟到其实书法创作过程和诗歌创作过程并无二致，书法和诗歌一样将“世界和精神联姻”(do world and spirit wed)。接着，诗人以宇宙繁星聚于腕下，盲蝙蝠依回声探路(The small bones of the wrist/balance against great skeletons of stars/exactly; the blind bat surveys his way/by echo alone)的自然现象为例，说明书法创作是书写者“师法自然”“师法造化”的结果。同时，诗人又以瘦金体独创者宋徽宗赵佶的人生经历为例，说明书法创作还是书写者的个人情感及其对宇宙万物独有体悟的外在表征(Still, the point of style / is character)。足以可见，诗人不仅领悟了中国书法的形构美，而且还能透过书法作品，看到诗歌创作和书法艺术创作的本质及其共通性。第一诗节中的最后一句话，“一个焦虑不安的人忐忑地书写着这个令人诚惶诚恐的世界”(A nervous man/writes nervously of a nervous world)，颇似流行于18世纪的睿智话语，这既是对北宋书法家宋徽宗赵佶的人生经历的精辟总结，也是诗人自己人生经历和生存处境的真实写照。奈莫洛夫一生经历了两次世界大战，曾在空军服役。他所生活的20世纪比宋徽宗赵佶当政时期的北宋有过之而无不及：政局动荡不安、经济腐败丛生、军备竞赛紧张、社会文化生活支离破碎、宗教信仰迷失、人们惶惶不可终日。奈莫洛夫正是在这样的社会背景下忐忑不安地书写着他对这个世界的认识和思考，所以他的诗歌多以对立、分裂和悲观为主要特征。

在《书写》(“Writing”)第二节诗歌中，诗人以 miraculous 一词引出了他对以书法和诗歌创作为代表的文学艺术的思考。这里的miraculous不再是诗人对书法精湛艺术的赞叹,而是诗人对那种认为世界的一切都在人们的书写和掌控中的观点(It is as though the world/were a great writing)的嘲讽。同时,诗行里的writing可以引申为人类在宇宙这块大白板上的书写活动,亦即人类用言语和思维创造的一切。人类的这种书写活动如同中国的书法一样,既是对自然物象的抽象反映,也是人类自身情感欲望的表达。当然,除了人类的创造以外,宇宙还存在着更多其他的客观事物(... there is more to the world / than writing ...),这就好比我们不能想当然地将大陆板块的断层理解为人类大脑里回旋弯曲的沟壑一样(continental faults are not/bare convoluted fissures in the brain)。诗人由此表明了他反对人类中心主义和逻各斯中心主义的立场,肯定了宇宙世界的客观性。同时,诗人还写到,人类创造的一切(文学、艺术等)会如同溜冰者在冰面上留下的痕迹一般,随着时间的逝去,慢慢消失不见,终不再被铭记(also the hard inscription of their skates/is scored across the open water, which long/remembers nothing, neither wind nor wake)。在诗人看来,艺术不是永恒的,人类也不是永恒的,也许只有宇宙是永恒的。中国书法艺术作为一种"深层的精神创构",用其强大的"召唤力量"唤起奈莫洛夫"心灵深处复杂的文化记忆、心理感受和生命体验"(张兴成 122),使他从单纯的形式价值(美的价值)中脱离出来,看到艺术背后人类社会和人类活动的暂时性和虚无性(真的价值)。这是中国书法作为一门抽象艺术最本质也是最核心的特质,也是它之所以能受到美国现当代诗人青睐的重要原因之一。

2. "书为心画"的抒情性与"气韵生动"的韵律美

"书为心画"是中国书法美学的一个重要命题,最早源于汉代哲学家扬雄(公元前53—18)在其《法言·问神》中提出的"心画说":"故言,心声也;书,心画也"(转引自王镇远 3),阐明了言语是心之声,书法是心之画的观点。关于"书为心画",北宋著名书画鉴赏家和画史评论家郭若虚(1041—1100)在其《图画见闻志》卷一"论气韵非师"(明刻本)一文中,开篇论述了南朝谢赫提出的"六法论"[①],指出唯有"气韵"不可学,因为"气

① 魏晋南北朝著名画论家谢赫在其《古画品录》中提出六法:"一曰气韵生动,二曰骨法用笔,三曰应物象形,四曰随类傅彩,五曰经营位置,六曰传模移写。六法精论,万古不移。然而骨法以下,五者可学。"北宋郭若虚在其《图画见闻志》专门撰文"论气韵非师",认为除了"气韵生动",其他五法皆可学。关于"气韵非师"的论述,参见彭莱(133—144)。

韵”“得自天机，出于灵府”，自然的灵性或天性是语言文字或物象模仿书画无法表现的。虽然书画追求形似，但超然于形似，因此，书画之心，如同佛之心印或本真之心，诚如郭若虚所云，“本自心源，想成形迹，迹与心合，是之谓印。矧乎书画发之于情思，契之于绡楮……夫画犹书也”（郭若虚 15）。绘画犹如书法，郭若虚的这段论述包涵了两层意思：一是书画源于心灵，讲究客体的外在之形与主体内在之心的契合；二是绢或纸上的书画是主体内在精神的情思反映。具体而言，“书为心画”抒情性表现为书画主体的情动观和性静观。前者指的是书法作品中的点线笔画承载着书写者的情感，是书写者情感的抒发和表达方式，具备“达其性情，形其哀乐”的功用，这是感性审美主义的“情动”观在书法艺术中的体现；后者指的是书写者的德性、德行、品藻、学养、才情、意志等在艺术层面上的反映。清人刘熙载在其《艺概》中论“书概”时就谈道：“书，如也，如其学，如其才，如其志，总之曰如其人而已”（刘熙载 176），故“书如其人”是儒道哲学的“性静”观对书法艺术的本质要求。从这个层面上来说，书法艺术是“情动”和“性静”的辩证统一，是一种发乎于“情动”而止乎于“性静”的艺术表达形式。

当我们谈到中国书法在美国高校的接受现状时，我们不能忽略美国高校英语书法教学的现实，因为这是理解美国年轻诗人在其新诗创作中借用中国书法“气韵生动”“虚实相生”“师法自然”这类抽象艺术理论的实践基础。坐落在美国俄勒冈州波特兰市东南部的里德学院（Reed College）就是一所拥有悠久书法教学传统的大学，这主要得益于美国书法家劳埃德·雷诺兹（Lloyd J. Reynolds，1902—1978）教授几十年如一日在大学课堂和社区大力推广和传播书法艺术。虽然雷诺兹精通的是罗马字母书法，尤其是文艺复兴式斜体书法，但他为加里·斯奈德、菲利普·惠伦（Philip Whalen，1923—2002）和卢·韦尔奇（Lew Welch，1926—1971）等打开了书法学习和赏析的大门，引领他们开始了解中国书法。雷诺兹的学生及其好友查尔斯·梁（Charles Leong）是一位技艺精湛的汉字印鉴篆刻师和毛笔字书法家，斯奈德、惠伦和韦尔奇在里德学院就读本科期间（1947—1951），查尔斯就指导他们练习如何握笔、研磨、书写（Snyder 1996：155；斯奈德 2016：222）。他们是较早以书法入诗的美国现当代诗人。

斯奈德喜欢中国书法和中国山水画，曾“遍访堪萨斯城的纳尔逊美术馆、檀香山艺术学院、波士顿艺术博物馆以及欧洲的大英博物馆和斯德哥尔摩国家博物馆”；“充分利用旧金山亚洲艺术博物馆的资源”，后来他还去过“北京故宫”和“台北故宫博物院”，“目睹了苏轼的亲笔书法”(Snyder 1996：159；斯奈德 2016：230)。在斯奈德花费 40 年时间完成的抒情神话般生态长诗《山河无尽》(*Mountains and Rivers Without End*，1996)中，中国书法成为他抒发自己喜欢大自然山山水水的媒介，诗人希冀挥毫泼墨写出山河无尽的诗歌。因此，在开首篇“溪山无尽”(Endless Streams and Mountains)诗歌的最后一部分，斯奈德以书画共通的创作方式描写道：“行之于路，坐之于雨，/磨墨、润笔、铺纸，/在开阔的白色空间里：//提笔尖画下/这湿漉的黑色线条”(walk the path，sit the rains，/grind the ink，wet the brush，unroll the/broad white space：/lead out and tip / the moist black line)(Snyder 1996：9；斯奈德 2016：10)。诗人在诗行 broad white space 后面留有空白，显然运用了中国书法“计白当黑”的技巧，意指“在开阔的白色空间里”进行诗性书写。在《山河无尽》的最后一首诗“寻获心灵的空间”(Finding the Space in the Heart)中，斯奈德以书画创作结束后的提笔动作结束全诗：“空间无限延伸。/然湿润之墨毫/落笔以点，/提笔而去”(The space goes on. /But the wet black brush/tip drawn to a point，/lifts away)(Snyder 1996：154；斯奈德 2016：221)。诗人收笔时的小心翼翼和全神贯注姿势暗示，斯奈德练习书法多年，深知这才是书画创作结束后的真实状态；虽然此时创作已然完成，心境也得以完全体现，但是全部张力仍在笔尖，仍在心头萦绕，故需谨慎收笔(钟玲 288)。足以可见诗人对中国书法的发展以及书法写作与绘画之间关系的娴熟程度。

斯奈德的另一部神话长诗《神话与文本》(*Myths & Texts*)是 1960 年发表的。诗人后来回忆道：“这部组诗是我第一次冒险尝试长诗的创作，挑战自己将物质生活与内心世界两者互文交织的能力。我一边学习东方语言，用毛笔练习中国书法，一边完成《神话与文本》的写作”(Snyder 1996：156；斯奈德 2016：225)。无疑，诗人有意无意间将中国书法元素植入了这部长诗创作中。在“此诗为众鸟而作”(“This Poem is for All Birds”)(Snyder 1978：20)一诗中，斯奈德将书法行笔于诗中，描写了“群鸟盘旋，降落屋顶”(Birds in a whirl，drift to the rooftops)和“风筝飘落，坠向海堤上的雾卷雾舒”(Kite dip，swing to the seabank fogroll)的场景。在诗人眼中，这样的日常生活场景仿若书法创作，点画线条间，开阖舒卷、吞吐自如、气韵生动，故诗人写道，“形迹：氤氲之气中，墨点跃然线间变化着/未来已然确定”(Form: dots in air changing line from line/the future defined)。诗歌中“drift”“dip”和“swing”等动词的运用表明,群鸟盘旋降落和风筝飘然下落都是从动的状态转向静的状态,这就像行书书法创作中讲究的笔一触纸,需纵放得势、一气呵成,以实现一气贯注和形断意连。这种动静转换,不管是在日常生活场景中,还是在书法创作中,因其一定会遵循宇宙能量守恒定律,所以必定伴有巨大的能量释放;因为只有这样,极动的状态才有可能达到极静的状态所需的物理条件,从而实现成功转换。诗人汲取群鸟盘旋降落和风筝飘然下落的自然能量以及行书创作中的艺术能量,又将这种能量以诗歌的形式进行由动而静再转换,将其源源不断地输送给读者,实现了能量的再传输和再释放。换言之,只有诗人本身练习书法并且深谙书法创作的精髓,他才能如此娴熟且自然地发现群鸟盘旋降落和风筝飘然下落背后的宇宙能量秩序结构,并将其与书法艺术中的创作节奏联想起来。因此,从这个意义上讲,这是诗人斯奈德的一首“气韵生动”的鸟迹书法诗。

3.“天人合一”的自然性与“师法自然”的超然美

中国哲学自古讲究“天人合一”的和谐理念,讲究物我合一,内外合一。书法艺术是“审美领域内人的自然化和自然的人化的直接统一的一种典型代表”(李泽厚 13)。①书写者既取象于天地,又取象于人文,而后把握住宇宙万物普遍性的规律和结构,主动使其内在心理秩序结构和情感结构与宇宙万物的秩序结构相互交流、相互呼应、相互调谐,如唐代草书家怀素(725—785)在行旅中夜闻嘉陵江水声,由此悟到草书的节奏和气势。可以说,书法作品既是书写者对自然生命美的感性释放,又是书写者对艺术本质美的理性歌颂。诚如东汉书法家蔡邕在其《九势》(又作《九势八诀》)中所言:“夫书肇于自然,自然既立,阴阳生焉;阴阳既生,形势出矣”(转引自陈思 185)。蔡邕的“书肇自然说”表明书法缘起于自然,而自然由各类物象组成,依阴阳对立统一法则生存,因此,书法的本质特征就是“天人合一”的自然性。这种自然性既蕴于书法形体,又超越书法形体,具有一种本真澄明之美。

一些美国现当代诗人力图以直观意象而非抽象概念来表达诗歌主题,按照宇宙万物的节奏来把握诗歌的韵律,利用中国书画中特有的立象尽意、虚实相生、计白当黑等创作技巧来创新他们的诗歌表达方式,让自

---

① 李哲厚强调“人的自然化”指的是人“主动地与整个自然的功能、结构、规律相呼应相建构”(14)。

然万物,如同诗人一样,也成为诗歌文本中的言说者或书写者,从而形成美国生态诗中独特的诗性书法—野性书写。从生态符号学的角度来看,这种野性书法实质上就是一种自然—文本(nature-text),即通过展现自身不同的“符号系统,环境界和生命活动”(their own sign system, umwelt, and life activities)以及自然本身具有的“记忆、动态机制和演变历史”(memory, dynamics and history)的特征来言说自身,凸显自性(Moran 285, 280)。这种自然—文本存于大自然中,无处不有,譬如“河流在地上来来往往地迂回,留下了以前河床的一层层痕迹,这种河流写就的书法就是一种文本”(The calligraphy of rivers winding back and forth over the land leaving layer upon layer of traces of previous riverbeds is text)(Snyder 1990: 71;斯奈德 2014: 72)。斯奈德在“关于诗人”(“As for Poets”)一诗中,将自然界中的“土”“空气”“火”“水”等元素亦称之为“诗人”或我们人类语言中的“自然诗人”,它们让自然元素在其各自的生态位中言说自己遗留下的印迹史,即自然—文本。在斯奈德眼中,水诗人书写的文本,就是在大地上“留下了数百万微小的/不同印记/纵横交错”(Left millions of tiny/Different tracks/Criss-crossing through the mud)(Snyder 1974: 87)。对于水诗人的这种野性书法,斯奈德解释道,这是因为“水是创造主,水也是一位诗人,它的书法是众生遗留在彼此身上的荒径和野道”(The Water Poet is the Creator. His calligraphy is the trails and tracks we living beings leave in each other)(Snyder 1974: 114)。斯奈德的这种诗性的“野性书法”思维,究其实质,就是中国书法讲究的最高境界——“师法自然”。大卫·施耐德(David Schneider)认为,对于有着禅宗体验与书法练习的美国现当代诗人,如斯奈德、惠伦等,在其诗歌创作时,“这种书法思维既引领翰墨又随其任情恣性于白纸上;它深谙即便是书法家笔下最简单的墨迹和布白也会传达意蕴,这种意蕴在一定程度上会领先并中断散漫思维。这对于书写者和观赏者来说都适用。书法一直以来充当无边无际且意蕴丰富的无形佛禅思想与显而易见且易于交流的诗性思想之间的又一媒介”(Schneider 94)。

结　语

中国汉字最初是以“观物取象”和“法象万物”的形象思维为基础的表意符号体系,其主要特征为本乎自然、象其物宜、块状构形、四棱方正、字形复杂多变;部分汉字古朴自然、形象生动,极具绘画美和建筑美。虽然中国方块汉字中的具象元素经过重组转化为形式元素和抽象元素,而具象元素的再现和再表征功能由此丧失,但作为汉字造型艺术的象元素并未完全被剔除,它以"类化转移""抽象提示"等隐约的形式存在于书法中,具有类似绘画的特征。因此,中国书法仍旧是一种优美的艺术构形,且与诗歌的章法结构有着一定的相通性。正是这种诗书画的相通性特征,中国书法的一些概念或理念才有可能在异域诗学和诗歌创作中进行改写和创新,从而达到符号适应的目的。

继20世纪初中国汉字在美国诗坛掀起了"中国汉字为诗歌之媒介"的新诗运动后,20世纪中晚期,中国书法随着被美国社会各阶层的接受也逐渐进入现当代诗人的视线中。中国书法艺术以其不同于西方思维的直观和即时体验的生命感悟方式,再度引发了部分诗人的兴趣。在承袭美国爱默生的超验主义思想和梭罗的隐士传统的同时,这些诗人通过追求对意象和思想的"直呈其是",以及直抒其意之后的深层"意指",努力革新西方浪漫主义诗歌传统,进而转变他们的诗性话语表达与思维方式,改观他们以理性、抽象和概念为典型特征的世界观和宇宙观。从这个意义上讲,中国书法也是美国现当代诗人致力于美国化新诗革命的东方文化源泉之一。

引用作品[Works Cited]:

Allen, Dick. "Calligraphy Accompanied by the Mood of a Calm but Definitive Sauce." *Poetry: A Magazine of Verse. The Q&A Issue* 199.3 (2011): 208-211.

——. Poetry Foundation. 〈https://www.poetryfoundation.org/poets/dick-allen〉 (accessed Jun. 11, 2020).

Cleary, Linda. "Day of the Artist: Day 306 — Vivian Springford-Beautiful Stains." 〈https://dayoftheartist.com〉(accessed Jun. 11, 2020).

Jones, Peter. Ed. *Imagist Poetry*. Harmondsworth: Penguin Books, 1972; repr. 1985.

Macleish, Archibald. "Ars Poetica." *Poetry: A Magazine of Verse* 28.3 (1926): 126-127.

Meinke, Peter. *Howard Nemerov (Pamphlets on American Writers)*. Minneapolis: U of Minnesota P, 1968.

Meyer, Karl E. and Shareen Blair Brysac. *The China Collectors: America's Century-long Hunt for Asian Art Treasures*. New York: Palgrave Macmillan, 2015.

Moran, Timo. "Towards an Integrated Methodology of Ecosemiotics: The Concept of Nature-text." *Sign Systems Studies* 35.1/2 (2007): 269 - 294.

Nemerov, Howard. *The Collected Poems of Howard Nemerov*. Chicago: The U of Chicago P, 1977.

Schneider, David. *Crowded by Beauty: The Life and Zen of Poet Philip Whalen*. Oakland: U of California P, 2015.

Shao F. Wang Collection. Freer Gallery of Art. 〈https://asia.si.edu/keywords/shao-f-wang-collection/search/Shao + F. + Wang + collection〉 (accessed Jun. 11, 2020).

Synder, Gary. *Myths & Texts*. New York: New Directions, 1960, repr. 1978.

——. *Turtle Island*. New York: New Directions, 1974.

——. *The Practice of the Wild*. Berkeley: Counterpoint, 1990.

——. *Mountains and Rivers Without End*. Berkeley: Counterpoint, 1996.

Tan, Joan Qionglin. *Han Shan, Chan Buddhism and Gary Snyder's Ecopoetic Way*. Brighton: Sussex Academic Press, 2009.

Wan-go H. C. Weng Collection. Museum of Fine Arts Boston. 〈https://www.mfa.org/give/gifts-of-art/wan-go-h-c-weng-collection〉 (accessed Jun. 11, 2020).

白谦慎:"中国书法在美国",《中国书法》,2012年第4期,第50—63页。

彼得·琼斯:《意象派诗选》,裘小龙译,桂林:漓江出版社,1986年。

陈思:"书诀·蔡邕九势八诀",《景印文渊阁四库全书·子部·书苑菁华》(卷十九,第八一四册),台北:台湾商务印书馆,1986年,第185—194页。

丁文隽:《书法通论》,北京:人民美术出版社,2005年。

郭若虚:《图画见闻志》,黄苗子点校,北京:人民美术出版社,2016年。

加里·斯奈德:《禅定荒野》,陈登、谭琼琳译,桂林:广西师范大学出版社,2014年。

——:《山河无尽》,谭琼琳译,桂林:广西师范大学出版社,2016年。

李泽厚:"略论书法",《中国书法》,1986年第1期,第13—14页。

刘熙载:《艺概》,叶子卿点校,杭州:浙江人民美术出版社,2017年。

彭莱:"郭若虚'气韵生动'说与北宋文人画思潮",《文艺研究》,2016年第3期,第133—144页。

孙胜忠:"'诗艺':关于诗歌的诗——评麦克利什的新批评实践和原则",《外国语》,2002年第5期,第76—80页。

王镇远:《中国书法理论史》,上海:上海古籍出版社,2009年。

许慎:《说文解字》,徐铉等校,上海:上海古籍出版社,2007年。

张兴成:"中国书法的哲学基础与文化特质——宗白华书法美学思想及其学术意义重审",《文艺研究》,2013年第11期,第118—125页。

张彦远:《法书要录》,刘石校点,北京:人民美术出版社,1984年。

宗白华：《美从何处寻》，南京：江苏教育出版社，2005 年。
钟玲：《美国诗人史耐德与亚洲文化——西方吸纳东方传统的范例》，台北：联经出版社，2003 年。

个人、历史与政治意识：里奇对惠特曼诗学观的继承与拓展*

许庆红**

内容提要：在诗学观方面，里奇继承了惠特曼的个人、历史与政治意识，注重诗人的作用，通过诗歌建立个人与他人、个人与公众的联系，建构“自我”史诗与民族—国家认同；他们都强调诗歌的社会与政治功能，用诗歌书写社会生活，传达政治意义。但是，二者在作为民族—国家范畴中的种族与性别身份问题上却具有不同的政治视野。惠特曼激进、综合的国家视野更多地强调同一性，而里奇却将种族和性别身份中的差异性元素纳入复杂的思考，坚持差异政治，主张多元并存，拓展了惠特曼式的大同，具备更宽阔的政治视野、更大的历史见证和建构力量，因而也更具批判性。在民族—国家认同成为当下文学批评与文化研究的一个重要关注点之背景下，研究两位跨时代诗人如何以诗歌参与个人与民族—国家身份建构具有重要的理论与现实意义，为中国当下求同存异的“人类命运共同体”诉求提供了一定的参考。

关键词：个人、历史与政治意识；惠特曼；里奇；诗学观

Abstract: Adrienne Rich inherits Whitman's poetic ideas and has a powerful personal, historical and political consciousness. They both show concern for the role of the poet, writing personal epic to connect the personal and other people, the individual and the public; They embrace social life and convey political meaning to highlight the social and political function of poetry. However, regarding the issue of racial and gender identity construction, their political visions are different. Whitman's radical and comprehensive vision emphasizes the identification between the individual and the "en-masse", whereas Rich holds a more complex view of racial and gender differences, advocating the politics of difference and pluralism, hence expanding Whitmanesque identification. In this sense, Rich has a wider political

---

* ［**基金项目**］：本文为安徽省哲学社会科学规划重点项目“十九世纪美国女性文学中的女性共同体研究”（项目号：AHSKZ2019D015）阶段性成果；国家社科基金一般项目“艾德里安娜·里奇：性别诗学和文学建构”（项目号：13BWW062）阶段性成果。

** ［**作者简介**］：许庆红，安徽大学外语学院教授，研究方向为美国文学兼文学中的身份话语政治研究。

vision and greater power of witnessing and constructing history, thus being more critical. This study, in the context of nation-state identity as an important focus of literary criticism and cultural study, has its theoretical and realistic significance in manifesting the participation of poetry in personal and nation-state identity construction. It is of reference value to China's appeals for "a community with a shared future for mankind".

Key words: personal, historical and political consciousness; Walt Whitman; Adrienne Rich; poetics

对文学经典的继承与拓展、模仿与重构是文学创作的重要特点。美国文学的发展便是建立在对传统和经典的不断改造、更新与拓展基础之上，这一点是美国传统和经典的维护者也难以否认或规避的。瓦尔特·惠特曼（Walt Whitman, 1819—1892）是"第一个真正伟大的美国诗人"（张子清 76）。作为 19 世纪诗歌的开路先锋，他在诗歌内容与形式上不媚诗俗、突破传统，做出思想与艺术的创新。其现代的诗歌思想与美学具有前瞻性，这一"超前意识"对 20 世纪的美国乃至整个世界诗坛都影响深远。比惠特曼晚近 100 年的艾德里安娜·里奇（Adrienne Rich, 1929—2012）是美国现当代著名诗人和批评家，其创作题材广泛，主题涉及性别、种族、语言、权力和社会正义等议题，囊括了历史与虚构的交织、文学与政治的角力、话语与权力的纠葛等内容，表达了她对社会公共话语和身份政治的思考与关切，她被加拿大著名作家、评论家玛格丽特·阿特伍德（Margaret Atwood, 1939— ）称赞为"不仅是美国最好的女性主义诗人之一或美国最好的女诗人之一，而且是美国最好的诗人之一"（Atwood 254）。

细读里奇的诗歌与批评作品，读者不难发现她对惠特曼诗学观的继承与拓展。里奇的创作高峰在 20 世纪 70 年代之后，属于哈罗德·布鲁姆（Harold Bloom, 1930—2019）所称的"后辈诗人"。她既具有文学意义上的"厄勒克特拉情结"，模仿惠特曼开辟的男性现代诗歌传统，又不断走出"影响的焦虑"，解构"先辈诗人"，建构自己的诗学观。里奇在《在那里发现了什么：关于诗歌和政治的笔记》（*What Is Found There: Notebooks on Poetry and Politics*, 1993）的第 13 篇论文《开创者》（"Beginners"）中向惠特曼致敬："在美国这片辽阔的土地上，诗歌一直是一个奇怪的岔路口。诗人总是在年轻或晚年时错过彼此，并且不知道他们错过了什么。但是……这个疯狂的男人现在是美国人：被写进教科书，在学术刊物上被加以详细的介绍”(Rich 1993：91)。惠特曼深受爱默生(Ralph Waldo Emerson，1803—1882)超验主义，尤其是其强烈个人主义思想的影响，提倡美国要走出欧洲文学文化的影响，要立足美国，创新美国诗歌，表达美国的民主与自由理念，成为美国民族文化身份或精神的建构者。在这个层面上，里奇认为他是美国诗歌的“开创者”：

> 这些“开创者”都经历了困难，为自己和他人付出了痛苦的代价，他们在别人身上唤起强烈的情感，却又不为别人所知……开创者的出现是人类历史上一个必要的、甚至是一个“残酷的”事件，然而这些人的出现却与时代格格不入，并不是什么“时代”所推崇和奖赏的。人与时代都为此付出了代价，但开创者是“被供养的”——这是更长远计划的一部分。(Rich 1993：91)

诚然，无论是诗歌内容还是形式，惠特曼都势不可挡地告别了当时占主流地位的美国风雅派诗歌传统，重塑经典。中外文学批评界对惠特曼的研究汗牛充栋，与本研究高度相关的重要研究成果是哈罗德·布鲁姆的《影响的剖析——文学作为生活方式》(*The Anatomy of Influence: Literature as a Way of Life*，2011)。在该书中，布鲁姆追溯了惠特曼对从华莱士·史蒂文斯(Wallace Stevens，1879—1955)到约翰·阿什贝利(John Ashbery，1927—2017)等后世诗人的影响。但由于布鲁姆与里奇之间的龃龉[①]，该书并未涉及惠特曼对里奇的影响。此外，在为数不多的相关成果中，彼得·埃里克森(Peter Erickson)的论文《歌唱美国：从瓦尔特·惠特曼到艾德里安娜·里奇》(“Singing America：From Walt Whitman to Adrienne Rich”，1995)侧重探讨了两位诗人的政治理想。韩振熙(Han Jihee)的《瓦尔特·惠特曼之后的民主吟游诗人：兰斯顿·休斯，艾德里安娜·里奇和申庚林》(*Democratic Bards after Walt Whitman: Langston*

① 里奇与布鲁姆之争的导火索在于1996年由里奇主编、斯克里布纳(Scribner)出版社出版的《美国最佳诗选》(*The Best American Poetry*)。由于里奇收纳了一大批少数族裔、少数诗人作品，且选诗标准中的政治痕迹过于明显，她受到布鲁姆的批评。争论的焦点在于文学的政治意义与美学意义、诗歌的内容意义与形式意义孰轻孰重的问题。布鲁姆是西方正典的坚定捍卫者，他反对文学政治化，坚持用纯美学的观点阐释文学。而里奇是个政治诗人，注重诗歌的政治功用，反对诗歌过分学院气，认为欺骗性的修辞剥夺了语言的意义。

Hughes, Adrienne Rich and Kyong-Nim Shin, 2003）则涉及惠特曼的诗风对里奇的影响。本文将在这些研究基础上做一推进，力图从里奇的诗歌与批评中寻找蛛丝马迹，比较里奇和惠特曼的诗学观。通过阐释他们针对诗人的作用、诗歌的社会政治功能以及诗歌参与个人身份建构与民族—国家认同方面观念的异同点，一方面揭示两位诗人强烈的个人、历史与政治意识，另一方面也指出他们政治视野上的差异，从而指出里奇对惠特曼诗学观的继承与拓展。

一、个人与历史意识：诗人作为“自我”史诗与民族—国家身份的建构者

关于诗人的作用，里奇有着与惠特曼相似的理解，强调诗人的使命感，将他们不断上升的个人意识与对美国作为一个民族—国家[①]的热情融为一体，希望诗歌能够对个体、群体乃至社会发挥一定的作用，充当建立个人与他人、个人与公众联系的媒介，参与建构“自我”史诗与民族—国家身份。

美国的19世纪是一个充满了发展与动荡的世纪，奴隶制、反对印第安人的战争、内战以及西进运动，都呈现出美国的帝国梦想。面对19世纪中叶生机蓬勃、迅速崛起的美国，惠特曼充满了浪漫主义的理想与激情，为自己立下诗人的使命，接近广大普通劳动人民，接受他们的思想影响，由颂扬个人主义到颂扬一个伟大的国家，这使得《草叶集》（*Leaves of Grass*, 1885—1888）成为他的文学代言，讴歌美国的自由、民主等民族与时代精神。对惠特曼来说，对民主的最高褒奖是它为充分发展“自我”提供了机会，并由自我认同发展到“自我”与所有其他“自我”的认同，从而达至个人、集体与国家身份的同一性。在《草叶集》的代表长诗《自我之歌》（“Song of Myself”）的开篇，惠特曼第一次创造了美国民族—国家的“自我”形象：

我赞美我自己，歌唱我自己，
　　我所承担的一切，你们也将承担，

---

① “民族—国家”的概念既包含民族，也包含国家，但更重要的是表示民族构成和国家构成之间的关系。具体参见王逢振（112—118＋159）。

因为属于我的每一个原子,也同样属于你。
我邀请了我的灵魂与我一道漫游,
我俯视并悠闲地观察一叶夏草……
我的口舌,我的血液中的每个原子,都是由这泥土这空气构成,
我在这里生长,我的父母在这里生长,他们的父母也同样在
这里生长……(Whitman 188)

惠特曼如此乐观与自信的浪漫主义精神使他在《自我之歌》中重新定义了“自我”,塑造了一个成为整个民族—国家和时代投射的“自我”形象。诗人斯蒂芬·弗雷德曼(Stephen Fredman, 1948—)评价得恰如其分,惠特曼诗歌“既表达了个人的经验,同时又见证了这个正在扩展中的国家在地理、社会、性、种族和职业方面的多样化”(转引自张子清 75)。同时,惠特曼在“自我”与民族—国家之间的对等使他能够超越边界,在两者之间穿梭自如,从而轻松地歌唱自我、歌唱美国,建构了“合众为一”的民族身份,詹姆斯·E. 米勒(James E. Miller)将他创造的这一新型的“美国史诗”命名为“个人史诗”(转引自王卓 534)。

里奇继承了惠特曼所开创的美国“个人史诗”传统,也具有“个人英雄主义”(王卓 531)的历史使命与情怀。早在诗歌《来源》(“Sources”, 1981—1982)中,里奇就把自己定位为“肩负使命”的诗人,她写道,“写诗不是去获得什么奖项,而是去‘改变历史的法则’”(Gelpi and Gelpi 113)。这一“历史的法则”便是传统社会文化定式的规约。如同惠特曼是所谓美国民主精神的歌者,里奇始终坚定地与被美国主流文化所边缘化的弱势群体为伍,成为他们的传声筒与代言人。在诗歌文本的建构策略上,里奇借鉴惠特曼惯用的第一人称诗歌面具,建立“自我”、集体与国家的认同关系,由“个人的”抵达历史的、政治的。比如《天文馆》(“Planetarium”, 1968)一诗中,诗人面具(写诗的女人/“自我”)与诗歌面具(诗中的女人/其他“自我”)在这首诗的推进过程中融为一体:

我一辈子都站在
一组信号的直接路径
最准确地传达
宇宙中不可翻译的语言
……
我就是一把形似女人的

工具，试图将星的律动
转化为图像，为了身体的轻松
也为了精神的重建。(Gelpi and Gelpi 39)

里奇的女性主义诗歌主题便是女性(身体与精神)主体性的重构。同样，与惠特曼的时间坐标一致，里奇的诗歌也立足“现在”，追溯“历史”，重构“自我”与女性身份。其代表性诗歌之一《潜入沉船》(*Diving into the Wreck*, 1971)就明显具有这一“个人英雄主义史诗”的特点。“我”仿佛是《荷马史诗》中的奥德修斯，肩负使命，踏上海洋之旅，“探索沉船”这一象征着性别的“宝藏”之地，要从没有女性历史记录的“神话书”里打捞“残骸”——被父权社会历史湮没的女性“历史”——为女性群体重新命名。里奇把这种命名诉求交由写作，以“修正”的策略完成了“自我”和女性身份的重构(许庆红 14—22)——双性同体的性别身份观，并将这一身份理想贯穿于其整个七八十年代的诗歌创作，直至后来追求更加彻底的“女性权力美学”(Keyes 152)。里奇一直坚守“潜入沉船”的历史使命，她在 70 岁之际还出版了诗集《午夜打捞》(*Midnight Salvage*, 1999)，继续潜入历史的“沉船”，打捞被历史遗忘的“残骸”。

里奇在其更加成熟的中期诗歌中，愈加彰显其个人的声音，将个人的声音置于历史与现实之间，并将其扩展成所有被边缘化的女性的共同之声，走惠特曼式的道路，在修正传统史诗、书写新型美国史诗的道路上不断前行。如评论家谢利·柯尔比·兰德尔(Cheri Colby Langdell)所言，里奇是在“以所有女人的名义”来形塑“自我”并实现女性身份的建构(Langdell 125)。比如，在《共同语言之梦》(*The Dream of a Common Language*, 1978)中，诗集里的人称代词逐渐发生变化，从第一部分诗歌如《力量》(“Power”)、《意识的起源和历史》(“Origins and Histories of Consciousness”)与《沉默的图绘》(“Cartographies of Silence”)等诗歌中的“我”转变到第二部分的长诗《二十一首情诗》(“Twenty One Love Poems”)以及第三部分《姐妹的秘密》(“Sibling Mysteries”)与《自然资源》(“Natural Resources”)等诗歌中的“我们”，里奇将其个人身份和生活经历文本化，使其变成女性集体共同的经历，将她的诗歌既作为个体诗人身份构建及实现政治目标的载体，又作为一个公共的表演领域，让不同的边缘人群发出自己的声音，与他人重新建立联系，从而获得主体权力。这为后继大批的边缘女性作家开辟了一条可供借鉴的写作模式，从而履行了她作为“执行诗人”的使命。

从个人史诗到民族身份与国家认同，里奇在其后期诗歌中完成了诗人的使命。《艰难世界的地图集》(*An Atlas of the Difficult World: Poems 1988—1991*, 1992)是个典型的例子。在标题诗的许多部分不难找到里奇的生平元素，她在时空中来回穿梭，从19世纪60年代到20世纪90年代，从美国东部(纽约和佛蒙特)到美国西部(加利福尼亚)，在13首诗中来回穿插她的个人经历、体验或观察到的历史景观，这些看似无序的穿梭与拼贴却实现了内在的连贯性，既展示了诗人个人的生活历史与精神世界，又呈现了美国民族—国家的全景图——由东向西的发展脉络、美国所追寻的国家梦想与对美国社会各方面现实的思考。里奇认为，诗人就该以美国公民的身份及其自身的职业素养致力于历史和政治的变革，她在长诗《东部战争时间》(“Eastern War Time”, 1989—1990)里写道：

一个六十岁的女人驾着车
越过海洋穿过沙漠
世纪百年从她的肩头悄然流逝
仿佛地质时间的一瞬间
虽然对那些步履艰辛的人来说很沉重
知识已经融入了她的结缔组织
融进了沙洲溶解了她的软骨(Rich 1992: 41)

面对现实，回望历史，里奇将建构民族身份与国家认同的使命融入了自己的生命。这自然而然让人想到惠特曼的《自我之歌》中所写的：“我现在是37岁了，身体完全健康/希望继续不停地唱下去直到死亡”(Whitman 188)。里奇还在《艰难世界的地图集》标题诗的最后一部分《奉献》(“Dedications”)中采用了典型的惠特曼式编目来书写诗人与读者之间的交流，通过重复十遍“我知道你在读这首诗”，设想与十类读者直接接触，这些读者在孤单、退缩和绝望等十种困境中阅读她的诗歌，而这十类读者大多是身体、物质、精神与心理等不同层面的“受难者”。因此，她的语调比惠特曼的要更加抑制，但也更为优雅。里奇曾如此谈及最后一行“你在那里降落，你被剥夺了”(Rich 1992: 26)：

在最后一行，我首先想到的是一个死于艾滋病的人。我想到了任何一个处于孤立境地的人，或者可能是某个身陷囹圄的人，对他们来说，也许除了一本诗集之外，没有什么可以让她或他与人

> 类的世界产生一种联系。但最后我想到了我们的社会，被剥夺了那么多的希望和承诺，除了物质商品或者说是获得物质商品的希望，什么也没有得到。对我来说，这是真正的剥夺。(Moyers 344)

这便是诗人的“奉献”。里奇就诗人在国家处于艰难时期的使命发问：“我们在哪停泊？联系的纽带是什么？又是什么让我们觉得理所当然？”(Rich 1992：12) 她在诗歌中做了自我隐喻，扮演着“阿特拉斯”(Atlas)这个神话中的巨人角色，呼吁美国人必须重新找到一个国家的方向，一个民族的地位，以及引导这个国家前进的人。

里奇诗歌中的“我”既是个人的，也是公共的，但本质上是功能性的。沃克(Cheryl Walker)的评论切中肯綮：“真正成熟的诗人是自我既小到消失，又大到可以包容很多自我的”(Walker 229)。里奇成为惠特曼式的群体代言人，担负着作为诗人见证历史、面对现实、开拓未来的使命，实现了爱默生为美国诗人定义的兼具“知者”“行者”与“言者”的身份定位(Atkinson 289)。

二、政治意识：诗歌作为社会政治表达的语言媒介

在诗歌的社会功能方面，里奇也借鉴了惠特曼的诗学传统。二人都认同以诗歌书写社会生活，借语言传达政治意义。与 19 世纪上半叶的新英格兰书斋作家不同，惠特曼对当时的美国时代精神具有更加深刻的理解。他的前期诗歌主张拒绝旧世界，削弱欧洲传统，提倡原创性，书写“新政治、新文学”(Kaplan 187)。后来美国内战期间，他书写战争，作品充满战斗性，去除了说教气味。在由镀金时代走向进步主义时代的过渡期，惠特曼又大胆针砭美国社会弊病——肆无忌惮的贪婪、残酷无情的竞争以及对社会义务或整个社会健康的漠视，以调和他对个人主义的要求与社会秩序的必要性。而里奇的诗歌则大张旗鼓地批判当代美国民主的萎缩，以及物质主义、资本主义和帝国主义的扩张。

与惠特曼相似，里奇认为，诗歌要全方位地包涵社会生活，并用一种物质的方式连接起来，这种方式便是语言的政治。美国著名诗歌评论家海伦·文德勒(Helen Vendler)对此肯定，“美国诗人的政治职责(宣称从

文化、宗教和阶级的压迫中解放出来)对惠特曼以及他的从卡明斯到金斯堡的许多继承者来说,似乎是一个真正的迫切的使命"(转引自张子清 76)。20 世纪 60 年代开始,里奇将政治作为其诗歌内容的主轴,获得很多重要评论家与广大读者的关注,霍尔伯格(Robert Von Hallberg)就曾声称,"艾德里安娜·里奇是美国最受欢迎的政治诗人,她的书经常重印,她具有明确政治主题的诗歌通常享有不同寻常的受欢迎程度,尽管人们常说美国诗人忽视政治"(霍尔伯格 249)。

里奇注重诗歌语言的政治性,反对诗歌过分学院气与过于倚重修辞,认为欺骗性的修辞剥夺了语言的意义。她曾引用奥德莱·洛德(Audre Lorde, 1934—1992)的"诗歌不是奢侈"("Poetry is no luxury")来批评美国当代诗歌的过分形式化,认为恰恰是"意义的真空化"(Rich 1996: 19)导致美国当代诗歌的危机。她始终鼓励诗人去创造一种根植于语言、社会的艺术,这种艺术绝不是为了少数人的自娱自乐,而要让它成为一种大众的需求,成为餐桌上的面包。"诗歌要好到可以吃,可以在牙齿间咀嚼,可以让人感觉他们的汁液在舌下迸裂。"(Rich 1996: 17)

更为重要的是,里奇致力于通过诗歌实现语言与政治行动的对接,如同她在《血液、面包与诗歌: 诗人的位置》("Blood, Bread, and Poetry: The Location of the Poet", 1983)一文里所言,"我越来越迫切地感觉到作为语言的诗歌和作为一种行动的诗歌之间的互动,这种互动使得诗歌探索、燃烧、剥离、超越了自身而置身于与其他事物的对话中"(Rich 1986: 181)。这一诗学观成功缝合了西方两大女性主义理论流派的本质分歧——注重"语言"的法国派女性主义与注重"行动"的英美女性主义,实现了女性主义诗学的联姻。比如,里奇在《潜入沉船》中所做的"探索沉船"之旅也是要找寻语言及其背后的政治之旅:

我来探索沉船
词语是目标
词语是地图
我来看它所遭受的毁坏
和俯拾皆是的宝藏
……
我来之所为:
是沉船而非沉船的故事

是事物本身而非神话。(Rich 1973：23－24)

里奇奉"词语"为"目标"和"地图"，赋予"探索沉船"这一行动深刻的政治意义—— 来看沉船"所遭受的毁坏"，为"事物本身"而来(Rich 1973：23)，"沉船"这个"事物本身"便暗指被父权社会湮没的女性存在这一历史事实真相。里奇在解构父权语言中的政治之后，提倡使用女性的"共同语言"来重构女性"历史"，比如，她在《共同语言之梦》的名篇《二十一首情诗》("Twenty One Love Poems", 1976)里写道：

我们的身体，如此相似，却又如此不同
过去在我们的血液中流淌
承载着不同的语言，不同的含义——
但是通过我们共享的所有世界编年史
过去可以被赋予新的意义(Rich 1978：30－31)

这里，里奇所说的诗歌语言的政治性得以突显，作为形式的语言与作为内容的政治相互交融。同样，在该诗集中的《意识的起源和历史》("Origins and Histories of Consciousness", 1972—1974)一诗中里奇书写了两者之间的互动："诗歌的真正本质。动力/建立联系。一种共同语言之梦"(Rich 1978：7)。在《接近冬至》("Toward the Solstice", 1977)中，里奇表明希望使用一种新的语言，清晰地表达女性未能言说之过去："如果我可以知道/用什么语言去言说"(Rich 1978：69)，而在《先验练习曲》("Transcendental Etude", 1977)中，里奇将男性传统语言比作"一直掌控她的、扎根于旧土壤的旧势力"(Rich 1978：75)，暗指男性诗歌语言中的权力，继而提出女性"共同语言"传达着"一个所有妇女的梦想，一个所有妇女可以团结起来、增强自身权力并对社会具有启示意义的梦想"(Grahn 73)。由此，语言的政治性不言而喻，以语言为媒介的诗歌当中蕴含的政治意识也得以彰显。

三、同一性与差异性：作为民族—国家范畴的种族与性别书写

在作为民族—国家范畴中的种族和性别书写方面，惠特曼是美国文学史上的开拓者。如前所言，里奇在《开创者》里赞美了惠特曼激进、综合

的国家视野——他对奴隶制的反对、对黑奴解放的主张以及对同性恋的书写(Rich 1993: 91—92)。作为白人男性精英,惠特曼超越种族、性别与性的边界,主张种族、性别身份的同一性,传达民主与平等的理想。作为白人女性精英,里奇在一定层面上是惠特曼的女性版本,超越了其自身的文化精英身份,身体力行地代言边缘政治。不同的是,里奇拓展了惠特曼式的大同理想,在当代多元政治文化语境中,由求同到存异,其诗学观呈动态发展模式,彰显了更为开阔的政治视野与更大的政治建构力量。

惠特曼于 19 世纪美国资本主义民主革命上升时期生活与写作,而在里奇所生活与写作的时代,惠特曼笔下的纯真美国被不断侵蚀,世界大战、法西斯主义、冷战等形形色色的暴力充斥美国社会,呈现出一派纷繁复杂的景象。因此,不同于惠特曼,里奇的种族和性别思想呈动态发展,她以批判的眼光观察美国现当代社会,洞见种族、性别身份的不平等问题仍然是当代美国社会文化肌理当中最根本的问题,她由此探索解决种族、性别身份问题的出路。[①] 在《来自美国的一所老房子》("From an Old House in America", 1974)这首由 16 部分组成的长诗中,里奇聚焦美国女性历史的进程,借用其多变的"我"来呼唤美国白人女性与正走向奴役的非洲女性联合起来,比如该诗的第七部分写道:

我是一个美国女人:
我将重新开始
就像压在书里的一片叶子
我停下脚步,从炉子里的煤块
或者黑色的窗棂
抬起头来
艰难地穿过白令海峡
……
与我旁边的尸体拴在一起
我感到我的痛苦开始了。(Rich 1975: 238)

这里,里奇将面具诗人"我"设置为"一个美国女人",与其他人(诗歌中有

① 在这一方面,里奇既是诗人、批评家,又是社会活动家。总体而言,她的诗歌和评论带有强烈的政治色彩,她以此为媒介,宣扬其政治理念。此外,她还身体力行地参与美国 20 世纪 60—70 年代的反主流文化运动,以自己作为著名作家的影响力代言边缘政治。

种族代表、暗示性的女性群体)“重新开始”探索美洲的历史传统。这一历史传统包含着参与建设美洲新世界的非洲女性的历史，她们不应当被野蛮地剥夺，她们的黑人女性身份应该获得白人的认可。收录在诗集《狂野的耐心带我远行》(*A Wild Patience Has Taken Me This Far*, 1982)中的诗歌《框架》(“Frame”, 1980)明显地暗指惠特曼的《自我之歌》。《框架》是一首叙述1979年一个风雪交加的冬日黄昏发生在波士顿的故事，一名瘦弱不堪、双肩负重的黑人女大学生因放学等公交车时贴近一栋玻璃幕墙大楼而受到一名白人的指控(“非法入侵”)，之后她遭到白人警察的追捕。警察的蹂躏、女孩的恳求、入狱与反抗均在“沉默”中进行。诗歌的叙事者“我”目睹了事件发生的全过程。诗歌中多达四次提及“我”站在“框架边缘的某个地方”或者“框架之外”观看，诗歌的最后写道(原作斜体)：

这一切发生的时候都是沉默的
……
我告诉你的
是由一个白人妇女讲述的
他们说她从来没有出现过。
我说我在那里。(Rich 1981：48)

这里的最后一句“我说我在那里”与惠特曼《自我之歌》的“我就是那种人。我曾在那里，经受过痛苦”(Greenspan 137)相互呼应。这一暗指说明，里奇对种族身份的认同与惠特曼的截然不同。在《框架》里，里奇显然是那位白人观察者——“我不认识她。我是/站在框架之外的某个地方/试着去看”(Rich 1981：46)。她在观察，而“无动于衷”，“因为我不应该在那里。”《框架》中的诗人既在那里，又不在那里。说话者既在“框架之外”，又在“框架的边缘”，框架(也可以说是镜头)的功能是经过里奇精心构造与过滤的。《框架》区分了里奇和惠特曼。惠特曼的主张有两个部分：“我曾在那里”和“我就是那种人”，“我经受过痛苦”，而里奇只声明了第一部分：“我说我在那里。”对于惠特曼来说，障碍并不存在，没有什么是他不能吸纳的，他赞同简单认同和轻松融合，倾向于让白人接管黑人；但是，“框架”却明显强加了一个里奇所不能超出的边界，使得作为白人女性的里奇能够声援黑人女性，为她们言说，但又承认她们与自己的分离和不同。这样一来，里奇就拒绝了黑人与白人的简单融合，而在惠特曼的同化一切的理念里，白人种族总是倾向于控制并且消融黑人种族。

这种注重种族、性别身份差异的理念，一直延续到里奇随后的一首诗《哈泊斯渡口》(“Harpers Ferry”, 1988)，它收录在《时间的力量》(*Time's Power*, 1989)中。这首诗可以被看作《框架》的延伸和扩展，描绘的也是一个象征性的事件。里奇在开篇建构了一个文学“场景”——一个离家出走的白人女孩与黑人女孩相遇的地方——虚构这个场景的目的在于呈现诗人自身的角色。与《框架》类似，诗人是一个在诗歌开始便登场的关键角色，“一个离家出走的白人女孩/她必然会看到这一切”(Rich 1989: 38)。这个白人女孩在一定程度上就是作为白人女性诗人的里奇。在诗歌的最后一部分，里奇将这首诗的情节展开，将之形容为“我的场景”，也明确地指明了这一联系：

这当然是我的场景：白人女孩能理解
我所了解的并且更多，那条在逃跑中撕裂的腿
并没有背叛她，而是把她带到了另一个奋斗的起点
当她代替她的位置时，她的头脑是清楚的，她的愤怒
显露于她训练过的手和眼睛，她的腿
在历史长廊中得以治愈
准备好迎接不止孤独的挑战。(Rich 1989: 41)

里奇对这个白人女孩的浓墨重彩源于她自己的需要，她甚至把“地下铁路”和白人女孩的离家出走相类比：

到底是什么给了这个女孩
逃离家庭争吵的想法？
当无计可施时，转移你自己
这不是书本上所写：
而是偶然的窃听，一缕谈话：
逃脱　逃避　自由的土地。(Rich 1989: 39)

“地下铁路”(Underground Railroad)是19世纪上半叶美国废奴主义者把数以万计的黑奴送到自由州、加拿大、墨西哥以至海外的秘密网络，是非裔美国人脱离奴役、获得自由的重要历史象征。里奇此处类比的核心内涵是，在黑人奴隶的反抗、逃离和最终通往自由的道路上，她需要为白人女性找到一个恰当的位置，因此她建构了白人与黑人相遇的场景。这一场景类似于托尼·莫里森(Toni Morrison, 1931—2019)的《宠儿》

(*Beloved*, 1987)中那个白人女孩艾米·丹佛与黑人女孩塞斯相遇的地方。里奇这种建构在精神上有潜在的积极意义。在这个场景中,同一性被各种交叉所取代——黑人和白人的路径暂时相交,但并不永久性地交汇。他们的旅程相互关联,但又都必须走出他们各自的道路,这便是对差异的尊重。

可见,从《来自美国的一所老房子》到《框架》再到《哈泊斯渡口》的发展中可以发现,里奇逐渐退出并放弃了惠特曼关于身份同一性的理想。里奇解决种族、性别身份问题的观念与惠特曼是不同的。她对分离的认识是完整的,这是因为她在有意识地追求作为一种资源的身份政治。彼得·埃里克森(Peter Erickson)评论得恰如其分:“里奇的分离认同中有一种同一性……分离不是隔离主义,这是一种人们错误地认为身份政治必然会犯的罪恶”(Erickson 108—109)。也如里奇自己在《历史不为任何人停留》(“History stops for no one”)一文中所主张的,“在冲突对立中生存,这正是自我创新的经常性行为”(Rich 1993: 130)。而在论文《一种公共的诗歌》(“A communal poetry”)中里奇更加明确表明,她坚信这种分离、区别产生的背后的力量是“向心的”(Rich 1993: 179)。里奇清楚地说明了这种分别的背后是一种凝聚的力量。20 世纪之交,里奇感到种族、性别问题依然复杂难解。她所主张的走分离、差异而不是简单同化的道路是当代社会不同种族生存的一条出路,这也是当代社会主张多元政治、多元文化的体现。

另外,单单从性别身份而言,与惠特曼一样,里奇所设定的文学谱系是写入性别的。所不同的是,惠特曼有着白人男性精英身份,而里奇有着对犹太、女性、女同性恋的身份警戒。惠特曼强调的是性别身份的阶段性和同一性,而里奇渐进性地拒绝惠特曼式的身份大同,认同性别身份的多元性,将差异作为追求性别身份政治的一种方式。

惠特曼摈弃了英国维多利亚时代对“性”的压抑,在《草叶集》中公开直接地描绘了“性”,通过《自我之歌》《亚当的子孙》(“Children of Adam”)和《芦笛集》(“Calamus”)揽括了后来被弗洛伊德所确认的“性”的发展过程中的三个阶段——自恋、异性恋和同性恋,追求个人主义、两性平等与性别平等。他将身体和灵魂对等,赞美“性”这一在 19 世纪还难以公开言说的话题,显然具有足够的开拓精神。惠特曼直率而又勇敢的态度受到里奇的赞赏,她在《开创者》一文中写道:“这位男性超越了清教徒反对欲望的规诫,坚持‘身体所有、身体所治,身体所享’的民主,以及一个多产、多变和多样的身体……一种新世界里的男性气质模范,一个来自北欧/盎格鲁族裔的男性在一个广阔的地域里的自由言说”(Rich 1993：91—92)。

里奇站在一个半世纪之后对惠特曼性别诗学观的肯定是显而易见的,但是,不同于惠特曼性别诗学观的阶段性和同一性,里奇的性别诗学观大体经历了一个历史的、延续的以及动态的转变——从早期“父权制藩篱中的妇女”和女性独立自我身份的抑制[①],到若即若离的女性主义思想,再到中期更深层次的“女性原则”,趋向激进女性主义诗学(Kalstone 2),最后到后期诗歌中的多元政治与文化视野。与惠特曼相比,里奇对性别身份的把握是多元的、宽阔的、复杂的,比如,她在《“1984 年赎罪日”的由来》(“The Genesis of ‘Yom Kippur 1984’”, 1987)中强调了她与惠特曼之间的历史距离：

> 惠特曼刻画了奴隶制,描绘了苦役,描写了卖淫,但是尽管他指出了这些事实,他的美国与我诗歌中的美国却相去甚远。我诗歌中谈论的各种美国事件让很多人的孤独变得危险,让走出个人地盘、个人保护区域的人们感到真正的危险……这不是惠特曼了解的美国,不是他诗歌中构建的美国……我的诗歌中虽然也用了惠特曼式的“目录”来命名和召唤构成美国风景、构成美国城市的各种各样的人。但是,我们的社会必须正视这些情况,惠特曼本人却没有。他也不觉得自己必须面对,尽管他写了很多同性恋诗歌。暴力的美国,以人民的分歧为理由而羞辱人民的美国。惠特曼本人对这些分歧表示欢迎。(Gelpi and Gelpi 256)

可见,在里奇看来,惠特曼在歌颂美国式自由的同时,未能批判它倚赖的基础是对其他弱势群体的暴力与毁灭,他忽略了一些种族/性别边缘群体的独特境遇,没有处理美国社会中的各种规约性暴力,而里奇有着与惠特曼不同的策略,她将种族、性别等涉及的多元元素纳入复杂的思考,代言边缘政治,坚定批判当代美国社会形形色色的暴力。其诗学观弥补了惠特曼所欠缺的差异意识与解构意味,因而得到了比惠特曼式民主、自由精神更重要的收获。

---

① 里奇在《世界的改变》中的第二首诗歌《詹妮弗姨妈的老虎》(“Aunt Jennifer’s Tigers”, 1951)是里奇早期名篇,也是一个典型的例子,可以说明里奇早期被压抑的女性身份主题和形式上对男性传统诗歌艺术的模仿。众多评论家对此有所关注。限于篇幅,加上这首诗与本文核心内容关系不大,此处不展开阐述。

结　语

文学在民族—国家的构成中发生过重要作用，民族—国家一直影响着文学研究所采取的立场（王逢振 118）。作为诗人，惠特曼和里奇在不同的世纪建构了“自我”史诗与民族—国家身份，强调诗歌的社会政治功能以及语言暗藏的政治意义，这些均折射出他们各自所处的个人和宏观社会语境。惠特曼的诗学观深刻反映了他本人的浪漫理想、现实关注与19世纪美国的时代精神。里奇的个人多元身份以及20世纪下半叶的美国社会语境激发了她对社会、政治改革的决心，确立了她始终如一的批判性立场。在诗学观上，里奇一方面从惠特曼那里汲取了大量影响，但另一方面，她在对惠特曼诗歌传统继承的基础上又有所拓展，在种族和性别身份书写方面，里奇更多地强调差异政治，主张多元政治与多元文化并存的理念，因而具备更宽阔的政治视野、更大的历史文化见证和建构力量，也更具批判性。当今西方世界呈现出逆全球化与民族主义回流趋势，探讨文学参与建构个人、民族身份与国家认同这一问题，对当下文学与文化研究领域内的民族—国家问题与逆全球化趋势研究提供了思考路径。

引用作品[Works Cited]：

Atkinson，Brooks. Ed. *The Selected Writings of Ralph Waldo Emerson*. New York：Modern Library，1992.

Atwood，Margaret. “Adrienne Rich：‘Of Woman Born’.” *Second Words: Selected Critical Prose*. Toronto：House of Anansi Press，1982. 254.

Erickson，Peter. “Singing America：From Walt Whitman to Adrienne Rich.” *Kenyon Review* 17.1 (1995)：103 - 119.

Gelpi，Barbara Charlesworth，and Albert Gelpi. Eds. *Adrienne Rich's Poetry and Prose: Poems, Prose, Reviews and Criticism*. 2nd ed. New York：W. W. Norton，1993.

Grahn，Judy. *The Highest Apple: Sappho and the Lesbian Poetic Tradition*. San Francisco：Spinsters，1985.

Greenspan，Ezra. *Walt Whitman's “Song of Myself”: A Sourcebook and Critical Edition*. New York：Routledge，2005.

Gwiazda，Piotr. “‘Nothing Else Left to Read’：Poetry and Audience in Adrienne

Rich's *An Atlas of the Difficult World*. *Journal of Modern Literature*." 28.2 (2005): 165 - 188.

Han, Jihee. "Democratic Bards after Walt Whitman: Langston Hughes, Adrienne Rich and Kyong-Nim Shin." Diss., The University of Tulsa at Tulsa, 2003.

Kalstone, David. *Five Temperaments: Elizabeth Bishop, Robert Lowell, James Merrill, Adrienne Rich, John Ashbery*. New York: Oxford UP, 1977.

Kaplan, Justin. Ed. *Walt Whitman: Completed Poetry and Collected Prose*. New York: Library of America, 1982.

Keyes, Claire. *The Aesthetics of Power: The Poetry of Adrienne Rich*. Athens, GA: U of Georgia P, 2008.

Langdell, Cheri Colby. *Adrienne Rich: The Moment of Change*. Westport, CT: Praeger Publishers, 2004.

Moyers, Bill. *The Language of Life*. *A Festival of Poets*. New York: Doubleday, 1995.

Rich, Adrienne. *Diving into the Wreck*. New York: W. W. Norton, 1973.

——. *Poems: Selected and New: 1950 - 1974*. New York: W. W. Norton, 1975.

——. *The Dream of A Common Language: Poems 1974 - 1977*. New York: W. W. Norton, 1978.

——. *A Wild Patience Has Taken Me This Far: Poems 1978 - 1981*. New York: W. W. Norton, 1981.

——. *Blood, Bread, and Poetry: Selected Prose 1979 - 1985*. New York: W. W. Norton, 1986.

——. *Time's Power: Poems, 1985 - 1988*. New York: W. W. Norton, 1989.

——. *An Atlas of the Difficult World: Poems, 1988 - 1991*. New York: W. W. Norton, 1992.

——. *What Is Found There: Notebooks on Poetry and Politics*. New York: W. W. Norton, 1993.

——. *The Best American Poetry*. New York: Scribner, 1996.

Walker, Cheryl. "Trying to Save the Skein." *Reading Adrienne Rich: Review and Re-Visions, 1951 - 1981*. Ed. Jane Roberta Cooper. Ann Arbor, MI: U of Michigan P, 1984. 226 - 231.

Whitman, Walt. *Leaves of Grass*. New York: Vantage Books, 1992.

哈罗德·布鲁姆:《影响的剖析——文学作为生活方式》,金雯译,南京:译林出版社,2016 年。

罗伯特·冯·霍尔伯格:"诗歌、政治和知识分子",《剑桥美国文学史》(第八卷),萨克文·博科维奇主编,杨仁敬等译,北京:中央编译出版社,2008 年,第 249 页。

王逢振："西方文论关键词——民族—国家"，《外国文学》，2010 年第 1 期，第 112—118 + 159 页。

王卓：《多元文化视野中的美国族裔诗歌研究》，北京：中国社会科学出版社，2015 年。

许庆红："'作为修正的写作'——里奇女性主义诗歌的政治与美学"，《外国文学》，2014 年第 1 期，第 14—22 页。

张子清：《二十世纪美国诗歌史》，天津：南开大学出版社，2018 年。

《第五和平书》的和声：性别、种族与共同体意义的多维时空流变

李丽华*

内容提要：《第五和平书》是汤亭亭晚年与当代文学批评家和文学史展开新一轮对话的成熟之作。汤亭亭将重塑华裔美国人阿新的男性气质、族裔认同、情色之事与夏威夷卡哈陆吾离散共同体社群的多元审美意识、种族和性别意识紧密结合起来，创造了一系列不同族裔和平反战的逃兵形象。《第五和平书》在彰显这些主题和概念生成具有多维时空流变特征的同时，也为国内学界和官方广泛热议的"多边的人类命运共同体"贡献了双向思考路径。

关键词：《第五和平书》；战争；性与性别；种族；反战逃兵；人类命运共同体

Abstract: Through *The Fifth Book of Peace*, Maxine Hong Kingston tries to build dialogue with contemporary literary critics and history of literature in her late years. She combines the reshaping of a Chinese American image, Ah Sing and his masculinity, ethnic identity, erotic experience with multiple aesthetic, racial and gender awareness in Kahalu'u community. She creates a series of images of peaceful anti-war deserters. *The Fifth Book of Peace* contributes the two-way roads to answering what is the multilateral community.

Key words: *The Fifth Book of Peace*; warfare; gender/sexuality; race; anti-war deserters; community of shared future for mankind

一、阐释漩涡的偏离与汤亭亭的文学史对话

汤亭亭(Maxine Hong Kingston，1940—)是20世纪后半期美国重要的华裔作家，被公认为亚美文学先驱水仙花的精神后裔(Ling 5)。其处女作《女勇士》(*The Woman Warrior*，1976)的影响力早已超越文学领域，

* ［**作者简介**］：李丽华，江西师范大学外国语学院教授，研究方向为北美华裔文学及性别文化。

得到美国研究、妇女研究、亚裔研究、民族学、历史学、人类学等不同学科的广泛关注。

然而，汤亭亭晚年成熟之作《第五和平书》（*The Fifth Book of Peace*，2003）甫一面世，即遭美国评论界贬抑之声。《纽约时报》书评人认为这部书"理念抽象使故事模糊不清……仿佛汤亭亭遭到很大打击……无法面对更多痛苦"（Shulman 2003）。个中原因，中国台湾学者单德兴认为是"批评家或书评者不知如何处理这部庞杂、甚至有些怪异的作品"（单德兴 377）。

随着时间推移，美国有学者指出汤亭亭不仅是和平主义作家和宣传家，她的作品还呈现出一系列和平主义者的行动计划（Grice 478）。也有学者具体梳理《第五和平书》与亚美文学先驱伊迪斯·伊顿（"水仙花"，Edith Eaton，1865—1914）作品的相似之处——力呈五湖四海相汇聚的移民世界，也就是离散共同体内部异族多元文化交融的文化图景（Lee 98）。

相比国外褒贬不一，国内学界有关汤亭亭之前作品的解读不乏论争，但针对《第五和平书》可以说一片赞扬。徐颖果认为《第五和平书》超越了近30年来美国华裔作家们所关注的主要问题，并从中国道家、儒家和佛教思想中寻找汤亭亭和平思想渊源（徐颖果 99）。刘勇（2007）、金烁锋（2008）等人则从"和平"主题入手，结合作家创作历程和写作手法，探究作品中"和"文化在当今世界发展的重要意义。方红等人的创作访谈涉及《第五和平书》的结构、主题、图像意象以及叙述声音的变化等（方红 168）。张伟华认为《第五和平书》超越了之前作品与"东方主义"的复杂纠结，已走向全球化写作（张伟华 351）。徐刚、胡铁生高度赞扬汤亭亭立足于美国社会，以中国文化智慧化解美国精神荒原问题及其矛盾所在（徐刚、胡铁生 178）。王蓉蓉延续了单德兴的创伤解读（王蓉蓉 54）。綦天柱、胡铁生等认为以《第五和平书》为代表的美国少数族裔文学对整合多元民族发展起到了一定的启示作用（綦天柱、胡铁生 84）。以上相关研究形成的漩涡式阐释不可谓不丰富。但汤亭亭本人在相关访谈中却表达了不尽相同的创作初衷——她希望盘整以往作品，继续与当代评论家对话，抑或孕育更大的文学梦想，寻求与《奥德赛》的对位，通过讴歌和平反战逃兵和普通大众，颠覆在战争中寻找英雄的人类意识（Simmons 164）。

本文力图基于作品自身特点，充分调动感性经验，理解全书的最长部分——小说"水"，从而彰显夏威夷本土"多元"和"给予"的文化习俗，探究自然景观对男性气质，尤其是两性关系返璞归真似的再造，也呈现草根式和平反战抗争运动之所以发生的文化基础。

《第五和平书》并没有抛弃族裔和性别议题，而是从时间—空间—意义三维，来体现阿新为主的不同族裔男性身份的流变性，小说不执着于华裔作为少数族裔受迫害、被排挤的传统理解。换句话说，它不再割裂华裔与其他族群的关系，而是将其放置于夏威夷乡村卡哈陆吾离散共同体社群，置于无处不在的越战阴影，烘托夏威夷乡村卡哈陆吾离散共同体社群普遍的和平反战抗争意识。

虞建华曾经从社会建构论视角否定族裔身份的本质主义特征，强调全球化多元社会，指出族裔身份具有动态、临时和杂糅的特征(虞建华 193)，这是本文理解《第五和平书》的基础。同样，社会建构论也是女权主义学术论证性别身份具有多重性和非本质特征的基础。汤亭亭还试图借《第五和平书》，为人类在灾难面前应做的思考和应负的责任给予答案。这也正是周敏试图从充满危机的现实语境出发，理解人类命运共同体的起始点。周敏将之概括为一种建立在整体性基础之上的新型世界观，是应对当今全球性难题的方法论和行动指南(周敏 68)，所谓“新型世界观”暗含不断流变的可能性和可行性。

《第五和平书》由五个部分组成，呈现出“三明治”结构：日记体裁“火”、散文体裁“纸”、小说体裁“水”、纪实体裁“地”，外加“后记”，共 407 页。五个部分内容各异，长短不一，体裁不一。第三章“水”篇幅最长，其次是第四章“土”——纪实工作坊。这两章在全书占核心位置，各占全书的五分之二。

第一章“火”，6 次使用空间(space)这个词，均表征大火之后留下的废墟，它也开启了一个全新的世界。第二章“纸”中一次也没有出现“空间”这个词，主要讲述的是汤氏 7 次到中国大陆、香港、台湾寻访传说中的三本和平书。文中较多篇幅提及中国历史上出海远航的故事，如唐朝女王武则天派出的船队是“正在航行的博物馆和图书馆，目的在于展示和传播各种艺术奇观”(Kingston 49)。西方文学表征为殖民扩张利器的海船，化身为穿越时空的博物馆、图书馆。第四章“土”涉及的空间均表征为生死相托的故土和精神家园，主要讲述汤氏举办退伍老兵写作工作坊疗愈战争创伤的故事，这部分逆写《木兰辞》，修正《女勇士》(*The Woman Warrior*，1976)中“木兰”带兵打仗为休养生息。

第三章“水”集中了最多的“空间”意象，全书 39 次使用“空间”这个词，其中的 23 次出现于此。“水”既是重写毁于奥克兰大火的《第四和平书》，也是续写《孙行者》(*Tripmaster Monkey: His Fake Book*, 1989)主人公华裔艺术家阿新为逃避兵役，举家迁往夏威夷寻找和平的发现之旅，其情节故事性较弱，散文抒情特征较强。越战其间，汤氏一家的确在夏威夷居住长达11年之久，这在其早期散文集《夏威夷一夏》(*Hawai'i One Summer*, 1978)中可见描述。小说将檀香山民用机场与运送美军死难士兵尸体的恐怖景象交错起来；象征美国强大国力的空军军事基地和一排排没有标记的战机呈现的只是死亡气息；维基基海滩几个手脚缠着白色绷带的越战伤残士兵尤为显眼，完全摧毁了世界著名休闲度假胜地的闲适气氛。

汤亭亭用两部作品倾力刻画的华裔人物惠特曼·阿新(Wittman Ah Sing)有着独特的文学史渊源。其姓名分别杂糅[①]自19世纪诗人沃尔特·惠特曼(Walt Whitman, 1819—1892)的姓氏，以及布赖特·哈特(Bret Sergeant Hart, 1836—1902)、马克·吐温(Mark Twain, 1835—1910)等主流白人作家塑造的不同华裔劳工形象"Ah Sin"。国内常用译名为"阿信""阿辛"或"阿新"。汤亭亭将"Ah Sin"之"Sin"(原罪)改为"Ah Sing"，寓意鲜明。本文采用译名"阿新"，但又不止步于"新"这一过于望文生义的理解。其更深层还有安民和融入人民之中的含义，也体现了汤氏晚年决心走出书斋，投身和平反战社会洪流、寻求美国和平的决心所在。这在很大程度上同构了马克思和恩格斯曾经在《费尔巴哈》一文中的表述，"集体成为个人发展其才能的手段，个人只有在集体中才能获得全面发展其才能的目的"(马克思、恩格斯 82)。

互文是《第五和平书》延展叙事时空，塑造主人公阿新精神成长、肉体欲望和心灵世界的主要策略。汤亭亭将社会现实、二战时期电影和小说、战后戏剧、19世纪艺术家自传等杂糅起来，无论是这些作品中的男性人物，还是现实社会的白人艺术家，反战诗人和僧侣等，都不是阿新试图效仿的楷模。他一方面安贫乐道，另一方面，时刻准备着融入草根阶层，参与反对国家大规模战争的抗议行动。"对阳刚之美心有余虑"(汤亭亭 182)的阿新，其性格中压抑不住的阴性特质在和平反战抗议活动中得以合法释放和彰显。

---

① "杂糅"源于霍米巴巴的主要概念"hybridity"，游国恩认为"杂糅"的中国哲学理解就是将外物和自己打成一片，体现其难以分割的特征(吴子林 101)。王宁则强调混杂之多重成分交融一体(王宁 50)。

《孙行者》中的华裔阿新与马克·吐温、布赖特·哈特作品中引发诸多争议的中国劳工形象完全不同。他“身材高大、留着长头发、终日梦想，与华裔实干的精神有很大差别”(汤亭亭 171)。阿新的姓氏“Wittman”与诗人惠特曼的姓氏“Whitman”谐音，更容易让人联想到幽默、风趣和智慧等特征，而美国文学史上正缺乏这类华裔男性形象。文学史上还有一个被遗忘的阿新，那就是与马克·吐温同时代的前美国第一夫人海伦·塔夫特(Helen Taft, 1861—1943)刻画的上海厨子形象。上海厨子阿新是美国第27任总统塔夫特先生任菲律宾总督时专程从上海请来的家庭厨师。懂得自我边界所在的塔夫特夫人满篇自我嘲讽，尽显美式幽默：“阿新会以极其尊重的态度听从我的指导和建议，小心地重复一遍我设计的菜谱。回到厨房后一切都按他自己的想象来做”(Taft 105)。这位“阿新”专注于制作各种精美甜点。在炎热的菲律宾，他制作的冰镇甜点能让招待会上的来宾大吃一惊。阿新做事高效又专注，是一位充满艺术气质的中国大厨，与花园里磨洋工、工作效率低下的菲律宾人形成鲜明对比。从马克·吐温、布赖特·哈特、海伦·塔夫特到汤亭亭，不同时代、不同作家用同一人名塑造出不同的华裔男性人物，不断演绎出“新”的阿新形象。但相较之下，只有汤亭亭赋予阿新更为丰富的精神世界，他敢于反对大规模国家运动，寻找和平，不为物役，脱离了与家人温暖相依的人物形象。

二、卡哈陆吾多维度时间观与性别意义的流变

“水”之文本空间的多元延展必然有着与之匹配的时间观和历史观。阿新一家的居住地(夏威夷乡村卡哈陆吾)具有热带海洋气候特点，这使其失去了内陆地区与农业生产息息相关的自然时间观和乡村生活方式。卡哈陆吾人来自五湖四海，人们感知时间的方式既不同于繁忙的大都市，也不同于农耕乡村：“童村没有人会一大早就急匆匆地开始一天的工作。整个童村都还睡着，没有进城的班车”(Kingston 97)。这里有多姿多彩的民间时间，印第安时间、夏威夷时间、各种非白人时间(Kingston 167)。在卡哈陆吾，时间终于可以被人揉捏和摆布。各家各户房门整天开着，因为先辈的魂灵可能随时回来，随时离开。

日月交替、潮起潮落的循环式时间观在卡哈陆吾施加着独特影响。这些周而复始、循环往复的时间节律孕育了世间的万事万物，生生不息，

永不停止，也代表着夏威夷当地人无穷无尽的给予(giving)文化。与北美大陆贪得无厌的资本主义欲望体制相比，“给予经济”[①]是离散共同体社群卡哈陆吾的总体民间文化和社会动力。

抵达夏威夷第一天，阿新就偶遇原住民举办祭祀活动。原住民的社群秩序感、审美情趣、族裔认同方式和两性秩序等诸多方面都与美洲大陆人有着明显不同。原住民女首领图图是个充满爱的女性长者，她以爱统领部落，人人称她为“婆婆”。图图伟岸的身躯与浩瀚无穷的大海高度融合，“似乎一座座矗立的高山都变成了高大俊美的图图”(Kingston 106)。夏威夷曾经的历史过往和现世土著文化都颠覆了哈维·曼斯菲尔德(Harvey Mansfield, 1932—)试图“否认母权制存在，以确信父权制不可避免的主张”(曼斯菲尔德 194)。[②]夏威夷过往的社会性别史充分揭示，欧美殖民者在全球扩展其政治、经济和文化影响的同时，“欧美男权制模式随着殖民活动扩展到全世界，并破坏当地妇女权威”(康奈尔 315)。

汤亭亭以“水”命名最长章节，一方面取义“卡哈陆吾”的本土意涵——下水的地方，另一方面也张扬了卡哈陆吾人利万物而不争的气节。这种判断与中国儒道两家用水之物性表征两性特征的方式极为相似。道家阴阳相合说认为水文化属性为阴，并将道、女性、水三者融和，阐发其相互之间隐喻和被隐喻的关系。相反，强调“男女有别”的儒家以水比作君子的完美人格，水是完美男人的文化意指符号，即有道、公正、仁义、明察、善化等特点(程勇真 133—134)。儒道两家都用水阐发自己对男女两性特征的不同理解，水之为水的物性并没有变化，可见中国传统文化有关两性精神气质的观点带有个体的倾向性。其流变规律在很大程度上印证了女权主义理论关于性别的社会建构说，即男女角色特征和心理特征离不开

① 海伦娜·西苏(Hélène Cixous, 1937—)所说的“阴性经济”(feminine economy)与“阴性书写”互动，基本特点就是乐于慷慨“给予”，不问回报。西苏将此原则衍生出的“符号、权利关系和生产与再生产模式，即整个庞大的文化铭刻(cultural inscription)体系与传统的阳性体系区隔开来”(Cixous 81)。

② 1891 年 1 月 17 日，利留卡拉尼女王继承兄长卡拉卡瓦(King Kalakaua)的王位。女王登基后，锐意变法。但当时的夏威夷被北美人所控制，出于殖民扩张的需要，暴力硬汉文化在北美盛极一时，男权中心主导的国家官僚体制具有强烈的反女权倾向。北美大陆女性连基本的公民选举权都还未获得，更不用说参与高层次社会管理和政治权利的角逐。颠覆非白人、非男权的女王统治成为白人男权中心意识形态的必然选择。1893 年，一群政客和美国商人在美国海军的帮助下发动军事政变，女王被迫退位。作家似乎有意提醒人们回望夏威夷那个被贪婪的美帝国主义男权文化中断的夏威夷王国。参见 Liliuokalani(1898)。

社会规范的形塑。只不过波伏娃(Simone de Beauvoir，1908—1986)只点明了女人的社会文化形塑性,汤亭亭则力呈男人的性别身份和族裔身份同样被政治、经济和习俗所规定。

相比儒道两家率性的修辞,汤亭亭选择以生活本身为根基去寻找有关两性关系和两性气质的性别真相。就婚姻爱情而言,阿新和白人妻子唐娜将相爱永远的时间承诺置于无限的开放性之中。唐娜作为扁形人物,与圆形人物阿新交替互补,极大地烘托出阿新再次蜕变成和平反战斗士的可能。两人在前部作品《孙行者》中因热爱即兴表演而相识,之后闪婚组成异族通婚家庭。阿新以为白人姑娘每天都会说“我爱你”,唐娜却告知他相处的规则和可能的结果:“哪天假如有谁不愿在一起生活了,任何人不得干扰对方。但是,也许我们永远不可能爱上其他人,会习惯于一起生活,白头偕老”(汤亭亭 167)。

阿新理解的妻子也并非父权异性恋常识中的“家庭主妇”。“承担家务活”与妻子或丈夫的性别角色并没有必然联系。唐娜不必非得做个父权词典中的“妻子”,以“家庭”为己任。她并非像父权文学传统那样,为见证阿新的男性威力而生(汤亭亭 339)。初到夏威夷卡哈陆吾的第一夜,一家三口挤在一起相依入眠,唐娜给儿子马瑞欧讲《武士与公主》的童话,“虽然家徒四壁,武士和公主恰好不必为家务事争吵……房子虽小,但家人却可以彼此紧紧相依”(Kingston 91)。童话故事富于诗意的表现形式不仅表达了人对改善人类关系的幻想,同时转喻了阿新和唐娜这对艺术眷侣的新型夫妻关系。阿新和唐娜将家务劳动转换成艺术创造,家庭不再是贝蒂·弗力丹(Betty Friedan，1921—2006)所说的女性牢笼、陷阱和监狱,或被他者化的地方(Friedan 136)。

阿新和唐娜的爱欲共同体充满了超越时空的宇宙学想象。汤亭亭将人物在睡梦中纷繁的欲望和云雨巧妙结合起来,颇有《红楼梦》婉转而辽阔的气韵。做爱地点从隐秘的卧室延展到无限广阔的大自然,女性不再仅仅属于卧室和厨房等私密空间,男性不再是女性身体空间的主宰者,也不必采取道貌岸然的“传教士体位”。他和她互相拥有,既没有父权的主、客体等级之分,也没有女性主义二元对立的倒转,乳房和阴茎的主体性得到同等程度的彰显。汤亭亭笔下远离床笫的性事,空灵悠远,性事和宇宙万物都被精神化和心灵化:到夏威夷,得经历一场特殊的性爱之旅——在大自然中交媾……他和她在性感的雨中做爱……互相喊着彼此的名字……他抚摩着她的乳房,感觉这一切都是自己的;她则抚摩着他的阴茎，亦有同样的拥有感。我们似乎和群山、海洋、天空交合。她（唐娜）变得如此巨大，经由她，他（惠特曼）像艘夜间航行的船，不断向前（Kingston 144）。

汤亭亭作品中性爱描写并不多，回归自然的性与爱是其创作的主要特征。早在《中国佬》（*China Man*，1980）中，她就塑造了一位每天坐在吊篮里，和炸药一起被送到山谷开山辟路的阿公形象。因为时常有人被炸得身首分离，阿公承受了巨大压力。偶然一天，他受到美丽大自然的刺激，难以抑制的性冲动涌出。此后阿公每天都像举行某种严肃的宗教仪式一般，在山谷中凭借手淫释放压力。汤亭亭笔下的性爱虽然孤独，却充满野趣想象。阿公形象顺应人性又区别兽性，毫无疑问，这在文学史上竖起了一座与色情相关的审美高峰。华裔作家谭雅伦（Tomo Hattori）在《跨文化视野下的美国华裔文学——赵健秀作品研究》（2008）一书序言中却再次呼应赵健秀，批评阿公形象进一步加深了华裔男性的变态特征（转引自徐颖果 4）。基于手淫者为变态者的前提，谭雅伦似乎有意误读汤亭亭为精神上被阉割、被去势的华裔男性正名的努力。哈多利对汤亭亭的批评更具代表性，他认为，"《中国佬》中创造的华裔祖先形象是去具体化的、没有再繁殖力的男性"（Hattori 233）。评论家忽视了一点，即汤亭亭意在通过野性又孤独的性，展现华裔阿公丰富的想象力、强大的欲望和自由意志。

《第五和平书》还塑造了像山姆这样难以简单归属族裔的男性形象。他是慕名前往阿新家寻求庇护的美国反战大兵。他随身带了本笔记本，但其中只写了 20 世纪 60 年代美国著名的反战口号"做爱，不作战"（Make love, not war）。汤亭亭通过挪用拼贴文外重要历史事实，突显这一反战口号对个体生命的影响和震撼。"做爱，不作战"并非毫无意义的政治口号，而是最基本的人性需求，是人对生命的责任。

此外，《第五和平书》全文共有 17 个以"sex"为词根的词，其中的 14 个出现在"水"部分。孤独的性在丛林、山间和人流嘈杂处毫不起眼地流动起来，如一切日常身体行为和动作。"亲吻"（kiss）全都发生在"水"这一章的公共空间。拥吻对象有同性，也有异性。"男人和男人拥抱亲吻，不用害怕被当作同性恋，男女拥抱亲吻也不必被指责不道德"（Kingston 222）。作家试图以此消解爱的私密性，回归性爱生成的自然性、无意识性和原始性。其中涉及的人物并不局限于任何种族的独特性和唯一性，反而强调了不同族裔的共性特征。

三、共同体社群意义的流变与草根政治参与

英文"community"一词通常翻译为"社群"或"共同体"。本文将两词合用,即"共同体社群",这主要基于作品的内涵,由于夏威夷具有殖民背景,各个共同体社群的语言文化既有差异,又不乏沟通、交流和包容的极大可能,家庭、原住民共同体社群、卡哈陆吾流散共同体社群、人与自然生命共同体、教堂反战庇护所等各种不同形式的共同体社群相互承认,包容差异,具有和谐平等的文化与政治形态。夏威夷虽然并非越战前线,但一切辎重、死亡将士多途径夏威夷而被转至美国本土。可以说夏威夷是个被战争阴影笼罩的地方,汤亭亭所描绘的共同体现实被置于生死攸关的命运之下,超越了以往局限于狭隘单一地区文化和民族性的理解,又不止于多元文化主义强调的差异性和独特性,为我们理解国内政界和学界热议的"人类命运共同体"提供了有力的基础。

卡哈陆吾离散共同体社群是萨摩亚人、菲律宾人、密克罗尼西亚人,或者其他远离夏威夷群岛的人,中国人、日本人、朝鲜人和葡萄牙人的汇集之地,简直就是人种博物馆,多元文化杂糅与融通构成其内部主要特征。夏威夷土著人告诉才刚刚抵达的阿新,"是否夏威夷人并不取决于是否有夏威夷人血统,只要相信阿啰哈爱纳(aloha'aina),有着对土地的热爱,就是夏威夷人"(Kingston 109)。这种以强烈情感力量抵消血缘联系的族裔认同方式具有巨大的包容性和不稳定性,有学者曾用"文化混血"的说法来形容全球化过程中族裔身份的动态特征和杂糅特征(虞建华 198),也从更广泛意义上说明离散共同体社群(diaspora community)的出现解构了原初意义。

不仅如此,卡哈陆吾也堪称人与自然的生命共同体。卡哈陆吾以明快鲜丽的色彩独立于阳性社会经济价值之外,"这里苍翠茂盛的植物,丰富多彩的自然,挂满果实的枝头,一幕幕生机勃勃的画面,似乎并非美国最贫穷困顿的地方"(Kingston 97)。阿新在卡哈陆吾的家每月只需支付 90 美元租金,像极了"儿童画中可以移动的临时小木屋,没有地基,几根木桩插入水泥地……这里香蕉树叶、竹子树叶等,各种树木沙沙作响,如海洋的喧闹声。你可以闻到海洋的味道、泥土的味道,还有熟透了的各色水果味。星星就挂在头顶"(Kingston 85—86)。朴实的乡间木屋犹如鸟巢,暴露在大地之中,具有原初先验特质和诗意栖居的效果,体现出人与大自然之间和谐相依的精神气韵。只有这样,深入其中的人类才可能通过听

觉、嗅觉、触觉，直接获得那些流动着的、四处飘散的大自然的味道、律动与节奏，受到大自然的哺育和激励。融入自然的家屋被赋予阴性柔情与力量，护持投身于世间的居住者（人类）发展壮大，再生和平、和谐的价值观和人生观，孕育出各种"逃兵/开小差士兵"的和平反战故事。

作为人与自然的生命共同体，卡哈陆吾当地人不必像《老人与海》中的圣地亚哥那样，以狂烈血腥的方式获取食物。擅长海底捕鱼的布莱克·皮特害羞而温柔，他多次邀请阿新一同前往魔窟岛和欧胡岛之间鲨鱼产卵的海域捕鱼。自然不再被客体化为男性视角的"他者"，更不是令人恐惧、可以吞没一切的怪兽。自然变成了一个个真实可爱、可以触摸的生命。阿新和唐娜的混血儿子马瑞欧很快就懂得各种动物的语言，体会它们的神秘。由于水土差异，马瑞欧的头发也慢慢变红，与当地原住民的发色日渐趋同。

夏威夷人的反战共同体社群——檀香山教堂反战庇护所聚集了教堂神职人员、当地大量平民、陆军和海军战士。汤亭亭一直试图表明男人卷入战争的偶然性和情境性。一位海军战士告诉前来参加反战抗议活动的市民："事实上，是政府把我训练成实施暴力和杀戮的人，经过深思熟虑之后，我认为这是我人生中经历的第一次，但也是最重大的道德危机。我决定不能为任何目的杀戮。可是两年前我没有足够自信去采取坚定的姿态向军队说不"(Kingston 199)。男人并非天生爱战争，成为坚强有力的男人不必依靠野蛮血腥的大规模战争。如何培养一个拒绝战争的男人，是汤亭亭反复呈现的情节。阿新和唐娜通常不让儿子把棍子、石头和厨房用具等当武器玩，或者把手当枪使……作为母亲，唐娜总是让儿子在和平、和谐的思路中适应真实世界的生活，让生活变得富有根基，从而成为一个坚强有力的人(Kingston 69—70)。故事结尾，马瑞欧正要高中毕业，他拒绝了女同学的邀请——"为了国家"一起去服兵役。显然，汤亭亭反对从生理出发，认定睾丸激素使男性生来就被战争和暴力所吸引，而女性天生就厌恶战争和暴力的两性对立说。

为反战逃兵提供庇护极大地延伸了家庭共同体的开放性。大规模和平反战抗议结束后，阿新一家返回卡哈陆吾，同来的还有美国的反战士兵艾迪。艾迪肤色酷似当地人，个子矮小，看上去像个易受惊吓的孩子，他似乎还不到服兵役的年龄(Kingston 228)。虽然藏匿逃兵属于违法行为，但阿新还是选择让儿子马瑞欧一起参与。他认为"不只是战争可以让一个男孩成长为男人，非暴力的和平行动也可以锻炼一个人的勇敢"

(Kingston 228)。

夏威夷乡村卡哈陆吾是与资本主义社会断裂的离散共同体社群,“卡哈陆吾并不是一个市镇,也不是任何官方统治的地方,它是让流离失所者自由来去的地方”(Kingston 236)。卡哈陆吾没有警察、救护车、消防车等行政部门和设施,如果有需要,必须从大城市卡内欧西(Kane'ohe)调来人员和物资,这里甚至连政府和军队都没有(Kingston 189)。事实上,在西方世界,与汤亭亭同样怀疑现代文明、国家官僚机构和科学技术的作家与学者大有人在。J. 希利斯 · 米勒(J. Hillis Miller, 1928—2021)就十分赞同西奥多 · W. 阿多诺(Theodor W. Adorno, 1903—1969)对德国人的尖锐批评,他们认为恰恰是孕育了西方文化最高成就,贡献了贝多芬、康德、马克思、维特根斯坦、海德格尔、卡夫卡等巨擘的欧洲德语区,让六百万犹太人遭受了以最高效的官僚组织和技术手段实施的种族灭绝(米勒 2)。波兰裔学者齐格蒙特 · 鲍曼(Zygmunt Bauman, 1925—2017)和犹太裔学者乔治 · 斯坦纳(George Steiner, 1929—2020)都是以揭露二战大屠杀为己任的研究者,他们将大屠杀与西方现代文明最鲜明的表征——民族国家的建立关联起来,强烈质疑西方国家作为避难所的想象。作为幸存者,斯坦纳将犹太人的“离散”命运寄寓在犹太人“六千年的自我意识”(斯坦纳 173)之中,完全剔除特定的“空间”和“地域”认同,这是对西方历史和文明,尤其是西方现代文明的极大怀疑。

结 语

汤亭亭通过书写“水”之时空里无处不在的越战阴影,还原阴性给予文化作为生命之源、力量之源的社会传统,并将文学语言从资本主义社会有关种族、阶级、性别、政治和经济等的现实和表述中剥离出来,颠覆在战争中寻找英雄的人类意识。当和平无法立即构筑起来的时候,她选择这样一个离散共同体社群为人类生存的权利抗争,让人类关于残酷战争的书写和想象转化为对和平的期待和向往。

汤亭亭刻画了一个与北美资本主义商业全球化社会割裂的离散共同体,放弃了以往强烈聚焦华裔的叙事方式,将阿新置身于异族通婚家庭和离散共同体社群中,执行自己的和平计划,偏离规约。她持续塑造的华裔人物阿新也在划时代的新文学传统中获得了全新的生命意义——这是一个敢于为爱和艺术献身,为和平献身而不是为战争、为财物献身的华裔形象。借此，汤亭亭试图说明，在全球化不断加深的当下，人种和文化都在经历杂合和趋同，族裔与性别的不可定义性和流变性将变得更加明显。小说中，教堂反战共同体和庇护所在持续了 31 天后解散，但和平的种子从此播撒开来。许多和平反战士兵回到各自的地方后，积极推动和参与当地的和平反战抗议活动，汤亭亭记下了很多人的名字，使真实人物与虚拟人物相互交替。

历史上，作为多重共同体之一的庇护所曾经是美洲新大陆的意象，美国被塑造成坚守“民主”和“自由”的国家，足以让欧洲人远离当时社会的迷茫、焦虑和压迫，是欧洲各地受迫害人士的庇护所。然而，汤氏笔下的北美大陆早已失去庇护所的优越地位。她的可贵之处在于，面对美国国家共同体庇护所的消亡，她转而将和平的希望寄于开放的夏威夷土著共同体社群、离散的卡哈陆吾共同体社群、中国古代的三本和平书等，这难免让向善的中国人产生很多想象。国内学者陈俊松最新研究发现，从 1938 年至 1945 年，上海为来自德国、奥地利、捷克斯洛伐克、波兰以及其他德占区的两万多名躲避大屠杀的欧洲犹太人提供了一个安全的避难所，这一数字接近澳大利亚、新西兰、加拿大、印度和南非接收的犹太人数之和（Chen 171）。

“人类命运共同体”是中国政府和学界基于中华民族爱好和平的一贯理念，共同主导的关于中国如何参与世界的思考和行动指南。它一方面秉承“和而不同”的亚洲传统文化精髓，另一方面凸显多元文化“在异之同”（commonness in difference）的新理念，也象征着中国不再停留于批评美国和欧洲各国应对人类共同灾难和地区问题上的日渐不得力。“人类命运共同体”形式上与前人所论及的共同体既有相似之处，又有根本差异。它在应对全球化、一体化和各种灾难层出不穷、相互影响不断加深的现实面前的确体现了大国担当，期冀让多边主义的火炬照亮人类前行之路（习近平 2021）。无论在古代还是近代，历史上的中国曾经以多种样式成为多边主义的栖息之地，这也几乎成为华夏民族立于不败之地的法则。

引用作品［Works Cited］：

Chen, Junsong. “Jewish Settlement in Shanghai during WWII in Fiction and Other Media of Cultural Memory.” *Partial Answers: Journal of Literature and the History of Ideas* 19.1 (2021): 171 – 188.

Cixous, Hélène. *The Newly Born Woman*. Trans. Betsy Wing. Minneapolis: UP of Minnesota, 1986.

Friedan, Betty. *The Feminine Mystique*. New York: Dell, 1974.

Grice, Helena. Seed, David, ed. "Maxine Hong Kingston." *A Companion to Twentieth-Century United States Fiction*. Ed. David Seed. Oxford: Blackwell Publishing Ltd, 2010. 471 - 479.

Hattori, Tomo. "China Man Autoeroticism and the Remains of Asian America." *NOVEL: A Forum on Fiction* 31.2 (1998): 215 - 236.

Kingston, Maxine Hong. *The Fifth Book of Peace*. New York: Random House, 2003.

Lee, Julia H. *Understanding Maxine Hong Kingston*. South Carolina: UP of South Carolina, 2018.

Liliuokalani. *Hawaii's Story by Hawaii's Queen* (1838 - 1917). Boston: Lee and Shepard, 1898. http://digital.library.upenn.edu/women/liliuokalani/hawaii/hawaii.html#II.

Ling, Amy. *Mrs. Spring Fragrance and Other Writings*. Chicago: U of Illinois P, 1995.

Shulman, Polly. "Out of the Ashes: Maxine Hong Kingston's Memoir of Loss Incorporateds Part of a Vanished Novel." *New York Times Book Review*, 28 Sept. 2003, A8.

Simmons, Diane. *Maxine Hong Kingston*. New York: Twayne, 1999.

Taft, Helen. *Recollections of Full Years*. New York: Dodd, Mead & Company, 1914.

J. 希利斯·米勒:《共同体的焚毁:奥斯维辛前后的小说》,陈旭译,南京:南京大学出版社,2019 年。

R. W. 康奈尔:《男性气质》,柳莉、张文霞、张美川、俞东、姚映然译,北京:社会科学文献出版社,2003 年。

程勇真:"水文化性别色彩探源",《西北农林科技大学学报(社会科学版)》,2009 年第 4 期,第 133—136 页。

方红:"和平·沉默·叙述技巧——《第五和平书》创作谈",《当代外国文学》,2008 年第 1 期,第 168—170 页。

哈维·曼斯菲尔德:《男性气概》,刘玮译,南京:译林出版社,2008 年。

金烁锋、韩健:"'和'之声——汤亭亭作品《第五和平书》分析",《理论界》,2008 年第 4 期,第 140—141 页。

刘勇:"战火里跃动的童心——《第五和平书》的反战主题",《安徽文学》,2007 年第 5 期,第 22—24 页。

马克思、恩格斯:《马克思恩格斯选集(第一卷)》,北京:人民出版社,1972 年。

綦天柱、胡铁生:"美国少数族裔文学的演进与反思",《甘肃社会科学》,2017 年第 2

期，第 84—91 页。

乔治·斯坦纳：《语言与沉默》，李小均译，上海：上海人民出版社，2013 年。

单德兴："说故事·创新生：析论汤亭亭的《第五和平书》"，《欧美研究》，2008 年第 3 期，第 377—413 页。

汤亭亭：《孙行者》，赵伏柱、赵文书译，桂林：漓江出版社，1998 年。

王宁："叙述、文化定位和身份认同"，《外国文学》，2002 年第 6 期，第 48—54 页。

王蓉蓉："汤亭亭《第五和平书》中的创伤书写"，《合肥工业大学学报（社会科学版）》，2016 年第 3 期，第 54—59 页。

吴子林："'回到莫扎特'——'毕达哥拉斯文体'之特质与旨趣"，《上海大学学报（社会科学版）》，2020 年第 4 期，第 97—114 页。

习近平："让多边主义的火炬照亮人类前行之路"，《人民日报》，2021 年 1 月 26 日，第 2 版。

徐刚、胡铁生："美国华裔文学'荒原叙事'的当代发展——以《第五和平书》和《拯救溺水鱼》为例"，《社会科学研究》，2015 年第 1 期，第 178—185 页。

徐颖果：《跨文化视野下的美国华裔文学——赵健秀作品研究》，天津：南开大学出版社，2008 年。

虞建华："再议作家的族裔身份问题本质主义与自由选择"，《文艺理论研究》，2016 年第 6 期，第 193—201 页。

张伟华："同谋·颠覆·超越——东方主义视阈下的汤亭亭创作"，《内蒙古农业大学学报（社会科学版）》，2011 年第 3 期，第 351—353 页。

周敏："走向人类命运共同体：一个比较文化的视角"，《上海交通大学学报（哲学社会科学版）》，2019 年第 2 期，第 68—75 页。

美国犹太作家的以色列书写*

苏　鑫**

内容提要：以色列建国对全世界犹太人来说意义重大，但也带来了许多新的问题。美国犹太人对以色列的态度较为复杂，这激发了美国犹太作家对以色列的文学想象，以色列建国及其所引发的有关犹太主题的争论成为重要书写内容。本文考察了美国犹太作家的以色列书写在主题和叙事手法上呈现出的时代性和政治性，探究了美国犹太作家如何通过以色列书写调适身份焦虑并最终确认流散犹太身份的合法性。

关键词：美国犹太作家；以色列；流散犹太身份

Abstract: The establishment of the State of Israel is of great significance to Jews all over the world, but it also brings about many new problems. American Jews' complicated attitude towards Israel inspires American Jewish writers' literary imagination of Israel. The founding of Israel and the controversy about Jewish themes have emerged as an important topic in their writing. This paper examines the epochal and political features of their Israel writing in terms of the themes and narrative techniques, and explores how American Jewish writers adjust their identity anxiety through the imagination of Israel and finally confirm the legitimacy of diaspora Jewish identity.

Key words: America Jewish writers; Israel; diaspora Jewish identity

二战后世界格局发生重大改变，犹太民族国家以色列建立，美国作为新兴帝国悄然崛起。以色列作为犹太古老圣地和现代犹太民族国家给美国犹太人带来了全新的体验，民族情感和家园依恋使他们与以色列亲近，政治和意识形态的压力又使他们与以色列保持适当的距离。这种微妙的

---

* ［**基金项目**］：本文系国家社科基金重大项目“流散文学与人类命运共同体研究”（21&ZD277）山东省教育厅青科创新团队“多语种语言文化翻译与研究”（2019RWC004）的阶段性成果，受到临沂大学“外国文学研究与翻译团队”和“世界文学名著导读课程思政示范课程”（K2021SZ074）经费资助。

** ［**作者简介**］：苏鑫，临沂大学外国语学院教授，主要从事外国文学翻译与研究。

《觉醒》与《大地》中的共同体观照*

万雪梅**

内容提要：在共同体的观照下，《觉醒》与《大地》中女主人公的身份角色意识存在较大反差：《大地》中的阿兰在亲缘、地缘、精神共同体里有其主体意识、发挥重要作用、使共同体富有生机；而《觉醒》中的爱德娜则处于共同体边缘，未能建构起主体身份，最终将个体投身于大海，使共同体崩塌、失效。这种反差揭示了爱德娜女性主义觉醒之途并非妇女解放之正道，体现了阿兰所处的、彰显儒家角色伦理的共同体有其强大的生命力。

关键词：《觉醒》；《大地》；共同体；女性觉醒；儒家角色伦理

Abstract: From the perspective of community, there exists a sharp contrast between the two heroines' senses of identity and role in *The Awakening* and *The Good Earth*. O-Lan, the heroine of *The Good Earth*, has subject consciousness, plays an important role in the community constructed through blood, place and spirit, and makes the community full of vivacity; while Edna, the heroine of *The Awakening*, is on the edge of community, and fails to construct her subject identity in this community. Her suicide at the end of the novel leads directly to the collapse of community. This difference reveals that the so-called feminist awakening in Edna's story is not the effective way to women's liberation, and the contrast also shows O-Lan's community, which embodies the Confucian Role Ethics, has its strong vitality.

Key words: *The Awakening*; *The Good Earth*; community; female awakening; Confucian Role Ethics

赛珍珠（Pearl S. Buck，1892—1973）与凯特·肖邦（Kate Chopin，1850—1904）同为美国女性作家，虽然她们生活的时代不尽相同，但两者

* ［**基金项目**］：本文为国家社科基金项目“凯特·肖邦的经典接受与中华文化阐释研究”（16BWW014）的阶段性成果。

** ［**作者简介**］：万雪梅，江苏大学外国语学院教授，主要从事英美文学、比较文学和中国文化研究。

都对美国文学乃至世界文学做出了较大贡献。前者主要凭借其描写中国的小说《大地》(*The Good Earth*, 1931)成为美国历史上第一位获得普利策奖的女作家(1932),同时也是美国历史上第一位获得诺贝尔文学奖的女作家(1938);后者,主要凭借其《觉醒》(*The Awakening*, 1899)成为美国女性文学的开拓者和经典作家,几乎可与马克·吐温(Mark Twain, 1835—1910)和纳撒尼尔·霍桑(Nathaniel Hawthorne, 1804—1864)等美国作家相提并论(Jung 213),而在思想突破上,她可与弗里德里希·尼采(Friedrich Nietzsche, 1844—1900)、格奥尔格·威廉·弗里德里希·黑格尔(Georg Wilhelm Friedrich Hegel, 1770—1831)和拉尔夫·沃尔多·爱默生(Ralph Waldo Emerson, 1803—1882)等人并置(Bradley 44—45)。这两位女作家在各自的代表作中成功塑造了性格鲜明的女主人公形象——阿兰和爱德娜。《大地》中的阿兰勤勤恳恳,任劳任怨,为自己的家庭无私奉献了一生。而《觉醒》中的爱德娜则截然不同,伴随着"觉醒"的同时,她在婚后身心俱已出轨,有违道德与伦理。遗憾的是,《觉醒》被女性主义者奉为经典后,其中女主人公爱德娜所谓的"觉醒"行为也受到肯定,不明就里的附和者甚多,本文将从共同体视角出发,将《觉醒》中的爱德娜与《大地》中的阿兰加以对照,探究其身份角色意识中的差异及形成差异的渊源。

共同体是指"人们在共同条件下结成的集体"(《现代汉语词典》479),本文亦认同德国社会学家斐迪南·滕尼斯(Ferdinand Tönnies, 1855—1936)对共同体(Community)的界定与划分。滕尼斯把共同体从公民社会(Civil Society)中分离出来,认为"共同体是持久的和真正的共同生活,社会只不过是一种暂时的和表面的共同生活,因此,共同体本身应该被理解为一种生机勃勃的有机体,而社会应该被理解为一种机械的聚合和人工制品"(滕尼斯 1999: 19)。他认为共同体主要是以血缘、感情和伦理为纽带而联系起来的,其基本形式包括亲属(亲缘共同体)、邻里(地缘共同体)和友谊(精神共同体)(滕尼斯 1999: 17—18)。他特别强调,不论哪种共同体,其本质与精髓是"真正有机的生活"(滕尼斯 1999: 17)。

一、亲缘共同体

亲缘共同体,也即血缘共同体,它以血缘关系为纽带、以家庭为载体,是一种生存的基本单位(Tönnies 27—28)。在这里,人们生活在同一个屋檐下，家庭内的每一个成员都需要承担自己的责任和义务，为小家的幸福发展而努力。《大地》中的阿兰就是如此，她贤惠隐忍，为家族兴旺和稳固任劳任怨、默默付出，直至生命耗尽，其无论是在为人妻、为人媳还是为人母方面，身份角色意识都较强。

作为妻子，她勤劳随顺，打理家中琐事，“到田野去捡柴禾”(赛珍珠 1988：52)[①]以节省家用，一旦得空，她还去田间协助丈夫王龙共同劳作。即便是在即将临产前，她都“挺着大肚子”(33)坚持在地里干活，没有丝毫怨言。作为儿媳，她敬重长辈。每天早晨都会为王龙的父亲“泡茶端水”(229)，把老人的衣食起居安排得妥妥帖帖，把对他的孝敬放在第一位。作为母亲，她慈祥爱子。在养育孩子方面，她呕心沥血，为他们的成人成才操心劳碌。总之，正因为阿兰在其家庭共同体中发挥着重要作用，才使得这个家庭共同体充满勃勃生机。

相较之下，《觉醒》中的爱德娜在家庭共同体中身份角色意识较为淡泊，她的形象与阿兰大相径庭。首先，爱德娜对那位提供全部家庭生活来源、认为“他的妻子是他生存的唯一目的”的丈夫没有表现出应有的关心，而是对丈夫的事情“毫不在意”，对丈夫的谈话“无动于衷”(肖邦 6)[②]。不仅如此，她还爱上了单身青年罗伯特，拒绝尽家庭女主人之职。她不仅抛弃了作为妻子的责任，还放弃了自己的生命，使得其夫妻共同体彻底失效。其次，作为儿媳，爱德娜并未与婆婆建立基本的情感纽带。小说中能体现婆媳纽带的话语极少，最多的一次是爱德娜的丈夫莱翁斯因工作需要离家外出，她婆婆特地从家乡赶过来，“亲自把孩子们和他们黑白混血的保姆一起带到伊伯维尔去了。老太太没敢说她担心莱翁斯外出期间孩子们会受委屈”，“她非常疼爱孩子们，她不愿意他们像‘街上的孩子’那样”(95)。可见两人的情感纽带并不紧密，爱德娜的身份角色意识是淡薄的。最后，爱德娜也未能建构好母子共同体。在滕尼斯看来，母子关系纽带在纯粹的本能和喜好方面，根植最深，与此同时，从身体上的庇护到纯粹的精神纽带的形成也最明显，特别是在刚开始的时候(Tönnies 22—23)。而这一点并未从爱德娜与她的孩子身上体现出来。虽然爱德娜生了两个儿子，但她缺乏对孩子应有的关心，她不会想到提前为孩子们缝制

① 本文出自《大地》的内容，如无特殊注明，都引自赛珍珠(1988)，下文只标注页码，不再逐一标注。

② 本文出自《觉醒》的内容，如无特殊注明，都引自肖邦(1991)，下文只标注页码，不再逐一标注。

冬季睡衣;孩子们摔倒后也不会"哭着跑到母亲怀里去寻求安慰","简而言之,蓬迪里埃太太称不上是慈母"(9)。小说结尾,在她将自己投溺于大海的路上,想到自己的孩子时,她是这么认为的:"孩子们像征服过她的敌手一样出现在她眼前……但她有办法来逃避他们。对所有这一切,当她在走向海边的路上,她都不再想了"(151)。

二、地缘共同体

亲缘共同体进一步发展,往往就会形成地缘共同体,其中首要的表现为:这些亲缘共同体比邻而居。地缘共同体,以村庄为载体,共享一方土地与物理空间。这里的人彼此熟识,相互习惯,也使得共同劳动、共守秩序与管理形式成为必须;它的维系显然不同于亲缘共同体(以血缘关系为纽带、以家庭为载体),它的维系靠的是聚集一处的固定习惯,以及祭拜等习俗(Tönnies 27—28)。

《大地》里的阿兰有着她所处地缘共同体中的固定习惯,并遵循着当地的习俗。阿兰一言一行,亦无不符合当地的风俗习惯。这里的人们最显著的总体特征就是敬畏土地。而阿兰尤其如此。新婚的当天,在回家之前,阿兰就先跟随王龙"走到了村西边的土地庙"(19),给庙里的土地爷和土地娘娘敬了香,直到"看着香烧成了灰烬",他们才"向家里走去"(20)。同样,阿兰在睦邻友好方面,亦可圈可点。结婚当晚,阿兰在厨房里烧出了七道好菜,招待了王龙请来的亲朋和邻居,得到了客人们的一致赞扬;新年将至,阿兰"把猪油和白糖和在一起,用米粉面做了许多好吃的年饼"(42),给大年初一来拜年的亲戚邻居享用,大年初二去黄家拜年时,又能当作给黄家老太太的礼物。读者不难推断阿兰在建构睦邻友好关系方面的成效。

特殊时期更可见阿兰在地缘共同体中的地位。旱灾期间,与王龙翻脸、实为土匪的叔叔第一次撺掇村里人来打劫时,王龙的父亲"受到惊吓,正在呜呜地哭泣",而"这时阿兰出来说话了,她那平板缓慢的声音高过了男人","如果你们再拿别的,你们会遭天雷劈的"(66)。其时,阿兰已身怀六甲、即将分娩,她理性正义的言辞,让"本不是坏人,只是饿急了才干出这种事来"的人,"在她面前感到羞愧,一个个走了出去"(66)。当王龙的叔叔第二次带几位城里人欲趁火打劫时,阿兰再次以"某种镇静,听起来比王龙的愤怒更有力量"(78)的声音,打消了他们买地的念头。

相较于阿兰，无论婚前还是婚后，地缘共同体在爱德娜这里都难以生效。地缘共同体特别需要因某些特定习惯的聚会或习俗来支撑（滕尼斯 1999：66—67），而爱德娜对参加这些聚会或习俗活动，都表现得很勉强、很被动，或干脆不参加。当她还是个“很小的小女孩”时，她就在礼拜时开溜过，她后来告诉拉蒂诺尔夫人说：“我溜掉了，没有做祷告，没有参加长老会礼拜”（20），并且从那以后，她也“从来没有很认真地思考过宗教，而只是任由习惯所驱使”。在格兰德岛的整个夏天，她都觉得自己“懒洋洋的，毫无目标，心不在焉，漫无方向”（21），她难得一次参与了宗教活动，却又中途溜号了：“现在她唯一的念头就是摆脱教堂里那闷得要命的气氛，出去换换空气”（46）。爱德娜的行为让当地的长者感到担心，但她自己却并不在意。这里人们的习惯，她既不深入了解，也没打算适应，她“虽然嫁给一个克里奥尔人，但对克里奥尔社会往来很不熟悉，从前也未很亲切地投入他们中间去”（11—12）。这里的人们有聚在一起用餐的习惯，而爱德娜却总是慢腾腾地、带着孩子在外面晃悠，“到最后一分钟才准备回来用午餐”（29）。此外，这里的母亲基本都是慈母，而前文已经提及，爱德娜却并非如此。

三、精神共同体

滕内斯认为，精神共同体即“友谊共同体”，它可以被理解为“心灵的生活的相互关系”（滕尼斯 2000：53）。然而，读者从《觉醒》中的爱德娜身上，很难发现她与谁在当下存在着基于心灵、精神和信仰等相近的，“朋友和志同道合者的人本身的相互关系”（滕尼斯 2000：55）。没有人可以真正走进她的精神世界，她也无法走进别人的精神世界。这种状况，对她而言，由来已久。“在童年时期，她就独自生活在自己的小天地里”（17）。不管在宗教礼拜，还是在处理家庭要务等方面，她通常都不听她父亲的；因为母亲的早逝使爱德娜过早失去了母亲的关怀，虽然大姐玛格丽特担负起了主妇管家的责任，但是她“从不过分地流露感情”，而爱德娜因其自身性格“冷淡”“缄默寡言”（21）的缘故，她与妹妹珍妮特的相处也并不融洽；后来，她还拒绝参加妹妹的婚礼，以至于父亲怀疑妹妹“今后是否还会跟她说话”，并肯定她姐姐“不会再理她了”（94）。简言之，爱德娜对逝者没印象，对生者缺乏情感沟通。T. S. 艾略特（T. S. Eliot，1888—1965）认为，“当我说到家庭时，心中想到的是一种历时较久的纽带：一种对死者的虔敬，即便他们默默无闻；一种对未出生者的关切，即便他们出生在遥远的将来。这种对过去与未来的崇敬，必须在家庭里就得到培育，否则永远不可能存在于共同体中”(Eliot 44)。可见，这种“必须在家庭里就得到培育”、连接过往与未来的精神纽带，在爱德娜身上是缺失的。

同样，爱德娜在家庭之外，也没有与任何人构建起可以交心的友谊。“精神共同体的典型人际关系为志同道合的朋友关系”(邹涛 107)。小说中，爱德娜与阿黛尔、雷西小姐、罗伯特和阿罗宾有过交往，但都未能构建起真正的友谊。阿黛尔与克里奥尔的太太们共享着精神共同体。她们具有“天生和明确无误的高尚节操”，她们“钟爱孩子，崇敬丈夫”，其中，阿黛尔“尤其具有一切女性的美德和魅力”(10—12)，她的丈夫亦性情宽厚、乐善好施、通情达理，“假若在地球上有哪两个人是最成功融合成一体的，那一定就是这对夫妇了”。然而，爱德娜却从这样的家庭生活中只看见了“可怕而使人绝望的无聊和厌烦”，她甚至对阿黛尔“产生了怜悯之心”，认为这种生活使她盲目满足于现状、从没有苦恼触及其心灵(74—75)。也就是说，爱德娜并未与阿黛尔在婚姻爱情与家庭生活等方面达成心灵的共识。

爱德娜与雷西小姐也未达成深厚的友谊。在《觉醒》中，虽然每一次雷西小姐弹奏的音乐都让爱德娜大受触动——如第一次，她听得“颤抖”“啜泣”“眼睛满含泪水”(33)；第二次，她依旧“啜泣”“哽咽”，但那是因为爱德娜自认为自己“非常喜欢音乐”(32)，而对于雷西小姐本人，她却当面对其表达了自己的困惑：“我不知道我是不是喜欢你”(33)。至于罗伯特和阿罗宾，她认为前者对她的爱情“曾唤醒她的心灵使她倾心于他”；而后者与其发生了让她“有一种负疚感觉”的“越轨”行为(111)，但这两人，在她最后将自己投身大海的过程中，都没有能够使其停留：“今天是阿罗宾，明天又是另一个人，对我来说没什么不同”。同样，当她念及罗伯特给她写下的话语“再见，因为我爱你”的时候，她这样想道：“他不懂，他不了解。他永远也不会了解”(151—152)。

滕尼斯之后，本尼迪克特·安德森(Benedict Anderson, 1936—)继承并发展了他的思想，“视共同体为一种用于塑造民族主义身份或观念的想象化运作”(李玲 180)，“因为即便在最小的民族里，每个成员都永远无法认识大多数同胞，无法与他们相遇，甚至无法听说他们的故事，不过在每个人的脑海里，都存活着自己所在共同体的影像”(Anderson 6)。

"这个影像即共享的文化和想象,是共同体的内在有机属性,把可能互不相识的成员们凝结成一个整体"(李玲 180)。《大地》中阿兰所拥有的精神共同体就与此契合,共有的土地情结与稳固的身份角色意识使这个共同体具有强大的生命力。

在传统的中国农业社会中,土地是农民的生命之源、精神寄托,甚至是宗教信仰。《大地》中的阿兰敬畏土地、热爱土地、亲近土地、耕种土地,与土地融为一体的情感,让她与生者相通,与逝者相连:"他(王龙)和她(阿兰)两人一起干活,配合默契……他觉得和她凑合在一块,甚至不觉得累了。他好像把什么事都忘了;有的只是这样在一起干活时内心的愉快","从前某个时候,男男女女的尸体都埋在那里,当时还有房子,后来坍塌了,又变成了泥土。同样,他们的房子有一天也要变成泥土,他们的肉体也要埋进土里。在这块土地上,每个人都有轮到自己的时候"(28)。阿兰与所有农民一样,共享着这种人与土地生死相依、血脉相连的情感与精神,不仅如此,她坚固的身份角色意识也与中国传统女性的身份角色意识相贯通。正因为这种共有的精神,儒家伦理秩序得以维系数千年,具有较强的生命力。正如安乐哲所说:"把人行为的具体形态指称为各种各样'身份角色',如父亲、母亲、儿子、女儿、老师、朋友和邻居,这些'身份角色'本身是蕴含'规范性'的词汇,其强制作用比抽象的训令还要大"(安乐哲 186)。

四、反思与体悟

赛珍珠和凯特·肖邦一样,都关注妇女的地位问题,都试图为女性构建与当时社会发展相适应的新型共同体,她们的努力,在思想上无疑都获得了较大成功。伊莱恩·肖瓦尔特(Elaine Showalter, 1941—)就曾指出,凯特·肖邦的《觉醒》"具有划时代的重要意义……因为肖邦大胆超越了她前辈的作品,书写了妇女对性和个人解放的渴望"(Showalter 65)。同样,佩尔·哈尔斯特龙(Per Hallström, 1866—1960)在给赛珍珠颁发诺贝尔文学奖时,也表示"在这部长篇小说提出的众多问题中,一个最严肃、最忧郁的问题是中国妇女的地位问题"(哈尔斯特龙 71)。

但是在实践上,笔者认为《觉醒》中爱德娜所谓的觉醒解放之途却并非正道。首先,仅从亲缘、地缘和精神共同体这三方面来考察这一人物形象,就不由得令人想到南希在其《不运作的共同体》中所探讨的"独体/单体”(singularity),以及布朗肖在其《不可言说的共同体》中所强调的“孤立的存在”(the isolated being)(殷企平 72—74)。而这又恰恰与凯特·肖邦最初给《觉醒》起的书名《孤独的灵魂》(*A Solitary Soul*)相呼应,据说《觉醒》的书名是出版商所起,但肖邦的笔记本中依旧保留着《孤独的灵魂》之书名(Seyersted 221)。联系肖邦在《觉醒》出版之初、遭遇不少负面评价后所发表的《声明》,亦不难推测肖邦对爱德娜的定位,因为她在《声明》中写道:“我做梦也没想到蓬迪里埃太太会把事情搞得如此糟糕、自作自受。如果我对这种事有一点点预知,我就不会把她写进其中。但当我发现她在干什么时,戏已过半,已为时太晚”(Chopin 1998: 296)。

其次,从根本上而言,共同体中的道德因素并不能缺失。而这正是《觉醒》和爱德娜最初遭到诟病的主要原因,如当时的圣路易斯《共和报》就评价《觉醒》为:“对讲道德的人而言,它如饮品,但味道太浓烈而不能喝,必须将其称之为‘毒药’”(Rankin 173);舆论界尤其不能接受爱德娜这个人物,认为“这个人误入歧途,而且寡廉鲜耻,海湾的海水吞没她实在是活该”(Berthoff 79);就连薇拉·凯瑟(Willa Cather, 1873—1947)也认为《觉醒》的主题“老套而肮脏”(Koloski 162)。其实,《凯特·肖邦评传》(*Kate Chopin—A Critical Biography*, 1969)的作者[也是《凯特·肖邦全集》(*The Complete Works of Kate Chopin*, 1969)的编辑]佩尔·赛耶斯特德(Per Seyersted, 1921—2005)从一开始就给肖邦的女性书写做了定位,他认为肖邦在“性、离婚和女性真实存在动因”的书写方面“可算是一位先驱”,但是他特别强调了这样一个评判前提,那就是撇开道德因素不谈,他认为肖邦对上述问题的书写是“amoral”,也就是“超道德的”(Seyersted 198)。

问题的关键是,共同体存在、运作与否,与道德伦理等因素休戚相关。滕尼斯阐述共同体相关理论时,就高度重视道德因素,并多次提到与道德相关的表达,如“道德本能”“道德之善”以及“道德力量”等。无怪乎该书的编者、牛津大学约瑟·哈里斯(Jose Harris)教授认为可以将该书作为“道德科学”(moral sciences)领域里的著作来阅读,因为书中充满“道德热情”(Harris xi),并认为在一个共同体里,人们潜意识里就有着“共有的道德观”(Harris xix)。

《大地》中的阿兰与爱德娜形成了对照。阿兰在儒家规约之下牢记自己的身份角色,使其所在的共同体充满勃勃生机,即使她个人在身处逆境之时，也给人以向上的力量。不仅如此，《大地》中阿兰身上表现出来的顽强生存意志力，还“契合了美国历史传统中崇尚简朴自然的道德观”（万雪梅 2018b：B－20），也正因此，小说一发表，就让处于大萧条时期的部分美国人内心产生了强烈共鸣，使他们看到中国农民身上所表现出来的顽强生存意志力。

行文至此，我们不能不反思部分西方文论，特别是女性主义理论对学界在阐释《觉醒》中爱德娜行为时产生的某些误导。梁漱溟先生对西方理性主义思想就有过强烈的“抵触情绪”，关于妇女解放，他坚持认为“如果妇女解放只是作为一种理性的建设，那就不会有什么真正的结果；相反，只有诉诸感情才能成功”，他认为“民众中存在一种与生俱来的内在的善德”（艾恺 51）。刘意青教授也认为“20 世纪西方多元文论驾驭的文学批评起码有两个方面值得反省”，其中第一个方面就是“它忽视了文学批评和文本阐释是个有道德承载的行为，而不是没有是非的智力游戏”（刘意青 2006：20），“文字游戏既不是女权运动的终极目的，也侮辱了那些勇敢的、用笔闯天下的文学女前辈们”（刘意青 1995：11）。同样，李维屏教授也指出，文学研究如果一味地跟进套用西方文论，就会“缺少灵气”，“甚至忽视了一些本不该忽视的研究对象”，如“人文精神”等（李维屏、周怡 2）。

前文所及的阿兰和爱德娜形象，能够给我们以启迪。凯特·肖邦本人“不仅是一流作家，而且是一位社会转型时期的觉醒者——一位洞明许多世事真相的智者，具备诸多中华传统的女性美德”（万雪梅 2018a：2—3），而她塑造的“爱德娜”这样一位女性形象，多半是出于对后人的警示。至于赛珍珠所塑造的阿兰形象，更多地给予人们正面启示。毕竟赛珍珠在中国生活了近 40 年，受中国语言文化影响很大，“有很多年，赛珍珠都认为中国话是她的第一语言，而英语是第二”（姚君伟 523）。她对中美文化差异的领悟，也比较深入：“对我来说，中国人似乎一生下来就具有一种世代相传的智慧，一种天生的哲学观，他们大智若愚……即使跟一个目不识丁的农民谈话，你也会听到既精辟又幽默的哲理”；她还对“世界共同体”（World Community）做过不止一次的思考（Buck 1948，1949），并且对中美文化在这方面的差异也早有所反思：“亚洲的古老民族肯定对世界共同体和生命的共性有所认知，而我们没有”，“中国人会本能地说：‘天下一家。’我们从未想过要说这样的话，因为我们不相信它”，同时，她也对美国人有所提醒：“不管我们信不信，我们都是一个世界大家庭，而且在这个小小的地球上，除非我们意识到我们必须对所有人都如同家人，否则我们永远不会有和平与安全”(赛珍珠 2020：184)。综上所述，两位美国经典女作家，从正反两方面为我们所做的示现，不仅令人感受到儒家角色伦理的生命力、体会到中国精神与智慧的力量，而且令人思考“人类命运共同体”作为“应对当今全球性难题的方法论和行动指南”(周敏 68)，必将为全人类共建美好家园共同体贡献更大的力量。

引用作品[Works Cited]：

Anderson, Benedict. *Imagined Communities: Reflections on the Origin and Spread of Nationalism*. London: Verso, 1991.

Berthoff, Warner. *American Trajectories, Authors and Readings 1790 - 1970*. University Park: The Pennsylvania State UP, 1994.

Bradley, Patricia L. "'The Birth of Tragedy' and '*The Awakening*': Influences and Intertextualities." *The Southern Literary Journal* 37 (2005): 40 - 61.

Buck, Pearl S. "World Understanding through Reading." *ALA Bulletin* 42.8 (1948): 341 - 348.

——. "The Importance of Books." *Journal of the Illinois State Historical Society (1908 - 1984)* 42.2 (1949): 167 - 178.

——. *The Good Earth*. New York: Open Road Integrated Media, 2012.

Chopin, Kate. *The Complete Works of Kate Chopin*. Ed. Per Seyersted. Baton Rouge: Louisiana State UP, 1969.

——. *The Awakening*. Ed. Nancy A. Walker, New York: St. Martin's Press, 1993.

——. *Kate Chopin's Private Papers*. Eds. Emily Toth and Per Seyersted, Bloomington and Indianapolis: Indiana UP, 1998.

Eliot, T. S. *Notes towards the Definition of Culture*. Croydon: Faber, 1948.

Harris, Jose. "General Introduction." *Community and Civil Society*. Ed. Jose Harris. Trans. Jose Harris & Margaret Hollis. Cambridge: Cambridge UP, 2001.

Jung, Yonjae. "The New Americanist Intervention into the Canon." *American Studies International* 42 (2004): 213 - 225.

Koloski, Bernard. "*The Awakening*: The first 100 years." *The Cambridge Companion to Kate Chopin*. Ed. Janet Beer. New York: Cambridge UP, 2008.

Rankin, Daniel S. *Kate Chopin and Her Creole Stories*. Philadelphia: U of Philadelphia P, 1932.

Seyersted, Per. *Kate Chopin: A Critical Biography*. Baton Rouge and London:

Louisiana State UP, 1980.

Showalter, Elaine. *Sister's Choice: Tradition and Change in American Women's Writing*. Oxford: Clarendon Press, 1991.

Tönnies, Ferdinand. *Community and Civil Society*. Ed. Jose Harris. Trans. Jose Harris & Margaret Hollis. Cambridge: Cambridge UP, 2001.

艾恺：《最后的儒家——梁漱溟与中国现代化的两难》，南京：江苏人民出版社，2003年。

安乐哲：《儒家角色伦理学：一套特色伦理学词汇》，孟巍隆译，济南：山东人民出版社，2017年。

斐迪南·滕尼斯：《共同体与社会：纯粹社会学的基本概念》，林荣远译，北京：商务印书馆，1999年。

——：《共同体与社会：纯粹社会学的基本概念》，林荣远译，北京：北京大学出版社，2000年。

凯特·肖邦：《觉醒》，文忠强、贾淑勤等译，桂林：漓江出版社，1991年。

孔丘、孟轲等：《四书·五经》，北京：北京出版社，2006年。

李玲："共同体还是独体？——论华兹华斯《兄弟》中的共同体困境"，《外国文学评论》，2019年第4期，第177—199页。

李维屏、周怡："李维屏教授访谈录"，《英美文学研究论丛》，2007年第2期，第1—7页。

刘意青："用笔写出一个天下——续谈女人与小说"，《外国文学评论》，1995年第2期，第5—12页。

——："略谈文学和文学批评的道德承载问题"，《浙江师范大学学报》，2006年第2期，第20—25页。

佩尔·哈尔斯特龙："1938年诺贝尔文学奖颁奖词"，《大地的女儿——赛珍珠》，庐山"老别墅的故事"景区编，南昌：江西美术出版社，2009年，第67—74页。

赛珍珠：《大地》，王逢振、韩邦凯、沈培锠等译，桂林：漓江出版社，1988年。

——："书的重要性"，兰守亭译，《世界文学》，2020年第3期，第174—185页。

万雪梅：《觉醒——凯特·肖邦作品新论》，镇江：江苏大学出版社，2018a年。

——：《赛珍珠——镇江文化的"名片"》，《达拉斯新闻》，2018b年11月23日，第B-20版。

姚君伟："第十九章 赛珍珠和她的东方故事"，《美国文学的第二次繁荣》，虞建华等著，上海：上海外语教育出版社，2004年，第521—539页。

殷企平："西方文论关键词：共同体"，《外国文学》，2016年第2期，第70—79页。

中国社会科学院语言研究所词典编辑室：《现代汉语词典》，北京：商务印书馆，2006年。

周敏："走向人类命运共同体：一个比较文化的视角"，《上海交通大学学报（哲学社会科学版)》,2019 年第 2 期,第 68—75 页。

邹涛:"个人主义危机与共同体的崩溃——儒家角色伦理视野下的《老人与海》",《当代外国文学》,2019 年第 1 期,第 102—109 页。

《坠落的人》中“拼贴”的后现代叙事意义*

黄铁蓉**

内容提要：唐·德里罗擅长运用“拼贴”技法展现作品的碎片性、不确定性和边缘性等后现代特性。在小说《坠落的人》中，他以结构上的拼贴打断叙事的连续性，折射出碎片式的后“9·11”美国社会现实，展现出其历史意识和政治介入；以人物拼贴呈现“不言说”者的言说，以反叙事将政治他者形象景观化，从而使“历史真相”“问题化”，对抗主流叙事；以历史事件拼贴抨击高度极权化的美国政治制度，诘问其意识形态体系。德里罗的“拼贴”技法意在提醒读者审视现实，敦促其意识到文本意义和历史真相不仅受一定社会性语境的制约，而且被某种特定利益阶层控制。

关键词：《坠落的人》；拼贴；问题化；历史真相；意识形态批判

Abstract: Don DeLillo skillfully employs collage technique to present fragmentation, uncertainty and marginalization in his fiction. In *Falling Man*, he creates narrative discontinuity with structural collage, mapping the fragmented post-9/11 American reality, thus demonstrating the author's historical awareness and political engagement. His writing empowers those who remain silent to express themselves and fictionalizes the counter-narrative political others into spectacle with the collage of characters. In this way he problematizes the "historical truth" and resists dominant American media. He attacks the highly totalitarian American political system with the collage of historical events, problematizing the American ideology. The three types of collage urge the readers to reconsider the actual situation, and help them perceive that both the textual message and historical truth are constructed through certain social contexts and constrained by some privileged classes.

Key words: *Falling Man*; collage; problematizing; historical truth; ideology critique

唐·德里罗(Don DeLillo，1936—)被誉为“美国最重要的四位小

* [**基金项目**]：本文系西安外国语大学 2018 年校级科研资助项目“当代西方后经典叙事学在中国的本土化研究”(18XWB16)的阶段性研究成果。

** [**作者简介**]：黄铁蓉，西安外国语大学经济金融学院副教授，主要从事当代美国文学研究。

说家之一”(Bloom 1)。在近半个世纪的创作生涯中,他曾荣膺美国全国图书奖、耶路撒冷文学奖和福克纳笔会小说奖等诸多文学奖项。自第一部小说《美国志》(*Americana*, 1971)起,德里罗便一直站在社会的对立面,以冷峻的笔触对当代美国的社会、政治和文化生活之“魔力与恐怖”(magic and dread)做出“文化批判”(周敏 18)。德里罗发表于21世纪的作品《坠落的人》(*Falling Man*, 2007)是受摄影记者理查德·德鲁(Richard Drew)同题照片启发而作,照片抓拍了“9·11”当天一名跳楼者坠落的瞬间,但它们后来被美国政府禁用。该小说以反叙事的手法重访震惊全世界的“9·11”恐怖袭击事件,自出版以来就不断引起学界的回应。玛格丽特·斯坎伦(Margaret Scanlan)认为,“《坠落的人》是‘9·11’恐怖袭击后针对美国社会现状的反思之作”(Scanlan 505)。琳达·S.考夫曼(Linda S. Kauffman)认为“《坠落的人》这一题目本身俨然成为后‘9·11’人类状况的象征”(Kauffman 647)。相较于国际批评界对《坠落的人》的热评,国内文学界针对这一作品的研究大多是从创伤、恐怖、救赎、死亡、景观等视角切入,挖掘其丰富内涵,但针对叙事技巧的研究仍不算多。

拼贴(collage)作为一种突出的后现代叙事手段得到了德里罗的青睐。拼贴是后现代诗学的基因之一。作家唐纳德·巴塞尔姆(Donald Barthelme, 1931—1989)认为,“拼贴原则是20世纪传播媒介中所有艺术的中心原则”,他还指出“拼贴的要点在于不相似的事物被黏合在一起,在最佳状态下,创造出一个现实。这一新现实在其最佳状态下可能是或者暗示出对它源于其中的另一现实的评论,或者,还不止这些”(巴塞尔姆 331—332)。德里罗的《坠落的人》被《哈佛书评》评价为“‘9·11’小说定义之作”,它的成功必定与拼贴的叙事作用相关。作者以结构上的拼贴打断叙事的连续性,折射出碎片式的后“9·11”美国社会现实,展现出其历史意识和政治介入;以人物拼贴展示“不言说”者的言说,以反叙事将政治他者形象景观化,从而使“历史真相”“问题化”,对抗主流叙事;以历史事件拼贴抨击高度极权化的美国政治制度,诘问其意识形态体系。

一、叙事结构的拼贴

《坠落的人》的整体叙事结构是一个精巧的拼贴。从宏观形式上看,小说文本是由主体叙事“块茎”(rhizome)、镶嵌在主体叙事中的“块茎”和首尾相接的环形共同构成的复杂拼贴。后结构主义哲学家吉尔·德勒兹(Gilles Deleuze, 1925—1995)和菲利克斯·瓜塔里(Félix Guattari, 1930—1992)在他们的代表作《千高原》中提出了"块茎"思维,认为"块茎本身形态各异,其分支随意发展并向四周扩展、自结更多块茎"(Deleuze & Guattari 7)。《千高原》自身就是一个"块茎"文本,它"采用了类似拼凑的技巧,放弃了任何类似于叙事或论证阐述的理论方法,偏好一种随机的、观点并置的章节安排,或者说是由复杂的概念流组成的'高原'"(道格拉斯、贝斯特 127)。而"所谓'环形'是指荷马史诗中相同或相似的要素、看法或概念,在故事的开头和结尾处都出现了,这种重复就是一个'环'"(程志敏 145)。

《坠落的人》三个主体叙事部分拼贴形成一个大的"块茎"结构,它的"各个冠以人名的部分,与其说是以此人为中心的树状结构,不如说是以德勒兹式块茎路线来叙事,人名并非主导而是辐射该部分的叙事"(安婕 126)。小说三个叙事部分的标题均以人物名字命名,即"比尔·洛顿"(Bill Lawton)、"恩斯特·赫钦格"(Ernst Hechinger)、"戴维·雅尼阿克"(David Janiak),框架式的拼贴技巧把这三个毫不相干的人物放置在一起,各叙事部分之间互相"叠加",形成非线性、去等级、否定中心的"块茎"式多层叙事结构,而这种结构上的松散又导致人物的空间性,最终丰富了小说叙事层次和人物主体活动的空间场域,这也是后现代小说人物主体建构的一种必要手段。此外,"块茎"结构也展现在每一部分各章节的内在布局中。每一个章节就是一个"块茎"模块,而这个模块又由十几个甚或更多的次级"块茎"碎片"叠加"构成,小说中出现多场景、多叙述者和一系列碎片化的情节,"块茎"碎片之间也存在时间和空间的跳跃性。例如,主人公基斯的画面分裂成另一个共时性"块茎"模块:一个是他与儿子贾斯汀谈话的画面,一个是他复杂的心理图像,情人和妻子画面在他心里交替闪现。这种"块茎"式的共时性空间利于人物的互相构建。对基斯来说,情人影射的是他们在共同经历恐怖袭击之后的情感共鸣,而妻子映照的却是历经创伤之后的基斯。基斯只是美国集体创伤者的一员,所以这种"块茎"结构的拼凑组合实际上折射了碎片式的后"9·11"美国社会现实。

恐怖分子哈马德的"块茎"叙事与以基斯为主的核心主线的交织,形成另一个结构上的拼贴。对传统时空观的解构不仅是文学表达形式上的新特征,也是后现代美学形式的范式革新,它与后现代时期的社会生活、人的精神层面对人内在主观时间的影响有着深刻的语境联系,反映了后现代艺术家们以自己独特的艺术审美手段创建价值系统,从而关注现实、介入政治,并达成解构现实和批判意识形态体系的目的。“德里罗以镶嵌式的叙述形式,以反叙事的叙事手段将对恐怖分子的叙述放在小说每一部分的最后”(张瑞华 92)。作者在小说每一部分最后一章以三个不同的地名为标题,以全知全能的视角,以碎片“块茎”倒叙的手法拼凑出恐怖分子哈马德的成长轨迹。与其他后现代主义作家一样,德里罗在小说中有意忽视时间的客观感,以“镶嵌”式的“块茎”造成时间的不连贯。作为一个出生于伊斯兰世界的政治他者,哈马德的故事时间在过去,而主体叙事的时间则设定在当下。这种独特的拼贴使叙事时间空间化,文本的时序不断被嵌入的故事时序中断,从而使叙事文本的“时空断裂”,整体文本呈现碎片、零散、非线性的后现代叙事特征。在形式上,“块茎”镶嵌于文本主体叙事,这实质上导致过去与现在的渗透。如此一来,文本意义仅产生于能指的差异,而所指在能指链条下不断滑动,最终实现了历史与现实间的一种隐蔽衔接,艺术美学由此获得了一种颠覆性的意识形态意义。诚如加拿大文学理论家琳达·哈琴(Linda Hutcheon,1947—)所说,“后现代的历史意识就像后现代建筑师所宣称的那样是‘过去寓于现在’。过去不再能够被否定,也同样不能毫无问题地回归它。这不是怀旧,而是带有评判性的重访”(Hutcheon 195)。德里罗的历史意识显而易见:过去是历史上的现实,而现实是未来的历史,过去和现实是一个连续体,作者意在把意识形态语境化,批判锋芒直指作品创作的时代语境。

首尾相接的封闭式环形叙事也形成一种结构上的拼贴。环形结构的基本特征有“重复、呼应、对称”等(张珊 20)。《坠落的人》“在小说开头和结尾的叙事形成一个封闭的环形”(王朝婷 74)。在小说开篇,文本背景设定在 2011 年 9 月 11 日恐怖袭击当天,满身血污的基斯从世贸大楼逃离到纽约街道上,他看到纽约街头往日的繁华尽失,到处布满尘埃,景象恐怖。他艰难地穿过碎石瓦砾和泥泞,朝北走去。他看到惊慌失措四处逃离的人们;看到天空中一件衬衫飘浮着、“坠落”着,最后落到一条河里。而在小说结尾,德里罗再次把废墟中的城市和“坠落”的衬衫等景观“复制”“粘贴”呈现给读者。在这里,环形叙事通过首尾结构上的呼应展现出对称性的艺术美,通过一些情节和人物的重复,强化了文本主题。“在纳博科夫看来,圆环这种封闭形状极具哲学深意,首尾相接、毫无出口,将文本中所有的生命个体囚禁在当下的时间之狱中”(王治涵 297)。如此一来,首尾相接的环形结构构成一个没有出口的圆圈，其寓意深刻。曾供职于双子塔内一家大律所的基斯是财富和权力建构的资本主义现代主体代表，但深受灾难伤痛折磨的他，灵魂安在？无论家人还是情人皆不能减轻他的伤痛，他最终选择逃避真实的存在，陷入赌博深渊而不能自拔。他彻底"坠落"了。恐怖袭击事件是美国的集体创伤，文本中反复出现的"坠落"的衬衫以及行为艺术家雅尼阿克的最后一次"坠落"具有深层的寓意：无论身处其中的主体如何尝试摆脱灾难性创伤的精神囚禁，其挣扎终究是徒劳无益的。

纵观全局，小说文本"块茎"结构与首尾相接的环形结构形成了一个封闭的圆圈。这种独特的拼贴结构隐喻着过去和现在的交织、现在对未来的拷问。正如文本所展现的，人类在坠落，人性在坠落，世界在坠落。德里罗用"叠加""镶嵌""复制"和"粘贴"的手法将小说割裂为碎片化的模块，并使之重新组合，整个小说的叙事自始至终呈现无中心、去等级的无序样态。"一篇叙事作品的结构，由于它以复杂的形态组合着多种叙事部分或叙事单元，因而它往往是这篇作品最大的隐义之所在"（杨义 59）。德里罗以这种"块茎"和"环形"交织的后现代叙事挑战传统时间观的固定化，尽现后现代的破碎性和现实社会的无序，这样的写法不仅利于人物主体的建构，而且也彰显了作者的政治参与意识和犀利的文化批判意识。

二、人物的拼贴

人物拼贴也是《坠落的人》中重要的拼贴形式。它指的是把很多看似毫不相干的人物拼贴起来，每个人物在自成一体的情节中展开活动，并因此实现人物场景碎片化的效果，展现出一个破碎、不确定的世界。粗略看来，《坠落的人》整体文本俨然是由三个影子人物"比尔·洛顿""恩斯特·赫钦格"和"戴维·雅尼阿克"构成的拼贴画，且每个叙事部分内各章节人物的出场次序存在随意性，叙事空间任意切换，人物之间似乎没有因果联系。而德里罗并未提供外貌、体貌特征等详细的个人信息，读者只能通过同一人物的多个话语片段或心理描写判断人物的身份或人物之间的关系，读者总是带着疑惑阅读文本，还未回过神来旋即被带入下一个章节。文本仿佛偶然拼凑的大杂烩，而这些碎片化的人物场景需要读者重新组合。由于人物众多，本文只讨论两组人物的拼贴，以达抛砖引玉之意。

第一组人物拼贴表现在丽昂和行为艺术家之间，是分别通过他们的心理透视和行为活动实现的。行为艺术家的形象具有模糊性。他自始至终保持沉默，读者无从知道他的姓名、体貌特征和身世，而作者并没有花费过多笔墨对此进行解释。模糊的人物形象建构需要借助“他者”媒介。于是，德里罗虚构了行为艺术家与丽昂的三次空间拼贴。“人物是叙事作品中的首要因素，因为具有丰富内心活动的人物通常包含深刻的心理感受，如痛苦；小说艺术的魅力在于揭示人物内心活动的丰富性”(福斯特 30)，而关于人物内心活动的叙述有利于读者生产文本意义。行为艺术家与丽昂本互不相干，但他的三次“坠落”表演，丽昂都在场，读者总是透过丽昂的心理活动了解表演过程。第一次“坠落”发生于丽昂去中央车站接母亲尼娜时，丽昂看到广场高架桥上方钢制结构上悬挂着一名男子。第二次“坠落”发生于“9·11”恐怖袭击36天之后，丽昂从老年痴呆症患者故事小组回家，途中她看到“行为艺术家”在距离125街地铁站三分之一英里处的地铁维修平台上表演。丽昂很想知道他的意图，“或者说，她在臆想他的意图”(德里罗 178)。第三次“坠落”出现于丽昂在家翻阅的报纸上登载的讣告，她试图将行为艺术家与三年前看到的那次表演联系起来，可她在网络上找不到与此相关的任何照片。她突然觉得“她就是照片，就是那光敏面。那个无名身体坠落下来，她的角色就是进行记录和理解”(德里罗 243)。显然，丽昂作为一名观者亲眼看见了他者(行为艺术家)的表演。实际上他们两者互为“他者”。

人物的拼贴利于人物主体的互相建构。如果说摄影师德鲁的照片“坠落”赋予人们一种静态的记忆震惊，那么德里罗在小说中呈现的“坠落”表演则是一种动态的、在场性的震惊。这种突如其来的刺激，使观众条件反射地产生震动、惊惧的心理感受。德里罗通过展示行为艺术家不同时空的“坠落”表演，将顷刻间的“震惊”转化为语言文字，从而将恐怖的瞬时记忆定格为恒定的文化记忆，进而积淀为恒久不变的创伤。所以当行为艺术家“坠落”时，作为观者的丽昂以及其他人必然受到“震惊”的心理冲击。表演者的终极痛苦体验对观者来说不仅是个体性的心理体验，而且也是其在“震惊”之余会重新审视自我存在的现实。观者越多，这种文化信息传播力就越强，这正是作者的叙事目的。德里罗精心设计仅有画面而不说话的行为艺术家雅尼阿克，这很容易让读者看出其符号使命。另一方面，作者对丽昂寄予了阐释主体的厚望，因而将每一次“坠落”表演都置于她的视野中。作为具有民族文化符号意义的行为艺术家和作为观者的丽昂两者在“共谋”下完成了自我主体的建构。丽昂打算开始新的生活，正如小说所写，“她准备独自生活下去，以可靠的镇定态度独自生活下去，她和孩子将会以撞楼飞机——划过蓝天的银色——出现前一天的方式生活下去”(德里罗 258)。而行为艺术家在丽昂的协助下也完成了他展现民族“文化遗忘症”的使命，他的“坠落”以“恐怖悲剧”的方式从公众视野和记忆中彻底消失，表面上很残酷，但很悲壮。这种彻底消失的、“不言说”的言说是对美国主流叙事的公然抗争。

第二组人物拼贴表现为虚构历史人物的颠覆性拼贴。哈琴指出，“语言，至少是在某一层面上，通过读者和世界链接，小说如此”，她还进一步指出，“正是在这一层面上，对那些认为‘自然而然’和‘天经地义’的事物去神秘化并进行意识形态批判的语言在发挥着作用”(Hutcheon 156)。小说第三部分最后一章中，作者运用电影蒙太奇的手法从内聚焦视角细致地描写了哈马德驾机撞击双子塔的心理路程。“飞机撞上了塔楼，热浪涌过，燃料喷出，火焰熊熊，紧接着一阵冲击波穿过大楼，把基斯·诺依德克尔从椅子上掀了下来……”(德里罗 262)，德里罗通过重构恐怖袭击历史将律师基斯与恐怖分子哈马德时空并置。人往往通过他者来建构自身。共时性空间能够使人物并置，人物之间如同镜子一样互为参照，互相建构。小说中德里罗虚构了哈马德从普通青年到“圣战者”以及“殉道者”的三次选择，最后一次选择发生在他登上飞机后。在这里德里罗邀请读者做出自己的价值判断。哈马德从质疑撞机行动到最终完成他的伦理抉择，体现了其作为人的个体理性意志无条件地服从于集体的非理性意志，他“坠落”了，然而他的“坠落”是一种非理性的选择，恐怖分子形象被彻底颠覆。这种“事实降格”是对美国主流叙事的公然对抗。而与哈马德共时性相遇的律师基斯是美国资本主义体系的代表，其人生抉择自然深受物质主义和重商主义的桎梏，最终他只能陷入赌博的泥沼而不能自拔。他也在坠落，但他的“坠落”最终逃脱不了资本对其主体性的控制。一个是恐怖分子，一个是受害者，哈马德和基斯这两个本不相识的人在虚构的叙事空间中相遇，体现了作者精妙绝伦的拼贴技法，达到了人物互为参照并以截然不同的方式完成自我主体建构的叙事效果。正如德里罗所说“作家应该置身于社会之外，不隶属于任何组织，不受任何影响”，在他看来，作家应该对社会有责任感，因为“小说家不人云亦云而是引领”(蒋道超 16)。由是观之，作者以反叙事把人物颠覆性拼贴，通过将政治他者形象景观化，“问题化”了美国主流叙事所宣扬的“历史真相”。

三、历史事件的拼贴

除了结构和人物拼贴,《坠落的人》中还有历史事件的拼贴。“艺术家的文本比科学文本负载更多的‘信息’,因为前者比后者设置更多的符码和更多的编码层面。然而,与此同时,与科学文本相对立的艺术文本却既要注意在创造过程中总使用不同符码传递的‘信息’,又要注意生产过程中涉及的娴熟技巧”(怀特 148)。德里罗是一位具有强烈历史意识和社会责任感的作家,所以他的许多后现代作品不仅重视历史的重构,而且关注现实语境,通过历史事件将作品放置于文学、社会、文化、历史等多元语境下进行全面审视。正如怀特指出的,“当代历史学家必须确立对过去的研究价值,不要把这种研究作为自身的目的,而是作为一种方式,为透视现在提供多重视角,从而促进我们对自己时代的特殊问题的解决”(怀特 51)。在《坠落的人》中,德里罗并未直接叙述恐怖本身,而是运用暗示话语,并通过不同历史事件的拼贴指涉现实,从而推进对历史事件的判断、理解和把握,反思当下的现实。

《坠落的人》借助虚构人物马丁的身份,运用暗指的语言符号进行历史事件的指涉拼贴。暗指(allusion)是德里罗常用来再现美国后现代文化的一种互文性叙事技巧,指“间接援引或顺便提及某个事件、人物、地点或者另一部艺术作品。对于暗指的性质及相关性作者并未解释,这要取决于读者对于被提及的内容是否熟悉”(陈永国 214)。马丁的身份之谜随着丽昂和母亲尼娜谈话的深入呈现在读者眼前。尼娜没有直接细说所指涉的历史事件,而是采用具有言外意义的一系列语言符号指涉历史事件,这种看似莫名其妙的语言符号的随意组合发挥了语言符号无限的能指功能,丰富了事件本身的阐释空间。德里罗在这对母女的谈话中使用了两组名词短语、词组等语言符号:(1) 意大利、动乱、恐怖分子、他、我们中的一员、不信神、西方人、白种人、它、正在慢慢失去中心地位、臭狗屎中心;(2) 20 世纪 60 年代末、一个集体组织、一号公社、他们、掷鸡蛋、扔炸弹。这两组语言符号都暗指欧洲历史上的两大历史事件,均指涉了“9 · 11”前后的美国社会现实。

第一组语言符号暗示的是意大利“红色旅”历史事件。语言符号是文本意义的载体。德里罗把“红色旅”这一真实的历史事件以小说文本的形式再现于读者眼前,巧妙地抵消了“9 · 11”和意大利“红色旅”两个历史事件并置拼贴的虚构性,强化了作者能指的历史寓意。20 世纪六七十年代意大利"红色旅"是由意大利特伦托大学社会学系的一些激进学生自发创建的青年组织,曾试图推翻意大利资产阶级统治,但是后来事态发展严重,他们开始实施恐怖活动,曾绑架和暗杀了该国总理。丽昂从母亲尼娜那里了解到马丁参加过"红色旅"活动。母亲尼娜去世后,在与马丁的最后一次告别中,丽昂意识到对美国进行攻击的恐怖分子不仅来自某些伊斯兰国家,最可怕的是他们身边还有像马丁这样来自西方世界的、潜在未知的恐怖分子,这意味着美国处境的危殆。小说通过"9·11"和意大利"红色旅"两件历史恐怖事件的拼贴,促使读者重新审视自己的历史语境。

第二组语言符号暗指德国"一号公社"历史事件。语言符号具有建构意义的功能。德里罗把"一号公社"这一真实的历史事件与"9·11"事件并置拼贴,反衬美国现实社会日益严重的极权主义。"一号公社"是20世纪六七十年代"举行示威反抗德国法西斯国家"的著名学生组织,这个组织的初衷是为了解放女性,但他们的行为逐渐变得过激,并且响应意大利的学生运动成立了德国"红色旅",后来一系列暗杀政府要员事件使这个组织演变为一个恐怖组织。在学生的抗议浪潮之后,西德政府迅速颁布"紧急宪法",并在全国范围内实施反恐怖活动。在《坠落的人》中,丽昂听母亲尼娜说到马丁曾是60年代末一个叫"一号公社"组织的成员。德国当时的情形与"9·11"事件之后布什政府的做法有颇多相似之处。一方面,美国政府制造全面恐慌,"如果见到任何可疑行为,见到无人看管的箱包,请报告有关人员",封闭的疆界、经常性的身份证检查、监禁恐怖分子或可疑分子成为美国社会生活中的常态。在小说中,当基斯逃离轰然塌陷的双子塔走到一片混乱的纽约大街上时,他看到警方设置的层层路障,心里想道,"在如今的纽约市,每一个出租车司机都叫穆罕默德,可能很难找到出租车了"(德里罗 29)。另一方面,美国政府在突如其来的过度政治恐惧下采取了一系列逾越法律和宪法权力的强制手段,包括出台了《美国爱国者法案》和《国土安全法》、修订了1978年《国外情报监视法》,通过这些法律美国政府散布"恐怖威胁论"以制造全民恐慌,甚至全球恐慌,并且在"国家利益"和"爱国主义"的旗帜下操纵话语权,剥夺民众的个人自由和权利。德里罗通过两个历史事件的并置拼贴,不仅喻指"9·11"恐袭之后的美国处境令人担忧,而且直指美国政府的高度极权化。

意大利"红色旅"和德国"一号公社"两个历史事件都属于曾导致欧洲社会、政治和文化动荡不安的恐怖事件。马丁·海德格尔(Martin Heidegger, 1889—1976)认为"语言是存在之家",即语言表达意义。语言陈述事实的目的是确认、求证和满足我们的论断、假设和愿望。在《坠落的人》中,作者仅仅罗列有关事件的语言符号,只有模糊的地点、时间,没有确切的人物,这让读者感受到历史的复杂性和不确定性。同时德里罗用简单的语言符号把"9·11"事件和意大利"红色旅"、德国"一号公社"历史事件做了时空连接,彰显了语言符号的意义建构功能。叙事是人类表达意义的重要方式之一。既然语言是表达意义的介质,那么虚构的文本与人物也可以耦合于现实语境,虚构与现实、过去与现在的界限因此变得模糊,从而强调了历史事件之间的连续性。历史事件的拼贴叙事激活了患有"文化遗忘症"的美国民众的集体记忆,揭示了恐怖主义与美国政府之间的关联以及美国社会日益极权化的残酷现实,从而诘问了美国的意识形态体系。唐纳德·麦克罗斯基指出"小说家像科学家一样进行选择,并请读者填充空白"(转引自龙迪勇 9),在这部小说中,作者邀请读者解码文本,参与文本意义的创造补充。这种文学创作手法表明,"作为意识形态的工具,宏大叙事是传达主流意识形态的符号,常常受制于权力和政治",所以"所谓官方历史的自然秩序也就变得更加不可靠"(王建平 38)。德里罗让读者意识到文本意义和历史真相都受到社会性语境的制约,还受到某种特定利益阶层的控制。

结 语

通过以上分析,我们可以看到德里罗的《坠落的人》俨然一个技艺精湛的后现代拼贴作品,其复杂精致的"块茎"和"环形"相结合的叙事结构、独具匠心的人物建构、富有深意的历史事件并置,强化了多种主题意蕴。哈琴认为整个后现代主义问题重重,"后现代小说致力于把整个指涉行为问题化"(Hutcheon 152)。后现代小说指涉包括历史知识和意识形态在内的所有问题。德里罗正是通过"问题化"历史进而"问题化"意识形态。文学具有审美和意识形态的双重性质,但"文学并不直接体现其意识形态性质,而总是保持自身的审美风格","文学正是在直接的审美风格中呈现间接的意识形态性质"(童庆炳 101)。"问题化"似乎没有提供解决方案,实际上"问题化"本身就是一种意识形态的表达,其目的在于增强意识,而这是实现社会变革的必要条件。用 E. L. 多克托罗(E.L. Doctorow, 1931—2015)的话说:"一本书能够影响意识,影响人们的思维方式和行为方式,书可以创造选民,而选民又会对历史产生影响"(转引自 Trenner 43)。弗里德里克·詹姆逊(Fredric Jameson, 1934—)也指出,"美学行为本身就是意识形态的,美学或叙述形式的产生,本就应看作意识形态行为,其作用是为不可解决的社会矛盾创造想象的或形式的方法"(Jameson 79)。德里罗的《坠落的人》有意促使读者主动地反观现实,了解历史真相,意识到"真实"不仅受一定的社会语境制约,而且是主流媒介、权力集团掌控的意识形态体系谋划出的所谓事实。这不仅是德里罗历史再现的目的,也是研究德里罗作品的意义所在。

引用作品[Works Cited]:

Bloom, Harold. Ed. *Bloom's Modern Critical Views: Don DeLillo*. Philadelphia: Chelsea House Publishers, 2003.

Deleuze, Gilles and Felix Guattari. *A Thousand Plateaus*. London & Minneapolis: U of Minnesota P, 1987.

Hutcheon, Linda. *A Poetics of Postmodernism: History, Theory, Fiction*. New York & London: Routledge, 2004.

Jameson, Fredric. *The Political Unconscious: Narrative as a Socially Symbolic Act*. Ithaca, New York: Cornell UP, 1981.

Kauffman, Linda S. "World Trauma Center." *American Literary History* 21.3 (2009): 647 - 659.

Scanlan, Margaret. "Strange Times to Be a Jew: Alternative History after 9/11." *Modern Fiction Studies* 57.3 (2011): 505 - 531.

Trenner, Richard. Ed. *E.L. Doctorow: Essays and Conversations*. Princeton, NJ: Ontario Review Press, 1983.

E. M. 福斯特:《小说面面观》,冯涛译,上海:上海译文出版社,2019 年。

安婕:"《坠落的人》与生命政治的主体形象",《外国文学》,2018 年第 4 期,第 124—133 页。

陈永国:"互文性",载《西方文论关键词》,赵一凡等主编,北京:外语教学与研究出版社,2006 年,第 211—221 页。

程志敏:《荷马史诗导读》,上海:华东师范大学出版社,2007 年。

海登·怀特:《后现代历史叙事学》,陈永国、张万娟译,天津:中国社会科学出版社,2003 年。

蒋道超:"恐怖与救赎——政治解读'9·11'定义之作《坠落的人》",《深圳大学学报》(人文社会科学版),2014 年第 2 期,第 13—19 页。

凯尔纳·道格拉斯、斯蒂文·贝斯特:《后现代理论:批判性的质疑》,张志斌译,北京：中央编译出版社,2004年。
龙迪勇:“试论叙事作品的意义生成”,《江西社会科学》,2003年第4期,第1—13页。
唐·德里罗:《坠落的人》,严忠志译,南京:译林出版社,2010年。
唐纳德·巴塞尔姆:《白雪公主》,周荣胜、王柏华译,哈尔滨:哈尔滨出版社,1994年。
童庆炳:《文学理论教程》,北京:高等教育出版社,1998年。
王建平:《美国后现代小说与历史话语》,北京:中国人民大学出版社,2012年。
王朝婷:“《坠落的人》中非线性叙事的结构与意义”,《太原师范学院学报》,2016年第3期,第74—77页。
王治涵:“环形结构的叙事意义初探——以现当代小说实验为例”,《社会科学》,2020年第4期,第297—298页。
杨义:《中国叙事学》,北京:商务印书馆,2019年。
张瑞华:“9/11反叙事:唐·德里罗的《坠落的人》”,《南京师范大学文学院学报》,2014年第3期,第89—94页。
张珊:“《日瓦戈医生》中的环形结构”,《俄罗斯文艺》,2013年第3期,第19—28页。
周敏:“冷战时期的美国‘地下’世界——德里罗《地下世界》的文化解读”,《外国文学》,2009年第2期,第18—25页。

溯源灵性与超越的神话诗学：厄休拉·勒古恩的民族志科幻书写*

王　捷**

内容提要：厄休拉·勒古恩是科幻新浪潮的代表作家，其作品以独特的神话模式和结构人类学建构在科幻世界和文学正典中均获得高度赞誉。勒古恩在文化人类学家克利福德·格尔茨的文化相对性理念和结构主义理论家列维—斯特劳斯的乌托邦想象的影响下，通过民族志科幻书写，对地方的、传统的、异质的文化构形进行思考与探索。《总是归家》针对理性主义带来的同质化范式、道德与精神传统的瓦解、仪式和历史之根蒂的失落，以超越同时代西方文学的跨文化视阈，勾勒出后工业时代之后、现代文明废墟之上的未来凯什社会。这部民族志科幻书写典范，通过以自然、女性、神圣时间为始基的科幻神话诗学，从历史的远古积层中挖掘出被遮蔽、被边缘化的向度，并从这些向度出发重新确立被现代文明抛弃和遗失的灵性力量与超越维度。

关键词：厄休拉·勒古恩；民族志科幻；《总是归家》；凯什社会；灵性；超越维度

Abstract: Ursula K. Le Guin is a representative writer of the New Wave science fiction. Her works are highly praised in science fiction world and regarded as a part of literary canon for their unique myth mode and structural anthropology construction. Under the influence of the idea of cultural relativity from cultural anthropologist Clifford Geertz and the utopian imagination of Levi Strauss, the father of structuralism, Le Guin explores the local, traditional and heterogeneous cultural configuration through ethnographic science fiction writing. *Always Coming Home* aims to view the homogenization, the disintegration of moral and spiritual traditions, and the loss of ritual and historical roots brought by rationalism from a transcending cross-cultural perspective of contemporary western literature. By outlining the future society Kesh established above the ruins of modern civilization after the post-industrial era, this ethnographic science fiction digs out the obscured

---

* ［**基金项目**］：本文得到国家留学基金委青年骨干教师出国研修项目（201906095035）和江苏省社会科学基金项目（21WWB002）的资助。

** ［**作者简介**］：王捷，东南大学外国语学院讲师，上海外国语大学博士生，主要从事英美文学研究。

and marginalized dimensions from the ancient accumulation of history, and re-establishes the spiritual power and transcendence dimension abandoned by modern civilization through science fiction myth poetics based on nature, women and sacred time.

Key words: Ursula K. Le Guin; ethnographic science fiction; *Always Coming Home*; Kesh; spirituality; transcendence dimension

厄休拉·勒古恩(Ursula K. Le Guin, 1929—2018)是科幻新浪潮的代表作家,她擅长用多种文体创作——从奇幻到科幻,从诗歌散文到儿童文学——并成功跨越文体固化的边界,在科幻世界和文学正典中都获得了高度赞誉。科幻理论家罗伯特·斯科尔科(Robert E. Scholes, 1929—2016)和文化学者弗雷德里克·詹姆逊(Fredric Jameson, 1934—)探讨了勒古恩作品独特的神话模式和结构人类学建构,称赞她以丰富的语言将推测的力量与寓言的优美相结合,极其难能可贵地兼顾了推测性叙事的三个维度——哲学、历史与浪漫(斯科尔斯、詹姆逊、艾文斯 55)。达科·苏恩文(Darko Suvin, 1930—)认为勒古恩作品的要旨在于"追求和勾画一种集体主义的新型人类关系体系"(苏恩文 325),是"对我们这个时代种种深刻价值转变最洞幽烛微和最妙趣横生的探察与探究"(苏恩文 341)。

一、民族志科幻书写典范

勒古恩深受文化人类学家克利福德·格尔茨(Clifford Geertz, 1926—2006)的影响,推崇文化相对性的理念,立足地方语境,通过对地方性知识的"深描"来阐释和呈现原生文化。勒古恩的第一部小说《罗坎侬的世界》(*Rocannon's World*, 1966)就是讲述主角加弗瑞·罗坎侬前往行星南鱼座主星二号(Fomalhaut 2)做民族志调查的故事。早在 1982 年,勒古恩就产生了"想要将乌托邦理念与神话角色郊狼结合起来"的灵感(Le Guin 1446)[①],1983 年她开始起草《总是归家》(*Always Coming Home*, 1986)文稿,到 1986 年主文本出版,随后又陆续发表了 7 篇与之相

① 本文相关引文均出自 Le Guin(2019),后文仅标注页码。

关的论文和随笔。《总是归家》的故事背景设定在遥远的未来北加州，核灾难业已发生并过去很久，化学污染依然存在，但部分被污染的荒地已经可以重新居住。旧金山已沉入海洋，海湾的水域覆盖了城市的遗迹。山谷中的凯什（Kesh）文化是后工业时代之后的生活方式，是在现代文明的废墟之上对远古文明灵性传统的回归。

《总是归家》是勒古恩民族志科幻书写的典范，它从考古、语言、文化等角度，对业已消逝和行将消逝的少数族群文化进行追溯、想象和阐释，在主人公潘多拉（Pandora）去往未来考古的旅途中，在凯什女子北猫头鹰（North Owl）成长的路上与归家的途中，描绘出一个未来世界的全景图。凯什文化的原型是美洲印第安人。作为这片土地最原初的居住者，他们被现代西方文明实施了残酷的种族灭绝，这一过程又被进步和开拓的伪善说辞所掩盖，是西方文化中心主义对人类多样性进行同质化、荒漠化的典型案例。勒古恩的父亲阿尔弗雷德·路易斯·克鲁伯（Alfred L. Kroeber，1876—1960）是人类学家，对美洲印第安民族以及精神分析有着深入研究。勒古恩基于对印第安文化的了解和对中国古老典籍《道德经》的翻译，以超越同时代西方作家的跨文化视阈，"积极地置身于强有力的意义系统之间，在文明、文化、种族和性别的边界上提出问题"（克利福德、马库斯 31），开拓出民族志科幻书写的体裁，赋予科幻书写社会学、人类学的深度和广度。"民族志是混合的文本运动，它跨越不同的体裁与学科"（克利福德、马库斯 55）。《总是归家》有着极其丰富多样的表述方式，包括故事、诗歌等文本叙述，还有人类学田野记录、数据、地图、插图、亲缘关系图等大量图像符号，"以具体可感的形象、意象、画面、造型和象征来表达意义"（叶舒宪 2006：172），以语言的抽象性与图像的实在性合力勾勒出凯什文化的居住结构、生存原则、礼仪制度、文化心理和价值取向。民族志作为"虚构的纪实文本"零散分布于整部作品中，其虚构现实主义的特质和开放的思考空间，以及不时打断故事主线的"元叙事"模式，呼唤读者走入其中，以自己的思考填补空白，创造出独一无二的认知图景。正如小说中的考古学家——同时也是另一个叙事声音的主体潘多拉——所说，"即便这只碗是破碎的，依然可以看出它从黏土到制作再到淬火的模式，即使这些模式并不完整，思想依然可以汲取其能量，心灵可以帮助完就其模式"（120—121）。

《总是归家》写于 20 世纪晚期，当时西方社会的全球化特征是"表面的同质化，传统的公共表达的剥蚀，仪式和历史之根蒂的失落"（克利福德、马库斯 244)。理性主义在帮助现代人类摆脱迷信的过程中,摧毁了人类"对超自然象征和观念的反应力",令道德与精神传统瓦解,最终人类付出的代价就是"全球范围的迷失和分离","一切事物的神秘性与神圣性都被剥夺了,对人类而言,没有什么是神圣的了",物质不再"引导和传递大地母亲的深厚情感意义",丧失了精神意义的物质只剩下"枯燥的、非人的、纯粹知识的概念"(Jung 94)。意义的缺失带来个人主义和虚无主义的盛行,精细分工的生产方式、各种体制的施行、高科技的追求,推动着单一化生存范式的形成。在机械化、数字化"神话"逐渐渗透和操控人类精神领域的时代,勒古恩将西方文化寻根运动中的"历史的原始主义和文化的原始主义"(叶舒宪 2002: 99)相结合,在作为思想实验的文学文本中有选择地践行原始社会理想,也传递了已经逝去但值得回溯的远古价值观。民族志科幻书写是从过去向未来展开的想象,勒古恩借此对既存的价值体系和社会问题提出深刻质疑,对原始灵性力量中的超越维度重新赋魅,为现代性迷失的精神困境寻求出路,以实现对加速时代的制动、对理性蔓生的修正和对物化贫乏的充盈。《总是归家》通过以自然、女性、神圣时间为始基的科幻神话诗学,从历史的远古积层中挖掘出被遮蔽、被边缘化的向度,并从这些向度出发重新确立被现代文明抛弃的远古文明中的灵性力量和超越维度。

二、灵性与超越性的凯什文化

凯什文化中的超越性维度赋予它神秘、敏锐、丰富、鲜活的异质性。早期人类的精神生活围绕着神话所塑造的灵性原则,生产着个体存在与集体活动的意义和目的。这些灵性原则渗透到日常生活中,成为与周遭一切紧密契合的精神信念,形成超越性的维度——无论是精神、灵魂还是灵性,都隐含着朝向一种更高层、超越存在的形式趋近,以此赋予生命更深层的意义。"在前现代世界,意义不仅存在于人的头脑中,也存在于事物之中,存在于各种各样超越人类之外但内在于宇宙之中的主体"(C. Taylor 33)。在凯什文化中,人与万物、人与神灵之间存在着神秘的互渗关系,"心灵和世界之间的边界是可渗透的","自我与他人之间的界限也是可渗透的"(C. Taylor 39)。无论是凯什居住地的布局结构,还是生产方式,无论是凯什人的自然观历史观,还是对时空的理解,都建立在意义联结与灵性力量互换的超越性上。《总是归家》的主人公之一斯通·泰林

(Stone Telling)所在的新山(Sinshan)里，“新生婴儿以鸟来命名，因为鸟儿是信使”(25)。斯通·泰林刚出生时的名字是北猫头鹰(North Owl)，其母亲的名字是红眼雀(Towhee)。“象征性联系能提供深刻的情感能量”(Jung 95)，凯什人的共同体概念并不仅限于人与人之间，共同体作为一种意识延续到泥土、水、空气和山谷里的一切生物。任何动物的死亡也被包括在山谷的葬礼惯例中。个体自我与外部环境的灵性力量互相渗透，人类社区的生活交织于与万物之灵的亲近和自然崇拜的仪式之中，任何存在都是有序运作的宇宙整体的一部分，石头、树木、动物都能与人交流，人类相信它们能听到自己说话。猎人在狩猎时，会在心里默默唱诵为猎物书写的歌，在猎获后还会大声地唱诵。动物界和植物界提供了一种思维模式(列维—斯特劳斯 2012：16)，尊重和敬畏从有生命之物延伸到无生命之物，新山“老直路”是山谷里最古老的手工作品，甚至无人能说清楚它到底存在了多久，当主人公第一次在上面行走时还是个孩子，却“充满敬畏，起初的九步每一步都要低语‘谢谢’”(33)。凯什文化蕴含着对不可见的超自然存在和力量的敏锐感知力，并由此产生由衷的尊重和感性的知识，以此来理解和定义整体化的宇宙。无论是“风、雨、云、雾”这些物质现象，还是“熊、狮、土狼、鹰”这些伟大象征，甚至是“死亡、梦想、野性和永恒”这些意象，都紧密联系、共生共荣，组成一个“具有深刻隐喻的一体化系统”(112)，其内部是无限流动和渗透的。

凯什住所布局构造是自然万物意义联结与渗透的典范。纳河从峡谷顶端的火山岩涌出，纳河沿岸分布着九座城镇，每个城镇的布局都是围绕一个铰链式的中心向外螺旋伸展的双臂，左端是人们生活和工作的区域，右端九舍由五个大地之舍和四个天空之舍组成，包括档案馆、图书馆、剧院、音乐学院和建筑学院等公共的和神圣用途的建筑都在这一端，大地之舍的命名取自泥土和石头，天空之舍取自雨、云、风、气。所有居所之间没有权力、地位或价值的等级之分。“舍”(house)的寓意是“自我”和“归属”。斯通·泰林居住的城镇叫新山，以之为例，第一舍“黑曜石”是家畜所在之地，所以动物仪式是第一舍的中心议题——关于人类与动物之间神秘的相互依存、合作和祭祀。女人也属于第一舍，在以男性为主导的文化里，女性与动物的身份认同是一种贬抑、排斥和否认，而在凯什文化中则恰恰相反，它作为对生命的崇拜贯穿在性启蒙和智识教育中，或者出现在“月舞”和“草舞”仪式的女性歌曲中，其象征和主题——“母羊、牛奶、血祭、作为死亡痉挛的高潮、作为重生的孕育、允诺的神秘”——像玄学派诗歌一般晦涩难懂(888)。人类初始阶段,母性崇拜蕴含在大地、泥土、山川、河流等自然崇拜中,无论是古老的东方还是西方,心理本源中都蕴含着母性的文化精神。欧洲文明的滥觞克里特岛的米诺斯文化推崇的神话形象是“作为宇宙母亲的女神、人类、动物、植物、水和作为女神在大地上的体现的天空”,和平、美好、宽容、克制的“女性精神”渗透在克里特的生活、生产、政治、宗教和艺术等方方面面(艾斯勒 42)。东方古代文明中的老子思想也蕴含着对母性文化的崇拜,是“阴柔”为本的变化的哲学思想体系(殷国明 96)。母系社会的仪式崇拜孕育万物的大地之母,构建出“有机的、植物崇拜的、非英雄时代的自然社会秩序”;而随着青铜时代和铁器时代的到来,理性开始驱逐感性,“理性化英雄或神祇征服非理性之神”,古文明的女神逐渐成为“从属的神”,“妇女的权力也在降低,男人统治和征服及反征服的战争比比皆是”(艾斯勒 31)。在闪米特族铁器时代早期的文字中,普遍存在着“战胜怪物,赢得包括土地、女奴和金银等战利品;或者从怪物的奴役下获得自由”的故事范式,父系权力秩序中的英雄以理性思辨了解世界,以“火与剑”征服世界(Campbell 21—22)。从母系社会文化向父系社会文化转化的过程,“将神圣从崇拜和社会生活中驱逐出去,在建立秩序的过程中对事物和社会采取工具立场,是‘去魅’的过程”(C. Taylor 83)。

新山第二舍蓝黏土的意义是牺牲,被捕杀的动物属于此,它们被看作联系荒野和人类灵魂的纽带。猎杀是一种神秘的行为,混合了神圣、牺牲、危险和禁忌,狩猎者既是帮凶又是牺牲品,如同狩猎之歌所唱诵的那样,“你是我的生命,我是你的死亡,我们共饮一泓泉水”(896)。凯什人只狩猎鹿、野兔、野猪这些数目众多甚至会泛滥成灾的动物,过度捕杀动物、超过正当需求的捕猎行为被认为是疯子和迷失者,需担负沉重的社会道德压力(893—894)。打猎并非食物供应的必要环节,而是“一种运动、宗教、自律和自我放纵的混合”(921)。猎取不是食物供应的必要环节,“采集是食物的主要来源,他们采集野生果实——橡子、绿植、根茎、药草、浆果和各种各样的种子”,凯什用采集来的种子培育和准备无比丰富、种类繁多的食物,社会不赞成通过私人竞争供应食物,修剪树木、照料香蒲园不仅是生活方式,也是生存来源(Le Guin 921)。第三舍蛇纹石掌管医药和所有与文字有关的技能,第四舍、第五舍都与农业有关,种植、酿造、采矿、冶金等都属于此。每一舍内的关系都是人与人、人与动物、植物,甚至泉水、溪流之间的关系。正如列维—斯特劳斯(Claude Lèvi-Strauss,

1908—2009)有关亚马逊河流和巴西高地森林的前现代社会的发现与思考一样，部落的结构“保证人与宇宙的关系，社会与超自然界的关系，生者与死者之间的关系”(列维—斯特劳斯 2009：278)。这种认知方式在现代社会被认为是原始性或象征性的，但在凯什社会却恰恰相反，对之缺乏认识或认知不够反而被认为是原始的(898)。四个天空之舍掌管死亡、梦想、荒野和永恒，通过做梦或者出神可以直接与这四舍世界进行交流和联系(972)。第九舍是冥想之地，这里广阔而宁静，心灵清净而轻盈。九舍之中的五大“海伊玛”(heyimas)是五个大地之舍实施仪式的地点，屋顶是金字塔式的四面，屋身有五面，位于地下(869)。“海伊玛”是神圣之地，其内涵包括神圣、铰链、连接、螺旋、中心、歌颂、变化等，它不是教堂，因为凯什“没有上帝，没有神灵，也没有信仰”(108)。它是所有人的另一个家，是朝圣、教导、训练和学习的中心，也是政治论坛、工作室、图书馆、档案馆、博物馆和信息资源库。右端的九舍象征着内在世界，左端的生活区域是外部世界，两个世界由一个“铰链”(hinge)联系起来。勒古恩使用基于一个中心点向外发散的双螺旋图形，来勾画山谷中的居所建造和凯什文化体系的特征，它是基于自然秩序与古文明智慧之上的瑰丽想象。螺旋是宇宙中无处不在的序列——从 DNA 的螺旋结构，到植物的生长机制，到生物组织的螺旋形态，再到银河系旋转的螺旋臂；而两极交互流动的式样在中国古代的太极图中代表着万物生长的原则——质能转化、能量守恒，七千年前的三一文明(特里波耶文明)以及源于凯尔特人的罗马盾徽，也有两极轮转的图案。

凯什社会中的思想总是与“神话”“神秘”以及“意义”有着“原初联结”，意义并不内在于自我意识之中，而是可能来自任何“他者”——日月星辰、大地母神、山川河流、动植物、他人，一切生命都相互依存，每一个实体都依赖他者成为整体。我即万物，万物皆我。凯什语言“人类”(people)一词包括动物、植物、梦、岩石等一切有生命和无生命的存在(374)，这使得凯什文化保留着于“全新世”出现的神圣的灵性源头。季节更迭、月相变化、生死交替呈现出生命循环和生态平衡的自然灵性和生命力。万物有灵论的世界观来自生物与地球之间精神统一的假定，而“人类世”工业革命以来的机械论世界观将自然降格为服务于人类征服与开采野心的原材料(Steffen et al. 614—621)。2002 年，荷兰大气化学家保罗·约瑟夫·克鲁岑(Crutzen P. J.，1933—2021)在《自然》(*Nature*)杂志上首次使用“人类世”(Anthropocene)一词描绘人类在生态和地质中居于核心地位的时代,并指出未来几十年是人类世演化的转折点,"大加速"正接近临界点(Steffen et al. 614)。在人类开始踏入文明社会、与自然环境关系日益密切的"全新世",伟大的、无穷无尽的外部世界总在那里,而随着"人类世"的到来,"全新世"时期无穷无尽的"伟大的外部世界"最终被塑造为"伟大的内部"(Schwägerl 45),大自然的一草一木,甚至云雨风雪都留下人类行为的印迹,地球上已鲜有人类未触及的土地。从"可渗透的自我"到"缓冲的自我",很难说人类达成了生命维度上的提升,"人在关闭内部(思想)和外部(自然)之间的多孔的、可渗透的边界时,也回缩到一个不再有幻想的世界里"(C. Taylor 300)。对于缓冲的自我,事物的重大意义都出于自我内心对其产生的定义,也是最终目的所在。《总是归家》中北猫头鹰的父亲(Tereter Abhor)是"缓冲的自我"的典型代表人物,他来自等级森严的大姚社会秃鹰部族,虽然他深爱着北猫头鹰的妈妈——一个凯什女人,却无意去了解和学习凯什文化,他自以为知道一切,他的心对山谷是关闭的,"当一个人关上门时,门恐怕不会为他再打开了,或许他根本就不知道这里还有扇门"(75)。这就是封闭的、不可渗透的、自我中心的、原子式的理性自我。"宇宙的精神和力量被机械性取代,更高时间消逝,互补感衰退"(C. Taylor 300),取而代之的是一种权力感,一种能够支配自我和世界的力量感,一种在知识和理解力上的巨大进步感,它让人类最终挣脱了"恐惧"带来的惶惶与脆弱,获得了在宇宙间振臂长啸的信心。这种妄自尊大的锚定也越来越成为限制和禁锢,让人类高筑起有序的理性世界,自我隔绝并摒弃了高墙外的一切,人类也迷失了自己的家园。或许只有在《总是归家》的世界里,人才能找到真正的家园——如同勒古恩母亲西奥多拉·克鲁伯(Theodora Kroeber, 1897—1979)在书中所描述的"Kishamish"印第安人的部落——"一个可以探索、阅读、沉浸在自我的工作中的世界,一个可以游泳、嬉戏的世界,一个可以坐在户外篝火旁聊天、唱歌、讲故事、躺在星空下直到深夜的世界"(Kroeber 141)。

若以世俗时间去看待凯什的历史和文化,人会陷入自以为是的谬误之中。世俗时间是均质的、单一流动的、纯粹凡俗的,"世俗化是对更高时间的拒绝,时间被作为纯粹的世俗性而定位。所有事件只存在于一个时间维度中,与其他同类事件保持着或大或小的时间间距和因果联系"(Eliade 1978: 98)。因此,过去、地方和土著被归类为"非西方、非理性"并烙上了"传统"的标签,"进步、科学、发展"被定义为现代化,前者与后者是割裂和对立的关系，詹姆斯·克利福德(James Clifford, 1945—)在《传统的未来》中对此深表质疑(Clifford 152)。多元、丰富、鲜活的地方文化消弭、湮没在“垂直的时间切片”之中(Eliade 1978: 98)，人类被牢牢植入一个世俗时代，更高时间逐渐空虚化、边缘化，狂欢的多维度时间被压制，反机构的需要和可能性被屏蔽，超越的概念越来越失去其根基而变得不可理喻(Eliade 1978: 186)。

在《总是归家》中，考古学家潘多拉与凯什历史档案管理员交流，想要了解凯什的历史和文化，却发现使用“历史就是研究时间之中的人”的原则根本无法了解凯什[①]，因为凯什人认为时间不是向前推进的，不是箭矢，也不是河流，而是一个人可以向任意方向走动的空间，如同一所房屋，可以从一个房间走到另一个房间，如果想要出去，只需打开房门(374)。科技对于凯什而言并非进步，只是作为对比和选择的另一个空间，凯什人并非科学技术不发达的原始部落，这里有机动船、火车乃至星际计算机，但并不作为生活的重要成分而存在，科学技术只是社会的一个元素，它对日常生活的重要性不比精神信仰更重要。凯什文化坚持人类的认知来源于自然，对文字的发展与互联网的普及都保持审慎和中立的观念，努力避免文化信息日益抽象化而保持其鲜活性、直面性、原生性和地方性。在凯什社会之外的人看来，凯什人对科技有一种过度的谨慎、谦逊和克制，他们选择“不前进”，或者不仅仅“只是前进”，或许正因此故，凯什才能“活得充满活力、自由而优雅”(808)，凯什个体才能避免独立人格的同质化、扁平化的单向度存在。凯什并不倚重交通科技，认为它会打破对真实空间和时间的执守，速度重塑了空间，也将时间精准定位到分秒，这样的时空概念改变人的思维与行为模式(808)。这些舍弃和选择蕴含着深刻的历史反思，凯什社会曾有着高度发达的工业文明，军工时代生产的有毒或放射性废物广泛残留在水源和土壤中，造成致命而痛苦的染色体损害，许多婴儿一出生就患有难以治愈的神经系统的退化性疾病(1002)。老一代凯什人可以颐养天年，而新一代的预期寿命只能达到三四十岁的平均值。遭受过科技激进恶果的凯什推崇“由内心的温暖、强大、精良、光明所带来多样性、复杂性、力量与美好”(1002)。无论是烹饪、园艺、耕种还是畜牧，无

① 法国历史学家、年鉴学派的一代宗师马克·布洛赫(Marc Bloch, 1886—1944)在遗作《历史学家的技艺》(*The Historian's Craft*, 1949)第一章节“历史、人、时间”中，提到“历史就是研究时间之中的人”。

论是艺术还是阅读,都需要“瑰丽的想象、清晰的智识、宽宏大量与从容优雅”(1006)。相比技术,凯什更热爱包括诗歌、音乐、舞蹈在内的艺术。在凯什文化中,“机器”的图像特征既是“进步”,又是“崩坏”,以机器主导的人际关系是“剥削”(1015)。而“舞蹈”的图像特征是“持续”“和谐”和“螺旋”(1016)。勒古恩热爱凯什文化的艺术部分,她特地请音乐制作人托德·巴顿(Todd Barton)为书中的诗歌配乐(多数是关于舞蹈的诗歌),甚至研究了如何复制凯什乐器骨质芦笛和锤扬琴(tówandou),此外还为录制好的音乐磁带申请版权并举办专门的舞蹈音乐会。

因此,勒古恩并非只是勾画出一个“返祖”的前现代社会,在凯什,由不同城镇组成的生活区域是“人之城”,而“智力之城”是由独立自足、自我调节的计算机控制设备组成的网络交流中心。它执行着人口、生物、大气、天文地理、宇宙运行等各个领域的数据收集、存储、整理、计算和预测工作,拥有不可估量的广阔知识和资源,每个计算机终端都与附近城镇相连,应城镇对信息的要求而发布资源与反馈,如天气预报、自然灾害预警、农业生产建议、医疗信息技术、艺术生活风格等,任何居民对所有数据的使用都是自由、不受任何限制和操控的。大部分人都将之视作一种有用的或必要的联系,像森林、蚁丘或星星,与世界上无数其他事物一样,它们自然存在、彼此联系,仅此而已(326—329)。“智力之城”被看作外部世界而存在,与山谷这个“内部世界”存在着断裂和距离,而这断裂却被凯什视为必要。联结两个世界的也是一种“铰链”(heyiya),其意义在于“将从内到外或者从外到内的断裂、差距、飞跃、突破、逆转”链接起来(332)。“铰链是螺旋的中心,是变化与联系的源头,是永恒的开始,是能量产生和延续的过程”(1025)。能量的呈现方式包括宇宙、社会与个人,三种能量形式的相互作用在凯什通过舞蹈和仪式得以实现。

在凯什文化中,“瓦克瓦”(Wakwa)是神圣的舞蹈、仪式和庆典,在山谷的居所之间随着节气轮回,每一轮代表着山谷的一年时间,物候观察始于农业生产和畜牧活动,人类因而发现了自然万物的部分规律及其与季节交替的关系,山谷时间由这些神圣时间所划分。神圣时间是“一种永恒的神话的现在,通过仪式周期性地整合”(Eliade 1978: 70)。凯什有七个神圣庆典,“天空之屋跳大地之舞,大地之屋跳天空之舞,蓝土之屋跳水之舞,黄砖之屋跳酒之舞,蛇形之屋跳夏之舞,黑曜石之屋跳月之舞”,天空之屋与大地之屋都要跳太阳之舞(Le Guin 101—102),在新山水之舞最热烈的时刻,“天空中的闪电也开始舞动,雷声与鼓声无从分辨,我们将雨从空中跳落入大海，又从大海升回云朵之中”(58)，大地和天空是凯什的信仰，也是凯什的神话。“就文化经验而言，神话包含了部落的基本信仰，而仪式则通过具体的形式体现出抽象的神话”(Clark 232)。通过这些舞蹈仪式，个体与集体得以“追寻那些早已消失或遗忘的神秘体验”(Eliade 1963：19)，人类文明的自然属性和感性觉悟得以延续和重生，并成为伦理和文化上的灵感和明灯。“世界的舞蹈庆祝人类参与世界的开始与毁灭、更新和延续”，它在春分之后的月黯之夜举行，由两种宇宙舞蹈——人类为所有生物跳起“天空之舞”，“天空之人”(动物)跳起“大地之舞”——相连成螺旋形的神圣形象，即“海伊亚”(Heyiya-if)。“海伊亚”是“凯什文化和思想中无处不在的一个理念的视觉形式”，是舞蹈中的编舞元素，是舞台的形状，是城市规划、雕塑、装饰和乐器设计的基本结构，“是一个沉思的主题，也是一个用之不竭的比喻”(109)。世界的舞蹈第一日怀念死去的生命，第二日唱诵赞美所有的生灵和赐予，从动物、植物到庄稼、果园，还庆祝婚姻的美好，第三日属于孩子和青少年。世界的舞蹈呈现出时间的逆流，从死亡逆行到青壮年，最后回到青少年与孩童时光。“神圣时间在本质上是可逆的，确切地说，是原初神话时间的呈现。每个宗教节日、仪式时刻，都代表着对一个发生在神秘过去、发生在‘开端’的神圣事件的重新实现”(Eliade 1978：68—69)。神圣时间的可逆性可以发生在世界整体的宏观层面，也可以发生在个体生命的微观层面。人们定期找到进入神话的途径，重新进入起源的时间——一个不流动的、由永恒的现在组成的时间。火的熄灭、亡灵的回归、狂欢都是世界末日来临并面临重生的象征，“世界周期性地退回到混沌状态的意义在于：一年中的一切‘罪恶’，一切被时间玷污和侵蚀的东西，都在这个词的物质意义上消亡了”(Eliade 1978：79)。通过这种象征性的毁灭与再创造，人类也经历了重生，从过去沉重的罪恶中脱身而去，获得另一个全新、纯洁的生命。在象征意义上，人类“于世界的创生之时在场”，从而获得了强大的、神圣的‘与宇宙同源’的时间意义(Eliade 1978：79)。“宇宙生成时间是所有神圣时间的原型”，是“诸神显现自己和创造自己的时间”(Eliade 1978：81)。

结 语

勒古恩通过地方志科幻书写追溯前历史的人类社会的灵性本源，对列维—布留尔(Levy-Bruhl，1857—1939)“前逻辑性思维”进行反思性的重新演绎,从而“积极替换和修改人类与非人类之间陈旧的关系隐喻,将互相关联的需求和尊重他者的意识中心化,赋予那些构建人类在宇宙中的地位的隐喻以新生”(Payne 197)。这种对地方的、传统的、异质的文化构形的思考与探索有着深远而持续的现实意义。哈佛学者莎拉·麦克法兰·泰勒(Sarah McFarlan Taylor)多年调研由北美50多个妇女宗教团体赞助的生态、灵性和农业中心,这些中心相信“重视和培育‘生物多样性’是灵性生活的一部分,尊重来自各种宗教传统的‘地球智慧’元素”(S. Taylor 20—21)。泰勒使用“重新定居”和“生物区域主义”的概念来描述如何在留居地找到新的、可持续发展的生活方式,重新审视居住者与地球之间的关系。

勒古恩在谈及著书的缘起时,提到列维—斯特劳斯的乌托邦想象——文明之路在经由信息技术的发展而走向虚无的终极之后,回归村落或部族文化的宁静(1386)。勒古恩将之视作一种替代,而她所构想的凯什社会就是对当下生活方式的替代。在凯什文明中,自然不是被理性降格为资源的自然,女性不是男性目光凝视下的第二性,时间不是世俗的数字化时间。灵性意识与超越的维度、相互依存和转化是古老而质朴的智慧,理性是古希腊哲学的本源,但柏拉图(Plato, 427—347 BC)、亚里士多德(Aristotle, 384—322 BC)和托马斯·阿奎纳(Thomas Aquinas, 1225—1274)都认为理性和灵魂紧密结合在一起,灵魂在赋予生命的同时,又是人的最高追求(理智灵魂)的自我关联的活动。理智灵魂是人之为人(Being as being)的本质,是在各种偶然性形式之下那个永恒不变、整一的力量(阿奎那 57)。“总是归家”不只是文本中主人公对空间原点的复归,更是人之为人之本质的回归,是通过自然、女性和神圣时间这些充满灵性能量的信仰,展开对那个永恒不变、整一力量的追寻,其每一次回归都是超越与重新开始。

引用作品[Works Cited]:

Campbell, Joseph. *The Masks of God: Occidental Mythology*. New York: Penguin, 1991.

Clark, Stephen R. L. *Science Fiction and Mythology*. Ed. David Seed. Blackwell Publishing Ltd., 2005.

Clifford, James. "Traditional Future." *Questions of Tradition*. Eds. Mark Phillips, et al.

Toronto, Baffalo and London: U of Toronto P, 2004. 152 - 168.

Crutzen, Paul J. "Geology of Mankind: The Anhropocene." *Nature* 415. 3 (2002): 23.

Eliade, Mircea. *Myth and Reality*. Trans. Willard R. Trask. New York and Evanston: Harper & Row Publishers, 1963.

——. *The Sacred and The Profane: The Nature of Religion*. Trans. Willard R. Trask. New York: Harcourt Brace Jovanovich, 1978.

Jung, Carl. *Man and His Symbols*. Garden City: Doubleday, 1964.

Kroeber, Theodora. *Alfred Kroeber: A Personal Configuration*. Berkeley: U of California P, 1970.

Le Guin, Ursula K. *Always Coming Home*. New York: Literary Classics of the United States, Inc., 2019.

Payne, Tonia L. "Home is a Place Where You Have Never Been: Connections with the Other in Ursular Le Guin's Fiction." *Journal of the Australasian Universities Language and Literature Association* 96.1 (2001): 189 - 206.

Schwägerl, Christian. *The Anthropocene: The Human Era and How It Shapes Our Planet*. Trans. Lucy Renner Jones. London: Synergetic Press, 2014.

Steffen, Will, et. al. "The Anthropocene: Are Humans Now Overwhelming the Great Forces of Nature." *Ambio* 36. 8 (2007): 614 - 621.

Taylor, Charles. *A Secular Age*. Cambridge, Massachusetts and London: The Belknap Press of Harvard UP, 2007.

Taylor, Sarah McFarlan. *Green Sisters: A Spiritual Ecology*. Cambridge, Massachusetts and London: Harvard UP, 2007.

达科·苏恩文:《科幻小说面面观》,郝琳等译,合肥：安徽文艺出版社,2011 年。

克洛德·列维—斯特劳斯:《忧郁的热带》,王志明译,北京：中国人民大学出版社,2009 年。

——:《图腾制度》,渠敬东译,北京：商务印书馆,2012 年。

理安·艾斯勒:《圣杯与剑——我们的历史,我们的未来》,程志民译,北京：社会科学文献出版社,2009 年。

罗伯特·斯科尔斯、弗雷德里克·詹姆逊、阿瑟·B. 艾文斯:《科幻文学的批评与建构》,王逢振等译,合肥：安徽文艺出版社,2011 年。

托马斯·阿奎那:《神学大全(第一集 第六卷)》,段德智译,北京：商务出版社,2013 年。

叶舒宪:"西方文化寻根的'原始情结'——从《作为哲学家的原始人》到《原始人的挑战》",《文艺理论与批评》,2002 年第 5 期,第 97—110 页。

——:"第四重证据：比较图像学的视觉说服力——以猫头鹰象征的跨文化解读为

例”,《文学评论》,2006年第5期,第172—179页。
殷国明:“老子与中国远古女性崇拜意识及其流变——古典文论阅读札记”,《华东师范大学学报(哲学社会科学版)》,2008年第4期,第96—106页。
詹姆斯·克利福德、乔治·E.马库斯:《写文化:民族志的诗学与政治学》,高丙中等译,北京:商务印书馆,2006年。

《日用家当》中的文化记忆与身份认同

马慈君*

内容提要：本文基于文化记忆理论，从记忆重构、文化传承和身份认同三个维度解读艾丽斯·沃克的短篇小说《日用家当》。通过"寻根"，非裔美国人进行记忆重构，摆脱文化的迷茫与挣扎，更好地融入主流社会。围绕"日用家当"的日常习用和作为"摆件"的博弈，沃克表达了既要铸根，又要汲取主流社会营养的文化观。文化记忆使非裔美国人建构了非洲文化和西方文明的双重文化身份，为其融入主流社会扫清了障碍。

关键词：艾丽斯·沃克；《日用家当》；文化记忆；文化传承；身份认同

Abstract: Based on the theory of cultural memory, this paper interprets Alice Walker's short story "Everyday Use" from three dimensions: memory reconstruction, cultural inheritance and identity. Through "root-seeking", African Americans reconstruct their memory, get rid of cultural confusion and struggle, and better integrate into the mainstream society. Focusing on the daily practice of "Everyday Use" and the game as a "decoration", Walker expresses the cultural view that we should not only cast roots, but also absorb the nutrition of the mainstream society. Cultural memory enables African Americans to construct the dual cultural identity of African culture and Western civilization, clearing the obstacles for them to integrate into the mainstream society.

Key words: Alice Walker; "Everyday Use"; cultural memory; cultural inheritance; identity

《日用家当》("Everyday Use", 1994)是美国当代杰出黑人女作家艾丽斯·沃克(Alice Walker, 1944—)最优秀的短篇小说之一。小说通过描写母女三人——母亲(约翰逊太太)以及大女儿迪伊和小女儿麦

* ［**作者简介**］：马慈君，云南民族大学外国语学院副教授，博士研究生，主要从事英美文学、文化研究。

吉对待家庭"日用家当"的不同态度,反映了生活在主流文化中的非裔美国人的迷茫与挣扎,以及她们面对非洲文化传承、身份认同等问题所产生的困惑。母女三人的文化记忆是贯穿全文的主线,个人记忆与集体记忆交织在一起,使家庭乃至非裔族群的历史得以纵深打开。通过百衲被、搅乳器等"日用家当"的记忆图像,非裔美国人在主流文化中反复"寻根",尝试各种生存实践并不断建构新的身份,以便更好地融入主流社会。

德国学者扬·阿斯曼(Jan Assmann, 1938—)和阿莱达·阿斯曼(Aleida Assmann, 1947—)于 20 世纪 80 年代提出了文化记忆理论。与布瓦赫 1925 年提出的"记忆为社会现象",即强调当代记忆、轻视隔代记忆的观点不同,阿斯曼既充分重视过去对当下产生的影响,又强调当下对过去的塑造作用。文化记忆的特点是持久性,也就是一个集体对文化的长时记忆。它摆脱了日常,超越了个体间的交流,由特定的社会机构借助文字、图画、纪念碑、博物馆、节日、仪式等形式创建记忆。其核心部分涉及民族、国家的创世神话和奠基史,对相关机构或群体的延续起到定型和规范的作用,它们需要专人进行维护,因此文化记忆具有明显的政治和意识形态色彩。一个社会过去的存在基础以及身份认同,是对现实社会性质和追求的真实反映(金寿福 37)。扬·阿斯曼(Jan Assmann)用"回忆形象"概括回忆具象,回忆形象需要一个特定的空间使其被物质化,需要一个特定的时间使其被现实化,所以回忆形象在时间和空间上总是具体的,回忆根植于集体中被经历的时间和被唤醒的空间(扬·阿斯曼 2015: 124)。阿斯曼指出"通过对自身历史的回忆,对起着巩固根基作用的回忆形象的现时化,群体确认自身的身份认同"(扬·阿斯曼 2015: 126)。因此,时间、空间和文化是探讨文化记忆的三个理想维度(扬·阿斯曼 2015: 127)。时空历来就是人类思考事物的两个重要维度,而文化是一种"凝聚性结构",将过去的重要回忆不断重现,并不断延续,从而架起过去和现在的桥梁。文化在社会和时间层面上起到连接作用,它凝聚共识、价值原则和实践从而形成认同。"文化"和"记忆"的结合对于理解文化的历时性变化,弄清文化如何在日积月累后保持本色具有重要的助益(扬·阿斯曼 2015: 127)。基于文化记忆理论的三个维度,本文剖析《日用家当》中母女三人的记忆重构、文化传承和身份认同过程,揭示非洲文化记忆是非裔美国人强化身份认同,重获归属感并融入主流社会的有效途径。

一、时间维度：记忆重构

时间是人类思考问题、解读生命最基础、最重要的坐标。阿斯曼认为，“每个社会都拥有其特定的联动结构，在这个结构里，回忆、身份认同和传统相互联系和作用”（扬·阿斯曼 2014：40）。因此，为满足当下的需求，人类需结合现实对文化进行重构，而重构的基础是过去发生的重要事件，唯有通过此过程自我认同与情感归属才能够被确立。可重构性是因为“过去”在任何记忆中都不能完全被保留，留存下来的只是“社会在每一个时期中，借助这个时期的参照框架所能重构的”（扬·阿斯曼 2015：131）部分。小说中，在黑人“寻根”文化浪潮下，大女儿迪伊意识到自己回到家乡的目的不仅在于寻根，比“寻根”更重要的乃是身份建构的“过程”（周敏 8），于是她开启了以“寻根”为缘由的身份建构之旅。在母亲和妹妹的焦虑等待中，迪伊以“全盘非化”的服饰、发型、名字和问候语回到社区，迫不及待地拍摄一张张具有非裔社区典型特征的照片，接二连三地索要具有代表非洲文化的传家宝。“这样的大热天里，她竟穿着一件拖地长裙。裙子的颜色花哨得耀眼，大块大块的黄色和橙色，亮得可以反射太阳的光线……她的头发像羊毛一样挺得直直的……像两条小蜥蜴，盘绕拢在耳朵后面”（Walker 23—24）。事实上，夸张突兀的非洲服饰和发型与眼前的迪伊毫不搭调，稀奇古怪的新名字与她的家庭传统毫不相干，与当下社会也显得格格不入，“记忆不仅重构着过去，而且组织着当下和未来经验”（扬·阿斯曼 2015：131），但她以回乡“寻根”为契机，“非化”形象为表征，努力在现实社会框架中不断重新组织“过去”，重构记忆，建构新的身份。当母亲叫她“迪伊”这一家族使用了几代的名字时，她纠正道“不对，妈妈，不是‘迪伊’，是万杰萝·李万尼卡·克曼乔（Wangero Leewanika Kemanjo）！”（Walker 24）而据研究这是肯尼亚基库尤语（Kikuyu）中“Wanjiro”和“Kamenjo”两个名字的错误拼写形式；“Leewanika”是个非洲名字，但并非基库尤语（Hoel 36）。但哪怕是通过这种表面的改名举动，她也急于“向前”寻根最传统的非洲文化记忆，并与当下的需求相结合，建构新的身份认同，以期在主流文化中寻得一席之地，力图摆脱现实社会中迷茫与困惑的绝境。

曾经被迪伊百般嫌弃、毫无情感可言的家庭居所、被子、母亲、妹妹等都成了她进行非洲记忆重构的具象。搅乳器盖子、搅乳棒等“日用家当”也被赋予了非凡魅力，成为她竭力索取的对象，因为她认为即便将这些

“日用家当”放在餐桌中央做“装饰品”,也能产生与非洲文化的勾连,重构记忆。12 年前,她目睹自家的房屋被大火焚烧却无动于衷,心中暗喜,“她只远远地站在香枫胶树底下,神色专注地望着屋上房板一块一块烧成灰黑色,望着砖砌烟囱烧红、滚烫、倒塌”(Walker 23);妈妈甚至觉得“你为何不围着房子跳一圈舞呢?”(Walker 23)同样风格的房屋建成后,迪伊仍是嫌弃有加,表示“会设法来看我们,但却不会带她的朋友上门”(Walker 23)。她曾嫌弃妈妈的外表,嫌弃她不善言辞,嫌弃妹妹没出息,甚至连妈妈喜欢的兰花都觉得俗气。“对头发冒烟、吓得目瞪口呆、衣服烧成黑灰一片片脱落的妹妹毫无同情怜悯之心”(Walker 22)。曾经这一切——房屋、妈妈、妹妹,都令她心生厌恶、憎恨、鄙视和耻辱感,如今她回到家乡的第一件事却是“每拍一张照片总要认认真真地选好镜头尽量把房子、母亲、妹妹、牛这些她曾经认为‘老土’的东西包括进去”(Walker 24)。文化可以借助图像保存下来,它们不仅展示过去,也预示着未来(扬·阿斯曼 2015:183),而家庭承载了此功能。“百衲被”是美国黑人妇女的符号,是黑人民族文化遗产的标志,拥有巨大的魅力和黑人文化象征性。迪伊去上大学时,母亲曾给过她一床被子,但她却嫌弃被子过时、不新潮而拒绝接受。如今她在家里翻箱倒柜,双手捧着两床被子,如获珍宝,“多难得!”“那两床被子是无价之宝啊!”“生怕别人会抢去似的牢牢抓住被子,一边用手在上面抚摸”(Walker 26)。“她用莺啼般甜美的声音问,‘妈妈,我可不可以把这两床旧被子拿走?’”(Walker 25)这两床“百衲被”是由迪伊的外婆、姨妈和妈妈一针一线缝制而成的,上面绘有典型非洲文化的单星图案和踏遍群山的图案。迪伊索要被子的目的只是摆设,而不是当作“日用家当”,她旨在通过拥有被子的所有权,建立起与非洲文化之间的连接,重构文化记忆,更好地适应当下,因为迪伊从自身的生活实践中深刻体会了文化“无根性”的漂泊境遇,意识到重新找回被忽视的历史文化记忆并建构新的文化身份是非裔美国人摆脱社会边缘地带、融入主流社会的绝佳途径。

文化记忆具有选择性特征。为了趋同并靠近主流文化,迪伊最初主动选择白人文化记忆,有意逃避非洲文化记忆。但在主流文化中的遭遇,使她感到迷茫、无奈,她不得不重构非洲文化记忆,因为非洲文化记忆能为她融入主流社会提供土壤和根基,而摒弃和逃避非洲文化记忆的生活实践让像她一样的非裔美国人长期徘徊于社会的边缘地带,无所适从。寻找非裔的非洲文化记忆,能使他们重构自己的文化身份,在主流社会中找到立足点。

申斯顿、伍德豪斯与18世纪中叶诗学：诗歌流派与挽歌田园风景*

桑德罗·荣格著　张驰译**

内容提要： 威廉·申斯顿是18世纪伍斯特郡诗人及莱索夫斯观赏农场的所有者，他创造性地使用挽歌这一体裁，将之与颂歌和田园诗等结合，构建了一个独特的媒介以记录他眼中的田园式伊甸园。申斯顿提供了一个高雅文化的经典案例，受他资助的劳动阶级鞋匠诗人詹姆斯·伍德豪斯在模仿其田园挽歌的同时，也在自己的诗中表达了来自底层阶级的声音与诉求。本文主要论述申斯顿和伍德豪斯对田园挽歌（和颂歌）的复杂运用，并将申斯顿的田园愿景与其在莱索夫斯倡导的公共景观联系起来。

关键词： 威廉·申斯顿；詹姆斯·伍德豪斯；挽歌；田园诗；模态协同；莱索夫斯

Abstract: William Shenstone, the eighteenth-century Worcestershire poet and owner of the ferme ornée, The Leasowes, creatively deployed the genre of the elegy and linked it modally with other genres such as the ode and pastoral to construct a unique medium for capturing his vision of a constructed pastoral Eden. While Shenstone provides a high-cultural model, the labouring-class shoemaking poet, James Woodhouse, who benefitted from Shenstone's patronage, imitates his genre of pastoral elegy and appropriates it to his own lower-class voice and concerns. This essay mainly addresses Shenstone's and Woodhouse's complex uses of the pastoral elegy (and ode), and relates the vision informing Shenstonian pastoral to the republican landscape he fashions at The Leasowes.

---

* 感谢英国社科院的慷慨资助；同时也感谢卡森·伯格斯特姆(Carson Bergstrom)和大卫·雷德克里夫(David Radcliffe)对本文早期版本所提出的修改意见。原文汉译版权已获授权，参见Jung (2009: 127—149)。感谢上海财经大学谭琼琳教授对译文的修改与润色。

** [作者、译者简介]：桑德罗·荣格(Sandro Jung)：英国威尔士大学博士，原比利时根特大学教授，现为上海财经大学外国语学院教授，主要从事英国早期现代文学、文本与印刷文化研究；张驰，湖南大学外国语学院副教授，主要从事文学翻译、英语教学研究。

Key words: William Shenstone; James Woodhouse; elegy; pastoral; modal cooperation; The Leasowes

鞋匠诗人詹姆斯·伍德豪斯(James Woodhouse, 1735—1820)之所以引起学者们的关注,主要是因为他来自劳工阶层,并在其作品中对这一阶层做出了淋漓尽致的描写。例如,在《劳动的缪斯女神们》(*The Lab'ring Muses*, 2001)一书中,威廉·克里斯特姆斯(William J. Christmas)指出伍德豪斯的作品"再现了 18 世纪的平民意识和社会抗争"(Christmas 187)。他认为,"本质上存在着两个伍德豪斯":"一个是生活在 18 世纪 60 年代的谄媚诗人,希冀改变自己的生活命运,在申斯顿、利特尔顿、蒙塔古斯家族的庇护下写作和出版;另一个则是深受'粗鲁、放肆、不受束缚的缪斯'"影响的诗人(Christmas 187)①。克里斯特姆斯认为,伍德豪斯这两种人生设定相互排斥。这一隐晦假设与传统的评论不谋而合。传统上,18 世纪的诗歌被定义为两类:要么是代表主流准则,属于优雅的新古典主义诗学流派;要么是与新古典主义流派格格不入的一股思潮,这类作家另辟蹊径,自立门户。伍德豪斯就是一位特立独行、平民化的另类诗人,他创作的主题是工人阶级诗歌批评家特别关注的关于自我表现和阶级斗争的政治问题。与此同时,H. 古斯塔夫·克劳斯(H. Gustav Klaus)认为,平民诗歌的两大核心关注点是"作品的描绘和文学流派自身的正规宣言"(Klaus 11)。从这个意义上来说,被边缘化的人模仿"主流文化"那种彬彬有礼和高雅文化的语言技巧已被理解为"一种反抗模式"(Keegan 2008: 38)。

史蒂夫·范—哈根(Steve Van-Hagen)研究了伍德豪斯的史诗巨著《科里品纳斯·斯克里布勒斯的生平与创作》(*The Life and Lucubrations of Crispinus Scriblerus*, 2005),认为伍德豪斯"被迫进行创新,因为在现存的诗歌形式中,声称自己是劳动者和阶级战士是有问题的"(Woodhouse 2005: xiii)。范—哈根这一说法令人信服,也表明伍德豪斯的《科里品纳斯·斯克里布勒斯的生平与创作》一书确实值得更多的关注(Van-Hagen 2009: 385)。同时,布里吉特·基冈(Bridget Keegan)最近也提到伍德豪

① 史蒂夫·范—哈根(Steve Van-Hagen)曾评述,"伍德豪斯多重流动身份的复杂性"使克里斯特姆斯对伍德豪斯人格的描述变得复杂起来(Van-Hagen 2009: 385)。

斯鲜为人知的描述诗，尤其是1805年发表的《诺伯里·帕克》(*Norbury Park*)，并坚信这些作品在诗人伍德豪斯创作技能日臻成熟的过程中以及作为一名劳动阶级作家发出自己声音的方面具有重要意义。她充分证实了伍德豪斯的花园诗旨在"尝试为诗人争取美学权利，并最终争取政治权利"(Keegan 2008：37—64，38)。[①]

正如克里斯特姆斯指出的，尽管目前一些学者对伍德豪斯的早期诗歌讨论不多，认为它们大都是些阿谀逢迎模仿的产物，但是，对伍德豪斯后期作品的偏爱又往往让他们忽视了其在诗歌形式和抒情方式上所展现的许多技巧。基冈对劳动阶级诗歌细致入微的研究让她认识到"这些表现出更多原无产阶级观点的诗人，通常受到批评家的青睐。那些倾向于非社会经济主题的劳工阶层诗人，普遍被认为乏善可陈，往往受到忽视"(Keegan 2008：4)。因此，基冈的研究有助于重新阅读那些在工作和地位等社会问题上没有明确指涉的诗歌，进而促进对形式展开一种历史主义的解读。为了突出意识形态的讨论，早期的批评家们常将这种历史主义解读放在次要地位。基冈是罗杰·朗斯代尔(Roger Lonsdale)的追随者，后者的编辑工作具有开创性意义，有助于人们更好地了解新诗的准则。这一新诗准则兼容并蓄，将劳动阶级作者伍德豪斯和绅士诗人，如威廉·申斯顿(William Shenstone，1714—1763)的作品特点都囊括其中。这两位诗人都在相同或相似的诗学传统框架中写作，并且都在尝试各种诗歌模式和体裁。申斯顿在牛津彭布罗克学院(Pembroke College)受过正规教育，而伍德豪斯基本靠自学。尽管如此，早在18世纪60年代，伍德豪斯就表现出对诗歌模式的敏感性，评论家通常将其解读为非同凡响的临摹能力。然而，临摹作为18世纪诗学不可或缺的一部分需要一个实验、阐释和创造的过程。自学成才的伍德豪斯，在无人正式指导或毫无经典先例可供参考的情况下，将他所读到的诗歌模式理论化，然后将这一理论转化为实践。事实上，临摹不仅是诗人学习经验的重要组成部分，也是使自己与新古典主义传统保持一致的主要手段。虽然学者们常常不约而同地把伍德豪斯和申斯顿放在一起讨论，但与申斯顿长期保持通信来往的朋友理查德·格雷夫斯(Richard Graves，1715—1804)在其《已故威廉·申斯顿的生活回忆录》(*Recollection of Some Particulars in the Life of the Late William Shenstone*，1788)一书中，将申斯顿和托马斯·格雷

---

① 参见 Van-Hagen (2009：384—406)以及 Keegan (2008：37—64，38)的论述。

(Thomas Gray，1716—1771)进行比较，这是迄今为止被忽略的话题。书中他着重描述了申斯顿早期的"乡土"教育。处境艰难的申斯顿"在农舍或乡村学校的屋檐下，在平民最底层的孩子中间度过了他的少年时光"(Graves 1788：139)。由于父母早逝，这位诗人和朋友在一起时常常显得腼腆羞涩、手足无措，不懂得如何行为优雅，也不熟悉上流社会的社交方式。格雷夫斯谈到，申斯顿由于没有父母指导，没有人鼓励他(像格雷那样)积极学习生活、获得学识。不过，格雷夫斯也指出，对申斯顿来说，格雷只不过比他拥有一个"微不足道的优势"罢了(Graves 1788：139)①。因此，格雷夫斯认为申斯顿就是一个处在中间的绝佳媒介，帮助那些地位不如他的人通过学习和实践来提高写作技能。这种独特的地位掩盖了学院派诗人和平民诗人之间明确划分的界限，而申斯顿在"女教师"("The School-Mistress")一诗中对圣母学院和他的老师萨拉·劳埃德(Sarah Lloyd)的描述可视为他的早期教育背景。可以说，申斯顿的早期教育或许拉近了他与伍德豪斯之间的社会距离。

对于劳动阶级作家，尤其是在事业发展的初期，其愿望就是与当时的写作文化保持一致，并密切模仿他所建立或希望建立关系的作家，从而促成自身写作行为的专业化。所谓成功的劳动阶级写作，也就是指有意识地探讨和质疑不同阶级划分，以及优雅高尚的文化诗学，并有意识地尝试作为此传统的局外人进行有差别的写作，这是以有意识地熟悉了解一般惯例模式和各模式类型之间的区别为依据的写作。唐娜·兰德里(Donna Landry)从"一个几乎被遗忘的文学话语中有关阶级和性别的社会文本表达"角度出发，探讨了 18 世纪劳动阶级女性诗歌，并提供了颇具说服力的诗歌案例研究，借此说明这些诗歌的模仿是成功的(Landry 3)。同样，范—哈根研究了"劳动体验的审美作用"(Van-Hagan 2005：421—450)。但是，随着最近兴起的对诗学和形式的兴趣，通过对伍德豪斯的诗歌解读得来的见解，弥补了过去研究的不足，因为以往的研究重点都放在阶级和伍德豪斯后期的诗歌上。这样的讨论并不是想当然地认为诗人的作品质量会逐渐提高，而是说他有能力调控诗歌的形式和类型，有力地回应了其他诗人对体裁的运用和 18 世纪中叶的一般写作实践。在这种背景下，我们将伍德豪斯复原为他所处的那个时代从事文学文化创作的人，

① 理查德·格雷夫斯在其书中的论述夯实了本文作者的观点。关于格雷、阶级与受过教育的职业诗人的论述章节，参见 Zionkowski (2001)。

而不是将其解读为一个阿谀奉承的模仿者，一个对申斯顿的创作模式不加思考、不做判断而一味进行模仿的诗人。

在依靠读者订阅才能出版的《杂事诗集》(*Poems on Sundry Occasions*, 1764)的序言中，伍德豪斯承认申斯顿不仅是他写作的早期支持者，也是他心目中隐藏的缪斯。由于伍德豪斯七八岁时就辍学了，当他被引荐给申斯顿时，几乎没有受过正式的教育。然而，早在1760年，他就“一边在小学教书，一边给人制鞋”，他的小学工作经历也出现在其第二版的《诗集》(1766)“作者的辩护”(“The Author's Apology”)致辞中(Van-Hagen 2009：3，5)。当申斯顿将自己的图书馆提供给伍德豪斯使用时，其实此前他早已帮助过理查德·贾戈(Richard Jago，1715—1781)、玛丽·惠特利(Mary Whateley，1738—1825)等作家，并修改了后者的诗作，促使其在各种杂志上发表(Jung 2002a：193—194；Messenger 44)。正如克劳斯所言，申斯顿“不像一个慷慨的捐助者，而更像作者和出版商之间的桥梁”(Klaus 8)。伍德豪斯和惠特利最终与詹姆斯·多兹利(James Dodsley，1724—1797)一起出版了他们的诗集。

这两本诗集运用了18世纪40年代早期申斯顿创建起来的挽歌田园诗模式。申斯顿、伍德豪斯和惠特利的诗集都发表于1764年，之后他们在《每月评论》(*Monthly Review*，1764)和《批评评论》(*Critical Review*，1764)中相互为彼此的作品撰写评论文章。[①] 在申斯顿《作品集》[②](*Works*，1764)的序言中，罗伯特·多兹利(Robert Dodsley，1703—1764)盛赞自己已故的朋友是挽歌和田园诗的大师：“就挽歌诗的柔情而言，申斯顿的造诣无出其右；在质朴的田园诗领域，可以大胆地说，能与他并驾齐驱的也寥寥无几”(Shenston 1764，vol. 1：11)。多兹利还谈到了一篇有关申斯顿的著名观赏农场莱索夫斯农场(the Leasowes)的散文。当诗人去世时，这个农场在英伦三岛已广为人知。多兹利含蓄地将申斯顿黄金年代沉思而创作的挽歌式田园景象与他的莱索夫斯园林景观联系起来。

---

① 关于伍德豪斯作品的评论，参见 *Monthly Review* 30 (1764)：415；*Critical Review* 17 (1764)：392 - 393；*General Magazine* 1 (1764)：198。关于申斯顿作品的评论，参见 *Monthly Review* 30 (1764)：378 - 389，450 - 463；*Critical Review* 17 (1764)：338 - 344；*General Magazine* 1 (1764)：198。关于惠特利诗集的评论，参见 *Monthly Review* 30 (1764)：445 - 450；*Critical Review* 18 (1764)：114 - 118；*British Magazine* 5 (1764)：377。

② 除特殊说明，本文中申斯顿的诗歌都来自该诗集。

约翰·朗霍恩(John Langhorne，1735—1779)对惠特利和申斯顿发表在《每月评论》上的作品进行了点评，并开始对田园诗产生兴趣。18世纪60年代早期，朗霍恩将萨洛蒙·盖斯纳(Salomon Gessner，1730—1788)蜚声国际的《田园诗》(*Idylls*)翻译成英文，借此表达了自己对这一体裁的钟爱。与此同时，他也对田园挽歌这一体裁颇感兴趣，并将这些作品收录到他的《诗集》(*Poems*，1760)中。《边缘山》(*Edge-Hill*，1767)的作者理查德·贾戈牧师是申斯顿一生的挚友，两人常有书信来往。从18世纪50年代开始，贾戈也开始创作挽歌，并阅读了申斯顿大量的诗歌草稿。那时的申斯顿常常将自己的手稿集成册，在朋友圈中传阅。贾戈用沉思的挽歌风格来描写田园风景，表达了渴望理解神秘自然的热切愿望。在"致威廉·申斯顿先生——收到镀金袖珍本，1751年"("To William Shenstone，Esq. On receiving a gilt pocket-book，1751")中，贾戈将莱索夫斯农场的主人称为向导，帮助自己解开自然的秘密，使自然变得可以阅读，可以理解。他请求申斯顿：

教我阅读美丽的自然之书，
　　在鲜花绽放的辽阔平原；
用明智的眼光去观赏
　　她所有的荣耀之治。(Jago 187：25—28)

这是对用"明智的眼光去观赏"的训练，是对视觉能力的培养，更重要的是，这也解释了他所渴望的自然的意义。最终，(通过反思)田园的自然王国提供了对自然和人性的洞察力。因此，几年以后，贾戈像伍德豪斯一样提出请求：

穿过拱门，踏上小径，草坪一望无边，
　　靠近庄严的岩石，与她漫游徜徉；
或是追随她，在温柔的小鹿中寻觅。
　　在长满苔藓的房间，或枫树林里。(Jago 188：33—36)

贾戈在诗中展现的远足、探索和求爱的修辞手法暗示叙述者渴望理解自然和"美丽的自然之书"。这是申斯顿在莱索夫斯农场那如伊甸园般美丽的田园风光所遵循的自然法则。渴望进入这一美丽王国是贾戈诗歌的核心，也代表了申斯顿田园挽歌的一个总体特征。本文关于申斯顿的诗学，以及伍德豪斯的田园挽歌的正式运用，特别是伍德豪斯将田园挽歌与颂歌杂糅的讨论，旨在揭示诗人运用和改写文学传统的能力。伍德豪斯并不模仿经典，而是将申斯顿诗歌的原始杂糅作为自己的创作模式。在探讨伍德豪斯的模仿实践时，本文将略过学者在其诗歌中发现的平民意识，而是聚焦指出诗人极有可能受到申斯顿的影响，对诗学及其他所有文学形式产生兼收并蓄、巧妙运用的能力。与此同时，本文通过重审申斯顿对18世纪中期诗歌理论的贡献，指出他的田园挽歌和颂歌杂糅的创新手法是值得推崇的①。本文将进一步阐述大卫·费尔热（David Fairer）最近提出的申斯顿自我构建的观点，并超越其在《英伦最杰出诗人生平故事》（*Lives of the Most Eminent English Poets*, 2006）中提出的“约翰逊的小骄傲和沮丧希望”的论述，重读申斯顿的作品，像费尔热一样尝试在不同语境中进行解读，这“不是自我回顾，而是自我反省”（Fairer 2009: 129, 142）。②

要理解伍德豪斯的写作模式，首先需要对申斯顿田园诗的使用进行定义。为此，本文将简要介绍申斯顿的田园诗学和他对诗歌体裁的理解，从而将其对田园诗的痴迷与其称之为“乡村优雅”（Rural Elegance）的颂歌联系起来。申斯顿充分运用了诗歌的表达形式，如颂诗和田园诗，本文将以此为基础勾勒出申斯顿的描述性田园诗歌理论。本文对伍德豪斯有意识地使用申斯顿田园颂歌体裁的研究，旨在突出申斯顿的诗歌创作实验是如何被伍德豪斯这位年轻而有抱负的“诗意鞋匠”所利用的。

申斯顿在很大程度上设计了一个诗学，该诗学是以其莱索夫斯农场主人为身份核心而构建的。在他的“田园民谣”（“Pastoral Ballad”, 1743—1751）一诗的不同版本中，他提供了田园元素的列表，如树木和植物的名称（越橘、桃金娘、柳树、忍冬、椴、茉莉等）。在乡村情郎哀叹菲利斯（Phyllis）的寥落，又赞颂（鼓励）菲利斯对情歌的回应这一场景中，风景是一片具有标志意义的爱之小树林。只要他和菲利斯分开，他就会内心痛苦；然而，他的田园生活环境却是健康的、富足的，充满了活力：

---

① 过去十年鲜有学者研究申斯顿，权威讨论参见 Williams (1935), Humphreys (1937), Burns (1970)。其中，Burns 的研究提供了迄今为止对申斯顿作品的最好解读。申斯顿与主教托马斯·珀西（Bishop Thomas Percy, 1729—1881）合作了《古诗遗韵》（*Reliques of Ancient Poetry*），参见 Brooks (1999)。最近的研究主要集中于申斯顿的通俗诗“女教师”（“The School-Mistress”），参见 Baines (2003), Radcliffe (2000)。

② 理查德·格雷夫斯在《回忆录》中对约翰逊博士所写申斯顿的“信息”表示质疑。参见 Graves (1788: 5, 71), Jung (2007)。

田埂上蜜蜂飞舞成群
嗡嗡低语催人入眠，
湖畔绿树成荫，
山丘上白羊游弋。

年年丰盈，
我的牧场如此富饶，
即便青苔覆盖
也有越橘生长。(珀西版：41—48)[①]

在这首诗的出版版本中，申斯顿引入了野风信子和紫罗兰等花朵，它们象征着爱，并添加了更多的视觉细节，以突显景观的自然多样性。[②] 风景变得比以前更理想化了。

在"田园民谣"和挽歌中，申斯顿重铸了田园传统，并将之与挽歌联系起来。申斯顿没有援引代表田园诗第一和第二阶段的古希腊诗人忒奥克里托斯[③](Theocritus, 300—260 BC)或古罗马诗人维吉尔(Virgil, 70—19 BC)的诗行(虽然莱索夫斯的很多铭文源于这两位诗人的作品)，但他所用的体裁显示，进入18世纪田园诗发展到了第三阶段。针对这一阶段传统的探讨一直是将其与18世纪早期亚历山大·蒲柏(Alexander Pope, 1688—1744)和安布罗斯·菲利普(Ambrose Phillips, 1674—1749)关于田园诗的辩论进行比较(Poggioli 1975; Congleton 1952)。阿拉斯泰尔·福勒(Alastair Fowler)认为，田园牧歌通常是一种"非个人化体裁"，而申

---

① 该版本未能在申斯顿有生之年出版，但比已出版且更显忧郁风格的版本要早。本文作者从大卫·尼克尔·史密斯(David Nichol Smith)处复制了由托马斯·珀西主教抄写的文本，参见 Smith (1941)。关于"田园民谣"的另一个版本，参见 Sambrook (1967), Burns (1973)。

② 第二部分第二节"希望"("Hope")加入了更多早期版本没有的植物细节：

小树林里没有一棵松树，
不被忍冬的蔓缠绕；
看不到山毛榉美丽的绿色
因为野蔷层层缠绕：
一年中的最壮美的田野，
也不敌牛羊纵情奔跑；
看不到清澈的小溪，
因为金色的鱼在水中闪耀。

③ 牧歌创始者(译者注)。

牧羊人“在乡村的欢声中吹起了他的芦笛，/虽粗陋，仍可堪入耳，萨默塞特公爵夫人应该听见”。申斯顿笔下的牧羊人形象总是理想化，而又不够清晰。作为新一代田园诗人，伍德豪斯在《致莱索夫斯威廉·申斯顿先生的挽歌》（“An Elegy to William Shenstone, Esq.; Of the Leasowes”, 1759年首次交给申斯顿）一诗中请求申斯顿接纳自己进入他的阿卡狄亚田园。对伍德豪斯来说，“没有杂质的乡村极乐”景色极具吸引力，于是他以“一个乡村少年的勇敢”（2）为申斯顿献上了自己的挽歌。克里斯特姆斯察觉到，在挽歌中，“伍德豪斯成功地将自己描绘成那个时期流行的对工作和写作彬彬有礼的理想人选”，“在这首‘挽歌’中”，他“很好地利用了申斯顿的虚荣心，因为这首诗的大部分内容都是用来描写莱索夫斯的自然美”（Christmas 192, 191）。伍德豪斯选择“挽歌”作为标题，显然是为了歌颂作为新田园牧歌主要倡导者的申斯顿。本文认为，应该认识到这首诗对新诗学成功而娴熟运用的意义所在，而不是像克里斯特姆斯所说的那样，这首诗仅仅是为了满足申斯顿的虚荣心而设计创作的作品。

伍德豪斯在诗中对“缪斯的追求者”“穿凉鞋的乡村少年”以及他的劳动阶级地位的描述，表明叙说者是一名祈求进入灵感和天才领域的诗人。同时，他和申斯顿都坚持“歌唱同一源神”，并得出“农民（将）与贵族平等”的结论。这一平等诉求的提出正是在莱索夫斯精神领域萌生的想象和梦想自由所促成的。基冈指出，“伍德豪斯描述了一种与景观的关系，这个地方既与众不同，又是可能的社会平衡阀”，花园就像“一个乌托邦，因为‘优雅人士’和‘乡野陋夫’对美的共同审美欣赏，社会差异可能被抹去”（Keegan 2006: 571; 2008: 40）。伍德豪斯在其“挽歌”中将赞助人申斯顿刻画为一个内在价值的回报者，而非一个将较低社会地位的天才拒之门外来维护自己超然地位的绅士。自由和平等的思想贯穿全诗，伍德豪斯甚至说，正是“自由的天性”赋予了鞋匠“阅读自然杰作”的才华。他不仅试图将自己作为一名诗人与申斯顿相提并论，而且也将他们共同具有解读自然的能力与赋予自然意义的能力进行类比。莱索夫斯庄园的中心是申斯顿和人格化的忧郁之神“喜爱……居住”的地方：“黄昏的牢房”和“悲伤的树林”。伍德豪斯将忧郁之神的徘徊逡巡与安乐之所联系起来，在那里，申斯顿与阿波罗和“伊奥尼亚少女们”（Aeonian maids）性爱欢乐。尽管伍德豪斯没有像作家科林斯和沃顿夫妇那样使用赞美诗的元素，但显然他也将挽歌与颂歌并列。伍德豪斯渴望成为申斯顿的朋友，得到他的认可，并最终成为跟他一样的诗人，这部分是因为在中世纪颂歌中，传统上将诗歌叙说者等同于神。然而,通过摆脱古典田园诗反个人化模式以及申斯顿在其“田园民谣”(“A Pastoral Ballad”)一诗中所使用的体裁,伍德豪斯集中表达了他希望能够被一个不看重阶级差异和社会地位的领域所接纳的个人愿望。

克里斯特姆斯坚信,伍德豪斯并未有意识地使用田园诗模式,自作主张将自己与申斯顿相提并论[①],但诗人对申斯顿模式的运用体现在他对自己赞助人的诗学思想之深刻理解,并用一种与众不同的方式对申斯顿所理解的景物和其中蕴含的挽歌特质做出回应。此外,根据最近问世的手稿资料,显然申斯顿为伍德豪斯的写作活动争取经济支持的游说比以前估计的要多(Jung 2002b: 381—384),同时,他对伍德豪斯当时正在进行的诗歌指导和评论也比我们之前推测的要大得多(Jung 2002a: 187—198)。

1762 年,伍德豪斯创作了“致威廉·申斯通先生;1762 年抱恙的春天”(To William Shenstone, Esq; On his indisposition in the spring, 1762),并把它寄给了申斯顿。申斯顿在给沃菲尔德(Worfield)的邻居谢林顿·达文波特(Sherington Davenport)的一封信中附上了这首诗,他写道:“您认为我随信附的那些诗是一个手艺熟练的年轻鞋匠在我生病期间写的吗?他就住在我家附近的罗利村。他把我的不适是看得过于**严重**了……但是抛开这个,以及他对我的**偏爱**,您会觉得以他的**职业**出身能写出这样的诗是非比寻常的”(Williams 1939b: 648)。申斯顿给达文波特信中对伍德豪斯诗歌的评论有助于我们重新审视申斯顿和伍德豪斯的关系。他在信中使用的着重符号用意昭然:他预见到了评论家(达文波特)对这首诗的反应,他发现申斯顿的病(流感)并不致命(达文波特很可能了解这一事实),而伍德豪斯在诗中显示了对申斯顿的“偏爱”。申斯顿指出,只有这两个方面欠考虑,有待修改,而诗人的诗作“对于他的**职业**来说已非比寻常”。申斯顿着重强调了鞋匠诗人的职业,并进一步解释道:

> 然而,这些并不是他的唯一作品,或者是他这天才的主要作品;在他来我这里之前,他的主要知识是从杂志中获得的。过去两三年里,我借给他几本古典文学书和其他英文书。您看,对他来说,我是一个伟大的艺术赞助人梅塞纳斯(Mæcenas);尽管您和

① 在评论伍德豪斯的“莱索夫斯”(“The Lessowes”)一诗时,克里斯特姆斯认为“伍德豪斯的诗分层处理传统,将‘祝福’诗的某些方面融入描述性诗中,旨在歌颂他的赞助人和园林,却没有意识到这些形式的颠覆力量,尤其当诗歌来自平民的笔触”(Christmas 195)。

我的朋友希望我成为一名著书立说的作家。(Williams 1939b: 648)

申斯顿承认，伍德豪斯曾经模仿杂志上的诗歌进行创作，属于自学成才。他将书借给伍德豪斯旨在进一步塑造伍德豪斯的品味，鼓励伍德豪斯自觉地模仿和试验已知的诗歌传统。他淡化了自己在伍德豪斯赢得公众注意(特别是罗伯特·多兹利的注意)方面的重要性，并像早期学者记载的那样加强了与伍德豪斯的联系。

通过“致威廉·申斯顿”这首诗，读者稍加留意就会发现伍德豪斯不仅熟悉传统和诗歌措辞，而且也渴望从正统的机械方法转向对上帝真诚的祈祷。伍德豪斯使用申斯顿在其诗中常用的四行诗，交替使用四音步和三音步，将此诗献给申斯顿，表达自己的崇敬之情。读者发现，在这首二十一节诗歌的第一部分(第1—17节)，诗人使用了詹姆斯·汤姆森(James Thomson, 1700—1748)在《季节》(*The Seasons*)中的传统描述性目录手法，并对18世纪早期的诗歌措辞进行了改写。诗歌的第17节出现了一个转折，伍德豪斯从“异教徒时代的神啊！/大脑的怪物！”变为“温和的全能之神！/我们的天父，国王和上帝！”第一部分通过对新古典诗歌风格的改写，将命运之神，“芸芸众生”和“淙淙小河”引入，而第二部分重在表达诗人对上帝恢复申斯顿“有益健康”的宗教信仰；同时，如果上帝在其“无限智慧”中觉得是时候将申斯顿召回，他也可以欣然接受上帝的意志。因此，这首诗经历了范—哈根在伍德豪斯后期作品中发现的从一种模式到另一种模式的转变。同样，在诗歌的第二部分，诗人与病中申斯顿(诗中被比喻成通过他那“悠扬的呼吸”、缪斯的“爱”以及缪斯的“袅袅竖琴”)的关系被重新定义，诗人摆脱了早期那种刻意的描写措辞，转而充满同情地祈祷“上帝保佑”，并最终将这一情绪通过下面的诗句推向高潮：“不要让天才之子哭泣；/不要让善人哀伤。”伍德豪斯把申斯顿当成一个受难者，因此，他不再将申斯顿置于他早先的形象描写中，即以莱索夫斯和他诗中的田园风光为背景，用超然、疏离和刻意的措辞塑造申斯顿。这首诗结尾的祈祷将他与申斯顿进一步拉近。当1763年2月11日申斯顿逝世时，伍德豪斯在诗的结尾写下了“作于莱索夫斯，申斯顿先生逝世后”(创作于1763年11月)，以此表达两位诗人在申斯顿建造的田园风景中创作的亲密关系。这首诗的第二节，开头的诗行，“因为我仍深情地走在树荫下，/在申斯顿深情走过的地方”重复使用副词，不仅强调了两人常去莱索夫斯,而且还通过深情的语义场,将伍德豪斯与申斯顿联系起来。他将申斯顿称为“我的朋友”(第 4 节),并进一步认同已故诗人与自然的关联:

然后,在荫翳处想象,
　　我脑海里他的形象,
抑或每一次独处聆听他的声音,
　　抑或仿佛听到他的脚步;

但很快,不知何故,倏忽醒来,
　　那虚假的幻影飞逝而去;
他的声音——不过是水流瀑落,
　　他的脚步——不过是一阵微风。

伍德豪斯将申斯顿比作地方守护神,没有他们,自然景观将变得荒芜而神秘。申斯顿的逝世让周遭变得“忧郁黯淡”,这种哥特式的氛围让诗人倍感压抑,这一情绪在关于申斯顿的幻象中达到高潮:“无生命的身体躺下,/失去了所有的力量,/他曾使春天更加明媚,/曾让寒冷的时光欢呼。”当伍德豪斯写下没有申斯顿的莱索夫斯跟以往不再一样时,福勒声称的亚里士多德诗学“发现”(anagnorisis)要素就成了挽歌的核心所在(Fowler 207)[①]。他并不是写诗人申斯顿,而是描写了一个和谐融入田园风景的人之画面。没有他,重建的天堂秩序就会被打乱。正如诗歌最后一节所指出的那样,留给伍德豪斯的只有“美好的希望!”以及他会“在天堂”与申斯顿“相遇”的“哀伤的慰藉”。

伍德豪斯在《杂事诗集》的序言中赞颂申斯顿,并回忆道:

> 他是如此仁慈,愿意让邻居中最底层的人享受这令人愉快的美景;其中包括贫苦的鞋匠,我们的作家;可惜,他的幸福没有维持多久,因为人们滥用善良的申斯顿先生所给的自由,很快变得放荡不羁。他们毁坏灌木,采摘花朵,拆除树篱,还对申斯顿先生造成了一些别的伤害,这让申斯顿先生决定,除了自己和主仆申请获批外,谁都不能进入莱索夫斯。(Woodhouse 1764: iii—iv)

① 参见 Vincent (197—201)。克里斯·芒赛(Chris Mounsey)聚焦挽歌的同性恋表达,而这一因素在伍德豪斯的挽歌中并不突出。参见 Mounsey (601—608)。

伍德豪斯将申斯顿描绘成一位仁慈的业主兼园丁绅士，欢迎“邻居中地位最低的人”来到他的观赏农场。申斯顿又控制着与外界交流的度，一旦他的“善心”被滥用，就调整访客数量。最终，他试图保护自己的田园风景，使其免受不良影响，由此将其转化为一个超时空的理想场所，并生发出他自己关于阿卡狄亚田园风景的新想法。伍德豪斯解释说，对莱索夫斯的破坏行为“始于申斯顿先生结识了我们的诗人，那时候他将此书的第一首诗敬献给申斯顿；这不仅让他可以自由地在那些迷人的小道上散步，而且也让申斯顿先生认识了他”（Woodhouse 1764：iv）。申斯顿留给人们的是一个仁慈田园诗人形象，尤其在其去世后。托马斯·尼科尔斯（Thomas Nicholls）在其《申斯顿：或者，仁慈的力量》（*Shenstone: or, the Force of Benevolence*，1776）一诗的序言中写道：“仁慈是他内心的主要佃户；如果他曾向上帝祈求财富，也只是为了行善，为了提升或许是世界上最伟大君主的品味”（Nicholls unpaginated preface 7）。他回忆起一桩轶事来说明申斯顿的善举。他说，在莱索夫斯的田园环境中，诗人全神贯注于赞美自然和造物主：“他们歌颂自然（申斯顿和他的田园情人迪莉娅），以及她所给予的一切，/他们只知道爱和感激天堂”（Nicholls unpaginated preface 7）。尼科尔斯在自己编辑的申斯顿作品中呼应了罗伯特·多兹利对诗人仁慈性格的刻画，同时也期待格雷夫斯的《回忆录》能提供更多有趣的故事。

尽管伍德豪斯解释申斯顿生性仁厚，允许他频繁出入莱索夫斯，但申斯顿的动机很可能是期望在来访者身上产生预期有益的道德影响力。他的这种仿伊甸园的和谐、纯真和“自然”代表了风景的道德特征。就他的计划而言，欣赏和体验他的风景园林是非常必要的，就像他的田园诗需要被读者消化一样。申斯顿借鉴了约瑟夫·艾迪生（Joseph Addison，1672—1719）的想象乐趣论，在“园艺随想”（“Unconnected Thoughts of Gardening”）中将景观和前景的多样化体验与道德情操的理想联系起来。他把重点放在“风景如画的园艺”上，这些园艺“起到连接思想的作用，传递令人愉悦的联想”。他认为，风景中的物体“引发”了“判断或形成良好的想象力”。正是从花园的物理解剖中衍生出一种“奇特的性格”，反过来又影响了观者的不同性情和特性。他反对同一性，建议摆放一些有趣的物品，观察它们，以便这些不同的物品能激发出不同的（道德）反思。从这个意义上说，风景犹如一块画布铭记着各种信息，像废墟这样的东西不仅代表着眼前的衰败和庄严，同时也是一个内在的历史叙事，废墟代表的权利，让人抚今追昔，心潮澎湃。[①]

在敬献给申斯顿的诗的结尾部分，伍德豪斯表达的对风景精神品质的情感与理查德·格雷夫斯笔下《精神上的堂吉诃德：或杰弗里·怀尔德古斯先生的夏日漫笔》(*The Spiritual Quixote: or, the Summer's Ramble of Mr. Geoffry Wildgoose*, 1774)的主角杰弗里·怀尔德古斯英雄所见略同。申斯顿在他朋友小说的第七章中客串出场，格雷夫斯(通过怀尔德古斯)指出需要超越申斯顿的田园主义建筑外观，并从风景中演绎出精神意义的必要性。这一解读进一步发展了费尔热关于游客在莱索夫斯看到自然的多样性和不同自然风景的(精神)和谐共处具有道德效用的论点(Graves 1792 vol. 3：25—26)[②]。

堂吉诃德式的怀尔德古斯主张去除"乡村装饰"，并通过他的宗教热忱将田园风光和申斯顿对田园的道德运用重新整合。像伍德豪斯和申斯顿一样，怀尔德古斯是莱索夫斯风景的观察者。根据多兹利或伍德豪斯诗歌对申斯顿风景花园的描述，怀尔德古斯通过精心布置的物品、精心设计的远景和前景感受到了挽歌田园精神和忧郁神情。花园作为社区的象征和场所，让人浮想联翩，激发了田园挽歌的庆典仪式[③]。景观的共享意味着建设一个虚拟的、文学的和景观化的集会之所，它不受侵扰，没有社会或季节的压力(Archer 143—185)。在"田园颂，致尊敬的理查德·利泰尔顿爵士"("A Pastoral Ode. To the Honourable Sir Richard Lyttelton")中，申斯顿提出了退隐乡村的合适理由，因为隐居可以远离"名誉的喧哗"和恶习。事实上，这种隐居自然吸引了有识之士(尤其是贵族赞助人!)，如"乡村优雅"中的萨默塞特公爵夫人，给风景赋予生命，并赋予它们独特的美德。作为田园景观的热情守护者，申斯顿将一个孤独之地变为一个"温暖、真诚的"和"欢乐的社会"。

申斯顿和伍德豪斯的关系应该从莱索夫斯观赏农场主人所建立的社

---

① 参见 Shenstone (1764, vol. 1：111, 112, 117)。

② 原文为："怀尔德古斯了解申斯顿先生的优雅品味，在欣赏他的家园同时也为世界上别的地方祈祷；根据怀尔德古斯的观察，'毫无疑问，我们从花园、树林、草坪和其他乡村装饰中得到的乐趣是最纯真的；但同时，我们也只能把它们看作娱乐，而不应该让它们过多地占用我们的精力；我们应该尽可能地把我们的想法精神化；值得探究的是，对这些仅仅是没有生命的美的过分好感，可能会干扰我们对上帝的爱，使我们过于执着于这个世界的事物。'"

③ 关于特定阶级对景观与观赏农场的阅读，参见 Keegan (2006：569)。基冈也注意到："景观农场将土地的工具性和非工具性价值、土地的农业用途和美学用途结合在一起，突出了这两种功能日益扩大的差距。"参见 Keegan (2008：45)。

会关系的角度来理解。本文不鼓励主要聚焦于他们的阶级差异，而是考虑他们共同的诗学和田园挽歌实验。当然，来自两个不同阶级诗人的相遇过程中，赞助人主导受惠人的创造力，会表现出一种单方面的集权现象，而在底层作家的作品中常常会产生颠覆性的潜在意义，并将其作品推向高潮。理想的情况下，也可以创造出代表劳动阶级作家的特点和文学个性、同时体现其赞助人传统与权威的作品。一个诗人对另一个诗人的文学赞助经常被视为一种制约力量，从而导致模仿的而非有趣的、原创的作品。然而，应该强调的是，正是这种对通用作品的模仿而非限制，激发了伍德豪斯的创作冲动，写出了大量的田园颂歌。

引用作品[Works Cited]：

Archer, John. "Landscape and Identity: Baby Talk at the Leasowes, 1760." *Cultural Critique* 51 (2002): 143 - 185.

Baines, Paul. "Writing, Gender and Discipline in Shenstone's *The School-Mistress*: 'Tway Birchen Sprays.'" *British Journal for Eighteenth-Century Studies* 26 (2003): 177 - 187.

Bending, Stephen. "Prospects and Trifles: The Views of William Shenstone and Richard Jago." *QWERTY* 10(2000): 125 - 131.

Brooks, Cleanth (ed). *Correspondence of Thomas Percy and William Shenstone*. New Haven: Yale UP, 1977.

Burns, F. D. A. "William Shenstone: A Biographical and Critical Study." PhD diss., University of Sheffield, 1970.

—. "The First Published Version of Shenstone's 'Pastoral Ballad.'" *RES* 24 (1973): 182 - 185.

Christmas, William J. *The Lab'ring Muses: Work, Writing and the Social Order in English Plebeian Poetry, 1730 - 1830*. Newark: U of Delaware P, 2001.

Congleton, J. E. *Theories of Pastoral Poetry in England, 1684 - 1798*. Gainesville: U of Florida P, 1952.

Cowley, Abraham. *Prose Works of Abraham Cowley*. London: W. Pickering, 1826.

Dolan, John. *Poetic Occasion from Milton to Wordsworth*. Basingstoke: Macmillan, 2000.

Fairer, David. "Persistence, Adaptations and Transformations in Pastoral and Georgic Poetry." *The Cambridge History of English Literature, 1660 - 1780*. Ed. John Richetti. Cambridge: Cambridge UP, 2005. 259 - 286.

——. "'Fishes in his water': Shenstone, Sensibility, and the Ethics of Looking." *The Age of Johnson* 19 (2009): 129 - 148.

Fisher, J. "Shenstone, Gray, and the 'Moral Elegy.'" *MP* 34 (1937): 273 - 294.

Fowler, Alastair. *Kinds of Literature: An Introduction to the Theory of Modes and Kinds*. Oxford: Clarendon Press, 1982.

Graves, Richard. *Recollection of Some Particulars in the Life of the Late William Shenstone, Esq. In a series of letters*. London: Printed for J. Dodsley, 1788.

——. *The Spiritual Quixote: or, the Summer's Ramble of Mr. Geoffrey Wildgoose*. 3 vols. London: Printed for J. Dodsley, 1792.

Groom, Nick. *The Making of Percy's "Reliques"*. Oxford: Clarendon Press, 1999.

Hughes, Helen Sard. "Shenstone and the Countess of Hertford." *PMLA* 46 (1931): 1113 - 1127.

Humphreys, A. R. *William Shenstone: An Eighteenth-Century Portrait*. Cambridge: Cambridge UP, 1937.

Jago, Richard. *Poems, Moral and Descriptive*. London: Printed for J. Dodsley, 1784.

Johnson, Samuel. *The Lives of the Most Eminent English Poets*. 4 vols. Ed. Roger Lonsdale. Oxford: Clarendon Press, 2006.

Jung, Sandro. "Mentorship and 'Patronage' in Mid-Eighteenth-Century England: William Shenstone Reconsidered." *Bulletin de la société d'études anglo-américaines des XVIIe et XVIIIe siècles* 54 (2002a): 187 - 198.

——. "William Shenstone and Mrs Jane Bennett Again." *N & Q* 49 (2002b): 382 - 384.

——. "Idleness Censured and Morality Vindicated: Johnson's 'Lives' of Shenstone and Gray." *Etudes Anglaises* 60 (2007): 80 - 91.

——. "Shenstone, Woodhouse, and Mid-Eighteenth-Century Poetics: Genre and the Elegiac-Pastoral Landscape." *Philological Quarterly* 88: 1 - 2 (2009): 127 - 149.

Keegan, Bridget. "Rural Poetry and the Self-Taught Tradition." *A Companion to Eighteenth-Century Poetry*. Ed. Christine Gerrard. Oxford: Blackwell, 2006. 563 - 576.

——. *British Labouring-Class Nature Poetry, 1730 - 1837*. Basingstoke: Palgrave, 2008.

Klaus, H. Gustav. *The Literature of Labour: Two Hundred Years of Working-Class Writing*. Brighton: Harvester Press, 1985.

Landry, Donna. *The Muses of Resistance: Laboring-Class Women's Poetry in Britain, 1739 - 1796*. Cambridge: Cambridge UP, 1990.

Langhorne, John. "Review of The Works of William Shenstone." *Monthly Review* 30

(1764)：383.

Levine, William. "'Beyond the Limits of the Vulgar Fate': The Renegotiation of Public and Private Concerns in the Careers of Gray and Other Mid-Eighteenth-Century Poets." *Studies in Eighteenth-Century Culture* 24 (1995): 223 - 242.

Liu, Yu. *Seeds of a Different Eden: Chinese Gardening Ideas and a New English Aesthetic Ideal*. Columbia: U of South Carolina P, 2008.

Messenger, Anne. *Woman and Poet in the Eighteenth Century: The Life of Mary Whateley Darwall*. New York: AMS Press, 2000.

Mounsey, Chris. "Persona, Elegy, Desire." *SEL* 46 (2006): 601 - 618.

Nicholls, Thomas. *Shenstone: or, the Force of Benevolence*. London, 1776.

Poggioli, Renato. *The Oaten Flute: Essays on Pastoral Poetry and the Pastoral Ideal*. Harvard: Harvard UP, 1975.

Radcliffe, David Hill. "Genre and Social Order in Country House Poems of the Eighteenth Century: Four Views of Percy Lodge." *SEL* 30 (1990): 445 - 465.

——. "The Poetry Professors: Eighteenth-Century Spenserianism and Romantic Concepts of Culture." *1650 - 1850: Ideas, Aesthetics, and Inquiries in the Early Modern Era* 5 (2000): 121 - 150.

Sambrook, A. J. "Another Early Version of Shenstone's *Pastoral Ballad*." *RES* 18 (1967): 169 - 173.

Shenstone, William. *Poems upon Various Occasions*. Oxford: Leon Lichfield, 1737.

——. *The Works in Verse and Prose of William Shenstone*. 2 vols. London: Printed for R. and J. Dodsley, 1764.

——. *Selected Poems*. Ed. Sandro Jung. Cheltenham: Cyder Press, 2005.

Smith, David Nichol. "The Early Version of Shenstone's *Pastoral Ballad*." *RES* 17 (1941): 47 - 54.

Terry, Richard. "Lamb, Shenstone and the Icon of Personality." *Charles Lamb Bulletin* 76(1991): 124 - 132.

Van-Hagen, Steve. "Literary Technique, the Aestheticization of Laboring Experience, and Generic Experimentation in Stephen Duck's *The Thresher's Labour*." *Criticism* 47 (2005): 421 - 450.

——. "The Life, Works and Reception of an Evangelical Radical: James Woodhouse (1735 - 1820), the 'Poetical Shoemaker'." *Literature Compass* 6 (2009): 384 - 406.

Vincent, Patrick. "Elegiac Muses: Romantic Women Poets and the Elegy." *Romantic Poetry*. Ed. Angela Esterhammer. Amsterdam: Benjamins, 2002. 197 - 201.

Williams, Marjorie. *William Shenstone: A Chapter in Eighteenth-Century Taste*. Birmingham: Cornish Brothers, 1935.

——. Ed. "Shenstone to Richard Jago, 11 June 1750." *The Letters of William Shenstone*. Oxford: Blackwell, 1939a. 276.

——. Ed. "Shenstone to Sherington Davenport, 4 January 1763." *The Letters of William Shenstone*, Oxford: Blackwell, 1939b. 648.

Woodhouse, James. *Poems on Sundry Occasions*. London: Printed for J. Dodsley, 1764.

——. *The Life and Lucubrations of Crispinus Scriblerus: A Selection*. Ed. Steve Van-Hagen. Cheltenham: Cyder Press, 2005.

Zionkowski, Linda. *Men's Work: Gender, Class, and the Professionalization of Poetry, 1660 –1784*. New York: Palgrave, 2001.

伯明翰学派“黑色大西洋”表征政治研究*

伏　珊**

内容提要：保罗·吉罗伊是伯明翰学派思想集大成者。“黑色大西洋”表征政治是其理论建构中的核心主题。他以独特的文化身份为底色，对种族问题进行深入反思，阐释“黑色大西洋”中间通道中“船”的文化意象、黑色大西洋文化，进而表征黑色大西洋文学作品的审美体验和美学价值，突出“黑色大西洋”表征政治对当代英国马克思主义文艺理论、后殖民理论和后殖民文学的价值和意义。

关键词：伯明翰学派；保罗·吉罗伊；“黑色大西洋”表征政治；黑色大西洋文化；后殖民文学

Abstract: Paul Gilroy is one of the leading thinkers of Birmingham School. Politics of representation of “the Black Atlantic” is the key theme of his theory. Paul Gilroy explains race issue, probes into the cultural image of “ships” in the middle passage of “the Black Atlantic” and black Atlantic culture based on his cultural identity, and further represents aesthetic experience and value in literary works of the black Atlantic, with a view to highlighting its contributions to contemporary British Marxist literary theory, post-colonial theory and literature.

Key words: Birmingham School; Paul Gilroy; politics of representation of “the Black Atlantic”; black Atlantic culture; post-colonial literature

斯图亚特·霍尔（Stuart Hall, 1932—2014）与保罗·吉罗伊（Paul Gilroy, 1956—　）是20世纪中叶以来伯明翰学派思想建构和发展、拓展的亲历者和见证人。他们从出生的那一刻起就被刻上了黑人少数族裔的

* ［**基金项目**］：本文系国家社科基金项目“英国马克思主义文化批评研究”（项目批准号：15BWW010）、四川省社科规划“外语专项”项目“伯明翰学派‘后殖民理论’研究”（项目批准号：SC15WY002）、“四川省一流本科专业（英语）建设点项目”（项目批准号：2019SJYLZY02）的阶段性成果。

** ［**作者简介**］：伏珊，成都师范学院外国语学院副研究员，主要从事英美文学、西方文艺理论研究。

烙印。他们在世界学术舞台中不断地"言说"其人生叙事,从感性到理性、从微观到宏观、从个体到群族、从边缘到中心、从静态到动态、从主流意识形态到"文化种族主义"、从英伦三岛到"黑色大西洋"沿岸,他们持续追问伯明翰学派"黑色大西洋"表征政治中彰显出来的学术价值与美学意义。

吉罗伊是"黑色大西洋"族裔散居研究的开拓者。他在继承其老师霍尔思想的基础上,把研究的视野从英国本土推进到大西洋沿岸的整个欧洲、美洲、非洲及加勒比海地区,把研究的内涵从种族研究、族裔散居研究、身份认同理论研究等纵深推进到"黑色大西洋"表征政治,特别是"船"的文化意象和黑色大西洋文化。吉罗伊的"黑色大西洋"表征政治内涵丰富,主题突出,对解读黑人文学作品具有重要的学术参考价值。他为伯明翰学派思想的发展做出了杰出贡献,对探究当代英国马克思主义文艺理论提供了重要的话语空间,彰显出其对后殖民理论和后殖民文学的意义。

一、"黑色大西洋"表征政治研究缘起

吉罗伊是圭亚那黑人移民和英国白人的后裔,他 20 世纪 50 年代出生于少数族裔聚居的英国伦敦东区,其特有的文化身份和种族认知从青少年时期以来就不断地困扰着他。吉罗伊以其独有的"黑人"身份认同的深切体验和深度的学术研究为这些理论问题提供了具有说服力的思考视角和独特的观察点,为"黑色大西洋"表征政治提供了关键的语境认知。英国当时的主流意识形态对"种族"问题要么置之不理,要么消极对待,甚或视而不见。少数族裔群族被视为无声的、沉默的"他者"。

从认知缘起角度思考,20 世纪 70 年代,伯明翰学派当代文化研究中心关注的"阶级""亚文化""种族"等问题深深地吸引着吉罗伊,他义无反顾地投奔到该中心,成为霍尔指导的博士研究生。他是霍尔学生中的佼佼者,在中心潜心从事文化研究,深入探究英国社会现状,关注种族问题,同情黑人的悲惨遭遇,思考"黑色大西洋"沿岸少数族裔群族的前途和命运,为他们呐喊助威,为实现"黑就是美"的理想和信念不懈奋斗。吉罗伊充分利用其对英国社会现实的深入观察和深度思考,在霍尔的指导下,集合其他学者的力量,共同出版了《帝国反击:70 年代英国的种族和种族主义》(*The Empire Strikes Back: Race and Racism in 70s Britain*, 1982)一书,并在其博士论文基础上出版了《大英帝国没有黑人:种族与民族的文

化政治》(*There Ain't No Black in the Union Jack: The Cultural Politics of Race and Nation*, 1987)等著作。吉罗伊在霍尔关注阶级、亚文化、性别、大众文化等问题的基础上,成立了"种族和政治学小组",探讨英国现实社会的种族问题,反对民族中心主义和种族中心主义,在新族性的认知中探寻其学术研究的前沿问题。吉罗伊经过几十年的学术历练,把在多国游学的丰富阅历与他的身份特质、学术研究等紧密结合起来,立足于西方现代性的现实语境,把后殖民主义、后帝国主义、全球化意识等融入其学术研究的相关主题之中,为思考和研究"黑色大西洋"表征政治提供了重要的素材。

从内涵演进的轨迹角度思考,吉罗伊使用的"黑色大西洋"概念及其建构的理论源于皮特·莱恩博(Peter Linebaugh, 1943—)和马尔库斯·瑞迪克(Marcus Rediker, 1951—)的理论观念,从字面意思上讲,"黑色大西洋"是一个地理概念(或地域、空间概念),主要指涉 18 世纪以来穿梭于大西洋的贸易往来,专指国际贸易史的发生地和途径地。从该角度看,"黑色大西洋"不过是一种静态、直观、单一维度的认知版图。在资本主义不断扩张的过程中,西方主流意识形态赋予大西洋丰富的文化内涵,越来越关注和强调大西洋所具有的社会意义和文化意义。吉罗伊使用"黑色大西洋"这个概念,主要是"想为族裔散居的观念提供一个强调局间性和跨文化的补充概念"(Gilroy 1994: 208)。这种意义上的大西洋完全突破了字面意义上的"地理概念",把大西洋视为获得贸易主动权的命脉,它承载着现代性视域下"黑奴命运"的文化记忆。黑奴从非洲通过大西洋,到达美洲和欧洲各地,这是一条不归路,充满痛苦和令人同情的深刻记忆(刘戈 58—63)。吉罗伊认识到黑奴在整个西方现代性的建构和发展过程中对现代化的欧洲、美洲和非洲做出了卓越贡献,大西洋由此被深深地镌刻上"黑色",这种黑色是黑人整体文化和集体记忆的表征,流淌在整个大西洋文化发展几百年的时光隧道之中。当大西洋与黑人、黑人文化、黑人种族联系以来,"黑色大西洋"就从单纯的字面认知、单一认知、地理和物理认知,进入内涵认知、多元认知、社会文化认知;"黑色大西洋"的认知版图从单一、单面、平面即刻变得多元、多面、立体。它深深地嵌入西方现代性之中,与现代性的发展轨迹和认知有不可分割的联系,陶家俊曾中肯地指出,"吉罗伊形象地将以黑奴历史体验为原始历史的现代性称为'黑色大西洋'"(陶家俊 411)。它融合在族裔散居、历史记忆、黑人意识和现代性的错综复杂的关系中。与此同时,西方具有代表性的非裔黑人作家在他们创作的文学作品里对奴隶制下的非洲黑奴历史和叙事、奴隶贸易进行了深入思考,为“黑色大西洋”表征政治的建构提供了重要的学术土壤。

二、“黑色大西洋”表征政治的内涵

吉罗伊是当代杰出的族裔散居知识分子,他独特的“文化身份”铸造出非同一般的、敏锐的观察视角,在思考学术问题的过程中,他超越了黑人客体和白人主体、边缘和中心、无声和有声等二元对立,把研究的范围从英国本土扩大到整个大西洋沿岸区域,重点研究“黑色大西洋”表征政治,这是他与众不同的创新之处。

吉罗伊以西方现代性为思考问题的语境,把时间和空间有机统一起来,以表征政治中凸显出的“意义”和“价值”为重点,以“船”为文化意象,深刻诠释黑色大西洋蕴含的文化内核,从而把黑色大西洋的物理概念、地理概念与心理概念和文化概念深度融合在一起,彰显出黑色大西洋表征政治的“未完成性”“断裂性”和“混杂性”。这种意义上的黑色大西洋不是一个稳定的统一体,而是一种跨民族、跨文化、跨语言、跨种族的动态“双重意识”(double consciousness)的表征政治。它一直在霸权的场域之中不断博弈,有矛盾、有痛苦、有希望、有消极、有主动,处于一种动态的、未完成的状态之中,形成了五彩斑斓的认知景观。吉罗伊思考的“黑色大西洋”表征政治融合了非洲、美洲、加勒比海、英国的文化多样性,蕴含在“船”的文化意象和黑色大西洋文化的内核之中。这与霍尔思考“族裔散居美学”意义上的“新世界在场”的文化景观具有一致性和继承性。这是当下文化多元和全球化视野下后殖民理论文化叙事的真实写照。

吉罗伊的首部专著《大英帝国没有黑人：种族与民族的文化政治》关注英国现实中黑人的悲惨命运和痛苦遭遇,少数族裔群族被视为“民间恶魔”“流氓”“恶棍”等,他聚焦种族问题,强力反对、坚决批判带有歧视性、偏见性的种族中心主义和白人至上论。吉罗伊等学者以“文化霸权”为主线,深刻反思英国主流意识形态中充斥的种种霸权行径和民族中心主义,从反霸权、反表征开始,摒弃单一的、纯粹的、单向的“白人至上”的民族、种族和国家观念,正视多元种族、多元文化,以平视的目光与黑人等少数族裔群族共生共存,提倡一种反本质主义和超越二元对立的混杂种族观念。吉罗伊在研究种族问题的同时,把研究视野扩大到整个大西洋沿岸的国家和地区，把研究的重心从种族问题本身，拓展到除种族问题以外的族裔散居美学、新族性和跨文化语言的思考之中。很大程度上，“黑色大西洋”表征政治代表了吉罗伊20世纪90年代以来对伯明翰学派后殖民理论的深度思考，蕴含着他建构“黑色大西洋”表征政治的丰富内涵。“黑色大西洋”表征政治是其思想中最核心的主题词，是其建构族裔散居文化身份认同过程中形成的具有跨种族、跨民族、跨文化、跨语言特质的时空范畴和认知体系。他1993年完成的《黑色大西洋：现代性与双重意识》（*The Black Atlantic: Modernity and Double Consciousness*）奠定了他作为“世界性理论家的名望”（P. Williams 73）。这是对吉罗伊学术研究的褒奖。换句话说，吉罗伊之所以跻身于世界性的学术圈，得益于他在《黑色大西洋》一书中建构的表征政治。

“大西洋”“黑色大西洋”“黑人”“双重意识”“现代性”是吉罗伊建构“黑色大西洋”表征政治的内涵主题和研究语境，而“船”（ships）是这些主题赖以存在的重要载体，蕴藏在文化符号和表征符码之中。雷蒙德·威廉斯（Raymond Williams，1921—1988）的《关键词：文化与社会的词汇》（*Keywords: A Vocabulary of Culture and Society*，1976）、托尼·本内特（Tony Benett）的《新关键词：修订版文化与社会的词汇》（*New Keywords: A Revised Vocabulary of Culture and Society*，2005）、斯图亚特·霍尔的《表征：文化表象与意指实践》（*Representation: Cultural Representation and Signifying Practice*，1997）等著述认为，表征的事物一般情况下有表征“现实”世界、再现“真实”世界的意图，表征具有“象征”意义、“文化”意义、“政治”意义及权力意义。“船”所承载的表征不仅指涉字面意义，也指涉实践所蕴含的社会意义和文化意义，是鲜明的“文化意象”（cultural image）。这正是吉罗伊所看重的，是他思考该理论的起点和前提。他曾指出，“我青睐船的意象，在欧洲、美洲、非洲和加勒比这些地区运动的空间之中，这种意象被看成是我从事这项事业的中心组织象征和出发点。船的意象是一种处于运动之中的、活生生的微型文化和微型政治系统，对历史和理论的推理至关重要，由此船即刻聚焦中央航路（奴隶贩运船从西非到西印度群岛的航路），聚焦那些回到非洲母国的各种救赎性问题，聚焦思想的循环、政治活动家、关键的文化和政治历史文物的运动：宗教小册子、书籍、留声机记录、合唱团”（Gilroy 1993：4）。吉罗伊笔下的“船”把整个西方世界连接起来，在欧洲、非洲和加勒比等大西洋沿岸来回穿梭，承载着各种历史记忆，见证了数不尽的、可歌可泣的黑人对抗白人和奴隶主的故事。它们以“船”作为无声的语言和形象,串起一个个少数族群历经人间悲欢离合的传奇故事,寄托那些永远不能述说和言表的哀思。

大西洋上的“船”内涵丰富,它寄托着黑人的美好梦想和期许,见证和叙述着非洲和黑人的梦想。陶家俊曾指出,“承载着黑色大西洋独特时空修辞的意象同样是船——在欧洲、美洲、非洲和加勒比地区之间穿梭往来的贩奴船。这也是将马丁·迪兰尼(Martin Delaney)、杜波依斯(Du Bois)、理查德·莱特(Richard Wright)、拉尔夫·艾莉森(Ralph Ellison)从美国载往欧洲和非洲的梦想和历史记忆之船。这同样是艺术之船。在美国、加勒比、欧洲、英国,甚至非洲之间传播不断更迭翻新的黑人反文化。由此,船是切入黑色大西洋族裔散居时空修辞的中心意象,是整个黑色大西洋辽阔空间和魔幻时间的结点,是批判反思西方现代性的起点”(陶家俊 407)。这种评价一针见血地指出吉罗伊著述中“船”的意义,它是无声的,也是有声的;它是一种符号所指,也是一种表征意象,述说着历史留下的创伤和悲情。由此,“船”在几百年的时光中凝固成一种“时间意象”,从历史走入现代,被奴役的黑人变成拥有“自由、公民权和社会、政治自治”(Gilroy 1993: 2)的黑人。

“船”超越时间,走向一种更加立体、更为动态的“空间”意象。它超越了传统意义上的从此岸到彼岸的认知,把整个西方乃至整个世界视为一个整体。它超越了种族、国家、语言、文化等,呈现出五彩斑斓的色彩,是一种时空对话的混杂场域,是“一个独特的隐喻,能够唤起大西洋奴隶贸易那段重要的历史经验,上面铭刻着无数人的命运,他们在不计其数的洲际穿越之前、之中和之后受苦而死去”(Eckstein x)。同时,吉罗伊还特别指出,“这些船只是代表它们连接起来的固定地方之间移动空间的变动要素。因此,它们只应该被理解成文化和政治单元,而不是三角贸易的抽象体现。它们的意义还不止于此——一种进行政治抵抗的手段,也许是一种显著的文化生产模式。船提供探究英格兰港口断裂历史之间、这些港口与更加广阔的接触面的接合问题(articulations)。这些船只也是我们返回到大西洋的中间通路(middle passage)、返回到记忆中模糊的奴隶贸易微型政治及其工业化和现代化的关系之中。事实上,登上船远航就承诺了一种重新认识(reconceptualise)现代性和现代性前历史之间正统关系的手段”(Gilroy 1993: 17; 陶家俊 407—408)。吉罗伊阐释了“船”在建构“黑色大西洋”表征政治中的特征、作用和意义。“船”被视为一种动态的变动要素,被理解为社会、文化和政治表征,被看作霸权和反霸权之间的一场博弈。“船”连接过去和现在,穿梭在历史和现实之间,是“时空”的统一体,也是历时和共时的混合体,更是“时空压缩”文化意象下的共同体,“船”还连接着工业文明和现代文明、工业化和现代化,是前现代性和现代性的有机结合。

吉罗伊把“船”作为思考“黑色大西洋”表征政治的出发点,将之内化在“黑色大西洋”的内核之中。“船”既是本体,又是喻体;既是客体,又是主体;既是具象,又是抽象;既是历史,又是现在和未来;它呈现在一种多维空间之中,是一个动态的、未完结的富有张力的结合体。而船上的主人就在这些多元理解和阐释中登场,宴请者和被宴请者在过往的历史长河中不断上演着霸权与反霸权、斗争与反抗的好戏。在吉罗伊的思想中,船上的主人——黑人族群或少数族裔族群——终于登上了一条自由之船、自主之船。在这种意义上,“黑色大西洋”就是“一个自由穿梭的船只织成的跨越性的网络,连接着本土与全球,连接着历史与现在”(张晓玉 68),其时间跨度为两三百年,其空间跨度涉及大西洋沿岸的国家和地区,尤其是非洲、美洲、欧洲和加勒比地区等。这也是大卫·哈维(David Harvey, 1935—)笔下“时空压缩”景观中的最好诠释。这是对黑人奴隶制度的坚决否定,也是对西方现代性问题的深刻反思。从本质上讲,“黑色大西洋时空修辞演绎的是根生于黑人奴隶种植园的黑人大西洋理论,杜波依斯、理查德·莱特、拉尔夫·艾莉森,当然还有吉罗伊,将黑色大西洋从西方现代性的阴影中分离出来,又将现代性的疆域扩大到白人的目光无法注视到、欧洲的理性忽略、西方文明之光射不到的时空——黑色大西洋”(陶家俊 408)。吉罗伊还特别关注托尼·莫里森(Toni Morrison, 1931—2019)、弗朗兹·法侬(Frantz Fanon, 1925—1965)、艾米·塞泽尔(Aimé Césaire, 1913—2008)等黑人作家、黑人理论家和思想家的黑色大西洋之旅,从现实角度进一步诠释“黑色大西洋”表征政治的历史必然性和紧迫性。

与此同时,吉罗伊立足西方几百年以来现代性演变的宏大语境,把视野拓展到整个大西洋沿岸的国家和地区。他在深入思考黑色大西洋文化时,中肯地指出,“有一种文化既不特别是非洲的、美洲的、加勒比的,也不是英国的,而同时是以上所有的,一种黑色大西洋文化”(Gilroy 1993: cover page; 张晓玉 66)。这种黑色大西洋文化是混杂的文化,是新世界在场的文化。各种异质文化在此相汇,形成多元的协商之地。黑色大西洋文化是"克里奥尔化、同化、并类、混杂等认同过程相互对话转换的空间,也是与西方遭遇对抗的地方,非洲与西方之间灾难性的和致命的遭遇在此上演。它们之间形成一个巨大的张力场,在这个霸权的张力场中,加勒比本土的阿拉瓦克人、加勒比人、美洲印第安人等永远地消失在历史的地平线之外。非洲、亚洲和欧洲移民在非洲形成新的移民,混杂在一起"(邹威华 278—279)。这种新世界的张力场本身就是黑色大西洋文化和黑色大西洋反文化在现代语境中构造的,是族裔散居文化身份认同的开始,是"杂交性""多元性""差异性""多样性"的开始,是彰显"黑就是美"的开始,它孕育着跨民族、跨种族、跨文化的思考。这与霍尔的"族裔散居美学""新族性""差异政治""他者政治"等有异曲同工之处。

黑色大西洋文化在本质上就是族裔散居的认知问题,是多种文化和多种语言交汇的场域,处处表征着文化和语言的多样性、种族的差异性和混杂性,永远都处于动态的、未完成状态下的"变化的同一(a changing same)"(Gilroy 1993: xi)。在吉罗伊看来,黑色大西洋文化中有一股非常重要的力量,那就是少数族裔族群的文化,它保存在古老的文化传统(文化习俗、宗教、方言、音乐、舞蹈、民俗等富有张力的表现形式)中,是一种无形的文化共同体认知,维系着黑色大西洋沿岸的国家和地区中少数族裔群族与非洲母体文化的紧密关系,这是文化得以传承的重要基石,也是黑色大西洋沿岸千百年来赖以生存和发展的文化基因。在后殖民理论研究的当下,重新认识这种意义上的黑色大西洋,更需要把时代性加入思考之中,寻求并重新发现黑色大西洋文化与后殖民时代的对话。

吉罗伊建构的"黑色大西洋"表征政治基于西方现代性的历史演进,突显其丰富的内涵,在对族裔散居美学、表征差异等产生影响的同时,也为黑人文学,尤其是非裔文学作品研究提供了重要参照。一方面,吉罗伊曾用"黑色大西洋"表征政治去分析《宠儿》(*Beloved*, 1987)和《中间通道》(*Middle Passage*, 1990)的"历史、历史编纂、奴隶制和记忆"以及对"现代性和启蒙的批判"(Gilroy 1993: 218; 綦亮 91)。在剖析莫里森的创作时,吉罗伊曾指出,"她的作品指向一些黑人作家唤起过去的策略,并向他们致敬。这些黑人作家的少数派现代主义可以准确地通过与恐惧形式的想象性近缘关系得到界定,这些超出了理解的范畴。它们从当前的种族暴力,途经私刑,返回到中间通道的时间和本体论断裂"(Gilroy 1993: 222)。这些中间通道是黑色大西洋"船"不断穿梭的真实见证。另一方面,来自美国、英国以及加拿大的黑人作家也借用吉罗伊的"黑色大西洋"

表征政治去反思大西洋沿岸几百年来的奴隶制历史、记忆和叙事。黑人和少数族群的族裔散居问题蕴含在黑人历史叙事和历史记忆当中。拉尔斯·埃克斯坦(Lars Eckstein)在深入思考吉罗伊“黑色大西洋”表征政治的基础上,以自己独到的视角解读莫里森和卡尔·菲利普斯(Carl Philips,1959—)的文学作品,并把这些作品视为“黑色大西洋小说”(Eckstein xi),指出它们共同见证和佐证了吉罗伊“黑色大西洋”表征政治的深刻内涵和广泛影响。

三、“黑色大西洋”表征政治的价值

吉罗伊学术研究的起点在英国。他以自身得天独厚的文化身份为参照,把少数族裔族群作为其思考的重要对象。他从英国本土的种族矛盾和冲突之中,敏锐地发现种族问题带来的深刻社会影响。在伯明翰学派思想向纵深发展和推进的过程中,新族性、文化身份、族裔散居美学、黑色大西洋表征政治等理论问题引起了吉罗伊的高度重视,他把思考的触角从帝国中心、英国本土延伸到整个大西洋沿岸的国家和地区,着力思考“黑色”带给大西洋沿岸族裔散居文化身份认同的认知体验。

“黑色大西洋”表征政治在大西洋沿岸不同族群、种族、文化、语言间不断碰撞、摩擦、融合,有斗争、抗争、矛盾,同时也孕育着新生和希望。吉罗伊把黑色大西洋沿岸国家和地区的少数族裔族群纳入其重点考察对象,在西方现代性演进和发展的历史中探究这些少数族裔人群命运的跌宕起伏。在黑人悲惨的人生处境中,“船”连接着黑色大西洋沿岸的国家和地区,是一种重要的文化符码。它从时空之维中出发,经过残酷的后殖民斗争的较量,其最终目的是超越时空,走向新世界更加多元、多样、混杂的张力场域。

吉罗伊以更加宽广的视角、更为宏大的叙事和更加深入的思考,认识到“黑色大西洋”表征政治是“文化权力”的争斗问题。这是殖民时期和后殖民时期“殖民经验”带给少数族裔族群“种族危机”的深刻认知。正如霍尔指出的那样,“黑人民族和黑人经验被定位和屈从于主导再现领域的方式,是文化权力的批判实践和规范化的结果”(霍尔 211—212)。这种认识正好把黑人放置在一个文化权力争斗的场域,再现黑人存在和黑人经验在现实社会生活中的价值和意义,把黑人从被动的边缘、非主流的角色中拯救出来,积极地强化黑人和被殖民地国家在建构文化权力和话语权力中的主动性，真正实现这些少数族裔族群与主流意识形态下主导阶级一样的平等权利。

在当下的非裔黑人文学研究中，“黑色大西洋”表征政治为思考非裔文学作品提供了重要的研究视角。“黑色大西洋”时空意识、黑奴历史、文化记忆和叙事、文化身份认同、族裔散居、表征意象在这些文学作品中得到了充分的呈现。面对后殖民文学作品中黑色大西洋沿岸数百年以来的黑奴贩卖历史叙事和历史记忆时，我们理应旗帜鲜明地反对种族中心主义、民族中心主义，反思作为“他者”的少数族裔群族对欧洲中心主义和主流意识形态的抵制和反抗，在反霸权、反表征的视角中，用更加辩证、客观的文学体验和审美去审视非裔黑人文学中突显的“黑色大西洋”表征政治，关注非裔黑人文学的美学意义和价值，彰显吉罗伊思想研究的现实意义。

引用作品[Works Cited]：

Bennett, Tony, Lawrence Grossberg and Meaghan Morris. *New Keywords: A Revised Vocabulary of Culture and Society*. Malden, MA: Blackwell, 2005.

CCCS. *The Empire Strikes Back: Race and Racism in 70s Britain*. London: Routledge, 1982.

Eckstein, Lars. *Re-Membering the Black Atlantic: On the Poetics and Politics of Literary Memory*. New York: Rodopi, 2006.

Hall, Stuart. *Representation: Cultural Representations and Signifying Practice*. London: Sage Publication, 1997.

Gilroy, Paul. *There Ain't No Blacks in the Union Jack: The Cultural Politics of Race and Nation*. London: Routledge, 1987.

——. *The Black Atlantic: Modernity and Double Consciousness*. London: Verso, 1993.

——. *Small Acts: Thoughts on the Politics of Black Cultures*. London: Serpent's Tail, 1994.

Williams, Paul. *Paul Gilroy*. London: Routledge, 2013.

Williams, Raymond. *Keywords: A Vocabulary of Culture and Society*. London: Fontana Paperbacks; New York: Oxford UP, 1976.

雷蒙德·威廉斯：《关键词：文化与社会的词汇》，刘建基译，北京：生活·读书·新知三联书店，2005 年。

刘戈：“英国文学中黑人形象的沦落与种族主义的起源”，《外国文学评论》，2013 年第 3

破坏、民族凝聚力被严重削弱的情况表现出来。

如果说杰奎因曾经居住的村庄代表了非洲本土黑人的地缘共同体，那么在舞台内空间展示的帝国酒店则是后殖民时期非洲大陆的缩影，隐喻着在非洲本土黑人的地缘共同体遭到破坏后，由共同生活在非洲的本土黑人和白人血统的非洲人重新形成的地缘共同体。非洲本土黑人的地缘共同体在经历了殖民与战争的双重打击后被迫解体。随着时间的流逝，非洲本土黑人与具有西方白人血统的殖民者后裔逐渐融合，新的邻里关系正在形成。与战争、殖民等外部冲击造成的破坏不同，新的非洲地缘共同体解体的原因源于共同体内部。地缘共同体建立在对土地和耕地占有的基础上，共同体内的生活是对共同财产的占有和享受(滕尼斯 102)。西方殖民主义遗留下来的白人与黑人之间殖民者与被殖民者的不平等身份关系，使地缘共同体内白人与黑人对土地的所有权产生争执，共同体内邻里关系独属的友谊十分淡薄。

西方殖民侵略遗留的历史问题是造成后殖民时期非洲地缘共同体解体的主要原因。剧中杰奎因的侍者身份和布莱克先生的商人身份，从一开始就表明了二人之间明显的阶级差异。对于帝国酒店的建造者究竟是谁，杰奎因和布莱克先生各执一词，互不相让。二人的冲突指涉了非洲白人和非洲黑人之间的矛盾。首先，作为外来者的白人来到非洲之后，操纵着非洲的土地和人民，将成果看作殖民的成就，不肯承认非洲人民的付出，俨然将非洲当作自己的所属地，冒犯了在这片土地世代生存的非洲黑人。其次，在白人殖民者的指挥下，落后的非洲丛林里建立起富丽堂皇的酒店。白人殖民者确实带来了非洲不曾拥有的先进的、现代化的生活，但是他们“将陌生的事物介绍给非洲人，却不能保证改善他们(非洲人)的生活，非洲从独立后政治和经济繁荣的希望转化到绝望和对西方的依赖”(龙刚 81)。这些矛盾使共同体成员之间冲突不断，无法共享土地。同时殖民主义遗留的不平等地位也使非洲黑人的生存和发展处处受到限制，内部矛盾造成地缘共同体的破坏，进而影响了精神共同体的建构。诺塔奇通过书写被战争和殖民破坏的两个地缘共同体，揭示了战争和殖民给非洲黑人造成的伤害，表达了对非洲本土黑人生存境况的担忧。

二、貌合神离的文化共同体

文化，既是统一的力量，也是分裂的力量。群体内的个体以共同的文化为纽带联系在一起，形成一个具有相对稳定性的文化结构，可以在面对外部文化冲击时保证相对稳定和平衡的文化有机体。在《泥、河、石》中，同处帝国酒店的几个人物的身份具有鲜明的代表性。除了一直生活在非洲的杰奎因，其他人因为种族、教育背景等差异，形成了具有双重性的文化身份。杰奎因代表着战乱地区的非洲本土黑人，布兰得利夫妇代表着中产阶级的非裔美国人，布莱克先生代表着殖民者的后代非洲白人，阿曼代表接受西方教育的非洲黑人，而诺伯特则代表着崇尚非洲文化的欧洲白人。这些人物虽然国籍、种族各不相同，但是在文化背景上却具有共同特点，都与非洲息息有关。在劫持事件发生以后，为了缓和与杰奎因的关系，几名人质挖空心思寻找自己与杰奎因的共同点来与其攀谈，表示自己与非洲的关联。基于这个共同点，帝国酒店的住客们以共享的非洲文化为纽带，形成了一个具有多元文化背景的非洲文化共同体。

但是，由于共同体内成员对非洲文化理解的差异和对彼此文化身份的不认同，共同体内产生了一次激烈的文化冲突。作为本土黑人，杰奎因排斥其他人的文化身份，将非裔美国人大卫・布兰得利称作“奴隶之子”(Nottage 206)。但是大卫认为他的肤色定义了他的“非洲人”身份，他“珍视自己的肤色和祖先”(Nottage 214)。诺伯特的非洲身份也遭到他人的质疑。诺伯特对非洲神秘的传说和神话十分向往，他戴着非洲特色的项链，追逐着传说中的红毛小矮人。他曾经在非洲大陆的许多部落居住过，一名仇视白人的努巴勇士不仅与他称兄道弟，还赠予他一串项链。他对自己这些经历感到骄傲，并认为自己“也许外表不是一个黑人”，但是内心“就是一个黑人”(Nottage 216)。来自西非的女孩阿曼对他这种说法感到愤怒，并斥责诺伯特：“盗用我们的文化”，“这是我们的文化！你可以学习它、仰慕它，但是你不可以因为到非洲旅游几天就把它据为己有”(Nottage 214)。被否定的诺伯特又把矛头指向布莱克先生，但是布莱克先生表示不欲参与争辩。他将“非洲人”和“黑人”定义为两种身份，并强调自己的“非洲白人”身份。最后杰奎因一锤定音，否定了所有人的非洲身份，“你们都不属于这里”(Nottage 216)。

在这场关于文化和身份的争辩中，诺塔奇“借鉴了源于古希腊的戏剧传统”(Hayes 39)，塑造了代表不同文化身份的人物并将其组建成一个“合唱队”(chorus)，将不同声音和观点并置呈现在读者和观众面前。“合唱队”的每位成员代表各自不同的文化和身份冲突的视角，但又形成一个整体。剧作家让观众和读者在总领全貌的同时，又可以代入不同的视角。

合唱队成员之间的争辩展现了文化共同体内部的矛盾。白人的文化优越感造成了非洲白人与非洲黑人之间的文化认同问题。尽管入侵非洲的西方殖民者的后代已经在这片大陆扎根，但是他们的白人血统让他们始终持有对白人文化的优越感。西方白人文化以强硬的姿态入侵非洲文化，并试图在非洲建立起以白人文化为主导的社会。剧中的布莱克先生就是拥有这种文化优越感的人物：他称呼阿曼为“修女”，因为来自西非的援助工作者阿曼挑战了白人救世主神话。布莱克先生依旧停留在殖民时期对非洲的印象，因此他不相信如果没有上帝的引导，一个非洲女人可以独自承担如此“重任”。此外，黑人和白人对同一段历史的看法大相径庭。当布莱克先生向布兰得利夫妇讲述帝国酒店的历史时，他称这座酒店是由他的叔叔建造的，并将帝国酒店称为“一个时代最后的遗迹”“一个灿烂的梦”(Nottage 185)。布莱克先生十分享受并怀念帝国酒店辉煌的时代，在他的眼里，是他叔叔的灵感造就了整个帝国酒店。尽管帝国酒店现在已经“褪去了殖民时代的庄严”(Nottage 173)，但它是殖民权力的象征，是他的图腾。然而对于杰奎因而言，帝国酒店是由当地非洲人建造的，是属于村庄的历史，“如果你仔细观察房间里的细节，木工中雕刻着我们的历史，处处都是我们的故事”(Nottage 186)。从二者对待同一段历史的态度可以看出，他们认为帝国酒店的历史与自己的家族历史相互关联，拒绝承认对方家族在历史中的作用。两种不同的历史观点造成布莱克先生和杰奎因无法理解他们共同历史的存在，两种文化始终无法彼此认同。生活在非洲的白人布莱克先生始终对非洲文化抱有偏见，认为非洲是落后的、贫穷的，而西方是先进的、富有的。在布莱克先生看来，是西方白人的灵感让非洲的原始丛林中出现一座富丽堂皇的酒店。西方白人的自我优越感让他并不在乎非洲的传统文化，当然也不会认同非洲黑人文化。同样，对于非洲黑人而言，白人抢掠他们的土地，操纵他们的生活，因此非洲黑人排斥横行的白人文化。

其次，文化共同体内部的分裂来源于非洲本土黑人与非裔美国人之间的身份认同问题。身份认同是生活在以盎格鲁—撒克逊白人为主导的社会中的黑人无法回避的一个问题。“所谓‘身份认同’，其基本含义指个人与特定社会文化的认同”(陶家俊 465)。对于非裔美国人而言，“奴隶之子”的身份使他们在白人社会备受排挤，美国黑人不得不在白人文化和黑人文化之间进行抉择。受不同因素影响，许多黑人选择拒绝自己的族裔身份，努力融入白人社会。然而对白人文化的迎合却导致美国黑人对自身身份认知的迷失。面对美国黑人的身份危机,部分非裔作家提出"回归非洲"的倡议,鼓励美国黑人正视历史,回归非洲传统文化,重建自己的身份。著名剧作家奥古斯特·威尔逊(August Wilson,1945—2005)在其系列剧《匹兹堡系列》中书写了一系列通过"寻根"重构自我身份的美国黑人。诺塔奇在《泥、河、石》中为布兰得利夫妇安排了一次不同寻常的"寻根"之旅。与其他作品中去非洲探寻身份的非裔美国人相比,这对夫妇的寻根之旅有三个不同寻常之处:首先,他们并不是由于身份危机,而是在朋友的推荐下开启了这次旅途。原本夫妇二人只想去一个没有战乱、设施完善的城镇度假,但是由于迷路和大雨,他们才误入帝国酒店。其次,在酒店中夫妇二人的举止同其他西方人一样,并没有对杰奎因有任何同胞之间的亲近。最后,这是一次失败的寻根之旅。在该剧的结尾部分,布兰得利先生举起石头砸死了杰奎因,后来这块石头被他当作纪念品带回了美国。属于中产阶级的布兰得利先生并不想放弃自己双重身份中美国的那一部分,变成一个彻底的非洲人。同时,他又很反感自己因为"表现得像个白人"而被他人诟病。《泥、河、石》中独特的寻根之旅不禁让人思考,"黑人性"是否已经成为白人社会对黑人的刻板印象?对于一直生活在美国、认同白人文化的美国黑人是否真的需要通过回归黑人文化来构建自己的身份?诺塔奇将不同文化的代表齐聚一堂,集中展现了他们之间的文化冲突,强调了多文化群体中复杂又相互关联的斗争。非洲内部以及其他白人文化主导的地区内白人与黑人的文化认同与身份问题造成了剧中非洲文化共同体貌合神离的局面。剧作家暗示在全球化的背景下,如果两种文化无法彼此包容、互相尊重,就无法得到发展。只有不同的文化之间相互包容、取长补短,才能和谐共生,共同发展,建立起多元文化共融的文化共同体。

三、亟需构建的精神共同体

精神共同体是人类最高形式的共同体,体现了共同体成员精神世界的互通。滕尼斯认为,血缘共同体、地缘共同体以及精神共同体之间存在一种递进关系。"血缘共同体发展着,并逐渐地分化成地缘共同体;地缘共同体直接地体现为人们共同居住在一起,它又进一步地发展为精神共同体,精神共同体意味着人们朝着一致的方向、在相同的意义上纯粹地相互影响、彼此协调。我们可以将地缘共同体理解成动物性生命之间的关联,就像我们可以将精神共同体理解为心灵性生命之间的关联。因而精

在盖兹海德府,10 岁的简没有能力自主选择,里德舅妈将她弃置于劳渥德。从桑菲尔德到泽庄则事出偶然:简在得知罗切斯特先生已有婚史后趁夜离开,手中仅有的 20 先令只能将饥肠辘辘的简带到泽庄。从泽庄到芬丁更是出于超现实的原因:在简几乎要相信是上帝的旨意让自己嫁给圣约翰时,她仿佛听到了罗切斯特呼喊自己名字的声音,次日便启程回到桑菲尔德,并在芬丁与罗切斯特终成眷属。简唯一一次由理性分析决定的流动是从劳渥德到桑菲尔德。

在劳渥德,简经历了罚站的侮辱与澄清,目睹了海伦的去世,耐过了斑疹伤寒,终于等来了劳渥德生存环境的改善,简自况道:"我有办法受到好的教育:对某些课程的爱好,要在一切方面都出人头地的愿望,再加上喜欢博得老师们,特别是我所爱的老师们的欢心,这一切都促使我前进……"(勃朗特 2013:100—101)[①]在第一人称叙述视角之下,简毫不掩饰地将自己"出人头地"的追求与野心直陈而出。简的进取精神,让她适应了学校生活,不仅升到了班级第一名,还被授予了教师的职位。那么,简何以得来"要在一切方面都出人头地"的人生态度?在谭波尔小姐出嫁离开学校后,简感到再难安分,激发个体流动渴望的外部时代动因随之显现:"真正的世界是广阔的,有一个充满希望和恐惧、感动和兴奋的天地,正在等着有勇气进去、冒着危险寻求人生真谛的人们……"(101)。在去往桑菲尔德的路上,简更加感受到了这种与时代融合的热望,对未来将至的生活充满了向往。"由于场景有了变动,由于有希望出现一个新天地,我的官能被唤醒,似乎完全都活跃起来。我不能确认地说明它们在期待什么,不过那总是一种愉快的东西"(120)。

勃朗特被视作"'直接倾泻情感……无须提前周详计划'的浪漫、自发的艺术家"(肖瓦尔特 94—95)。如果说简的表达方式直抒胸臆、不经矫饰;从表达内容上来看呈现的却是她进取、奋斗的精神与意志,并不"浪漫"反而更为现实与务实。在这一点上,《简·爱》更多地承袭了自《威廉·迈斯特的学习时代》(*Wilhelm Meisters Lehrjahre*, 1795—1796)以降的成长小说传统。米哈伊尔·巴赫金(Mikhail Bakhtin, 1895—1975)曾区分了五种类型的成长小说,并认为最重要的一类是"与世界一同成长"的成长小说,"在这类小说中,人的成长与历史的形成不可分割地联系在一起。人的成长是在真实的历史时间中实现的,与历史时间的必然性、圆

---

① 以下同此出处引文不再标注,随文附录页码。

满性、它的未来,它的深刻的时空体性质紧紧结合在一起”(巴赫金 232)。因之,再现个体与社会的关系从来就是成长小说这一文类的应有之意,只不过早期的成长小说更为强调个体与社会融合的可能性、可行性,“它同18 世纪后期人文主义理想有关。受启蒙运动的理想主义传统影响,人们相信人是可以完善的,历史总是会进步的,基于这种对人的成长的理解,个人完全可能会取得成功并能同社会完美结合”(孙胜忠 2014: 74—75)。创作于 19 世纪中期的《简·爱》再现的正是这种在启蒙理想激励下个体对于融入社会的渴望。

那么,简的成长最终获得了什么呢? 是琴棋书画皆有所通,让白茜赞叹为“大家闺秀”? 还是即便在饱受冷眼时依然能够自处,用自己的绘画才能与处事能力使乔奇安娜和伊丽莎纷纷对她敞开心扉? 抑或落魄之时,不愿意被黛安娜和玛丽照顾,说出这样的话——“如果找不到更好的工作,我愿意当裁缝;我愿意当一个普通的女工;我愿意当佣人,带孩子”(442)?

然而,不能回避的是,走出了盖兹海德府的门槛,走向成长之路的简所到达的终点是: 继承大笔遗产,与罗切斯特先生成为至近至亲的夫妻。学界对于这个结尾不乏质疑之声,“尽管《简·爱》关乎女主人公的成长、独立与成熟,但是她除了罗切斯特什么也没有学到”(Gilmour 68)。这样的情节设置也似乎印证了学界对于“夏洛蒂·勃朗特的这个小说散布着童话因素”(Moretti 187)的论断。事实上,“童话式”的结尾是《简·爱》以成长小说为体裁写作的必然走向。在 19 世纪的历史语境中,以女性为主人公写作的成长小说所能再现的“社会化”除了婚姻几无他途。进一步说,这个带有悖论感的结尾是 19 世纪女性成长小说书写的必然困境。以之为切口,本文将进一步阐述《简·爱》对于维多利亚社会流动再现的成与失。

二、再现社会流动

“19 世纪上半叶的英国社会仍等级森严,但社会流动性已明显加大”(孙胜忠 2017: 511)。社会流动性的加大与资本主义进步话语彼此助力,促使奋斗、进取成为广被认同的人生观。不仅仅是简,《简·爱》中的其他人物也都具有简的奋斗渴望与进取精神。在盖兹海德府,当简对里德还击后,白茜责备简竟然打“小主人”。简感到不满,质问:“他怎么是我的主人? 难道我是佣人?”白茜回复道:“不,你还比不上佣人呢,你靠人家养活,却什么事也不干”(8)。伊丽莎在简临行前告诉她:“和你这样的人住在一起跟和乔奇安娜住在一起是不同的;你在生活中尽了自己的责任,并不麻烦别人”(302)。即便有天国可以回归,而对死亡无所畏惧的海伦·彭斯在临终之前也难掩无法“履行天职”的遗憾:“这样年纪轻轻地死去,我将会避免不少大的痛苦。我没有什么品质或者才能来让我活在世上能好好做一番事业”(98)。虔诚的基督徒海伦未能实现的理想人生之主要内容是“实干”与“克己”。而这正是韦伯(Max Weber, 1864—1920)在《新教伦理与资本主义精神》(*The Protestant Ethic and the Spirit of Capitalism*)中所论证的为路德宗教改革与加尔文教接连激励下而觉醒的“全力以赴的精神、积极进取的精神或者其他不管怎么称呼的精神”(韦伯 37)。

《简·爱》中奔涌着的进取意志,呼应了资本主义上升期的时代精神,成功地再现了社会流动这一时代热点,19 世纪中期英国社会流动的历史文化动因也在文本中隐现。白茜去劳渥德看望简,于是成为简在劳渥德接受 6 年教育后的第一个鉴定人。这样的安排是作者有意为之。白茜性格直爽,对简并无偏见也无偏袒,以白茜的视角去观察和评点简更具有叙述的可信性:

> “我想你对我失望了吧,白茜。”我笑着说。
>
> 白茜的眼神虽然流露出关怀,但丝毫不表示赞美。“不,简小姐,倒不完全是这样。你是够文雅的,看上去是像个大家闺秀(look like a lady)……你小时候可不是个美人啊。”(110)

教育无法改变简平庸的姿色,却可以改变她的气质,让她看上去“像”大家闺秀。当白茜看到简既会弹琴又擅画画,能讲法语也可女红时,赞叹道:“啊,你真是个大家闺秀(quite a lady)啦,简小姐。我早就知道你会这样的。不管你的亲戚是不是注意你,你都会上进(get on)”(111)。从“像”到“是”可以看出教育在阶层流动中的影响因素。然而,教育并不是阶层流动得以实现的决定因素。

《简·爱》故事结尾处,简回到芬丁,见到了罗切斯特先生,简告诉罗切斯特:“先生,我现在是个独立的人了。”罗切斯特问道:“独立!你这是什么意思,简?”“我那在马德拉群岛的叔叔去世了,他留给我 5 000 英镑的遗产,”简答道。罗切斯特大为惊讶:“什么,简妮特!你是个独立的人了?一个有钱的人?”(554)从二人的对话中可以看到,简所认为的独立,不是她在桑菲尔德做家教每年获得的 30 英镑,不是在莫尔顿的女子学校教书每年获得的 30 英镑,尽管这两份收入更能证明简的自力更生与经济独立。于是,简所谓的"独立",乃指社会地位的翻转,真正的阶层攀爬之实现。当圣约翰告诉简,她将要继承一大笔遗产时,简起初以为是 2 000 英镑,而黛安娜和玛丽认为如果舅舅留给她们每人 1 000 英镑就让她们感到非常富有了。简继承的却是 20 000 英镑,即便兄妹四人平分,每人 5 000 英镑,也足以让饱经世事的罗切斯特先生感到难以置信,而再次发问确认:"你是个独立的人了? 一个有钱的人?"5 000 英镑就可以使已经接受过教育、已有其表的简成为名副其实的"大家闺秀",而令来自上流社会的罗切斯特先生也略感形秽。

那么夏洛蒂·勃朗特为何抛出的数字是 20 000 英镑? 矢志献身传教事业的圣约翰也深谙,"你不知道拥有财富是怎么回事,因此也就不知道享受财富是怎么回事;你不会知道 20 000 英镑会使你变得怎样的重要;会让你在社会上占有怎样的地位;会给你展现怎样的前途……"(490)。20 000 英镑的数字选择说明自 19 世纪以来新富、暴发的现象极为寻常。而更为重要的是,财富取代世袭成为划分社会等级的新因素,"近代的文明已经使各个阶级的相对地位产生了巨大的变化。财富就是权力,这已成为一个牢不可破的事实"(甘米奇 1)。那么,财富的来源何在?

简的叔叔没有在小说中直接现身,他只神秘地出现在其他人物的描述之中。在白茜的描述中"他看上去完全是个绅士(quite a gentleman)"(111),但"太太对他很傲慢(very high with him),事后称他为'鬼鬼祟祟的商贩'(sneaking tradesman)"(111)。根据白茜的描述,简推断叔叔在马德拉群岛,不是酒商,就是"酒商的职员或代理人"(111)。在律师口中,爱先生的身份得到确认,他是梅森先生在丰沙尔商号的老客户。巨额遗产的来源也便自明:爱先生是一位殖民者,巨额财富来自往来殖民地与英国之间的生意。里德太太称他为"鬼鬼祟祟"的商贩,倒也不失慧眼。对于如此这般崛起的"新绅士",自然让身处上层社会的里德太太既感觉自己高高在上(high),又难掩刻薄。旧贵阶层对新贵阶层虽然蔑视,却也无法阻挡他们阶层上升的事实。

在维多利亚时代,对外贸易和殖民地经营成为英国人暴富的捷径之一,也因此当维多利亚时代的小说叙事试图以"不明巨额财富"作为叙事动力时(如狄更斯的《远大前程》),常常以来源于海外殖民地言说其情节之合理性,维多利亚时代的读者也对于这样的情节构建安之若素,不加质疑。对于沉浸在帝国殖民意识中的维多利亚人来说,海外扩张与殖民成就了所谓的帝国之"辉煌",因而尽管"光荣革命后 100 多年英国长期进行对外战争,基本上都是商业战争。这些战争不仅受到商业集团的支持,而且得到一般民众的欢迎”(钱乘旦、许洁明 231)。然而,卡尔·马克思(Karl Marx, 1818—1883)对于资本主义的殖民扩张却早有批判,“资本来到世间,从头到脚,每个毛孔都沾着血和肮脏的东西”(马克思、恩格斯 1972b: 829)。对帝国殖民意识未加反省,将殖民地想象为资本的粟仓;又沉浸在韦伯式工作伦理与资本主义精神中的《简·爱》,安心地享用“沾着血和肮脏”的巨额财富,无一笔书写海外殖民给殖民地带来的剥削与压迫。

除了海外殖民,在简的阶层攀爬过程中,马车、广告等面向公众的现代服务行业的兴起也发挥了不容忽视的作用。正是马车将简从盖兹海德带到劳渥德、桑菲尔德、泽庄,最后带到了芬丁,可以说,公共交通的兴起为人的流动提供了物质条件。“1830 年 9 月 15 日,长 48 公里的利物浦—曼彻斯特铁路通车……到 1840 年,已经有约 1 500 英里铁路投入使用……1847—1849 年,每年平均开通近 1 000 英里的新铁路,而 19 世纪 50 年代是铁路重要性不断上升的十年”(刘成、胡传胜、陆伟芳、傅新球 34—36)。可以想见,交通工具的愈渐现代化将在推动社会流动性的过程中发挥更重要的作用。

其次,广告的作用也不容小觑。简在劳渥德想要改变却不知该何去何从时,借助广告求得了桑菲尔德的教职。罗切斯特先生假意与英格拉姆结婚而试探简未来的去向:“我想,你会去求里德太太和她的女儿,两位里德小姐,帮你找个职位吧?”简回答道:“不,先生,我跟我的亲戚可没处得那么好,让我可以请他们帮我什么忙——不过我将登广告……”罗切斯特先生着急了:“不要登广告;把找职位的事交给我吧。到时候,我会给你找个职位的”(281)。罗切斯特以为无所依傍的简没有亲戚可以代为寻得职位,假意将简逼入绝境,从而可以试得自己在简心中的地位,却不曾想到简还可以凭借广告求职,这让罗切斯特大为慌神,赶紧表示愿意代为求职。广告作为现代传播方式促进了人的流动和阶层的松动。在《简·爱》中可见,至少在 19 世纪 40 年代,以广告为媒介求职、寻人已是寻常方式。广告的发展得益于金属活字印刷术的发明以及资本主义工商业的发展,这种现代传播方式在加速了信息流通、个体流动的便利之下,也已蕴含了将人视为商品的资本主义异化逻辑。

如此,社会流动性的历史、文化动因中蕴含了现代性利弊两面同时展开的冲突场域。然而,《简·爱》却只见其利未见其弊,这仅仅是由于受制于维多利亚时代的工作伦理与资本主义精神,还是另有他因?

三、博弈出版市场

经历过《教师》的失利，勃朗特对于《简·爱》的市场回应并没有信心。《简·爱》出版前夕，勃朗特在给编辑的信中写道："我很高兴您对《简·爱》第一部分评价颇高。不仅为了您的利益，也为了我，我坚信公众也会喜欢"(Brontë 87)。1847 年 10 月 19 日，《简·爱》问世当天，勃朗特拿到样书，深感编辑职责已尽而写道："如果销量不力，那是我一人的过错……我现在等待出版业和公众的审判"(Brontë 88)。《简·爱》出版前后，夏洛蒂·勃朗特与出版商之间的书信往来显示：在发达的出版业以及成熟的出版市场面前，她在写作时强化了读者对于小说的介入力量，并急切地希望得到读者的青睐。

1907 年，《简·爱》出版 60 年后，维多利亚时代的畅销书作家玛丽安娜·法宁厄姆(Marianne Farningham, 1834—1909)回忆自己的童年时代时说道：

> 19 世纪 40 年代，我读到爸爸带给我的两本由主日学联盟(Sunday School Union)出版的月刊：《教师的建议》(*Teacher's Offering*)和《儿童之友》(*Child's Companion*)。其中一本杂志中有一个专栏，刊登了一系列的故事，多讲述穷小子如何最终获得成功，变得有钱有势(risen to be rich and great)。我每个月都在期待，有没有一个故事讲述，像我一样穷苦而一无所知的女孩，凭借自己的努力和上帝的福佑，最终可以成为一个，或许不伟大，但是有用的人。可是我却没有读到。(Farningham 14)

《简·爱》的人物设置与个体成长恰好填补了维多利亚时期读者对于一位女性实现阶层流动的阅读期待，满足了出版市场的需求。从《教师》到《简·爱》，勃朗特接受了出版市场的规训，并适时做出了调整与改变。尽管同为再现社会流动的小说，"与《教师》中依赖自救而获得成功的克里姆斯沃斯不同，简的成功有许多的转机(sudden turns)。从天而降的遗产，反转的婚姻，以及释放的喜悦，这些都是克里姆斯沃斯所没有的"(Glen 157)。出版市场的反馈证明融合更多浪漫因素的简·爱的成长故事更能博得读者欢心。勃朗特在创作与市场之间的平衡与摇摆被她的挚友玛丽·泰勒(Mary Taylor)洞察。1848 年 7 月 24 日，泰勒写信给勃朗特，她夸奖道："你的小说是那样完美的一件艺术品，令我大为惊奇。"她同

身份、空间和正义：《同命人审案》的女性共同体建构*

刘　可**

内容提要：作为一篇典型的女权主义短篇小说，《同命人审案》通过一桩谋杀案探讨了女性的弱者身份、父权制社会下女性公共领域生活的缺失，以及法律制度存在缺陷情况下女性如何自救和互助等命题。本文从两性身份、空间区隔和伦理正义三个方面对作品展开分析，试图揭示出作品中蕴含的由"姐妹情谊"构筑的女性共同体的颠覆性力量对传统父权制的冲击，认为女性应当通过参与公共领域的生活争取自身主体性身份和平等权利，同时应当保持女性的特质，通过与男性社会充分的沟通和交换意见，从而达成和谐、多元、包容的两性关系。

关键词：苏珊·格拉斯佩尔；《同命人审案》；女性；共同体；父权制；正义

Abstract: As a prototypical feminist short story, "A Jury of Her Peers" explores, through a murder case, the weakness of women, the absence of women's life in the public sphere of a patriarchal society, and how women can save themselves and help each other under a flawed legal system. This article analyzes the short story from three aspects: gender identity, spatial separation and ethical justice. It argues that the story reveals the subversive power of female community constructed by "sisterhood" against the patriarchal system. It is believed that women's struggle for their subjective identity and equal rights must be carried out through participation in the public sphere, while preserving their unique femininity so as to facilitate harmonious, pluralistic and inclusive gender relations through adequate communication and exchange of views with male society.

Key words: Susan Glaspell; "A Jury of Her Peers"; women; community; patriarchy; justice

---

*　［**基金项目**］：本文为国家社科基金重大项目"英国文学的命运共同体表征与审美研究"（项目编号 19ZDA293）的阶段性成果。

［作者简介**］：刘可，上海外国语大学博士研究生，主要从事英美文学研究。

《同命人审案》("A Jury of Her Peers", 1917)是美国剧作家苏珊·格拉斯佩尔(Susan Glaspell, 1876—1948)于 1917 年发表的一篇短篇小说。这篇短篇佳作改编自她于 1916 年创作的独幕剧《琐事》("Trifles"),取材于格拉斯佩尔在 1900—1901 年间以记者身份供职于爱荷华州的《得梅因日报》期间所报道的一起真实案件。在 1900 年 12 月的某天深夜,约翰·霍萨克(John Hossack, 1841—1900)在睡梦中被人用斧头重击头部而亡,而和他生活了 33 年的妻子玛格丽特·霍萨克(Margaret Hossack, 1843—1916)当晚就睡在丈夫的旁边,并声称案件发生时自己睡着了(Bryan & Wolf 7)。作为重大嫌疑对象的玛格丽特被逮捕并以谋杀罪名起诉,家庭暴力成为审判过程中值得关注的焦点。对该案进行全程跟踪报道的格拉斯佩尔深切地感受到父权制社会下的法律制度对女性权利的漠视。当时,女性的二等公民地位依然没有根本的改观,她们还在为争取选举权而不懈奋斗;在法庭之上,女性也无法成为陪审员表达自己的声音。十多年后,成为剧作家的格拉斯佩尔将当年的案件先后写成了剧本和小说,这不仅仅是对历史事件的想象性重构,更是作家力图通过作品反映时代问题、通过审美创造超越时代局限性的积极尝试。本文拟从两性身份、空间区隔和伦理正义三个方面对作品展开分析,试图揭示作品中蕴含的由"姐妹情谊"构筑的女性共同体的颠覆性力量对父权制的冲击,认为女性应当通过参与公共领域的生活争取自身主体性身份和平等权利,同时应当保持女性的特质,通过与男性社会有效的沟通和交换意见,从而达成和谐、多元、包容的两性关系。

一、隐蔽的劳动和女性主体身份的缺失

在小说创作的 20 世纪初,女性的身份、地位在社会和家庭层面都处于从属和边缘地带;大部分女性的生命轨迹从婚前囿于深闺到婚后被家庭所捆绑,终生都难以获得自身的完整性和主体性。因此,在宏大的历史叙事中,关于女性的叙事总是模糊、缺席的,但这并不代表女性所做的贡献是缺失的。正常的家庭生活既包含外部的维持生计的有偿劳动,也包括内部的维系日常生活良好运作的无酬劳动。和男性从事的进入社会化大生产的公共劳动不同,家务劳动和养育子女这些较为隐蔽的劳动仅仅具有使用价值,在家庭内部被消耗掉,不具备社会性和交换价值,因而被父权制社会所忽略和无视,成了"女性专属",并逐渐固化为

社会结构的一部分。正如弗里德里希·恩格斯(Friedrich Engels, 1820—1895)在《家庭、私有制和国家的起源》(*Der Ursprung der Familie, des Privateigenthums und des Staats*, 1884)中指出的那样,"妻子成为主要的家庭女仆,被排斥在社会生产之外"(恩格斯 71)。一方面,女性的身体被繁重的家庭劳动所规训,日复一日地辛劳操持;另一方面,她们的努力和贡献却得不到公允的评价和认可,被家庭捆绑的女性在自我认知和外界评估两个维度上都意识到自身不断被贬低的价值,然而她们只得选择默默忍受、顺从和适应自身被支配的地位,生活在丈夫的凝视之下,并通过不断的性别操演逐渐丧失自我身份和主体性(李晶 91)。不少女性的逆来顺受在一定程度上客观地充当了父权制维系劳动性别分工的共谋角色。因此,导致家务劳动"女性化"和家庭中男尊女卑等级制形成的主要原因是经济层面的,即家务劳动的无酬化。加拿大学者玛格丽特·本斯顿(Margaret Benston, 1937—1991)最早从马克思主义的角度分析家务劳动,她在1969年发表的《妇女解放的政治经济学》("The Political Economy of Women's Liberation")一文中指出家务劳动的隐蔽性是导致女性在资本主义生产体系下受压迫的物质基础(Benston 13—27)。为了改变这一局面,本斯顿提出必须使家务劳动走向公共领域,实现社会化。实际上,恩格斯早在1884年就曾预言道,"妇女解放的第一个先决条件就是一切女性重新回到公共的劳动中去;而要达到这一点,又要求个体家庭不再成为社会的经济单位"(恩格斯 72)。可见,女性在家庭内部的劳动必须得到社会的普遍认可,同时要打破原有的"家庭—社会"二元对立结构,确立女性的主体身份,引领社会观念的变革,才有可能改变女性的从属地位。

在小说中,女性的劳动被男性群体贬斥为"琐事";从冻裂的果酱瓶到脏锅具,从装了一半的糖到还未完成的被面,乡村妇女的劳动强度可见一斑。在传统的性别角色分工下,这些家务活动属于"女性职责",男性则是"整天在外面干活"(朱虹 194)。[①] 20世纪初正值第二次工业革命,资本破坏了乡村社区生活的农业基础,大工厂的不断增加吸引了大批男性劳动力离开土地,走进车间,从而将繁重的农活和家庭重担丢给了"留守在家"的妇女。正如海尔太太对县律师汉徒森的驳斥,"农场上要做的事情很

① 本文中所涉及的《同命人审判》中文引文均引自朱虹(1983),下文仅在引文后括号内标注页码。

多","男人的手不老是那么干净"(183—184)。可见,工业化的开展并没有解放女性的劳动,乡村妇女承担了家庭和农活的"双重劳动",但是获得的报酬却是十分有限的。因为家庭生产不同于资本主义生产方式,女性在家庭中一方面要提供无酬的家务服务,另一方面要在农活上付出劳动力。后者的生产所得除了满足家用之外,通常由丈夫带入市场交换。因此,女性的全部劳动所得都被占有和剥削,自身的价值得不到任何体现。到了小说出版的 1917 年,女性的困境有了一定的变化。一战期间,美国大肆征兵扩军,世界局势的改变也打破了社会的固有传统。随着男性走入军营,女性面临着维持生计的严峻挑战,她们开始走出家庭,进入公共领域,参与社会化大生产,然而她们并没能摆脱家庭的藩篱,短暂的自由和独立随着丈夫的回归而消失,女性的形象和地位再次变得模糊、隐蔽和无关宏旨。然而,女性的自身价值得到了证明,女性的独立思想得到了启蒙,她们开始挑战男性对公共领域的独占,为争取选举权、参与政治事务而奔走呼号。英国女性于 1918 年获得了选举权,美国女性在 1920 年完成了这一目标。至此,"男主外、女主内"的传统二元对立被打破,女性在社会上的身份和地位开始从模糊变得清晰,从内部走向外在,从边缘挤进中心。《同命人审案》向世人揭示了乡村女性的隐蔽劳动,以及这种劳动生产对家庭和社会贡献的巨大使用价值,有助于改变社会上对女性所从事家务劳动的传统定位,启发人们对女性身份和主体地位的思考和判断。我们无法精确估量格拉斯佩尔的创作对这一改变起到了多大作用,但至少能够看到历史进程的改变一定是源自多重力量的综合作用。

二、公私域的空间区隔和女性公共生活的缺失

自柏拉图以降的西方政治思想对公共领域和私人领域一直有着明确的二元区分,其中,家庭作为私人领域通常与女性、自然和非理性紧密联系,男性则更多地与外界的政治生活、文化和理性相联系。近代以来的马克思主义女性主义认为,公私领域的性别化和等级化区分导致女性在公共领域遭受资本主义制度的压迫,在私人领域遭受父权制的压迫(邝利芬 71)。家庭和公共的二元空间区隔进一步巩固了男性的支配地位,因为公共空间的交往行为比起家庭事务更容易得到广泛的认可和接受。女性在家庭内部的活动因为公共生活的缺失得不到关注。女性"只该在自身具有的女性特征内荣耀一番,舍此不能别有企求"(弗里丹 1)。整个公共领

域由男性主导的父权制把控和支配，这种贬低女性的公权力同时进入私人领域，对女性进行身体和人格上的规训，最终使女性不但在社会中隐身，在家庭中也沦为丈夫的附属品，并且还可能遭受父权制主导下社会所默许的“犯罪”——家庭暴力。其实质是一种权力关系的不对等导致的悲剧。女性在社会的宏观权力场域中无足轻重，被禁锢在家庭中。在当时，法律对家庭这一私人领域中发生的暴力行为的约束还是空白。因此，在家庭这一微观权力场域中女性亦处于被支配地位。当时社会的普遍看法是家暴只涉及私德，是一桩“家务事”，因此是可以忽略的小瑕疵，无需公权力的介入。对于受到家庭暴力威胁的女性，除了默默忍受长期的焦虑、痛苦和抑郁之外，剩余的途径只有自杀或者像小说中米尼·福斯特一样奋起反抗这种暴力。

在小说中，米尼·福斯特自始至终从未出现，但是在彼得斯太太和海尔太太两人的谈话和两人围绕一系列“琐事”的发现中，她的形象被生动地还原。读者看到的是一位在婚姻中备受孤独和冷落，生活困窘无趣，深感无助的妇人形象。在嫁给约翰·赖特之前，她天性烂漫，“老穿漂亮衣服”，在唱诗班歌唱。婚后20年来，她一直生活在困厄中，穿的是“改过几次、破旧的黑裙子”，住在“人烟稀少的路上”，家中的摇椅“塌向一边”，家中的炉灶也是“破炉膛”，生活的窘迫和压力让米尼·福斯特更强烈地感受到自己的软弱和无助。正如海尔太太所言，一个人“破破烂烂的，就没法高兴”(187—189)。除去生活的重负，米尼·福斯特的婚姻生活也是不幸的，她的丈夫约翰·赖特虽然没有对她做出身体的虐待，却用另一种形式的冷暴力——心理虐待，对她进行控制。赖特性格乖戾，“是一个冷酷无情的人”，“跟他一起过日子”“象[原文如此]是阴风，刺你的骨头”(194)。如前文所述，家庭暴力本已属于隐蔽的、秘不外宣的伤害行为，家暴中的精神虐待和心理控制更加难以取证，也难以寻求外界的帮助。在20世纪初，资本和市场的发展改变了原有的乡村生活方式，以货币交易为基础的工业化进程和消费主义挤压了乡村社区女性互助的空间；每家每户关上房门，过自己的生活，这种原子化的个体经验使女性处于更加孤立无援的境地。尽管和赖特一家是邻居，海尔太太却从来没有拜访过米尼·福斯特，直到后者不堪忍受丈夫粗暴拧断自己那只作为精神寄托的鸟的脖子，她选择“以暴制暴”，用绳子勒死了赖特。研究女性暴力心理学的学者安娜·莫茨(Anna Motz)发现，婚姻中长期受到伴侣精神或肉体虐待的女性往往会陷入“习得性无助和抑郁的状态”(learned helplessness and depression),她认为,在长期的无助、恐惧和孤独的创伤状态下,女性会出现自杀倾向并将这种情绪投射到伴侣身上,弑夫行为则是这种原始心理防御机制的表现(Motz 198—201)。由于在父权制社会中,公共生活完全由男性所把控,女性总是处于被凝视和被规训的弱者地位,因此受虐待的家庭妇女无论是从社会制度层面,还是社区公序良俗的角度,都找不到庇护的途径。在小说中,格拉斯佩尔深知法律和制度的"无能",她通过对历史的想象性重构,组建了一场法庭外的审判,由两名富有同理心和悲悯精神、与米尼·福斯特有相似经历的乡村妇女组成了史无前例的"同命人"陪审团,她们发觉了真相,同时认识到了真相背后更加可怖的犯罪,由于这种犯罪为当时的社会所默许,她们最终选择以隐瞒证据的方式为米尼·福斯特开脱罪责。

值得注意的是,美国在 1994 年 9 月 13 日颁布了《暴力侵害妇女法》(*Violence Against Women Act*, VAWA),同时展开对"受虐妇女综合征"[①]理论的相关调查,考虑将该理论引入这类不堪忍受暴力摧残而实施的过激犯罪的定罪和量刑中。此举有助于对家庭暴力的受害者在审判量刑中给予同情和宽容,视其犯罪行为的社会危害性予以从轻甚至免予处罚。法律制度在不断演变和完善的过程中吸纳了历史经验和教训,拓展了其伦理向度,从而更好地起到保护人权的作用。在今天,《同命人审案》被大多数法学院纳入其法律与文学课程体系中,足可见文学作品作为推动制度变迁的催化剂的效能。

三、同命人陪审团——法律之外的正义

在英美法系的陪审团制度下,来自民间的、由公民组成的陪审团负责对案件的事实进行审理和裁判,职业法官无权干涉,这一制度的初衷是为了反抗政府的暴政,保护被告免受政府的强权压迫,被称为是司法正义中"上帝声音最可靠的显示"(高一飞 2018: 115)。因此,从理论上讲,任何人只要对事物有基本辨别和认识的能力都可以成为陪审员,陪审员来自社区,是"平民的代表",陪审团的裁决并非源自纯粹的法律理念,而是代

① 受虐妇女综合征(Battered Women Syndrome, BWS)最早由莱诺尔·E. 沃科(Lenore E. Walker)于 1984 年提出,在《精神疾病诊断与统计手册》中被列为创伤后压力症候群(PTSD)的一种。此条款常被用于申请法律保护,即基于受虐妇女以身心受创为由而错杀虐害者的宽大处理。

表了“社区的声音”和某种社会信条，因此“它反映立法所不能及时反映和不可能反映的社区道德观念”（高一飞 2005：79）。遗憾的是，这一民主制度的产物一直将女性排除在外，直到1975年的“泰勒诉路易斯安那州”案（Taylor v. Louisiana）才明确陪审团不得有性别歧视。在小说出版的1917年，女性的社会角色和今天大不相同；其中，赋予女性选举权的美国宪法第十九条修正案还未能生效，女性没有财产权和对子女的监护权，甚至不能进入法学院学习法律，也不能参加陪审团（Mustazza 271—272）。事实上，“同命人陪审团”这一表达最早来自美国女性民权运动领袖苏珊·安东尼（Susan B. Anthony，1820—1906）。她于1873年因为参与选举被捕，在法庭诉讼时，她为自己辩护时称自己“被剥夺了同命人组成的陪审团”（a jury of her peers）（Taylor 365）。在小说中，格拉斯佩尔首次组建了由两名女性组成的陪审团，并详尽地描述了该陪审团如何通过共情和理解，通过女性特有的关怀伦理以及对关系和情感纽带的强调，从而发现了男性未能找到的关键证据，将整个案件逐渐拼接到了一起[①]，并最终达成了一致裁决（unanimous verdict）[②]，决定行使陪审团废法（jury nullification）[③]，以对抗现行法律的不公和缺陷。

在小说中，男性和女性不但分属不同的空间；在调查案件时，男性和女性也采用不同的方式和策略，甚至对于“犯罪”和“正义”等概念的认识也有所区别（Alkalay-Gut 2）。警长、县律师和海尔先生代表着技术理性和社会力量，他们依照客观冷静的推理分析试图寻找凶杀案的证据或动机，同时，他们的言谈中充满了对家庭主妇的刻板印象和作为男性的优越感。两位女性则以关怀和共情的情感手段，将心比心，试图理解和体验米尼·福斯特的生活状态，从被男性贬斥为“琐事”的厨房细节与“妇功”中，逐步还原了案件的真相。相比男性将法律体系和制度奉为圭臬不同，两位女性对于法律的认同感并不强烈，她们更多关注的是公理和正义。例如，海尔太太对法律的一句戏言“法律是法律——炉子不好是炉子不好”

---

① 关怀伦理（Ethics of Care）由美国女权主义者和伦理学家卡罗尔·吉列根（Carol Gilligan，1936— ）提出，她认为女性的道德和男性的具有差异：男性的道德观更多地取决于正义感，女性的道德观更充满人情味，强调关系，以关怀为中心。

② 陪审团一致裁决是指参与陪审的每一位成员都应达成一致的裁决，以防止伪证，践行协商民主的原则。

③ 陪审团废法是指在一些敏感案件中，陪审团虽认为案件事实成立，但认为相关的法律规定违背公共意志，被认定为恶法，因而故意做出事实不成立的裁决，以规避法律适用。它的价值在于能够克服立法的缺陷。

(189)颠覆了代表父权制的声音;彼得斯太太在发现被拧断脖子的鸟之后说了一句"法律得治罪",从上下文看,这里的罪更多的指向米尼·福斯特在家庭中的种种遭遇,而不是她濒临崩溃之际的弑夫行为。

法律治罪,这并不是一句简单的套话。如果法律有不完备的地方,那么有些罪是现行法律无法惩处的。相比公共领域的法律制度,私人领域的家庭又该按照哪样法则来行事?公共空间和私人空间之间是否有不可逾越的界限,导致家中发生的事情不可外扬到公共生活中去?显然,当时的法律无法为女性群体提供保护,女性在社会上没有参政权,也不能够参与立法。这种"二等公民"地位使得她们在社会中被迫服从男性制定的法律,在家庭领域则是要忠实于自己的丈夫。小说中的两位女性深知米尼·福斯特的困境,她们选择了"陪审团废法",即通过掩盖关键证据来为米尼·福斯特开脱;她们的行为当然涉嫌违法,但是当法律无法捍卫正义时,女性只能通过彼此之间的"姐妹情谊"(sisterhood)建立守望相助的共同体,把案件掌控在自己手中。"结"字在文中颇具象征意义:起初,两位女性在讨论米尼·福斯特家中的一床尚未完成的被面,不知道她是想拼补(quilt)还是想结起来(knot)?随着两位女性接连发现指向谋杀动机的证据,她们成功地拼补了整起案件,把零星的线索结在了一起(knot the loose ends),发现了米尼·福斯特用绳子在丈夫脖子上打结(knot a rope)背后的原因,选择以庭外陪审团的名义,将此案做一了结。

四、关怀与认同——女性共同体的建构

女性的主体身份和参与公共领域生活的权利在资本主义生产方式和政治制度之下被彻底剥夺,在社会上没有代表自我的声音。为了打破这一局面,女性不但需要进入公共领域,争取平等权利,而且要正视两性差异,以自身独有的精神特质和关怀伦理结成女性共同体,表达与女性有关的议题,从而改变女性在社会上的从属地位。雷蒙·威廉斯(Raymond Williams, 1921—1988)在《关键词:文化与社会的词汇》(*Keywords: A Vocabulary of Culture and Society*, 1976)一书中,对"共同体"的概念进行了考证和解读,共同体"自从14世纪以来就存在……意指具有关系与情感所组成的共同体"(威廉斯 79)。在威廉斯列举的五种含义中,第四种是"拥有共同事物的特质,例如:共同利益、共同财产(16世纪起)";第五种是"相同身份与特点的感觉(16世纪起)"(威廉斯 79)。可见,共同体代

表的是一种亲密无间、相互信任、守望相助的社群关系。德国社会学家滕尼斯(Ferdinand Tönnies, 1855—1936)对"礼俗社会"(Gemeinschaft)与"法理社会"(Gesellschaft)的区分颇具影响力，他认为，共同体可以在"思想的联结体(友谊、师徒关系等)里实现……是建立在有关人员的本能的中意或者习惯制约的适应或者与思想有关的共同的记忆之上的"(滕尼斯 ii—iii)。因此，共同体的本质是"现实的和有机的生命"(滕尼斯 ii—iii)。与之相对，"社会该被理解为一种机械的聚合和人工制品"(滕尼斯 ii—iii)。可见，滕尼斯意义上的"共同体"是一种人际关系层面的生活共同体，成员之间拥有共同的信仰和风俗习惯，乡村是滕尼斯"共同体"一词所指的典型代表。然而，在现代化工具理性的冲击下，经济伦理和市场观念逐渐进入乡村，冲击了原有的互助关系模式，改变了乡村原有的、传统的人际关系，村民之间情感的沟通也相应减少。

在小说中，海尔太太一直被深深的负罪感和愧疚感所笼罩，原因在于尽管他们是邻里关系，她却从来没有拜访过米尼·福斯特。沟通的缺失使米尼·福斯特生活在封闭和孤独中，她的丈夫甚至不愿意在家中装上一部电话——一种与外界建立联系的方式，目的就是阻止妻子踏入公共生活。可见，乡村的共同体看起来已经濒临解体，在这里居住的是原子化的个人，而不是亲密无间的社区成员。然而，如前文提到的，共同体不必体现为某个固定的地域，相同的身份、共同的利益和共通的情感都可以成为共同体联结的纽带。海尔太太和彼得斯太太对米尼·福斯特的遭遇和经历感同身受。看到被约翰·赖特折断脖子的鸟，彼得斯太太回忆起年轻时自己养的小猫被一个男孩用小斧头杀害的经历，并坦白道，"要不是别人拉住我，我一定会——伤害他的"(197)。三位女性之间的情感是相通的，她们彼此的交流甚至不需要过多的言语，一个眼神即可传达足够的信息。两人谈到米尼·福斯特的孤独时，彼得斯太太说道，"我了解孤独是什么滋味，我们在达科他安家之后，我头一个孩子死了——他有两岁了——这样我身边就没有别的——我了解什么叫孤独"(198)。海尔太太抑制不住自己的负罪感，喊道：

> 哎呀，我到这里来一次就好了！这是罪孽！是罪孽！谁来治我这个罪？……我们住得这么近，却离得那么远。我们的经历都是同样的——同样的，只是个人情况不同！要不——为什么你跟我都能明白呢？为什么我们了解——此时此刻的状况？(199)

她们之间之所以能够相互理解，是因为作为女性的相同身份与同样的被支配的感觉，这种共同的思想和记忆使得她们对事物产生相同的心理反应。她们发现了一个并未被父权制社会完全扼杀的女性共同体，这是一个象征着互助、信任、团结与安全的关系网(Kamir 357)。女性在这种相互依存的关系网中获得了身份认同，也积淀了对同命人的深厚感情，这样的共同体的存续可以使女性在残酷父权制社会的压迫下寻得安全、温暖的避风港。正如威廉斯所说，共同体的概念"似乎从来没有负面的意涵"(威廉斯 81)。女性共同体表征着善良、友爱、关怀、确定性、坚韧、温情、悲悯和灵动等女性特质，共同体的构建让女性获得了安全、忠诚和团结等共同体主义价值。彼得斯太太和海尔太太在米尼·福斯特的家中依靠女性的直觉和共情能力和身陷囹圄的她建立了认同，并且结成了百衲被一般的深厚友谊。格拉斯佩尔对历史事件的想象性重构不单单挽救了一位乡村妇女的生命，更鼓舞了无数受压迫的女性弱者结成守望相助的共同体，以独立、坚定和充满力量的声音在公共领域表达自我。

结　语

行文至此，本文似乎一直在颂扬女性结成共同体挑战父权制压迫的果敢和担当，男性的声音则几乎走向边缘，成为陪衬。事实上，在女性争取独立、自由和平等的道路上没有必要完全排斥男性，以"非我族类，其心必异"的心态视男性为自我实现道路上的绊脚石，这无疑是一种倒退的两性观念。格拉斯佩尔的短篇小说为了凸显女性的弱者身份和父权制社会的强权与压迫，以强烈的戏剧冲突强化了男女之间的对立和差异，表现了20 世纪初女性群体面对制度性缺陷如何团结同命人以自救，因而其作品对男性的刻画不免带有脸谱化的倾向。对于约翰·赖特所遭受的极端暴力行为和两位女性妨碍司法公正的表现，评论界同样发出了不同于女权主义者的声音(Schotland 54; 62—69)。她笔下对男性形象的粗线条刻画和他们表现出的自以为是的优越感也许在当时有一定的代表性，但是不能作为对男性群体的一般性评价。同时，家庭作为社会结构的最小单元不可能发展成为独立于外部世界的存在，即朱丽叶·米切尔(Juliet Mitchell, 1940—　)所言的"一块坚不可摧的飞地"(转引自李银河 35)，一个家庭呈现的面目基本上反映出社会整体的风貌。两性关系的妥善解决需要在公共领域内就有关议题展开充分沟通和协商。

简言之，两性之间的和谐相处才是解决两性迷思的根本之道。两性对立、以女性共同体为名拒斥男性社会的一切事物无疑是一种排外的、乌托邦式的想象。一个共同体的构建不应当意味着自我封闭性和排他性。我们所生活的现代社会是众声喧哗、多元、开放的社会，女性主体性的确立不一定要完全斩断与周遭的所有联系，因为在多元文化背景下，不存在完全不受制于任何意识形态的自主性。共同体主义的价值当然值得提倡和鼓励，但是不应当以共同体的整体利益来约束每个个体的自主选择和判断。共同体的"同质性"特征和共享价值应当足够的多元与包容，不至于将具有同样思想或情感的异性"他者"排除在外。一个共同体不应当拒绝同另一个共同体沟通和交往，一方面，女性需要坚持自我的特质，避免被男性世界所同化，无意中成为父权制的合谋；另一方面，女性共同体应当主动同男性共同体融合，寻求两者利益和价值的一致方面，以开放、包容和相互借鉴的心态对待和处理两性关系。同时，女性共同体内部应当注意避免以集体之名做出情感绑架或要求整齐划一的强制同意；毕竟，尊重和珍视个体的权利和声音正是女性共同体自身努力践行的目标之一。

引用作品[Works Cited]：

Alkalay-Gut, Karen. "A Jury of Her Peers: The Importance of Trifles". *Studies in Short Fiction*. 21 (1984): 1-9.

Benston, Margaret. "The Political Economy of Women's Liberation." *Monthly Review* 21.4 (1969): 13-27.

Bryan, Patricia L. and Thomas Wolf. *Midnight Assassin: A Murder in America's Heartland*. Chapel Hill: Algonquin Books of Chapel Hill, 2005.

Glaspell, Susan. "The Hossack Murder." *Des Moines Daily News*, December 3, 1900 - April 19, 1901.

Kamir, Orit. "To Kill a Songbird: A Community of Women, Feminist Jurisprudence, Conscientious Objection and Revolution in 'A Jury of Her Peers' and Contemporary Film." *Law & Literature* 19.3 (2007): 357-376.

Motz, Anna. *The Psychology of Female Violence: Crimes Against the Body*. London and New York: Routledge, 2008.

Mustazza, Leonard. "Gender and Justice in Susan Glaspell's 'A Jury of Her Peers'." *Law and Semiotics* 2 (1988): 271-276.

Schotland, Sara D. "When Ethical Principles and Feminist Jurisprudence Collide: An

Unorthodox Reading of 'A Jury of Her Peers'." *Journal of Civil Rights and Economic Development* 24.1 (2009): 53-71.

Tayler, Marilyn R. "Legal and Moral Justification for Homicide in Susan Glaspell's 'A Jury of Her Peers'." *Law, Culture and the Humanities* 15.2 (2019): 364-381.

贝蒂·弗里丹:《女性的奥秘》,程锡麟等译,哈尔滨:北方文艺出版社,1999 年。

斐迪南·滕尼斯:《共同体与社会》,林荣远译,北京:商务印书馆,1999 年。

弗里德里希·恩格斯:《家庭、私有制和国家的起源》,北京:人民出版社,1972 年。

高一飞:"中美陪审制基本价值的比较",《新疆社会科学》,2005 年第 5 期,第 79—86 页。

——:"陪审团一致裁决原则的功能",《财经法学》,2018 年第 6 期,第 114—128 页。

邝利芬:《女性主义政治学的发展与重构》,天津:天津大学出版社,2019 年。

雷蒙德·威廉斯:《关键词:文化与社会的词汇》,刘建基译,北京:生活·读书·新知三联书店,2005 年。

李晶:"《琐事》中空间的性别政治",《外语与外语教学》,2012 年第 4 期,第 90—93 页。

李银河主编:《妇女:最漫长的革命:当代西方女权主义理论精选》,北京:生活·读书·新知三联书店,1997 年。

朱虹:《美国女作家短篇小说选》,北京:中国社会科学出版社,1983 年。

把共同体聚合在一起的重大事件”(转引自哈布瓦赫 44),其弟子莫里斯·哈布瓦赫(Maurice Halbwachs,1877—1945)进一步指出“存在于欢腾时期和日常生活时期之间的明显空白,事实上是由集体记忆填充和维持着”(哈布瓦赫 44)。哈布瓦赫集体记忆理论的核心观点是“以现在为中心”,即集体记忆在很大程度上是留存于“现在”的、有关过去的看法,换句话说,“过去不是被保留下来的,而是在现在的基础上被重新建构的”(哈布瓦赫 71)。曼特尔在“三部曲”中通过重返历史,尝试激活并重构关于16世纪宗教改革的集体记忆。

16 世纪的都铎王朝是英国由封建社会向资本主义社会转型的重要过渡时期,也是英格兰民族国家初步形成的重要历史时期。尽管埃里克·霍布斯鲍姆(Eric Hobsbawm, 1917—2012)曾提出“民族”的现代意义到18 世纪才开始显现,是人类历史上“相当晚近的一项发明”(Hobsbawm 5),然而纵观英国历史,很多学者依然发现英格兰民族早在 14 世纪就有了较为强烈的民族意识,并开始逐步组建民族国家。14、15 世纪的英法百年战争和“红白玫瑰战争”促进了英国民族国家的进程。“百年战争让英国人退回到不列颠岛,从此它就只能按民族和地域的原则行事了,从而为组建民族国家设置了方向”(钱乘旦、许洁明 89)。到 16 世纪,由于欧洲文艺复兴和宗教改革运动的影响,英国的民族意识空前高涨,英国社会发生了诸多方面的重大变革,亨利八世时期的宗教改革更是坚定了人们的民族认同。

“三部曲”还原了这样的历史:在亨利八世和凯瑟琳王后 20 多年的婚姻中,王后虽 6 次生产,却只留下了羸弱的玛丽公主,其余子嗣全部夭折。由于没有男性继承人,加之安妮·博林对亨利八世的吸引,国王决定和凯瑟琳王后离婚。这桩离婚案因罗马教皇的干预持续了 8 年之久,最终由克伦威尔促成,并成为自上而下的宗教改革的导火索。“三部曲”透过克伦威尔的视角,如此描述了宗教改革的重要意义:宗教改革使英国教会与罗马教会决裂,并开始确立自己的民族教会。亨利八世因而成为世俗和宗教领域的最高领袖,拥有至高的王权,这必然催生出独立国家的需求。英国不再是欧洲统一的基督教整体的一部分,不再受外来国家统治者的权威干涉,开始成为一个独立的政治实体,即民族国家。其次,宗教改革使英格兰民众的民族自我意识得到进一步增强。英国民众开始认为英国不同且优于其他欧洲国家,民族认同感和自豪感形成并逐步膨胀,也成为民族共同体形成的基石。

与此同时，宗教改革也促成了统一的民族语言的产生。中世纪前期，拉丁语是基督教世界的通用语言，英国的教士和知识分子也视拉丁语为法定语言。此外，诺曼征服以来，法语在英国尤其是王室也有异常重要的地位。14 世纪以后，英国民众开始以各种方式参与并支持自己民族语言的发展。亨利八世时期的宗教改革促成了英文版《圣经》的发行，打破了拉丁语的垄断地位，使英语成为宗教活动的语言并继而推广至社会民间，逐渐形成统一的民族语言，英国的民族凝聚力因此得以加强，助力了英国民族共同体的形成。"以王权为中心，英格兰人卷入了共同的经济生活，世代生活在这一块土地上的居民拥有了共同民族语言——现代英语，一种共同历史、共同灾难、共同荣辱的情感和共同利益、共同防卫的要求把他们维系在一起"(黄光耀 104)。

曼特尔在"三部曲"中如此表述克伦威尔的政治理想："让亨利赞助一部伟大的《圣经》，放进每一座教堂……他的理想是建立统一的国家，统一的货币，统一的度量衡，特别是所有人都能使用的统一的语言"(曼特尔 2014：64)。在同府上的一位威尔士小男孩聊天时，克伦威尔通过孩子掌握的一点英语，明白了威尔士人的悲惨境遇，因此"他的目标是所有的威尔士人都会说英语"并想要实现"从埃塞克斯郡到安格尔西岛，从康沃尔郡到英格兰边境一视同仁的公平正义"(曼特尔 2014：63)。克伦威尔的共同体思想强调了统一的规约性制度的重要性，也重视统一的语言以及共同体内部的公平正义。

跟随着曼特尔的"三部曲"，读者得以重返亨利八世统治时期，通过克伦威尔的观察视角，去感受英格兰民众日益高涨的民族意识，认知宗教改革于偶然中的必然。同时，通过"零聚焦"走进克伦威尔的内心世界，读者也得以明晓宗教改革的种种阻力，体察克伦威尔的步履维艰。由此来看，曼特尔不仅激活了当代关于宗教改革的记忆，也以独特细腻的方式重构了这一重大事件，从而进一步深化了英格兰民族共同体在历史渊源上的认同。

三、克伦威尔形象的重塑：民族共同体的精神内涵

在以往的历史著述、文学作品或影视形象中，克伦威尔多被塑造为阴险、奸诈、狠毒的反面角色或无足轻重的边缘人物，如在罗伯特·博尔特

(Robert Bolt，1924—1995)的历史剧《公正之人》(*A Man for All Seasons*，1960)中，克伦威尔被刻画为十足的恶人。"三部曲"中，曼特尔将其置于历史舞台的中心，并将其塑造成了一位有血有肉、有勇有谋的鲜活人物。曼特尔笔下的克伦威尔出身卑微，父亲曾以酿酒和打铁为营生。幼年的克伦威尔食不果腹，且经常遭受父亲的毒打。为了活命，他逃离家乡，开始在欧洲各国流浪。丰富的游历和生活的苦难锻造了他坚毅的品质，加上睿智的头脑和超凡的记忆，克伦威尔掌握了金融、法律、宗教等丰富知识，且表现出过人的胆识和果敢的处事能力。回到英国的克伦威尔把握住了自己命运的机遇，实现了人生的逆转，开始跟随红衣大主教，其社会地位和经济实力迅速提升。大主教某种意义上扮演了克伦威尔父亲和老师的角色，教会了他处世技巧和宫廷权术。克伦威尔因此对大主教充满感激，尽心尽力效忠于他。在大主教倒台后，克伦威尔苦心经营，逐步赢得了国王的信任，并铲除了曾经陷害或侮辱大主教的安妮等人，成功为大主教复仇。

同时，"三部曲"中的克伦威尔对妻子充分尊重，珍惜与妻子共同生活的时光，在妻子去世后终身未娶；他对子女爱护有加，重视他们的教育，在女儿们去世后悲痛不已并时常怀念；他一直庇佑着儿子，不让他接触权术和政治斗争，立志让儿子成为悠闲的绅士，"一个讨人喜欢的年轻人，外形不错，和大人物在一起也可以轻松自如，对下人温和礼貌，能够弹奏乐器，能够用法语进行交谈，能够进行室内和户外的技能运动"(Mantel 2020：183—184)。总之，曼特尔成功重塑了这样的克伦威尔：作为丈夫和父亲，他温情、有担当，是全家的主心骨；作为仆人和臣子，他忠诚、实干，用心帮助恩主分忧解难；作为政治家，他机敏、强悍，总能出其不意，先发制人。通过克伦威尔形象的重塑，曼特尔成功阐释了她对英格兰民族共同体精神内涵的理解，也即曼特尔认同的"英格兰特性"(Englishness)。

纵观英国文学，对"英格兰特性"(又作"英国性")主题进行阐发的作品比比皆是。"小说是形成国族理念和归属感的重要源泉，从笛福到阿克罗伊德，众多英国小说家都扮演了英国历史与国族性的评论者角色。我们不难发现小说这种特殊的文学形式与'英国性'之间的直接联系"(Parrinder 14—15)。在试图对这一概念进行阐释时，很多学者注意到"英国性"本身是一个开放、发展的概念，它所蕴含的文化或政治意义总是随着时代的更迭而不断变化。在其所著《文学英格兰：现代作品中"英格兰特性"的不同版本》(*Literary Englands: Versions of "Englishness" in*

Modern Writing, 1993)的扉页,戴维·热尔韦(David Gervais)指出,在我们的时代,“英国性”已经不是一个教条化的概念,而是人们用来揣测的主题。20世纪的作家们发现它是一个难以把握、含混不清的概念,用来喻指人们的怀旧情结,或者说人们的被放逐感和失落感。由此可见,“英国性”不仅是英国民族特征的象征,更是人们自我身份认同和民族归属感的重要体现。同时,在热尔韦看来,“英国性”在过去和现在之间搭建了桥梁,填补了过去和现在的间隙(Gervais 270)。“英国性”犹如强大的纽带,将英格兰共同体的成员以及英国的过去、现在和未来紧紧联结在一起。然而,当今的后现代社会和全球化语境也给“英国性”带来了极大的冲击,也正是在这种情况下,用文化符号对其进行表征显得尤为重要。

在曼特尔重塑的克伦威尔身上,我们看到了当今社会所呼唤的“英国性”的诸多品质:面临困境时的不屈服,面临机遇时的不闪躲;在不同的场合切换不同的角色;坚毅、拼搏、有勇有谋。克伦威尔奋斗、崛起的人生经历正如英格兰民族国家形成、强盛的发展史。当代英国人在克伦威尔身上能够读出“英国性”的闪光特质,读出曼特尔对英格兰民族共同体精神内涵的当代阐释。回到滕尼斯的共同体理论,通过这种民族特性的阐释,曼特尔显然形塑了英格兰民族的精神共同体。

四、共同体中的他者:共同体的矛盾性

曼特尔并未忽视共同体的矛盾性,因为共同体并非乌托邦,共同体中的个体都有自我的欲求,因此必然会存在矛盾和纷争。“三部曲”中充斥着由于宗教信仰的差异和对权势及地位的追逐而产生的对抗。本文的“他者”既指向与自我利益相悖或观念相左的“异己者”,也指向被边缘的女性群体。从文字表述来看,“三部曲”中多次出现“我们”和“他们”,以此标识不同的边界。

“三部曲”中的克伦威尔是新教改革的主推手,他眼中的罗马教会腐败污秽,僧侣们“像大地主一样生活,靠的是那些宁肯花钱祈福也不愿拿钱买面包的穷百姓的捐赠”,修道院的院长“从不招惹已婚女人,只找处女。而当他厌倦了她们或者她们怀上孩子后,他就给她们找个丈夫。他说自己持有盖有教皇印章的许可证,允许他找女人”(曼特尔 2014:40)。然而,天主教的忠诚维护者托马斯·莫尔却视克伦威尔为“异教徒”,质问克伦威尔:“你为什么想在基督教世界的墙壁上打开另一道缺口?”(曼特

尔 2010：342)，并对宗教改革派进行极端残酷的刑罚。最终，由于拒绝承认国王在宗教界的至高权威，莫尔被克伦威尔送上了断头台。

"三部曲"中的阶级对立也异常尖锐。克伦威尔出生卑贱，连自己准确的出生日期都无从知晓。因此，即使已经升为朝廷重臣，在以诺福克和萨福克公爵为代表的贵族眼中，他永远都只是"帕特尼的小子""打铁匠家的穷小子"(曼特尔 2010：182)。诺福克公爵的儿子曾对已经权倾朝野的克伦威尔毫不掩饰地表达对他的蔑视："我知道你所拥有的头衔，但这并不改变你的地位"(Mantel 2020：142)。克伦威尔本人也深知自己的处境，因而时时处于挥之不去的危机之中。索尔兹伯里伯爵夫人玛格丽特·波尔曾劝诫克伦威尔："不要卷入和英格兰贵族的战斗。在你发动之前你可能就已经失败了。你单枪匹马，跟随你的只有啃食你腐肉和骨头的乌鸦。不要停下来，否则他们会生吞了你"(Mantel 2020：205)。最终，克伦威尔还是难敌对手，于人生巅峰跌落谷底，走向断头台。

文本中你死我活的宗教斗争和阶级对抗表达了曼特尔对共同体矛盾性及个体差异的思考，即当异己的他者出现时，共同体是接纳还是排异？而为了维护共同体的存续，自我和他者是否有可能彼此包容，和谐共存？本尼迪克特·安德森(Benedict Anderson，1936—2015)曾言："民族被想象为一个共同体，因为尽管在每个民族内部可能存在普遍的不平等与剥削，民族总是被设想为一种深刻的、平等的同志爱"(安德森 7)。在水火不容、最终走向共同毁灭的结局背后，曼特尔暗示了上述问题的答案：一个真正深度的共同体对他者应该是接纳的，且唯有通过自我和他者的和谐共生，共同体才能得以存续。

另外，女性能否在共同体中找到自己的归属也是共同体需要解决的重要问题。"三部曲"中的女性，从地位尊贵的王后，到社会下层的平民之女，大都只是为男性繁衍后代、发泄性欲或者为家族捞取利益的工具。亨利八世的第一任王后凯瑟琳出身高贵，母仪天下，深得民心，但终因未能给国王生下男性继承人而被冷落和羞辱，含恨离世。第二任王后也未能摆脱噩运，尽管国王在追求她时曾百般宠爱，但同样由于未能诞下王子而很快被国王厌倦，甚而以通奸罪被处决。她的姐姐玛丽·博林年轻时美艳动人，身姿妖娆，不少男性向她献过殷勤，国王也曾和她有染。但当国王将目光转向安妮之后，玛丽便缄口，默认和国王之间没有任何关系。然而可悲的是，当安妮有孕在身时，她又回到了国王的床上，因为"孩子将在夏末出生，他不敢碰安妮。可他又不希望重新过独身生活"(曼特尔 2010：

436),而她的家人也因此又发现了她的价值,不再对她冷言冷语,因为“国王可不能去骑别人马厩里的母马”(曼特尔 2010: 459)。至此,女性的“工具化”被表现得淋漓尽致。

作为群体,“三部曲”中的女性处于被工具化和边缘化的境况,得不到基本的尊严和权利。然而,曼特尔笔下的克伦威尔却对女性充满了尊重:他爱自己的妻子,和妻子有平等的交流和沟通;他爱两个女儿,支持女儿通过学习提升自我;他将被丈夫抛弃、独自抚养孩子的海伦带回府,并祝福她和自己视为己出的养子雷夫组建幸福的家庭。通过克伦威尔对妻子和女儿的爱以及对其他女性的尊重,曼特尔暗示了共同体中男性和女性应有的和谐相处之道。女性,不该以他者的身份存在,而应成为共同体中平等的个体。

结 语

在迄今已出版的 15 部作品中,曼特尔尝试了多样化的题材,然而“共同体形塑是始终贯穿于其写作中的重要主题”(严春妹 1),这一方面表达了当代作家对多元文化时代民族认同危机的回应,另一方面也表达了在变动不居的社会中,人们对共同体的憧憬和归属感的渴望。“大凡优秀的文学家和批评家,都有一种‘共同体冲动’,即憧憬未来的美好社会,一种超越亲缘和地域的、有机生成的、具有活力和凝聚力的共同体形式”(殷企平 78)。诚然,作为当代优秀作家,曼特尔借由“三部曲”进入了英格兰 16 世纪历史的纵深,尝试对英格兰民族共同体做出积极的形塑。曼特尔在叙事中巧妙嵌入了神话传说,从而通过推定的共同先祖,探寻英格兰民族共同体的血脉根源,并进一步通过传统的仪式和庆典,建立共同体成员的情感联结。同时,“三部曲”所聚焦的宗教改革,无疑是英格兰历史上的重大事件。借助克伦威尔的视角,曼特尔讲述了宗教改革的缘起和推进,将读者带入 16 世纪的历史现场,从而激活当代读者对久远历史的集体记忆,强化共同体的凝聚力。当然,最引人瞩目的是作家对于克伦威尔形象的重塑。曼特尔笔下的克伦威尔不再是“马基雅维利”式的政客,而是一位有血有肉的、充满人格魅力的立体的人。这样的重塑是曼特尔对英格兰民族特性的当代阐释,是当下人们所憧憬的英格兰民族共同体的精神内涵。而关于共同体中他者的探讨,则是曼特尔对共同体存续问题的严肃思考,表达了作家对当下人们的共同体归属感这一精神诉求的充分观照。

引用作品[Works Cited]:

Gervais, David. *Literary Englands: Versions of "Englishness" in Modern Writing*. Cambridge: Cambridge UP, 1993.

Hobsbawm, Eric and Terence Ranger. *The Invention of Tradition*. Cambridge: Cambridge UP, 1983.

MacFarquhar, Larissa. "The Dead are Real." *New Yorker* 88.32 (2012): 46 - 57.

Mantel, Hilary. *Wolf Hall*. London: Fourth Estate, 2009.

——. *Bring Up the Bodies*. London: Fourth Estate, 2012.

——. *The Mirror and the Light*. New York: Henry Holt, 2020.

Parrinder, Patrick. *Nation and Novel: The English Novel from Its Origins to the Present Day*. New York: Oxford UP Inc., 2006.

安东尼·史密斯:《民族认同》,王娟译,南京:译林出版社,2019 年。

本尼迪克特·安德森:《想象的共同体——民族主义的起源与散布》,吴叡人译,上海:上海人民出版社,2016 年。

斐迪南·滕尼斯:《共同体与社会》,张巍卓译,北京:商务印书馆,2019 年。

何江胜:《神话与英美现代主义文学》,南京:南京大学出版社,2017 年。

黄光耀:“论 16 世纪英国民族国家的强固与民族意识的发展”,《内蒙古大学学报(人文社会科学版)》,2002 年第 1 期,第 103—108 页。

廖宇婷:“共同体想象与民族文学的身份认同”,《海南大学学报(人文社会科学版)》,2021 年第 3 期,第 1—7 页。

莫里斯·哈布瓦赫:《论集体记忆》,毕然、郭金华译,上海:上海人民出版社,2002 年。

钱乘旦、许洁明:《英国通史》,上海:上海社会科学出版社,2002 年。

希拉里·曼特尔:《狼厅》,刘国枝等译,上海:上海译文出版社,2010 年。

——:《提堂》,刘国枝等译,上海:上海译文出版社,2014 年。

严春妹:《希拉里·曼特尔小说研究》,上海:上海交通大学出版社,2016 年。

殷企平:“西方文论关键词:共同体”,《外国文学》,2016 年第 2 期,第 70—79 页。

余达忠:“身份认同与文化想象——民族文学的民族性建构”,《黔南民族师范学院学报》,2008 年第 5 期,第 17—20 页。

书 评

网络化时代的“经典重估”：评《经典重估与西方文学研究方法创新》

吕丽盼*

内容提要：在网络化时代，“经典重估”有着特殊的重要性和必要性，蒋承勇教授的《经典重估与西方文学研究方法创新》正是在这样的背景下推出的一部重头之作。“经典重估”主要包括对经典文本的重释、西方文艺理论的重估，从多元视角探究文学经典生成的因素与途径，从而发掘各种文学思潮对经典重估的影响与意义，指出理论运用应当立足文本阐释的重估原则。

关键词：蒋承勇；网络化时代；经典重估

Abstract: In the Internet age, reassessment of classics is of great importance and necessity. It is under this circumstance that Jiang Chengyong's book *Reassessment of Classics and Innovation of Western Literature Research Methods* is completed. Reassessment of classics is not a one-time-job but a systematic one, including reinterpreting classic works and literary theories, discussing the factors and ways that classic works are established through multiple perspectives. Through reinterpretation of classic works, the book unravels the influence and the values of diverse literary schools and thoughts. In addition, it also points out that the reassessment of classics should combine literary theories to literary texts, but with more focus on the latter.

Key words: Jiang Chengyong; the Internet age; reassessment of classics

网络化时代，信息快速膨胀，文字唾手可得，无论是对普通读者、文学爱好者、文学教育者还是文学研究者来说，“经典重估”的重要性和必要性

---

* ［**作者简介**］：吕丽盼，上海师范大学国际比较文学创新团队成员、外国语学院副教授，浙江师范大学中国语言文学博士后流动站在职博士后，主要从事英语文学研究。

都非常突出。因此，对于文学经典研究中的诸如(1) 如何提高文学经典阅读与学术阐释的有效性；(2) 如何处理新的文学理论与经典文本的阐释关系；(3) 如何处理文学经典的既有研究视角与理论追踪新潮的关系等问题都需要在研究中持续不断地探索与实践，方能应对网络化时代的信息过载。蒋承勇教授的最新著作《经典重估与西方文学研究方法创新》(2020)(以下简称《创新》)正是回应和探索解决这些问题的一部优秀研究成果。《创新》以“经典重估”为抓手，对西方文学中的经典作家作品、重要文学思潮、各种文学现象以及不同形态的文学理论问题进行深入挖掘并做出新的阐释，可以说，该著作对“经典重估”在观点、方法与理念上都具有开创性。

二

“经典重估”的主旨是在新兴的文学理论与方法基础上对经典作家作品进行新的阐释与探究。然而，我们学界一度出现对西方文论“过度崇拜和理论运用的失范以及运用者自身的理论匮乏”(蒋承勇 2018：134)，甚至还出现理论先行，“导致了文论危机，使文本解释失去了有效性”(胡友峰 42)。这一不尽合理的现象不仅出现在文学研究中，甚至还蔓延到了文学教学领域。北京大学刘意青教授曾严厉批评此现象：“在我国过去 30 多年的外国文学教学中，特别是研究生课程中，强调用理论驾驭文学文本已经成为不争的事实”，而这样做的后果“除了误导学生重理论轻文本、生吞活剥地搬用理论外，还给学生造成不必要的身心压力”(刘意青 14)。从文本出发，摆脱理论先行从而避免产生文论危机成为近些年来众多文学研究者的呼声。正是在这样的批评与呼声之下，《创新》的上编“作家作品研究与方法创新”通过文本细读，重新对西方经典作家作品做出解读和阐释。

文学是对人性的一种诗性的表达，擅长追问人的自我生命之价值与意义的西方文学则更是一种“诗化的人学”(蒋承勇 2020：17)。由此，《创新》首先从“诗化的人学”角度，重审了西方文学经典的人文传统，在诗性阐释中发掘人性意蕴，展现出对经典阐释的创见性。以往评论界认为，易卜生的《玩偶之家》是妇女觉醒与解放的宣言书，易卜生则是描写妇女解放、为妇女争取自由的戏剧先驱。对此，《创新》在文本细读的基础上指出，这种理解只停留在文本的表层含义，并没有与易卜生主义的本质意蕴相契合。作者认为,实际上,“从《玩偶之家》深层意蕴看,该剧表达的是‘人’的觉醒和人性解放的问题;换言之,娜拉不仅代表妇女,更代表生存于西方传统文化中的整体的‘人’”(蒋承勇 2020: 62),“而‘人’的觉醒和人性解放,不仅是社会道德和制度问题,更是其赖以存在的文化根基问题”(蒋承勇 2020: 63)。由此,作者认为,该剧讨论的问题已由“妇女解放”等一般的“社会问题”,“上升为更具超前性、革命性的人性解放和‘人’的觉醒的西方文化之普遍性问题”(蒋承勇 2020: 63)。“这是易卜生‘社会问题剧’之‘问题’的文化哲学内涵和现代意蕴所在,也是‘易卜生主义’的精髓之所在”(蒋承勇 2020: 65)。这种对经典文本的生命意识和人性意蕴的开掘,饱含着对文学经典的“人性体悟”与“诗性解读”,有着极强的创新性与深刻意义。

文学的经典化过程往往不是一蹴即至的,不同作品的经典性因素生成途径也是多元的,其中包括创作者本人对文学传统的创造性继承和个性化超越,读者和评论者对作品的阅读、阐释和推介,以及不同传播媒介所产生的传播效应等。因此,《创新》基于当下种种创新性的理念和方法来阐释经典作家作品“经典化”的过程,同时也为“经典重估”开辟了新的研究视角。作者指出,我国社会与学界对安徒生童话的接受与传播无法脱离特殊的本土历史话语背景,其间的冷热抑或反复,皆有中国不同时期社会精神气候的折射:“五四”时期,安徒生童话被介绍到中国,鉴于当时中国社会变革之需要,学者们主要从“童心”和“儿童本位”基点去阐释、接受和传播安徒生童话,凸显了对儿童自然个体的强调,呼应了梁启超“少年中国”的理想;随着社会情势的变化,此后相当长时期内对安徒生童话的接受和传播侧重对“现实性”与“批判性”特点的强调,其本源性的“童心”和“儿童本位”思想被弱化乃至藏匿;改革开放后,“童心”和“儿童本位”重新成为解读的关注点;进入21世纪后,安徒生童话研究呈现出新气象,对童话故事背后的文化内涵和文学叙述手法等诸多方面都展开了更加丰富的研究,开辟了中国安徒生研究的新时代。考察安徒生童话在我国的接受与传播历史,有助于我们重新认识并深化对安徒生童话的研究,同时也是对外来文学与文化不断认识和再阐释的过程,对推进文学与文化交流具有历史和现实意义。此外,《创新》通过对夏洛蒂·勃朗特和马克·吐温等在我国不同时期被选择性接受的研究,揭示出文学经典在跨文化传播过程中的变异与经典的再生成,深化了这些作家与作品的研究。

二

在经典文本"重估"的微观研究基础上，《创新》的中编"文学思潮研究与方法创新"集中从宏观视角出发，阐释了最具有代表性的西方文学思潮的本质特征及其生成和发展规律，从而为"经典重估"开辟了新的维度。作者认为，研究西方文学，不能只局限于微观层面的经典作家作品解读与阐释，而是要拓展到更为宏观和深层次的文学思潮探讨中去。《创新》对19世纪西方文学中的浪漫主义、现实主义、自然主义、唯美主义、象征主义和颓废派文学等六大文学思潮展开多角度的再阐释，取得了许多突破性的新见解。

《创新》认为，现实主义与自然主义在当代中国文学理论与文学史的表述中始终是"捆绑"在一起的。《创新》指出左拉等自然主义作家将两者混用是基于掘取传统文学资源以在理论领域反对浪漫主义，这与中国学界对两者的混用有共通之处——均以现实主义界定自然主义，当然也有不同之处——"非但历史语境不同，而且价值判断尤其不同……两个术语的内涵与外延迥然有别"(蒋承勇 2020：231)。围绕西方传统与中国学界对现实主义与自然主义的"捆绑"，《创新》对两种"现实主义"做了界定，并特别指出，作为西方文学传统的"写实"，"在不同的时代，人们对'写实'之'实'的内涵有着不同的理解，而且对'写实'之'写'也总有着迥异的诉求"(蒋承勇 2020：234)。因此，面对已然变化的西方现代文学，必须用新兴的、动态的"写实"理念来阐释西方现代叙事文本。

任何一个文学流派的兴起与发展都是承前启后、绵延不断的过程，而非断裂、割裂的思潮，也正是基于这样的理念，《创新》深入分析了不同文学思潮、文学流派之间的内在渊源，指出浪漫主义、现实主义、自然主义、唯美主义、象征主义和颓废派文学等不同文学思潮在彼此千丝万缕的联系中的继承与发展。《创新》更是坦言，这种彼此联系中的继承与发展，往往比各个思潮之间所凸显的"断裂"或变革更为隐性但也更为重要，因为它让我们看到西方文学思潮和文学史并非断裂的个体，而是有着内在的关联性。

三

《创新》的中篇由具体的西方经典文本重读与文学思潮重释出发，下编"研究理论与方法创新"则对当下文学的热点，诸如"现当代西方文论在中国”“世界文学与文学的世界主义”“文学的能量说”“批评家与作家的恩怨启示”等相关问题展开深入探讨,提出了许多真知灼见。《创新》认为,文学研究创新是文学理论与文学批评实践互为观照的结果,创新的前提是理论与方法有新创见。汲取西方古典文论以及 20 世纪以来的西方当代文论的养分对推动我国外国文学研究意义非凡,也是网络化的今天对外国文学经典进行重估的重要方法与原则。西方文论在中国的接受与传播时间虽然不长,但成就斐然,一些批评者自身的理论自觉与理论素养为我们的文学批评提供了很多新的视野,但不可否认,这一过程中也出现了不少问题。首先,没有理性而清醒地看到这些理论自身的不足;其次,没有深入内里探究它与我国文学和文化传统的适切度问题;再次,一些文学批评甚至出现了脱离西方文艺理论就不会走路的怪诞现象。针对这些问题,《创新》给我们提出了很好的见解,这些见解对于网络时代,人人都是批评者的当下,可以说,指明了新的方向。

从一定意义上说,经典阅读、文学创作、文学批评都离不开文学理论的指引。换言之,能否对理论进行适切运用是“经典重估”的一个重要维度。《创新》指出,国内文学研究中存在的理论与文本脱节现象,在一定程度上,暴露了文学研究者理论素养匮乏、文本阐释能力不够等客观事实。《创新》认为,“对文学研究和文学批评者来说,我们不仅要汲取‘理论热’时期那种简单挪用、生搬硬套的教训,还应该重新梳理现当代西方文论,融合本民族文化传统,形成新理论”(蒋承勇 2020:459),这对于网络时代人人都是潜在的文学批评者的现状而言,可谓振聋发聩。因此,我们反对文学研究用‘理论’证明‘理论’的‘主观预设’式批评,而是倡导立足文本、从文本阐释与研究出发,但也反对“画地为牢式的自我封闭思维”(蒋承勇 2020:461)。

“经典重估”意味着对既有经典体系、足够经典尚未被列为经典的作家作品、一些具有普遍价值有可能成为经典的网络文学进行重新评判和评价,进而对经典体系做适当调整。那么,评判和评价的标准是什么呢?“标准”就是在既往对经典评判的人文性、审美性、道德价值等原则上,再融入网络时代一些新的价值元素进行重估。正如蒋承勇教授在“后记”中陈述的那样,“本书的写作本身就是一种理念与方法创新的探索与尝试”(蒋承勇 2020:551),在避免理论探讨凌空的同时,也使文本的解读有了理论依托和文学史依据。这可以说是对该书的最好总结,也是对我们网络时代的文学研究者,尤其是文学后辈们的谆谆教诲。

引用作品[Works Cited]：

胡友峰：“重建本文诗学：中国文论走出去的路径与方法”，《中国文学批评》，2020年第2期，第42—51+158页。

蒋承勇：“‘理论热’后理论的呼唤——现当代西方文论中国接受之再反思”，《浙江大学学报（人文社会科学版）》，2018年第1期，第134—145页。

——：《经典重估与西方文学研究方法创新》，北京：中国社会科学出版社，2020年。

刘意青：“当文学遇到了理论——以近三十年我国外国文学教学与研究为例”，《解放军艺术学院学报》，2008年第4期，第12—15页。

新时代之中国精神的文学表达：评《文学伦理学批评研究》

余　莉*

内容提要：聂珍钊和苏晖主编的5卷本《文学伦理学批评研究》一书是中国学者在外国文学研究领域实现的重要理论突破，彰显了新时代中国文学批评界的中国精神和文化自信，在中西学术界均产生了强烈的反响。本文着重讨论了该成果的理论创新与批评价值，其中的"理论研究卷"《文学伦理学批评理论研究》成功构建了理论体系和话语体系，其他4卷既是对该理论体系的运用，也是对其的检验，充分展示出该理论的强大解释力。

关键词：《文学伦理学批评学研究》；外国文学；理论体系

Abstract: The five volumes of *Ethical Literary Criticism* edited by Nie Zhenzhao and Su Hui are the breakthrough achievement in the field of foreign literary study. It displays the national spirit and cultural confidence of the Chinese scholars in the new era, thus causing active response both domestically and abroad. This paper focuses on its innovation in theory and its significance in practice, holding that the volume of "Theory Research" establishes the theoretical framework and discourse system, while the other four volumes are the application of the theory to literary interpretation and criticism, and at the same time the verification of the theory. The five volumes together prove the power of the theory in literary interpretation.

Key words: *Ethical Literary Criticism*; foreign literature; theoretical system

1837年8月，在新英格兰这个极具地缘深意的地点，拉尔夫·沃尔多·爱默生（Ralph Waldo Emerson, 1803—1882）发表了被誉为"美国思想的独立宣言"的《美国学者》（*The American Scholar*）。从那时候起，美国学者爱默生和以他为核心的超验主义成为美国精神的最早表达形式。2004年6月，在江西南昌——诞生了中国共产党第一支独立领导的人民

* ［**作者简介**］：余莉，兰州交通大学外语学院教授，主要从事英语文学研究。

军队的物华天宝之地，聂珍钊教授发表了《文学伦理学批评：文学批评方法新探索》。自那时起，深蕴着“文以载道”之中国“诗教”精神的文学伦理学批评披荆斩棘，在众声喧哗的后现代话语狂飙中开拓出一片独特的天地，确立了文学伦理学批评的理论品格和阅读范式，其学术成果被西方主流媒体《泰晤士报文学增刊》(*TLS*)等报道，聂珍钊亦被美国人文与科学院院士、耶鲁大学克劳德·罗森(Claude Rawson)教授誉为“文学伦理学批评”之父。在2018年的“第24届世界哲学大会”上，文学伦理学批评被命名为“聂珍钊的道德哲学”，成为大会的一个分会主题，在七场分组讨论中得到讨论和宣讲。北京大学出版社出版的由聂珍钊和苏晖主编的凡5卷本、240万字的《文学伦理学批评研究》集中展示了文学伦理学批评的理论主张及批评实践，是一部厚重成熟的研究成果。无论从成果自身，还是从成果的国际传播路径，文学伦理学批评都彰显了新时代中国文学批评界的中国精神和文化自信。

文学伦理学批评诞生于文学理论的帝国大厦地基摇动之际。当我们在痛斥理论，特别是各种后现代理论的蛮横和霸道之时，也不应该忘记，20世纪60年代以后蓬勃发展的理论话语也曾带来文学研究的复兴，将文学从新批评的沉闷解读中解放出来。牛津大学瓦伦廷·坎宁汉姆(Valentine Cunningham)教授曾说，“那些20世纪60年代还是学生的人，包括我在内，都记得新批评所带来的沉闷习气，它将阅读扼杀在它一往情深而又令人窒息的怀抱里”(Cunningham 38)。得益于各种理论话语的武装，诸多文学文本被赋予了崭新的价值和意义。读者开始注意到亨利·菲尔丁(Henry Fielding, 1707—1754)的小说家妹妹萨拉，以及《简·爱》(*Jane Eyre*, 1847)里阁楼上的疯女人伯莎·梅森那张黝黑的克里奥尔人的脸，我们不再忽视安德烈·纪德(André Gide, 1869—1951)、奥斯卡·王尔德(Oscar Wilde, 1854—1900)、W. H. 奥登(W. H. Auden, 1907—1973)等作家作品和评论中存在的同性恋动因，等等。理论拒绝文学作品中的政治中立或价值无知，这种拒绝对于文学批评来说确有令人振奋之处。尽管益处多多，关于后现代理论的一个明显事实是，它逐渐沦为了“怀疑阐释学”。理论不仅嬉戏文本，甚至抛弃文本开始了“裸奔”，文学研究日益成为术语比拼的战场。至于阅读的乐趣，早被扔到了爪哇国！“怀疑阐释学”的后果之一就是人文精神的丧失，正如罗伯特·阿尔特(Robert Alter)所言，“过去几十年文学研究最大的失败，也是与之相伴的一个巨大危机，就是人文主义精神的衰落”(Alter 10—11)。在聂珍钊打响"文学伦理学批评"的第一枪的2004年,爱德华·萨义德(Edward Said,1935—2003)出版了演讲集《人文主义与民主批评》,哀悼包括后殖民主义在内的后学理论将人文学科"堕落为细枝末节、守旧落后的小题大做",呼唤人文品格回归到文学批评中来。从某种意义上说,文学伦理学批评的兴起正是对萨义德人文品格回归的号召的回应。同时,21世纪初中国的文学研究界,特别是外国文学研究界,很大程度上被西方批评理论话语所垄断,呈现为理论先行、文本后退的圈子游戏。由此可见,文学伦理学批评理论的出场,正是时代的需要,理论发展的必然,正如同后现代理论取代新批评是历史的必然。如今,经过16年的发展,文学伦理学批评以其"原创性、时代性和民族性特征,成功构建了具有中国特色和中国风格的理论体系和话语体系",为"衡量经典的标准树立了一个重要的价值尺度,即文学作品的伦理价值尺度"(吴笛 2014),已经成为生机勃勃的"文化诗学"(王立新 2014)。

此次出版的《文学伦理学批评研究》是聂珍钊主持的国家社会科学基金重大项目"文学伦理学批评:理论建构与批评实践研究"的结项成果,由5部专著构成:《文学伦理学批评理论研究》《美国文学的伦理学批评》《英国文学的伦理学批评》《日本文学的伦理学批评》《中国文学的伦理学批评》。作为《文学伦理学批评导论》之后出版的文学伦理学批评研究的重大成果,此5卷本充分显现出文学伦理学批评的理论建构与批评实践自觉,体现了文学伦理学批评的方法意识与解读空间。文学伦理学批评赋予书写和阅读以非凡的重要性,使我们认识到写作所具有的建构社会和政治话语权的关键作用,同时更提高了文学书写的重要性以及批评的责任。其中"理论研究卷"《文学伦理学批评理论研究》以宽阔的跨学科视野,首先深入考察了文学伦理学批评的理论基础,创造性地提出了自然选择、伦理选择和科学选择这三个人类文明发展中的核心阶段对于文学批评的重要启迪作用。在此基础之上,论者追溯了中西方的伦理批评传统,分析了20世纪前期文学伦理学研究的衰落和后期的"伦理转向"并对精神分析伦理批评、后殖民伦理批评、生态伦理批评、叙事学与文学伦理学批评、形式主义伦理批评、存在主义伦理批评、马克思主义伦理批评等方面的问题进行了卓有成效的探讨,在理论体系上建立了一个融伦理学、美学、心理学、语言学、历史学、文化学、人类学、生态学、政治学和叙事学等为一体的研究范式,体现了文学伦理学批评旗帜鲜明的理论风格和扎实厚重的理论积淀。另外4卷则着眼于文学伦理学批评实践。

苏晖主编的《美国文学的伦理学批评》对美国文学史上的重要思潮流派的代表性作家作品进行重新解读，这些阅读和批评实践构建了一部美国文学伦理史，为我们提供了一部进入美国文学的伦理批评指南。结合新历史主义、心理分析、文化批评、女性主义、解构主义和后殖民主义等文学批评理论，徐彬主编的《英国文学的伦理学批评》着重考察了史诗、罗曼司与道德剧中国家、理想与宗教的伦理内涵，文艺复兴、启蒙运动与现实主义文学中的扩张伦理、秩序伦理与伦理秩序，以及现当代英国文学中的后现代性焦虑与后殖民政治伦理批判。李俄宪主编的《日本文学的伦理学批评》详细论述了日本从古至今各个时期的伦理环境、伦理教育、伦理意识和伦理内涵及其整体上与文学产生、文学阅读的关系，阐明了对日本文学进行文学伦理学批评的学术和学理可能性。黄晖主编的《中国文学的伦理学批评》从中国文学发展史中选出部分具有代表性的文学流派及作家作品为重点研究对象，探讨其中的伦理关切、道德意识与道德价值取向，对文学伦理学批评及其运用于中国文学的性质与特点做了具体的阐发，进一步验证了文学伦理学批评的普遍有效性。

《文学伦理学批评研究》5卷之间的相互关联十分密切，理论与批评实践相辅相成：文学伦理学批评理论研究既为国别文学的伦理学批评提供理论支撑和研究方法，也从国别文学的伦理学批评中提升了自己的理论体系；国别文学的伦理学批评，充分践行了文学伦理学批评的理论术语和话语体系，丰富和拓展了文学伦理学批评的理论建构。此外，对国别文学伦理批评实践的集中展示，也使读者可以横向比较各个国家之间伦理观以及它们在文学中的再现的相异和相同，开掘彼此之间对话交往的潜力和可能性。

中国文学批评的历史，自“五四”以来，在中西文化、古今历史的碰撞交融之间，已经形成了具有对话精神和独立意识的批评体系，中国文学批评者的声音，正在不断被世界批评界倾听和接受。文学伦理学批评从诞生之日起，就有着鲜明的世界意识，聂珍钊一直活跃在国际文学批评界，在国际主流期刊、国际文学组织不断发出文学伦理学批评的声音，也因此被评选为欧洲科学院外籍院士。如果说，爱默生和超验主义是19世纪美国文艺复兴的代表，文学伦理学批评，按照威廉·贝克(William Baker)教授的说法，就是21世纪“中国话语崛起”的代表(Li 175—191)。在文学批评的世界版图中，如果说美国有“新批评”，俄国有“形式主义”，英国有“文化研究”，我们可以说，中国有“文学伦理学批评”。

引用作品[Works Cited]:

Alter, Robert. *The Pleasure of Reading in an Ideological Age*. New York: Simon & Schuster, 1990.

Cunningham, Valentine. *Reading After Theory*. Oxford: Blackwell, 2002.

Li, Yafei. "Literature, Text and Theory: An Interview with Professor William Baker." *Interdisciplinary Studies of Literature* 2 (2018): 175 - 191.

Said, Edward. *Humanism and Democratic Criticism*. New York: Columbia UP, 2004.

萨义德:《人文主义与民主批评》,朱生坚译,北京:新星出版社,2006 年。

王立新:"作为一种文化诗学的文学伦理学批评",《外国文学研究》,2014 年第 4 期,第 29—33 页。

吴笛:"追寻斯芬克斯因子的理想平衡——评聂珍钊《文学伦理学批评导论》",《外国文学研究》,2014 年第 4 期,第 19—23 页。

征稿启事

自2007年始,《英美文学研究论丛》每年出版两期,分春季号和秋季号,主要发表与英国文学、美国文学、文学批评理论、英美文学翻译研究、英美文学教学研究相关的论文。热诚欢迎英美文学工作者来稿。

来稿请遵守学术规范,切勿一稿多投。本刊原则上不再刊用两位或两位以上作者合写的稿件。稿件收到后三个月内给予回复。三个月未见回复者,请自行处理。因本刊编辑部人员有限,不能一一办理退稿,恳请理解。

来稿请按照本刊稿件格式要求排版,寄至上海外国语大学文学研究院《英美文学研究论丛》编辑部,邮政编码:200083。电子文本请发至:ymwxlc@sina.com。

稿件格式要求

一、来稿请同时提交电子文本和打印文本。

二、来稿文本应包括(1)中、英文标题;(2)中、英文摘要(250—300字之间);(3)中、英文关键词(4—5个);(4)正文;(5)作品引用;(6)作者基本信息(姓名、学位或职称、研究方向、最新主要成果、联系方式)。

三、中文字体:(1)大标题用三号大写白体;小标题用小四号大写白体;(2)正文:五号宋体;(3)中文摘要、作品引用:小五号宋体;(4)脚注由WORD文档自然生成。

四、英文字体:一律使用Times New Roman:(1)大标题用三号白体;小标题用小四号白体;(2)正文:五号字体;(3)英文摘要、作品引用:小五号字体;(4)脚注由WORD文档自然生成;用阿拉伯数字表示序列;其他语种参照使用。

五、行距:正文用单倍行距,小标题和正文之间上下各空一行。

六、文字引用:(1)五行以内(不含五行)放在正文中;(2)五行(包括五行)以上,使用文字块,即左右各缩进2.5个汉语字符。

七、引文出处:使用“双注”标注方式,即“脚注”和“作品引用”:

(1) 脚注仅用于对正文内容进行补充说明,不用于标明引文出处;(2)"作品引用"分为(A)文内标注,即在引文后在圆括号内注明作者和源资料页码,中间空一格,如(李维屏 10);如引用同一作者的多部作品,则在作者姓名和页码之间加出版时间,出版时间与页码之间用冒号隔开,如(李维屏 2003: 10);(B)正文后标注:被引用作品按作者姓名拼音字母的顺序排列:

中文专著:姓名:作品名称,出版地点:出版社名称,出版时间。

如:李维屏:《英国小说艺术史》,上海:上海外语教育出版社,2005 年。

英文专著:Last name, first name. book title (italicized). name of city: name of publisher, year of publication.

如:Roth, Philip. *The Plot against America*. Boston and New York: Houghton Mifflin Company, 2004.

中文论文:姓名:作品标题,来源期刊名称,期刊号,起讫页码。

如:李维屏:"论现代英国小说人物的危机与转型",《外国语》,2005 年第 5 期,第 68—72 页。

英文论文:Last name, first name. "title of article." name of journal (italicized) volume number (year of publication): page numbers.

如:Nilsen, Normann. "Malamud's *The Assistant*: A Return to Jewishness? A Note on the Text." *The International Fiction Review* 15.1 (1988): 44 - 47.

网上资源:Title of database (underlined) (if given). 〈Network address〉(Date of access).

如:<u>中国文学网</u>〈http://www.literature.org.cn/Index.asp〉(Accessed 2008 - 6 - 23)。

Braye, Kerry. "Conventions and Genre—Oranges are not the only fruit." 〈http://www.keltawebconcepts.com.au/eorangesl.htm〉(Accessed Jun. 23, 2008).

八、正文中第一次出现外国人名时,应将相应的外文名称放在其后的圆括号内,并标注该人的生卒年限,如迈克尔·戈尔德(Michael Gold, 1893—1967);正文中第一次出现国外作品名称时,应将相应的外文名称放在其后的圆括号内，并注明出版时间，如《没钱的犹太人》(*Jews without Money*, 1930)。此后如无特别需要，一律不再进行标注。

九、以上投稿格式要求中没有包括在内的情况请按照MLA格式统一规范。（详情请登录上海外国语大学文学研究院网站，并参考"MLA引用文献的规范"一文，网址：ills.shisu.edu.cn。）

十、《英美文学研究论丛》春季号的截稿时间为发稿前一年7月底，秋季号的截稿时间为当年1月底，截止日期之后发来的稿件一般顺延到下一期。

《英美文学研究论丛》编辑部